宋杂剧金院本新证

魏尧西／著
邓小军／整理

江西教育出版社
JIANGXI EDUCATION PUBLISHING HOUSE
·南昌·

图书在版编目（CIP）数据

宋杂剧金院本新证 / 魏尧西著 ; 邓小军整理 . -- 南昌 :
江西教育出版社 , 2022.10
ISBN 978-7-5705-3099-1

Ⅰ . ①宋… Ⅱ . ①魏…②邓 …Ⅲ . ①杂剧－戏剧文学评论－
中国－宋代 Ⅳ . ① I207.37

中国版本图书馆 CIP 数据核字 (2022) 第 102344 号

宋杂剧金院本新证
SONGZAJU JINYUANBEN XINZHENG
魏尧西　著　　邓小军　整理

江西教育出版社出版
(南昌市抚河北路 291 号　　邮编：330008)

各地新华书店经销
山东临沂新华印刷物流集团有限责任公司印刷
开本：965 毫米 ×635 毫米　　1/16
印张：22　　字数：247 千字
2022 年 10 月第 1 版　　2022 年 10 月第 1 次印刷

ISBN 978-7-5705-3099-1
定价：89.00 元

赣教版图书如有印装质量问题，请向我社调换　电话：0791-86710427
投稿邮箱：JXJYCBS@163.com　　电话：0791-86705643
网址：http://www.jxeph.com

赣版权登字 -02-2022-252

前言

邓小军

《宋杂剧金院本新证》作者魏尧西老师（1917—1998），四川邛崃人。1949 年前后历任成都建国中学、大邑文彩中学、新都师范学校教师。1958 年因历史问题开除公职回乡劳动。1980 年代初平反恢复公职退休，先后受聘为《邛崃县志 · 文物志》主编、巴蜀书社特约编辑、重庆师范学院《元代文学词典》编纂人员。对中国古典文学、戏剧史、陶瓷史、中医史，均有甚深研究。

魏尧西老师是我父亲。1959 年，我母亲邓佐平老师（时任新都师范学校教师）为了我和弟弟小亮的前途，与我父亲离婚，我们兄弟改从母姓。二十二年以后，父母复婚，我们兄弟年龄已大，经父母同意，未再改回姓魏。

以下简述本书作者的学术成就和所获得的学术评价，本书的学术创见和学术价值，以及本书作者戏剧观摩之深厚修养，并说明我对本书整理之情况。

一　魏尧西老师的学术著述

（一）魏尧西老师学术论文、考古报告举要

《邛窑志略》,商务印书馆《东方杂志》第42卷第17号,1946年;

《宋代的鼓子词》,《光明日报》1954年11月7日第5版《文学遗产》第28期，约1万字;

《宋代队舞》,《舞蹈学习资料》第10辑，中国舞蹈艺术研究会编印，1956年，约5万字;

《宋代的民间舞蹈》(署名魏尧西、邓佐平),《舞蹈丛刊》第2辑，中国舞蹈艺术研究会编，上海文化出版社，1957年;

《四川邛崃县出土的唐灯台及其他》(署名邓佐平),《考古通讯》1957第5期;

《〈灵枢〉为秦始皇时代官修医典》,《浙江中医杂志》1981年第6期;

《〈灵枢〉成书时代》,《中华医史杂志》1983年第2期;

《临邛火井考实》,《井盐史通讯》总第13期，1985年;

《邛雅驿道访遗踪》,《邛崃文史资料》第4辑，1990年。

（二）魏尧西老师的学术著作

《李清照年谱》，商务印书馆排印版校样本，1949年;[①]《国家图

① 夏承焘《天风阁学词日记》1955年5月31日:“得魏尧西寄来李清照年谱商务印书馆印样一册，乃一九四七年作。”(《夏承焘集》第7册，浙江教育出版社、浙江古籍出版社1998年版，第461页。)

书馆藏稿钞本年谱汇刊》影印稿本，国家图书馆出版社，2017 年；①

《宋代说话人及其话本》，稿本，约完成于 1958 年，已不存；

《姚淑海棠居诗编年笺注》，稿本，1986 年；

《魏了翁》，稿本，1980—1990 年代；

《宋杂剧金院本新证》，大邑县图书馆油印本，1994 年。

（三）魏尧西老师的旧体诗文

《书宋人话本〈裴秀娘夜游西湖记〉后》，稿本，1965 年；

《再书宋人话本〈裴秀娘夜游西湖记〉后》，稿本，1965 年；

《别鹤琴操集》，诗词集，大邑县图书馆油印本，1994 年。

《东方杂志》《光明日报》《舞蹈学习资料》《舞蹈丛刊》《考古通讯》《中华医史杂志》等，均为当时全国性的顶级学术刊物。

二　有关魏尧西老师学术研究的述评

（一）宋金音乐文艺及戏剧研究

常任侠《中国舞蹈史话》：

> 宋代大曲曲辞流传下来的，尚复不少。（可参看魏尧西编校的《宋代队舞》及刘永济辑录《宋代歌舞剧曲录要》）②

① 此稿本上有编辑所写编辑符号，当为商务印书馆编辑的工作痕迹。此稿本当是 1949 年商务印书馆出版未果之后流入北京图书馆（今国家图书馆）。

② 常任侠:《中国舞蹈史话》，北京出版社 2016 年版，第 101 页。

刘青弋（上海戏剧学院舞蹈研究院院长）《抱残守缺　志求信史》：

50年代，中国舞蹈史学的第一批成果不是由舞蹈工作者完成的，而是由具有深厚功力的中国史学或文化艺术史学的专家们完成的——例如阿英发表的《中国古代的民间舞蹈》，阴法鲁发表的《从敦煌壁画论唐代的音乐舞蹈》，向达发表的《拓枝舞小考》，常任侠发表的《中国古代的舞蹈艺术》，李拓之发表的《中国的舞蹈》，欧阳予倩发表的《试谈唐代舞蹈》，石田干之助著、欧阳予倩译的《胡旋舞小考》，魏尧西编校的《宋代队舞》……他们为中国舞蹈史学研究做出了学术示范，赋予了中国舞蹈史学建设起步的高度。[①]

胡忌《宋金杂剧考·序》：

一九五一年初，我开始写作这本书的初稿，到现在已有整整五年的历史了。这五年间，尤其是最近两年来，我先后得到赵景深先生、任二北先生、魏尧西先生、叶德均先生和钱南扬先生等的指教与往返探讨，使这本书能够再次改正、补充。他们或者提示我有关资料，或者共同商讨有关戏剧史的问题，或者不吝指出拙著的错误，或者把自己的研究所得告诉给我：总之，这本书的能够写成，是和诸位师友们的热心鼓励和指导分不开的。[②]

---

① 刘青弋:《抱残守缺　志求信史》,《当代舞蹈艺术研究》2016年第1期，第55页。

② 胡忌:《宋金杂剧考》，古典文学出版社1957年版，第4—5页；中华书局2008年版，第3—4页。

（二）《黄帝内经·灵枢经》成书年代研究

郑怀林（陕西省中医药研究院）《秦统一前后的医事制度》：

《灵枢》又称《针经》、《九卷》、《九灵》、《九经》。据学者研究考证，认为《灵枢》全书八十一篇，是秦代编写的最完整的医学经典。（魏尧西．《灵枢》成书年代．中华医史杂志，1983，13（2）：92）[①]

王庆其、周国琪主编《黄帝内经百年研究大成》：

魏尧西则认为《灵枢》应成编于秦始皇统一中国以后。他从战国时代的著作、社会制度、社会思想和用词习惯进行考证，其提出的主要理由有三：马王堆汉墓出土的《阴阳十一脉灸经》对经脉命名不整齐，是战国时代各自为政的反映，而《灵枢》对经脉的认识更加系统规范化，可说明《灵枢》中许多内容都与秦统一天下后的“诸产得宜，皆有法式”(《泰山石刻铭》)的论调是一致的;《灵枢》中《经水》《脉度》《平人绝谷》等篇中的解剖记载只有在秦始皇时代才能进行，因西周以来崇尚厚葬的迷信，对人体解剖是肯定不容许的；而秦始皇乃法家韩非子的高足，有破除迷信的思想基础；马王堆出土的天文佚书《五星占》是秦始皇元年（公元前249年）到汉文帝三年（公元前177年）七十年间对木、金、土等行星运行的观察记录，其所提“分”的概念与《灵枢》中记录的行星行度一致，而在战国人作的《甘石星经》中都以“度”为单位，“度”以下的奇零

① 郑怀林：《秦统一前后的医事制度》，《中华医史杂志》2009年第1期，第5页。

部分用“半”“太”“少”“强”“弱”等文字表示，显然未引进“分”的概念，故《灵枢》与《五星占》应为同一时代产物,即在秦始皇时代（魏尧西.《灵枢》成书时代[J].中华医史杂志，1983，13(2):88)，且很可能是秦始皇时代的官修医典（魏尧西.《灵枢》为秦始皇时代官修医典[J].浙江中医杂志，1981，(6)：254)。

漆浩、董晔主编《子午流注、灵龟飞腾八法大全——传统医学的灵魂、神奇疗效的核心》：

至现代有人认为早期医学的自然观与这些历家言“机祥”的观点有密切关系（即包括河图洛书等内容,见《〈灵枢〉成书年代》，魏尧西，《中华医史杂志》1983年13卷第2期88页—92页)，这种观点无疑是有道理的。①

（三）邛窑研究

陈显双（四川省文物考古研究所）、尚崇伟（邛窑古陶瓷博物馆）《邛窑古陶瓷简论——考古发掘简报》：

“邛窑”乃邛州窑的简称。……“邛窑”之名始见于20世纪30年代诸文中，命其名者先后有黄希成、魏尧西、杨啸谷、陈万里、冯先铭先生等，至今仍沿用此名。②

陈显双《“邛窑”考古发掘记》：

① 漆浩、董晔主编《子午流注、灵龟飞腾八法大全 传统医学的灵魂、神奇疗效的核心》，中国医药科技出版社1993年版，第88页。又见李兆生《中国太极拳统真大典》卷3引用，商务印书馆国际有限公司1998年版，第144页。

② 耿宝昌主编《邛窑古陶瓷研究》，中国科学技术大学出版社2002年版，第123页。

据不完全统计，50年代前，先后去邛窑调查、研究的有：杨技高、黄希成、魏尧西、葛维汉、郑德坤、贝德福、傅振伦、陈恩元、杨啸谷及中央历史语言研究所来川后的部分专家、学者等，他们不仅对邛窑进行了较详细的调查、研究，还撰写了很多介绍、研究邛窑的文章，大大提高了邛窑的知名度，为后来的深入调查、研究和发掘奠定了基础。[①]

陈德富（四川大学博物馆）《试论邛窑白瓷及其相关问题》：

魏尧西《邛窑考略》："邛窑釉水，多青、黄、白、绿、紫、黑等色……青、黄、白、绿色等釉较多，惟黑釉极少见。"此文所举白釉瓷器除与前杨枝高文所举相同外，又举三孔、一孔乐器，其"釉水多为白、绿、黄三色"。[②]

（四）邛雅驿道（南方丝绸之路邛崃段）的发现

2011年《邛崃市志·南方丝绸之路邛崃段》：

邛崃是"南方丝绸之路"和"茶马古道"成都出发后的第一站，今存有平落古驿道，经平乐骑龙山，穿越临济，从夹关而过。据学者魏尧西先生（《邛雅驿道访遗踪》）考证："唐代邛雅段驿道遗址，在邛崃县平落乡（今平乐镇）骑龙山城隍岗。它是当时由成都，经邛州、雅州通往吐蕃、党项、南诏等少数民族地区的交通要道之一，也是韦皋出兵与吐蕃作战的十一条路线之一……驿道遗址因位于骑龙

① 《四川文史资料选辑》第46辑，四川人民出版社2001年版，第193页。

② 耿宝昌主编《邛窑古陶瓷研究》，中国科学技术大学出版社2002年版，第65页。

山的原始森林中，虽经历千百年风雨剥蚀和人为的破坏，尚能保存着平落乡较为完整的一段。长约两华里，路面宽4米，呈鱼脊形。中央用平顶大河卵石砌成一条笔直的中心线，两旁鳞次栉比地用河卵石铺砌成路面，十分牢固，显示出当时设计施工者的智慧和匠心。”①

魏尧西先生考证后认为：“驿道两旁筑有墙垣，犹如秦汉以来的‘甬道’。《史记•秦始皇本纪》记载：秦始皇‘作甘泉殿，筑甬道。’注说：‘谓于驰道（大路）外筑墙，天子行中间，外人不见。’邛雅驿道两旁的墙垣，将大路夹在中间，和秦汉时代‘甬道’完全一致。”

后据成都文物考古研究所所长王毅考证说：“邛崃平乐镇发现的这条千年古驿道，是我省继金沙遗址发现以来最让人激动的新发现，这也是我省古代交通考古的重大新发现！作为四川通往西南各省的重要交通枢纽之一，邛崃市平乐镇的地理位置历来十分重要，这次考古新发现，将带来考古界对四川古代交通的全新认识。”②

（五）诗词

商衍鎏（1875—1963）《同尧西晓发眉山并和其原韵》（1942）：

乘兴高吟上驿程，才华喜见马长卿。推敲一字诗心细，扫荡千军笔力横。③

① 《邛崃市志（1986—2005）》，方志出版社2011年版，第758页。

② 《邛崃市志（1986—2005）》，方志出版社2011年版，第759页。

③ 顾隽卿：《顾隽卿诗存》，天地出版社2015年版，第140页。

黄稚荃（1908—1993）致魏尧西书（1980年代初，12月11日）：

诗笺两纸亦细读，大诗清丽绝伦，今所少见。[①]

只补充说明一点。《邛窑志略》（1946年）提出邛窑与大邑瓷不同，是突破了当时流行的大邑瓷即邛窑之说；提出邛窑创始于唐以前，是突破了当时流行的邛窑创始于唐代之说。现在学界认为，邛窑创始于东晋。

三　《宋杂剧金院本新证》的学术创见

宋金戏剧史，是中国戏剧逐渐发展成熟之时期的历史。

据魏尧西老师《宋杂剧金院本新证·自序》自述，作者从事于宋金戏剧之研究，始于1952年，1958年以后中断，1978年重理旧业。1980年代先后应聘《邛崃县志·文物志》主编、巴蜀书社特约编辑，尤其是1987年应聘为重庆师范学院《元代文学词典》编纂人员之后，获取文献资源越来越便利。1993年《宋杂剧金院本新证》完稿，1994年出版油印本。作者在1998年去世之前，又撰写了论文《金杂剧、院本、幺末——北杂剧》，其中将金朝后期幺末——北杂剧的产生年代，由《宋杂剧金院本新证》所提出的金卫绍王大安之初（1209），修订为金章宗泰和（1201—1208）之末。虽然仅是提前一个年号之时代、两年左右之时间，但可见作者对于本书精益求精、鞠躬尽瘁、死而后已之精神。作者从事宋金戏剧研究，前后长

① 黄稚荃先生手书原件照片。

达四十五六年，本书实为作者毕生心血之凝聚。

《宋杂剧金院本新证·自序》云："是编资取，务在新知与新材料。故题曰：宋杂剧金院本新证。"《宋杂剧金院本新证》系统地讨论了宋金戏剧史、宋杂剧、金院本，其中包括：宋金杂剧溯源，脚色及戏曲中表示某一类人物的称谓，宋杂剧本子（包括剧本的体制、首称的"戏曲"、宋杂剧为代言体），金杂剧自立门庭，改名为院本（金杂剧改名为院本的年代与社会背景、院本解），宋杂剧金院本的唱、念、做、打，金院本是最早的北曲剧种（金代北曲中的"承安体""风流体"和杂体、金院本制作的南曲），宋金伶人、演出，官本杂剧段数内容考释，院本名目内容考释，宋杂剧金院本钩沉，幺末——北杂剧的产生及其年代。

本书富有重大和重要的学术创见，即使在完稿二十多年以后的今天，本书众多主要和重要学术创见仍然居于领先地位而未被超越，举例如下。

1.《新证》确切解释宋金戏曲"孤""偌"等人物代称，证据详确，胜于之前以及至今的解释

《新证》第二章《脚色及戏曲中表示某一类人物的称谓》：

孤

（一）孤、孤老，即官人，对男子的敬称。宋汪云程《蹴鞠谱·圆社锦语》："孤老，老官人。"清翟灏《通俗篇》卷十八《称谓·官人》："唐时惟有官者方得称官人，宋乃不然。若周密《武林旧事》所载金四官人以棋著，李大官人以书会著，陈三官人以演史著，乔七官人以说药著，邓四官人以唱赚著，戴官人以捕蛇著。吴自牧《梦粱录》又有徐官人幞头铺，崔官人扇面铺，张官人文籍铺，傅官人刷牙铺。当时殆无不官人者矣。”

上引《蹴鞠谱·圆社锦语》《武林旧事》《梦粱录》诸书互证，知“孤”即官人是也，是对男子的敬称。

金元戏曲中“孤”与“官人”同时并用。如《元刊杂剧三十种》张国宾《汗衫记》第三折：

【上小楼】甚风儿吹你到来……

（等孤云了。）

（正末云：）官人姓甚底？

（等孤云了。）

（正末云：）多少年纪？

（等孤云了。）

孤——张员外的儿子张孝友。

《汗衫记》第三折说白中“孤”与“官人”同时并用，此“孤”即官人、是对男子敬称之明证也。宋金戏曲中有《四孤擂》《百戏孤》《眼药孤》等，这些“孤”都是不同职业的市井中人。《四孤擂》之“孤”是武术郎，《百戏孤》之“孤”是魔术师，《眼药孤》之“孤”是卖眼药的郎中。

（二）孤、孤老，官员。

《新证》确切解释“孤”即官人，是对男子的敬称，包括各行各业的男子，其中也包括官员，证据详确，胜于之前“孤者，当时官吏之称”的解释，胜于至今“‘孤’是当场妆官的人”的解释。

《新证》第二章《脚色及戏曲中表示某一类人物的称谓》：

偌，具第三人称代词性质，等于彼，或彼辈。有时有

> 贬抑之意。宋金剧目标有“偌”者，至十八本之多。如《三偌慕道六幺》《偌卖旦长寿仙》《槛偌保金枝》《三偌一赁驴》《三偌一卜》等。各剧中的主人公或配脚之“偌”，其身份、职业及其气质均不同。《三偌慕道》之“偌”，是求仙修道之人，《四偌大提猴》之“偌”，是伎艺人。《四偌抹紫粉》之“偌”，是轻薄子，《四偌祈雨》之“偌”，当是庄稼人。

《新证》确切解释“偌”具第三人称代词性质，包括不同身份、职业及其气质的主人公或配脚，证据详确，一目了然，胜于之前以及至今“偌”是“市井无赖”“市井闲人”的解释。

本书对于金院本分类之名“冲撞引首”之“冲撞”（第206页）、“拴搐艳段”之“拴搐”（第214页）、剧目《四酸提猴》《四偌大提猴》之“提猴”（第178—179页）等历来学术难点之解释，亦胜于之前以及至今的解释，不备举。

2.《新证》指出金院本创制北曲，是最早的北曲剧种；金杂剧自从独立门庭改名为院本之后，偏重演唱纯粹的故事，创作不少最佳剧目，塑造了众多经典的舞台戏曲人物；《新证》关于金院本性质的观点，胜于之前、之后研究关于院本在本质上与宋杂剧几乎相同的观点

《新证》第四章《金杂剧自立门庭，改名为院本》：

> 宋金杂剧，同一源流，均名杂剧。金杂剧在什么时间，自立门庭，改名为院本，向无论述。据考察，此乃金世宗大定年间（大定元年至大定二十一年，1161—1181）之事。
>
> 前文指出金院本自立门庭，改名为院本，乃金世宗大定年间事，并有大批戏曲文物为佐证。如山西万荣县西景

村东岳庙，有金大定二年(1162)所建戏台。山西垣曲县后窑，出土有大定三年（1163）墓葬砖雕戏剧画像。民国六年山西《洪洞县志》卷八《建置志》记载，尹壁村东岳庙有大定八年（1168）《重修露台碑》。1973年至1979年，山西稷山县马村出土有大定二十一年（1181）段氏墓葬砖雕戏剧画像，稷山县苗圃出土有金墓之砖雕戏台一座，台上有四个脚色正在演戏，稷山县化峪镇出土有金墓五座，其2号墓、3号墓均有砖雕戏剧人物；据考古工作者研究，稷山县苗圃、化峪镇金墓之墓室结构形制以及装饰内容，与马村段氏墓基本相同，定为同一时期之物。这大批戏曲文物足以证实金院本之兴起为大定年间（大定元年至大定二十一年，1161—1181）之事。

《新证》第六章《金院本是最早的北曲剧种》：

金院本是最早的北曲剧种。北曲之韵，即后来周德清编录的《中原音韵》。周氏在本书自序中说："欲作乐府，必正言语，欲正言语，必宗中原之音。"这就是北曲为广大群众喜爱的原因。金统治区早期流行的《刘知远诸宫调》，就是北曲。金杂剧独立门庭，改名为院本后，首先是对戏曲声腔作出改革，使用北曲。院本作者就新编剧本谱制新曲外，对旧前杂剧用的乐曲，及唐宋以来的优美曲子，进行处理、改进，使它变成新曲，这些新曲，即北曲。

《新证》第十章《院本名目内容考释》：

金杂剧自从独立门庭改名为院本之后，偏重演唱纯粹的故事，创作不少最佳剧目。如《庄周梦》《鸳鸯简》《苏武和番》《刺董卓》《骂吕布》《襄阳会》《赤壁鏖兵》《墙头马上》《张生煮海》等。据我们考察，传统优秀剧目，如《祭东风》《甘露寺》《单刀会》《长生殿》《双拜月》《杀狗劝夫》《杨家将》等关目及情节，均来自金院本。

金院本塑造了如孟姜女、霸王、虞姬、刘备、诸葛亮、吕蒙正、包拯、赵五娘、蔡伯喈、董卓、吕布等舞台戏曲人物。

《新证》指出金院本创制北曲，是最早的北曲剧种，金杂剧自从独立门庭改名为院本之后，偏重演唱纯粹的故事，创作不少最佳剧目，塑造了众多经典的舞台戏曲人物；《新证》对金院本性质的认定，胜于之前、之后研究关于“院本在本质上是与宋杂剧几乎相同的”之观点。

《新证》对金院本性质的认定，乃是建基于对金院本的全面考察，包括对金院本剧目（及新发现金院本剧本佚文）147 种的考察。

3.《新证》单独立条目考释金院本剧目（及新发现金院本剧本佚文）147 种，基本内容实为创获，对于揭示一代戏曲金院本的内容和性质具有重大意义

《新证》第十章《院本名目内容考释》：

本篇考释，旨在探索金院本如下诸问题：

体制与演出形态；

各剧之关目、情节；

宋、金戏剧中舞台人物的形象和性格；

宋、金戏典；

宋、金戏曲中方言；

宋、金戏曲术语；

湮没之剧目及剧情；

其他。

本文考察到一些院本的关目、情节在元杂剧及以后戏剧中之演变和发展。如《大勘刀》是王仲文《救孝子贤母不认尸》的原型，《海棠轩》是白仁甫《董秀英花月东墙记》的前身，《强风情》是无名氏《赵匡胤智取符金锭》的蓝本，《庆七夕》是唐明皇杨贵妃故事中“长生殿”的关目，萧德祥之《杨氏女杀狗劝夫》是根据《狗皮酸》改编的。

另外，我们还发掘出几个湮没已久不为人知的院本剧目。如《模石江》是北杂剧《京娘怨》的关目及情节，《三跳涧爨》是元杂剧尚仲贤《尉迟恭三夺槊》的蓝本，《烧奏》是元杂剧孔文卿《东窗事犯》的前身。川剧将这一个关目继承下来，改编为《东窗修本》。

《新证》第十章《院本名目内容考释》单独立条目考释金院本剧目 145 种，加上第十一章《宋杂剧、金院本钩沉》著录新发现金院本剧本佚文 2 种，共计 147 种，基本内容实为创获，对于揭示一代戏曲金院本的内容和性质，具有重大的意义。

《新证》第九章《官本杂剧段数内容考释》单独立条目考释宋杂剧剧目 20 种，基本内容亦为创获。

在宋杂剧金院本剧本基本上亡佚的情况下，取得这些研究成果绝非易事。

4.《新证》确证宋杂剧和金院本务必讲求唱、念表演，发掘出金院本《鞭敲金镫》佚曲包括【中吕】调十四首曲子，《大对景》

佚文包括【双调】【正宫】两个宫调五首曲子，胜于之前宋杂剧“跳而不唱”的观点，亦胜于至今“院本的唱是不能和北曲杂剧中唱的地位相比”“金院本‘曲’的体系是单一宫调的词式乐章”的观点

《新证》第五章《宋杂剧金院本的唱、念、做、打》指出：

> 宋杂剧务必讲求唱、念表演。南宋的戏文和北杂剧，莫不如此。
>
> 金院本关于唱的表演方式，也多样化。今考察，计有和曲、唱、唱尾声、唱题目、乔唱诨等。

《新证》第十一章《宋杂剧、金院本钩沉》，著录所发现金院本“拴搐艳段”《鞭敲金镫》佚曲，其中包括【中吕】【粉蝶儿】等十四首曲子；著录所发现金院本“拴搐艳段”《大对景》佚文，其中包括【双调】【豆叶黄】、【禾词】，和【正宫】【端正好】、【滚绣球】、【叨叨令】，共计两个宫调五首曲子。

《新证》论宋杂剧和金院本务必讲求唱、念表演，发掘出金院本《鞭敲金镫》佚曲包括【中吕】调十四首曲子，发掘出金院本《大对景》佚文包括【双调】【正宫】两个宫调五首曲子，不仅胜于之前宋杂剧“跳而不唱”的观点，而且胜于至今“院本的唱是不能和北曲杂剧中唱的地位相比”“金院本‘曲’的体系是单一宫调的词式乐章”的观点。

5.《新证》根据《金史》记载、金代历史背景和大批金代戏曲文物，提出金院本兴起的年代为金世宗大定年间（大定元年至大定二十一年，1161—1181），证据详确，至今具有独创性

《新证》第四章《金杂剧自立门庭，改名为院本》一《金杂剧改名为院本的年代与社会背景》：

宋金杂剧，同一源流，均名杂剧。金杂剧在什么时间，自立门庭，改名为院本，向无论述。据考察，此乃金世宗大定年间（大定元年至大定二十一年,1161—1181）之事。

金于北宋钦宗靖康元年（1126）攻占汴京，复几次举兵南下攻宋。1135年金太宗去世，金熙宗、金海陵相继统治二十余年。《金史》卷八《世宗本纪下》称："盖自太祖以来，海内用兵，宁岁无几。重以海陵无道，赋役繁兴，盗贼满野，兵甲并起，万姓盻盻，国内骚然。"《金史》卷二十八《礼志一》："海陵狼顾，志欲并吞江南，乃命官修汴故宫，缮宗庙社稷，悉载宋故礼器以还。外而黩武，内而纵欲，其猷既失，奚敢议礼乐哉！"它说明，金熙宗、金海陵统治时期，政局不稳，社会动荡，人心涣乱，生产受阻，经济停滞，文化落后。

1161年，金世宗即位，改元大定，结束了长期动荡不安的政治局面。《金史》卷八《世宗本纪下》："（世宗）即位五载，而南北讲好，与民休息，……群臣守职，上下相安，家给人足。"金与南宋对峙，以大散关到淮河一线为界。金统治区内，幅员辽阔的华北和中原，向来是经济文化发达之地。……

金世宗大定年间，物阜民康，戏曲的演出，日趋活跃。行院组织，应运而生。它们冲州撞府，献艺四方，应接不暇。而原来之杂剧，其内容与形式，已不适应时代之需求。各行院因采取措施，从剧本之选取题材及乐曲声腔，舞台表演艺术等，进行了一系列的改革。改革后的剧本，称为院本。

前文指出金院本自立门庭，改名为院本，乃金世宗大定年间事，并有大批金代戏曲文物为佐证。如山西万荣县西景村东岳庙，有金大定二年（1162）所建戏剧舞台。山西垣曲县后窑，出土有大定三年（1163）墓葬砖雕戏剧画像。民国六年山西《洪洞县志》卷八《建置志》记载，尹壁村东岳庙有大定八年（1168）《重修露台碑》。1973年至1979年，山西稷山县马村出土有大定二十一年（1181）段氏墓葬砖雕戏剧画像，稷山县苗圃出土有金墓之砖雕戏台一座，台上有四个脚色正在演戏，稷山县化峪镇出土有金墓五座，其2号墓、3号墓均有砖雕戏剧人物；据考古工作者研究，稷山县苗圃、化峪镇金墓之墓室结构形制以及装饰内容，与马村段氏墓基本相同，定为同一时期之物。这大批金代戏曲文物足以证实金院本之兴起为大定年间（大定元年至大定二十一年，1161—1181）之事。

《新证》根据《金史》记载、金代历史背景和大批出土金代戏曲文物，包括山西万荣县西景村东岳庙金大定二年（1162）所建戏剧舞台，垣曲县后窑出土大定三年（1163）墓葬砖雕戏剧画像，民国六年山西《洪洞县志·建置志》记载尹壁村东岳庙大定八年（1168）《重修露台碑》，1973年至1979年稷山县马村出土大定二十一年（1181）段氏墓葬砖雕戏剧画像，稷山县苗圃出土同一时期金墓砖雕戏台，台上有四个脚色正在演戏，稷山县化峪镇出土同一时期金墓五座，其2号墓、3号墓均有砖雕戏剧人物，提出“金院本之兴起为大定年间（大定元年至大定二十一年，1161—1181）之事”，证据详确。

现有研究或认为，“金代的杂剧和院本，其本质上是相同的东西”，既然如此，那也就不存在金院本兴起的年代的问题；或认为，“金代中期，这种杂剧有所发展，结出新的硕果——金院本”；现有研究的这些观点，表明《新证》“金院本之兴起为大定年间（大定元年至大定二十一年，1161—1181）之事”，至今具有独创性。

6.《新证》根据众多戏曲历史文献和出土金代戏曲文物，提出幺末——北杂剧产生年代为金章宗泰和（1201—1208）之末，证据详确，现有研究逐渐接近之，而尚未达到之

《新证》第十二章《幺末——北杂剧的产生》：

> 由是而知，幺末是由幺麽院本衍变为北杂剧的过渡名称。
>
> 幺末也是北杂剧的原始名称。
>
> 幺末——北杂剧主演脚色为正末。
>
> 下面再来看金朝后期幺末——北杂剧的演出实况。如1959年山西侯马出土金卫绍王大安二年（1210）董玘坚墓葬中戏台上五个脚色的演出砖刻画像，其中站立于戏台正中主要位置之主脚，乃是装扮红袍秉笏官员，即《太和正音谱·词林须知》指出的：“正末：当场男子，……俗谓之末泥。”插科打诨的副净，成为配角，站立于右角之边沿。它如山西芮城出土元世祖中统元年（1260）潘德冲墓石棺元杂剧线刻画像，下至泰定元年（1324）山西洪洞县广胜寺明应王殿内“大行散乐忠都秀在此作场”元杂剧壁画，都是主演脚色正末立于戏台正中之突出位置。这证明幺末——北杂剧当产生于金哀宗正大（1224—1231）之

> 前，金章宗泰和（1201—1208）之末。其时南方为宋宁宗嘉定初叶。是北杂剧实产生于金朝，它应该正名为金北杂剧，或金（宋）杂剧。

《新证》附录《金杂剧、院本、幺末——北杂剧》：

> 金院本在发展过程中，由量变到质变孕育出北杂剧（一般称为元杂剧）。
>
> 由上所述可知：幺末——北杂剧的兴起，当在金哀宗正大（1224—1231）之前，金章宗泰和（1201—1208）之末。由此再往下推30年，金朝方灭亡（1234）。由此证实，北杂剧的确产生于金朝。它和当时南宋王朝统治区域的戏文在不同的空间里分道扬镳。下至元成宗元贞（1295—1297）、大德（1297—1307）时关汉卿和元贞书会中人参与杂剧的编写，则又是70余年以后的事。
>
> 根据上引文献资料，充分证明北杂剧产生于金朝，应正名为金（宋）北杂剧，才符合历史事实。

《新证》根据众多戏曲历史文献和1959年山西侯马出土金卫绍王大安二年（1210）董玘坚墓戏台演出砖雕五个脚色，其中站立于戏台正中主要位置之主脚是正末，而幺末——北杂剧主演脚色为正末，提出幺末——北杂剧产生年代为金章宗泰和（1201—1208）之末，证据详确。

就戏剧体制而言，北杂剧就是元杂剧。

现有研究有认为，“北曲杂剧是在金政权南迁汴梁（贞祐二年，1214）后逐渐趋向成熟的”；最新研究则认为，“‘么末’成立的年代应当在宋宁宗嘉定七年（金宣宗贞祐二年，1214）”；现有研究的这些观点，可以说是在逐渐接近《新证》的观点，而尚未达到之，还相差几个年号之时代、数年左右之时间。[①]

综上所述，一部遗稿，在完成二十多年后之今天，犹能在主要和重要学术创获上居于领先地位，其学术价值可以不言而喻。

《宋杂剧金院本新证》富于学术创见，戏剧史、文学史、文史爱好者，不仅可以从中获取新知，而且可以从中获取如何发现问题、解决问题的借鉴。

四　本书作者戏剧观摩之深厚修养

魏尧西老师《同半塘翁观京剧》（1950 年代前期）：

古来便道锦城乐，风月繁华盛丝竹。
舞台今日连云齐，顾曲周郎纷驰逐。
扬州任翁有别趣，赏音第一推京剧。
顾我入城折简招，会心不远游逍遥。
备来戏考临台看，凭借审音详字面。
尝记良宵观醉酒，春莺出谷迁杨柳。
呖呖娇声倍有情，好花弄影喧晴昼。
贴地弓腰玉骨酥，双眸翦水玉孃湖。
轻盈体态春风袅，如见华清出浴初。
夜阑更演盗灵芝，陈娘绝技人称奇。
跳刀拍张良易事，奋腿掷回千人槌。

① 金章宗泰和元年至八年（1201—1208），金卫绍王大安元年至三年（1209—1211），金卫绍王崇庆元年至崇庆二年即至宁元年（1212—1213），金宣宗贞祐元年至二年（1213—1214）。

钟情薄命白娘子，战场出没忘生死。
只身应敌良艰难，况创重伤勉奋起。
惊心命悬虎口间，天擎地劈耐立还。
看来是戏非是戏，何令座客多掩泪。
若言是戏非情真，世间真果有仙人。
舞台艺术竟如此，欲向陈娘叩所以。

“跳刀拍张”，表演者张臂从空中接飞刀之杂技。典出《南齐书·王敬则传》：“年二十余，善拍张。补刀戟左右。景和使敬则跳刀，高与白虎幢等，如此五六，接无不中。”

“天擎地劈耐立还”，“耐”，拼、愿，心理动词。语见李白《送殷淑三首》：“惜别耐取醉，鸣榔且长谣。”宋余桂《春日即事》：“半晴半雨春无准，燕怯轻寒不耐飞。”

“立还”，立即还（家）。典出汉刘向《古列女传》卷六《楚处庄侄》：“（王）命后车载之，立还反国。”

诗中描写京剧《贵妃醉酒》《盗灵芝》之舞台表演艺术，不仅描写出女主角杨贵妃、白娘子唱、念、做、打的出色功夫，而且刻画出了白娘子为救许仙盗灵芝英勇战斗的人物形象，和为爱情视死如归的性格特征。其中，“惊心命悬虎口间，天擎地劈耐立还”，刻画出白娘子在战场上殊死搏斗惊天动地之际，却牵挂许仙柔肠寸断、恨不得立即还家救许仙之心理，是神来之笔。

诗中对观众群体、个体观剧时及观剧前后的行为、动作、心理的描写，亦无一不丝丝入扣。

由此诗可见，《宋杂剧金院本新证》作者早在1950年代前期，对于戏曲舞台艺术之观摩，已经具有精湛之修养。

作者戏剧观摩之心得，有时流露于书中。例如指出，金院本“《烧奏》是元杂剧孔文卿《东窗事犯》的前身。川剧将这一个关目继承下来，改编为《东窗修本》”（第 127 页）；“又如川剧《长生殿》旦角杨贵妃请求唐明皇向双星共同发誓‘乞赐盟一誓，以定终始’云云，疑亦来自金（宋）戏曲之《庆七夕》”（第 127 页）。

又如指出，“我初次见到川剧《长生殿》正生唐明皇称杨玉环为‘梓童’（京剧《梅龙镇》正生正德皇帝对李凤姐亦有此称），于梓童之义，不得其解。后来想起无名氏《金水桥陈琳抱妆盒》第二折说白：‘旦扮刘皇后上，云：子童乃刘皇后是也。’才明白‘梓童’为‘子童’之同音误写。这是宋金时代艺人的口头传授，只读字音，未求字义。日后用文字记录，便出现一些同音误写，此为宋金戏曲之习见者”。“复考君王称妃子为‘子童’也不正确。案:《论语·季氏》:‘邦君之妻，君称之曰夫人，夫人自称曰小童。’而《抱妆盒》却误‘小童’为‘子童’，即艺人们口头传授所致。《抱妆盒》也是沿袭宋代的旧本。书会才人在整理或改编这个剧本时照抄下来。后来的剧作者，又辗转照抄，便以讹传讹，直到现在。”（第 127—128 页）

由上可见，《宋杂剧金院本新证》之成就，非仅得之于案头文献研究之工夫，亦与作者戏剧观摩之深厚修养有关，其中包括舞台表演艺术之鉴赏，不同剧种关目沿袭之发现，剧本用词讹误流变之考订。

五　本书整理之说明

本书系根据《宋杂剧金院本新证》1994 年油印本（原稿）整理。

根据引文原书善本或校点本，逐条逐字核对了全部引文。对个别引文讹脱，作出了校正。

原稿对所引现代文献均出有章末注，注出版本出处，现已改为页下脚注。所引古代文献，则按当时学术惯例只书出朝代、作者、书名、卷数、篇目，未注出版本出处，整理时按现在学术惯例，除正经正史等常见文献外，均注出版本出处。第三章《宋杂剧本子》第一节从引“小寒大寒”至引“都是夫人裙带”，一连 8 项引文，所引宋人笔记引文甚长，分别为章末注释，现已改为页下脚注，均为原稿原注。

作者去世之前又撰写了论文《金杂剧、院本、幺末——北杂剧》，其中将金朝后期幺末——北杂剧的产生年代，由《宋杂剧金院本新证》所提出的金卫绍王大安之初（1209），修订为金章宗泰和（1201—1208）之末，整理时据此修订了这一年代。该论文对金院本作者创制的北曲、南曲作出了增加，本书整理时据此更新了这一部分。

其余悉如原稿。

《金杂剧、院本、幺末——北杂剧》一文，作为附录，收在书末。

作为作者的后人和本书整理者，我谨对本书出版者江西教育出版社表示深挚的感谢，对本书出版推荐者陈骧先生表示深挚的感谢。这是永远的感谢。

自序

壬辰（1952）、癸巳（1953）间，予从事于宋金伎艺之研讨，上海胡行之（忌）兄治宋金杂剧，因任二北先生之介绍，尝邮书往来，深得切磋之乐。不数年，行之《宋金杂剧考》付梓印行。予则弃其所学。胡君之书自问世以来，论中国戏曲史者，每称引之。

戊午（1978）秋，予重理旧业，研究宋金杂剧之关涉问题。若剧本之有无，奇奇怪怪院本名目内容之真相。又如宋金戏曲唱法，或谓院本跳而不唱。又若戏曲方言俗语之《论淡》《医淡》《嗓淡》《屌淡》之待确解诸属。亟待扫却迷雾，廓清阴翳。窃以为有此殊胜因缘者，自本世纪50年代以来，新发现之金元曲本及公私庋藏罕见之剧录等珍贵秘籍，逐渐公开，破天荒出土之戏剧文物，日益繁富，海内外学术界之新发现时有所遇。资粮既备，乃谋规划。

赵宋享国三百一十九年（960—1279），金一百一十九年（1115—1234）。其间宋金南北对峙一百零七年（1127—1234）。宋金戏剧本身在此三百余年之成长历程中，其原始面貌及发展成熟之迹象，索赜探微，灼然可辨。以言脚色，有生、旦、净、末、丑；表演，有唱、念、做、打；声腔，有南曲、北曲；唱词，有杂言、齐言。又如脸谱戏衣、舞台装置与戏场布局结构，诸如此类，固无论矣。即今日，上演不衰、家喻户晓的《拜月》《杀狗》《别姬》《和番》《祭东风》《甘露寺》《单刀会》《长生殿》《天波府》《蒙正赶斋》《墙头马上》《张羽煮海》之关目，无不来自宋金戏剧也。

丁卯（1987）春，重庆师范学院元代文学研究室编纂《元代文学词典》，予承乏其间，担任基础知识一门。其中属于宋金元之交叉点者颇不甚少。如曰“宋金杂剧”“金（宋）杂剧”“北杂剧”“金元杂剧”等，均各有端绪。是役也，予受益匪浅。

犹忆往昔，相见任二北先生于成都龙江路之寓斋。先生顾所撰之《唐戏弄》稿相谓曰：“予书成，诸君之宋剧研究亦就，下逮于元，唐宋戏剧，可一脉贯通。”又言：“昔王国维谓真正之戏剧起于宋代；但又以宋之剧本无一存，谓真正的戏剧不能不从元剧始。是则当得揭开敦煌第二石室也。”此不幸而言中。呜呼！子云垂老，尚持覆瓿之玄；成连未逢，漫探海天之操。是编资取，务在新知与新材料。故题曰：宋杂剧金院本新证云尔。

癸酉（1993）花朝节

魏尧西识于高堂寺之僧楼

目录

第一章　溯源

一　从唐五代参军戏到辽、宋、金杂剧

（一）总说

古往今来的戏曲都有其历史渊源，及与其他艺术之交汇。宋、辽、金杂剧，也是如此，既有其历史渊源，也有与其他艺术之交汇。现在试先讨论它的历史渊源。宋、辽、金杂剧，同一源流，都是继承唐、五代参军戏发展来的。至于参军戏的起源与形式，唐段安节《乐府杂录》“俳优”云：

> 开元中，黄幡绰、张野狐弄参军，始自后汉馆陶令石耽。耽有赃犯，和帝惜其才，免罪。每宴乐，即令衣白夹衫，命优伶戏弄，辱之。经年乃放。后为参军，诫也。开元中，有李仙鹤善此戏，明皇特授韶州同正参军，以食其禄。是以陆鸿渐撰词云“韶州参军”，盖由此也。[①]

此言参军戏起源于后汉，到唐玄宗时，已成为流行的戏剧。

---

①〔唐〕段安节：《乐府杂录》，中华书局1985年版，第20—21页。

晋代亦有演时事的参军戏。唐欧阳询《艺文类聚》卷八十五引《赵书》云：

石勒参军周雅(《太平御览》五六九引《赵书》作“周延”)，为馆陶令，盗官绢数百匹，下狱。后每设大会，使与俳儿着介帻，绢单衣。优问曰：“汝为何官，在我俳中？”曰：“本馆陶令。”因抖擞单衣，曰：“政坐是耳，故入汝辈中。”以为大笑。[①]

冯沅君《古优解》曰：“和帝与石勒这种办法自有当时的风俗习惯做背景……自然有产生同样的故事的可能。”[②] 张庚《试论戏曲的起源和形成》云：“石勒时优人戏弄参军周延。……且由被戏弄的本人出场。……这个角色乃是一个官。这分明是日后‘参军’这个角色的所从来，可以看出，先是直接嘲弄真正的官，而后来就变成扮一个官而加以嘲弄。被嘲弄的角色遂名为‘参军’。”[③] 其说为是。

唐参军戏的演出情况。唐赵璘《因话录》卷一载：

肃宗宴于宫中，女优有弄“假官戏”，其绿衣秉简者，谓之“参军桩”。天宝末，蕃将阿布思伏法，其妻配掖庭，善为优，因使隶乐工。是日，遂为假官之长，所为“桩”者，上及侍宴者笑乐。[④]

《新唐书·肃宗女和政公主传》亦略载此事。本剧中假官，不止一员，其绿衣秉简者，谓之“参军桩”，即剧中之主脚是也。“桩”

---

①〔唐〕欧阳询：《艺文类聚》，上海古籍出版社1965年版，第1459页。“因抖擞单衣”以下，原作：“计二十数单衣，曰：‘政坐耳，是故入辈中。’以为大笑。”今据《文渊阁四库全书》本《渊鉴类函》卷三百六十五校正。

② 冯沅君：《古优解》，《冯沅君古典文学论文集》，山东人民出版社1980年版，第52页。

③ 张庚：《试论戏曲的起源和形成》，《新建设》1963年第1期。

④〔唐〕赵璘：《因话录》，中华书局1985年版，第1页。

者，指逗得“上及侍宴者笑乐”的主演人。

又，《乐府杂录》指出之“撰词云‘韶州参军’”的陆鸿渐，即大名鼎鼎的《茶经》作者陆羽——参军戏艺术大师。他是戏堆子里的正脚色，而且能编能导。

陆羽撰的《陆文学自传》说：

陆子，名羽，字鸿渐。……始三岁，惸露，育于竟陵太师积公之禅（院）。自九岁，学属文。积公示以佛书出世之业，子答曰：“终鲜兄弟，无复后嗣。染衣削发，号为释氏，使儒者闻之，得称为孝乎？羽将授孔圣之文。”公曰：“善哉，子为孝。殊不知西方染削之道，其名大矣。”公执释典不屈，子执儒典不屈，公因矫怜抚爱。历试贱务，扫寺地，洁僧厕，践泥污墙，负瓦施屋，牧牛一百二十蹄。竟陵西湖无纸，学书以竹，画牛背为字。他日于学者得张衡《南都赋》，不识其字，但于牧所仿青衿小儿，危坐展卷，口动而已。公知之，恐渐渍外典，去道日旷，又束于寺中，令芟剪卉莽，以门人之伯主焉。或时心记文字，懵然若有所遗，灰心木立，过日不作。主者以为慵堕，鞭之。因叹云：“恐岁月往矣，不知其书。”呜呼不自胜。主者以为蓄怒，又鞭其背，折其楚，乃释。因倦所役，舍主者而去，卷衣诣伶党（到戏班子）。著《谑谈》三篇（可以认为是参军戏剧本），以身为伶正（正脚色），弄木人（傀儡戏）、假吏（假官戏）、藏珠之戏。公追之曰：“念尔道丧，惜哉！吾本师有言：‘我弟子十二时中，许一时外学，令降伏外道也。’以吾门人众多，令从尔所欲。可捐乐工（音乐或戏曲)书。"天宝中,郢人酺于沧浪,邑吏召子为伶正之师。[①]

这是一篇有关参军戏最珍贵的文献。它极其概括地直接地记录下唐参军戏的体制、制作、音乐、艺术及戏班组织等实况。

唐范摅《云溪友议》卷下《艳阳词》:"元相国(即元稹)……廉问浙东,……乃有俳优周季南、季崇及妻刘采春,自淮甸而来,善弄陆参军,歌声彻云。"[②]它指出刘采春戏班以家庭组织形式,自淮甸——即扬州一带,到浙东——即越州(今浙江绍兴)演出。唐薛能《吴姬十首》第八首诗:"楼台重叠满天云,殷殷鸣鼍世上闻。此日杨花初似雪,女儿弦管弄参军。"[③]这些文献,并反映出参军戏的演唱艺术。

参军戏的脚色是参军、"苍鹘"。李商隐《骄儿》诗有"或谑张飞胡,或笑邓艾吃""忽复学参军,按声唤苍鹘"之句,[④]可证。

五代以来的参军戏,《资治通鉴》卷二百七十后梁均王贞明四年六月条云:

> 吴内外马步都军使、昌化节度使、平章事徐知训,骄倨淫暴。……知训狎侮吴王,无复君臣之礼。尝与王为优,自为参军,使王为苍鹘,总角弊衣,执帽以从。[⑤]

---

①〔宋〕李昉等编《文苑英华》卷七百九十三,中华书局1966年版,第5册,第4193—4194页。

②〔唐〕范摅:《云溪友议》,古典文学出版社1957年版,第63页。

③〔清〕彭定求等编《全唐诗》卷五百六十一,中华书局1960年版,第17册,第6520页。

④〔清〕彭定求等编《全唐诗》卷五百四十一,中华书局1960年版,第16册,第6244—6255页。

⑤〔宋〕司马光编著《资治通鉴》,中华书局1956年版,第19册,第8827页。

宋马令《南唐书》卷八《知训传》："尝饮酒楼上，命优人高贵卿侍酒。知训为参军，(杨)隆演鹑衣髽髻，为苍鹘。"[①]"鹑衣"，打补丁的破衣；"髽髻"，粗乱挽的发髻；此乃穷苦人的装扮。宋姚宽《西溪丛语》卷下亦载此事说："按吴史云：徐知训怙威骄淫，调谑王，无敬畏心。尝登楼狎戏，荷衣木简，自号参军，令王髽髻鹑衣，为苍头以从。"[②]上述史料，记载五代参军戏之演出形态并同。宋、辽、金杂剧，即承继其体制而来。

唐五代伶人继承古代"优谏"传统，每以诙谐滑稽匡谏人主。任半塘先生《优语集·弁言》："黄幡绰……能窥其主不德，时用匡替。"[③]唐高怿《群居解颐·优人滑稽》："咸通中，优人李可及滑稽谐戏，独出辈流，虽不得托讽谕，然巧智敏捷，亦不可多得。"[④]宋、辽、金伶人并继承其风。《辽史》卷一百九《伶官列传》："罗衣轻，不知其乡里，滑稽通变，一时谐谑，多所规讽。"宋耐得翁《都城纪胜·瓦舍众伎》："(杂剧)大抵全以故事、世务为滑稽，本是鉴戒，或隐为谏诤也。"[⑤]

宋、辽、金杂剧之名，亦相沿于唐代。唐李德裕《李文饶文集》卷十二《第二状奉宣令更商量奏来者》说：

> 蛮退后，京城传说驱掠五万余人，音乐伎巧，无不荡尽。缘郭钊无政，都不勘寻。臣德裕到镇后，差官于蛮，

---

①〔宋〕马令：《南唐书》卷八，商务印书馆1935年版，第58页。

②〔宋〕姚宽：《西溪丛语》，中华书局1985年版，第45页。

③ 任二北编著《优语集》，上海文艺出版社1981年版，第6页。

④〔元〕陶宗仪辑《说郛》卷三十二，《说郛三种》，上海古籍出版社1988年版，第566页。

⑤〔宋〕耐得翁：《都城纪胜》，《南宋古迹考(外四种)》，浙江人民出版社1983年版，第86页。

> 经历州县，一一勘寻，皆得来名，具在案牍。蛮共掠九千人，成都郭下成都、华阳两县，只有八千人，其中一人是子女锦锦，杂剧丈夫两人，医眼大秦僧一人，余并是寻常百姓，并非工巧。[①]

本文作于文宗大和三年（829）。此是“杂剧”一词之最早记录。以下分别叙述辽、宋、金杂剧。

（二）辽之杂剧

宋初，北方的契丹——辽，早于北宋六十七年兴起。接受了唐、晋诸朝的文化艺术，已有杂剧。《辽史》卷五十四《乐志》“散乐”条云：“晋天福三年（938），遣刘煦以伶官来归，辽有散乐，盖由此矣。”是辽在北宋建国前的二十二年，已经有散乐、伶官的设置。辽沿唐、晋之制，设有教坊，凡重大节日宴会，都有杂剧的演出。《辽史·乐志》：“皇帝生辰乐次：酒一行：觱篥起，歌。……酒三行：琵琶独弹，饼、茶、致语。食入，杂剧进。”《辽史·乐志》：“曲宴宋国使乐次：酒一行：觱篥起，歌。……酒四行：琵琶独弹，饼、茶、致语。食入，杂剧进。”蒋星煜《辽兴宗为后妃演戏而伴奏》一文，引宋曾巩《隆平集》卷二十《夷狄·契丹耶律隆绪传》：

> 宗真庙号兴宗，在位凡二十五年。常与教坊使王税轻十数人结为兄弟，出入其家，或拜其父母。常夜宴，与刘四端兄弟及王刚等数十人入乐队，命后妃易衣为女冠，后父萧磨只言：“汉官皆在此，后妃入戏，非所宜也。”宗真

---

①〔清〕董诰辑《全唐文》卷七百三，中华书局 1983 年版，第 7 册，第 7220 页。

击碎后父首，曰:“我尚为之，若女何人也。”[①]

蒋氏文说:“‘后妃易衣为女冠’和‘后妃入戏’这两句话，充分证明了这位萧后和妃子所演的不是歌舞，不是散乐，而是杂剧。”[②]

宋邵伯温《邵氏闻见录》卷十:

潞公谓温公曰:“某留守北京，遣人入大辽侦事回，云见虏主大宴群臣，伶人剧戏，作衣冠者，见物必攫取，怀之。有从其后以梃扑之者，曰:‘司马端明耶？’君实清名，在夷狄如此。”温公愧谢。[③]

《宋史》卷二百九十七《孔道辅传》:

契丹宴使者，优人以文宣王为戏，道辅艴然径出。契丹使主客者邀道辅还坐，且令谢之。道辅正色曰:“中国与北朝通好，以礼文相接，今俳优之徒，慢侮先圣而不之禁，北朝之过也。道辅何谢？”契丹君臣默然。

辽以孔子为戏的剧，或即后来金院本之《陈蔡》。

（三）宋之杂剧

宋杂剧是沿袭唐五代参军戏来的。宋胡仔《苕溪渔隐丛话后集》卷十六《唐人杂记上》:

《复斋漫录》云:“薛能《吴姬诗》:‘楼台重叠满天云，殷殷鸣鼍世上闻。此日杨花初似雪，女儿丝管弄参军。’本朝张景，景德三年，以交通曹人赵谏斥为房州参军，景

---

①〔宋〕曾巩:《隆平集》卷二十，康熙七业堂校刻本，第3叶a面。

② 蒋星煜:《辽兴宗为后妃演戏而伴奏》，《社会科学战线》1983年第2期。

③〔宋〕邵伯温撰，王根林校点《邵氏闻见录》，上海古籍出版社 2012年版，第58页。

为《屋壁记》，略曰：‘近置州县参军，无员数，无职守，悉以旷官败事违戾政教者为之，凡朔望飨宴使与焉，若处人一见之，必指曰：参军也。尝为某罪矣。至于倡优为戏，亦假而为之，以资玩戏，况真为者乎？宜为人之轻视，又将狎而侮之。’大略如此。余按《乐府杂录》云：‘戏弄参军，自汉馆陶令石耽，有赃犯，和帝惜其才，免罪，每宴乐，令衣白衫，命优伶戏弄辱之，经年，乃放为参军。’然则戏弄参军，自汉已然矣，不始于唐世也。又五代王建时，王宗侃责受维州司户参军，曰：‘要我头时断去，谁能作此措大官，使俳优弄为参军邪！’”①

胡忌《宋金杂剧考》第三章“参军色的地位”（以下简称《胡考》）引此，说：“此段所记宋初以参军为戏事颇详，亦可见唐、五代、宋参军戏的相袭面貌。”②

宋江少虞《宋朝事实类苑》卷六十五《谈谐戏谑》引《倦游录》：

景祐末，诏以郑州为奉宁军，蔡州为淮康军。范雍自侍郎领淮康节钺，镇延安。时羌人旅拒戍边之卒，延安为盛。有内臣卢押班者钤辖，心尝轻范，一日军府开宴，有军伶人杂剧，称参军梦得一黄瓜，长丈余，是何祥也？一伶贺曰：“黄瓜上有刺，必作黄州刺史。”一伶批其颊曰：“若梦见镇府萝卜，须作蔡州节度使。”范疑卢所教，即取二

① 〔宋〕胡仔撰，廖德明校点《苕溪渔隐丛话后集》，人民文学出版社1962年版，第117页。

② 胡忌：《宋金杂剧考》，中华书局2008年版，第98页。

伶杖背，黥为城旦。[①]

案:文中指出的“参军”,实为脚色中副净;“一伶贺”者,为引戏;“一伶批其颊”者，是副末。

宋周密《齐东野语》卷十三《优语》:

宣和中，童贯用兵燕蓟，败而窜。一日内宴，教坊进伎，为三四婢，首饰皆不同。其一当额为髻，曰:“蔡太师家人也。”其二髻偏坠，曰:“郑太宰家人也。”又一人满头为髻如小儿,曰:“童大王家人也。”问其故,蔡氏者曰:“太师觐清光,此名朝天髻。”郑氏者曰:“吾太宰奉祠就第,此懒梳髻。”至童氏者,曰:“大王方用兵,此三十六髻也。”[②]

周贻白《中国戏曲史讲座》第二讲《唐代传奇文与北宋杂剧》引此，说:“但以女婢三四人登场，其为男优所扮或女性所装虽未确知，但唐代‘参军戏’在北宋发展成为‘杂剧’，而‘北宋杂剧’之不拘形式，由此也可以看出。”[③]

宋陆游《剑南诗稿》卷二十七《春社》诗:“太平处处是优场，社日儿童喜欲狂。且看参军唤苍鹘，京都新禁舞斋郎。”[④]

从上述文献，可看出宋杂剧从唐参军戏发展而来的轨迹。

①〔宋〕江少虞编纂，瞿济苍校点《宋朝事实类苑》，上海古籍出版社 1981 年版，第 860—861 页。

②〔宋〕周密撰，张茂鹏校点《齐东野语》，中华书局 1983 年版，第 244—245 页。

③ 周贻白:《中国戏曲史讲座》，中国戏剧出版社 1958 年版，第 36 页。

④〔宋〕陆游著，钱仲联校注《剑南诗稿校注》，上海古籍出版社 1985 年版，第四册，第 1884 页。

（四）金之杂剧

金灭辽，金接受了宋与辽的文化艺术。《金史》卷一百二十五《文艺传》：“金初未有文字。世祖以来，渐立条教。太祖既兴，得辽旧人用之，使介往复，其言已文。……及伐宋，取汴经籍图，宋士多归之。”金仍辽制，置教坊。《金史》卷三十九《乐志上》“散乐”条：“元日、圣诞称贺，曲宴外国使，则教坊奏之。”《金史》卷三十八《礼志十一》“新定夏使仪注”条：“夏国使、副及参议各一，谓之使。……第四日，……引都管、上中节分左右上厅，……候押宴等初盏毕，乐声尽，坐。至五盏后食，六盏、七盏，杂剧。”由是而知，金朝宴外国使节演出的杂剧节次，与辽、宋两国完全相同。

宋徐梦莘《三朝北盟会编》卷二十《政宣上帙二十·起宣和七年正月二十壬辰尽其日》引《宣和乙巳奉使行程录》曰：

> 第二十八程，至咸州。未至州一里许，有幕屋数间，供帐略备。州守出迎，礼仪如制，就坐，乐作。有腰鼓、芦管、笛、琵琶、方响、筝、笙、箜篌、大鼓、拍板，曲调与中朝一同。……舞者六七十人。①
>
> 第三十九程，至馆。……翼日赴虏庭朝见，……御厨宴，……食余，颁以散三节，人、乐如前所叙，但人数多至二百人。云乃旧契丹教坊四部也。……次日……次日诣虏庭，赴花宴，并如仪。酒三行，则乐作，鸣钲、击鼓，百戏出场，有大旗、狮、豹、刀牌、砑鼓、踏跷、踏索、

---

①〔宋〕徐梦莘：《三朝北盟会编》卷二十，上海古籍出版社 1987 年影光绪许涵度刻本，第 144 页。

上竿、斗跳、弄丸、挝簸旗、筑球、角抵、斗鸡、杂剧等，服色鲜明，颇类中朝。①

《三朝北盟会编》卷七十七《靖康中帙五十二》靖康二年正月二十五日乙卯“金人来索诸色人”：

金人来索御前祗候……教坊乐人，……露台祗候妓女千人，……杂剧、说话、弄影戏、小说、嘌唱、弄傀儡、打筋斗、弹筝、琵琶、吹笙等艺人一百五十余家，令开封府押赴军前。②

《三朝北盟会编》卷七十八《靖康中帙》靖康二年正月三十日庚申“金人又索诸人物”：

是日又取……诸般百戏一百人，教坊四百人，……弟子帘前小唱二十人，杂戏一百五十人。③

这些史料充分说明了金之杂剧，亦来自辽、宋之杂剧。

二 宋金杂剧与爨民族文化之交汇

宋金杂剧与爨民族文化之交汇，一再见于元人之记载。

元李京《云南通志略》之《诸夷风俗》云：

金齿百夷……男女文身，去髭须鬓眉睫，以赤白土傅

①〔宋〕徐梦莘：《三朝北盟会编》卷二十，上海古籍出版社1987年影光绪许涵度刻本，第145—146页。

②〔宋〕徐梦莘：《三朝北盟会编》卷七十七，上海古籍出版社1987年影光绪许涵度刻本，第583页。

③〔宋〕徐梦莘：《三朝北盟会编》卷七十七，上海古籍出版社1987年影光绪许涵度刻本，第587页。

> 面，彩缯束发，衣赤黑衣，蹑绣履，带镜，呼痛之声曰“阿也韦”，绝类中国优人。不事稼穑，唯护养小儿。天宝中，随爨归王入朝于唐，今之爨弄实原于此。[①]

此文系叶德均发现，并谓：“按李京于大德六年冬从脱脱平章镇平‘越嶲之变’，居滇久。其言似可信，且早于《辍耕录》数十年。”[②]叶氏又云：“惟其事在盛唐而非北宋；本身为歌舞伎也。”[③]

元陶宗仪《南村辍耕录》卷二十五《院本名目》：

> 唐有传奇，宋有戏曲、唱诨、词说，金有院本、杂剧、诸宫调。院本、杂剧，其实一也。国朝，院本、杂剧，始厘而二之。院本则五人，一曰副净，古谓之参军；一曰副末，古谓之苍鹘，鹘能击禽鸟，末可打副净，故云；一曰引戏；一曰末泥；一曰孤装。又谓之五花爨弄。或曰：宋徽宗见爨国人来朝，衣装、鞵履、巾裹、傅粉墨，举动如此，使优人效之以为戏。[④]

元夏伯和《青楼集志》亦载此事，[⑤]文字略同，不具引。李京谓爨人来朝，系唐天宝年间，此或出于传闻之误，叶、胡两君从之，未解其所据陶宗仪、夏伯和说是宋徽宗时事，为可信。今有史书为佐证。

宋王应麟《玉海》卷一百五十四《朝贡·熙宁大理国贡方物》：

---

①〔元〕陶宗仪辑《说郛》卷三十六，《说郛三种》，上海古籍出版社 1988 年版，第 624 页。

② 胡忌：《宋金杂剧考》引叶德均函，中华书局 2008 年版，第 159 页。

③ 胡忌：《宋金杂剧考》引叶德均函，中华书局 2008 年版，第 159 页。

④〔元〕陶宗仪：《南村辍耕录》，中华书局 1959 年版，第 306 页。

⑤〔元〕夏庭芝：《青楼集》卷首，《中国古典戏曲论著集成》第二集，中国戏剧出版社 1959 年版，第 7 页。

熙宁九年八月二日，大理国（原注：唐之云南）奉表，贡金装碧玕山、毡罽刀剑、犀皮甲。政和六年十二月二十三日、七年二月，再入贡。癸亥，大理国王段和誉加云南节度使。①

元马端临《文献通考》卷三百二十九《四裔考六·南诏》：

政和三年，广州观察使黄璘奏：南诏大理慕义怀来，愿为臣妾，欲听其入贡，诏置局于宾州。六年，遣进奉使李紫琮等过鼎州，请诣学瞻拜宣圣像，许之，遂遍谒，见诸生。又乞观御书阁，阅读御制，举笏叩首。七年，至京师，贡马及麝香等。制：以其王段和誉为金紫光禄大夫、检校司空、云南节度使、上柱国、大理国王。②

《宋史》卷四百八十八《外国四·大理国传》亦载其事：

（政和）六年，遣进奉使天驷爽彦贲李紫琮、副使坦绰李伯祥来，……七年二月，至京师，贡马三百八十匹，及麝香、牛黄、细毡、碧玕山诸物。制：以其王段和誉为金紫光禄大夫、检校司空、云南节度使、上柱国、大理国王。

《玉海》《文献通考》《宋史》皆载宋徽宗政和六七年间南诏大理来朝之事，与《南村辍耕录》（以下简称《辍耕录》）、《青楼集志》所记“宋徽宗见爨国人来朝”正相符。是宋金杂剧与爨民族文化之交汇，系宋徽宗政和七年事。至于二书说的“爨国人来朝”云云，当是随从南诏大理入朝成员中的爨民族。《胡考》引明代杨慎诗:“逡

①〔宋〕王应麟:《玉海》卷一百五十四，嘉庆江宁藩署刻本，第32叶b面。

②〔元〕马端临:《文献通考》卷三百二十九，光绪浙江书局刊本，第25叶a面。

巡乌爨弄，嗷咷白狼章。”原注：“乌爨，滇蛮名。”[①] 并其证也。

《辍耕录》所言之“五花爨弄”，即五个装饰不同脚色登场演出之意。两宋金杂剧的脚色的定制，恰为五人。《都城纪胜》云“杂剧中，末泥为长，每四人或五人为一场”，[②] 是其证。宋杂剧与爨民族歌舞艺术交汇之后的新风格，称为爨弄，或省称爨，亦曰爨体。《武林旧事》记载的“官本杂剧段数”中，有《天下太平爨》《喜朝天爨》《闹夹棒爨》《夜半乐爨》《风花雪月爨》等四十余种。[③] 它显然是与爨民族歌舞艺术交汇后撰写的剧本。

三　宋金杂剧与唐五代俗文学民间文艺之关系

唐五代时，变场、歌场中演唱的变文，直到宋真宗时，还在寺庙中演唱。这类俗文学的内容与形式，均为广大民众所接受，在民间有深远的影响。特别是金、宋杂剧分家后，金统治区流行的院本，大量吸收这类俗文学的体裁及题材，编成剧本。如变文有《目

---

① 胡忌：《宋金杂剧考》，中华书局 2008 年版，第 160 页。杨慎此诗题为《雨夕梦安公石张习之觉而有述因寄》，见《景印文渊阁四库全书》本《升庵集》卷二十一，原注作：“乌爨，古之乌蛮，今之猡人也。其乐谓之爨弄，唐世乐府，取以为笑云。”又：“白狼，盘木，今丽江姚巂夷也，事具《汉书》。”

②〔宋〕耐得翁：《都城纪胜》，《南宋古迹考（外四种）》，浙江人民出版社 1983 年版，第 86 页。

③〔宋〕周密：《武林旧事》卷十《官本杂剧段数》，西湖书社 1981 年版，第 156 页。

连变》,[1] 金院本有《打青提》;[2] 变文有《孟姜女》,[3] 金院本有同名剧目;[4] 变文有《百鸟名》,[5] 金院本有《讲百禽爨》。[6] 其采用俗文学之体裁者,变文有《燕子赋》《韩朋赋》,[7] 院本有《大口赋》《风魔赋》。[8] 其采用俗文学之题材者,敦煌曲有讲唱《孝经皇帝感》,[9] 宋金杂剧有《孝经借衣爨》,[10] 院本有《孝经孤》。[11] 敦煌写本有《千字文》,[12] 院本有《背鼓千字文》《变龙千字文》《错打千字文》。[13]

---

① 潘重规编著《敦煌变文集新书》,台北文津出版社 1994 年版,第 735 页。

②〔元〕陶宗仪:《南村辍耕录》卷二十五《院本名目 · 拴搐艳段》,中华书局 1959 年版,第 311 页。

③ 潘重规编著《敦煌变文集新书》,台北文津出版社 1994 年版,第 869 页。

④〔元〕陶宗仪:《南村辍耕录》卷二十五《院本名目 · 打略拴搐》,中华书局 1959 年版,第 313 页。

⑤ 潘重规编著《敦煌变文集新书》,台北文津出版社 1994 年版,第 1207 页。

⑥〔元〕陶宗仪:《南村辍耕录》卷二十五《院本名目 · 诸杂院爨》,中华书局 1959 年版,第 310 页。

⑦ 潘重规编著《敦煌变文集新书》,台北文津出版社 1994 年版,第 1143、961 页。

⑧〔元〕陶宗仪:《南村辍耕录》卷二十五《院本名目 · 打略拴搐》,中华书局 1959 年版,第 314 页。

⑨ 任半塘编著《敦煌歌辞总编》,上海古籍出版社 1987 年版,第 734 页。

⑩〔宋〕周密:《武林旧事》卷十《官本杂剧段数》,西湖书社 1981 年版,第 156 页。

⑪〔元〕陶宗仪:《南村辍耕录》卷二十五《院本名目·诸杂大小院本》,中华书局 1959 年版,第 307 页。

⑫ 敦煌写本《千字文》多达 40 个卷号,见《敦煌遗书总目索引新编》,中华书局 2000 年版,索引第 30 页。

⑬〔元〕陶宗仪:《南村辍耕录》卷二十五《院本名目 · 诸杂院爨》,中华书局 1959 年版,第 310 页。

第二章　脚色及戏曲中表示某一类人物的称谓

一　脚色

（一）概说

戏曲中的脚色之名，始于唐五代，而发展奠定于宋金。宋钱易《南部新书》卷癸："卢氏说：'有官人衣绯，于中书门祇候见宰相求官，人问前任，答曰：某属教坊，作西方师子脚来三十年。'"[①] 师子脚，即舞狮子的脚色。宋马令《南唐书·舒雅传》："（韩）熙载性懒，不拘礼法，常与雅易服燕戏，猱杂侍婢，入末念酸，以为笑乐。"[②] 入末，充当副末。酸，酸文，打趣的台词。入末念酸，即充当副末装扮成秀才，念诵打趣的台词。欧阳修《与梅圣俞书》："正如杂剧人，上名下韵不来，须勾副末接续尔。"[③] 黄山谷【鼓笛令】词有"副靖传语木大"[④] 之语，副靖，副净的别写。

---

①〔宋〕钱易撰，黄寿成点校《南部新书》，中华书局 2002 年版，第 167 页。

②〔宋〕马令：《南唐书》卷二十二，商务印书馆 1935 年版，第 147 页。

③〔宋〕欧阳修：《欧阳修全集》，《书简》卷六《与梅圣俞》，嘉祐三年第二简，中国书店 1986 年版，下册，第 1290 页。

④ 唐圭璋编《全宋词》，中华书局 1965 年版，第一册，第 408 页。

宋金杂剧脚色的名称、员额及其职责，《都城纪胜》《武林旧事》《辍耕录》诸书记载綦详。

宋耐得翁《都城纪胜·瓦舍众伎》记云：

杂剧中，末泥为长，每四人或五人为一场……末泥色主张，引戏色分付，副净色发乔，副末色打诨，又或添一人装孤。①

宋周密《武林旧事》卷四《乾淳教坊乐部·杂剧色·德寿宫》：

刘景长（使臣）……

盖门庆（末）　侯谅（侯大头，次末）②

宋周密《武林旧事》卷四《乾淳教坊乐部·杂剧色·杂剧三甲》：

刘景长一甲八人：

戏头：李泉现　　引戏：吴兴祐

次净：茆山重、侯谅、周泰

副末：王喜　　装旦：孙子贵③

脚色名单有：末、戏头、引戏、次净、副末、装旦。

元陶宗仪《辍耕录》卷二十五《院本名目》说：

院本则五人，一曰副净，古谓之参军；一曰副末，古谓之苍鹘，鹘能击禽鸟，末可打副净，故云；一曰引戏；一曰末泥；一曰孤装。又谓之五花爨弄。④

①〔宋〕耐得翁：《都城纪胜》，《南宋古迹考（外四种）》，浙江人民出版社 1983 年版，第 86 页。

②〔宋〕周密：《武林旧事》，西湖书社 1981 年版，第 56 页。

③〔宋〕周密：《武林旧事》，西湖书社 1981 年版，第 63 页。

④〔元〕陶宗仪：《南村辍耕录》，中华书局 1959 年版，第 306 页。

兹据上述诸书及元高安道【哨遍】《嗓淡行院》[①] 所载的脚色名称，表列如次：

《都城纪胜》	末泥	引戏	副净	副末	装孤	
《武林旧事》	末	引戏	次净	副末	装旦	戏头
《辍耕录》	末泥	引戏	次净	副末	孤装	
《嗓淡行院》	末泥	引戏		装旦	外旦	

（二）脚色名称及其职责

末泥

《都城纪胜》云："杂剧中，末泥为长。"长，首领。《嗓淡行院》【四煞】："末泥引戏的衠劳嗽，做不得古本《酸孤旦》，辱末煞驰名魏、武、刘。"[②]《辍耕录》卷二十五《院本名目》："院本……教坊色长魏、武、刘三人，鼎新编辑。魏长于念诵，武长于筋斗，刘长于科汎，至今乐人皆宗之。"[③] 末泥与教坊色长魏、武、刘相提并论，可知其为戏班首领。北杂剧相沿其例，为主唱脚色。《蓝采和》杂剧中的正末蓝采和乃是戏班首领，即其例证。[④]

《都城纪胜》说："末泥色主张。"《嗓淡行院》【六煞】说："主

① 隋树森编《全元散曲》，中华书局 1981 年版，下册，第 1109—1111 页。

② 隋树森编《全元散曲》，中华书局 1981 年版，下册，第 1110 页。

③〔元〕陶宗仪：《南村辍耕录》，中华书局 1959 年版，第 306 页。《嗓淡行院》【尾煞】："似兀的武光头、刘色长、曹娥秀。"可以参证。

④〔元〕无名氏《汉钟离度脱蓝采和杂剧》第一折："（正末上云）小可人姓许名坚，乐名蓝采和，浑家是喜千金，所生一子是小采和，媳儿蓝山景，姑舅兄弟是王把色，两姨兄弟是李薄头。俺在这梁园棚勾栏里做场。"（隋树森编《元曲选外编》，中华书局 1959 年版，第 971 页。）

张的自吸噹。”[①]吸噹,伶俐的意思。《水浒全传》第八十二回《梁山泊分金大买市，宋公明全伙受招安》:“第三个末色的……最先来提掇甚分明。”[②]提掇，交代之意。

末泥色主张的具体例证,南戏《张协状元》第二出有一个遗留：

（生上白）讹未。

（众喏）

（生）劳得谢送道呵！

（众）相烦那子弟！

（生）后行子弟，饶个【烛影摇红】断送。

（众动乐器）

（生踏场数调）

……

（生）暂藉轧色。

（众）有。

（生）罢！学个张状元似像。

（众）谢了！[③]

剧中的“生”，即末泥色。如本剧第一出【绕池游】末白“末泥色饶个踏场”，[④]可证。这一段前台的“生”（末泥色），和后台的

---

①〔元〕高安道:《嗓淡行院》【六煞】，隋树森编《全元散曲》，中华书局 1981 年版，下册，第 1110 页。

② 施耐庵、罗贯中 :《水浒全传》，上海人民出版社 1975 年版，下册，第 1027 页。

③〔宋〕九山书会 :《张协状元》，钱南扬校注《永乐大典戏文三种校注》，中华书局 1979 年版，第 13 页。

④〔宋〕九山书会 :《张协状元》，钱南扬校注《永乐大典戏文三种校注》，中华书局 1979 年版，第 4 页。

“众”，一呼一应的开场演出，——生云“后行子弟，饶个【烛影摇红】断送”，生又云“暂藉轧色”，生再云“学个张状元似像”——即来自宋杂剧之“末泥色主张”是也。《张协状元》是仅存的一本南宋时编撰的古戏曲，它遗留下最初的戏文沿袭宋杂剧——“末泥色主张”古老的开场演出程序。

引戏

《都城纪胜》云：“引戏色吩咐。”《武林旧事》卷四《乾淳教坊乐部·杂剧色》有“引戏”，如《杂剧色·杂剧三甲》“刘景长一甲八人”：“引戏：吴兴祐。”[①] 名单中注文省作“引”，如《杂剧色·衙前》：“吴兴祐（德寿宫引，兼舞三台）……孙子贵（引）。”[②]《嗓淡行院》【四煞】：“末泥引戏的衠劳嗽。”[③] 元初杜善夫《庄家不识构栏》【四煞】：“一个女孩儿转了几遭，不多时引出一伙。”[④] 这个女孩儿即是引戏。明朱权《太和正音谱》卷上《词林须知》：“引戏，院本中旦也。”[⑤]

副净

《武林旧事》卷四《乾淳教坊乐部·杂剧色·衙前》：“成贵（副）。陈烟息（副。大口）。”[⑥] 钱南扬《戏文概论》：“《张协》第二出云：‘（净有介）（白）拜揖。（末）一出来便开放大口。’案：《武林旧事》……陈烟息下注云：‘副。大口。’副，当指副净。副净声音洪大，故有‘大

---

①〔宋〕周密：《武林旧事》，西湖书社 1981 年版，第 63 页。

②〔宋〕周密：《武林旧事》，西湖书社 1981 年版，第 56 页。

③ 隋树森编《全元散曲》，中华书局 1981 年版，下册，第 1110 页。

④ 隋树森编《全元散曲》，中华书局 1981 年版，上册，第 31 页。

⑤〔明〕朱权：《太和正音谱》，《中国古典戏曲论著集成》第三集，中国戏剧出版社 1959 年版，第 54 页。

⑥〔宋〕周密：《武林旧事》，西湖书社 1981 年版，第 56 页。

口'的插号。也与《张协》合。"[1]

《都城纪胜》云："副净色发乔。""发乔"，包括有滑稽、卖傻、虚假、胡扯诸内容。副净色发乔、副末色打诨的舞台表演形态，《庄家不识构栏》有具体的描述：

【二煞】一个（即副末）妆做张太公，他（副净）改做小二哥，行行行说向城中过。见个年少的妇女向帘儿下立，那老子用意铺谋待取做老婆。教小二哥相说合，但要的豆谷米麦，问甚布绢纱罗。

【一】教太公往前那不敢往后那，抬左脚不敢抬右脚，翻来覆去由他一个（此描写发乔）。太公心下实焦懆，把一个皮棒槌则一下打做两半个。我则道脑袋天灵破，则道兴词告状，𠜱地大笑呵呵。[2]

副末

《都城纪胜》："副末色打诨。"打诨，已详前条。至于副末打副净，即如《庄家不识构栏》所说"把一个皮棒槌则一下打做两半个"是也。元李伯瑜【小桃红】《磕瓜》对此有详细的描述："木胎毡观要柔和，用最软的皮儿裹。手内无他煞难过，得来呵，普天下好净也应难躲。兀的般砌末，守着个粉脸儿色末，诨广笑声多。"[3]

旦

旦，亦写作妲。本表示剧中女性主人公的称谓。《武林旧事》

① 钱南扬：《戏文概论》，上海古籍出版社1981年版，第233页。

② 隋树森编《全元散曲》，中华书局1981年版，上册，第32页。

③ 隋树森编《全元散曲》，中华书局1981年版，下册，第1222页。

卷二《舞队·大小全棚傀儡》节目中有“粗旦”“细旦”，[①]《武林旧事》卷十《官本杂剧段数》有《孤夺旦六幺》，[②]《辍耕录》卷二十五《院本名目·诸杂大小院本》有《老孤遣旦》《哮卖旦》。[③] 旦，或作妲，旦、妲，同音异体，[④] 均剧中之女性主人公。旦，由此演变为脚色之名。如《武林旧事》卷四《乾淳教坊乐部·杂剧色·杂剧三甲》“刘景长一甲八人”名单：“装旦：孙子贵。”[⑤] 同书卷六《诸色伎艺人·杂扮》名单：“鱼得水（旦）……王寿香（旦）……自来俏（旦）。”[⑥]《张协状元》第三出：“旦上唱。”[⑦] 同剧第三十五出说白：“旦：奴家是妇人。净：妇人如何不扎脚？”[⑧] 是宋戏中的旦，亦以男优为之。

戏头

戏头，仅见于《武林旧事》卷四《乾淳教坊乐部·杂剧色·杂剧三甲》名单，且列于诸脚色之首。[⑨]《杂剧三甲》的四张名单中，第二甲、第三甲、第四甲三甲的戏头均为孙子贵，孙子贵在第一甲又为装旦，在《乾淳教坊乐部·杂剧色·衙前》名单中是引戏。[⑩]

---

①〔宋〕周密：《武林旧事》，西湖书社 1981 年版，第 33 页。

②〔宋〕周密：《武林旧事》，西湖书社 1981 年版，第 153 页。

③〔元〕陶宗仪：《南村辍耕录》，中华书局 1959 年版，第 307 页。

④ 梁顾野王《玉篇》卷三《女部》：“妲，多剌切。”宋司马光《类篇》卷三十五《女部》：“妲，当割切。……又得案切，文一，重音一。”是“妲”又音旦。

⑤〔宋〕周密：《武林旧事》，西湖书社 1981 年版，第 63 页。

⑥〔宋〕周密：《武林旧事》，西湖书社 1981 年版，第 109 页。

⑦〔宋〕九山书会：《张协状元》，钱南扬校注《永乐大典戏文三种校注》，中华书局 1979 年版，第 24 页。

⑧〔宋〕九山书会：《张协状元》，钱南扬校注《永乐大典戏文三种校注》，中华书局 1979 年版，第 160 页。

⑨〔宋〕周密：《武林旧事》，西湖书社 1981 年版，第 63—64 页。

⑩〔宋〕周密：《武林旧事》，西湖书社 1981 年版，第 56 页。

是孙子贵一人而兼引戏、戏头、装旦三职。知其人为多面手，宜其为戏头也。此职与演出事务有关。

装孤

《都城纪胜·瓦舍众伎》:“杂剧……又或添一人装孤。”《辍耕录》作孤装。《宦门子弟错立身》第五出【六幺序】:“情愿为路歧……问甚么妆孤扮末诸般会。”[1] 装孤,装扮成各色人物。详见后文“孤”。

诚如前述,宋杂剧和金院本的脚色,实为末泥、引戏、副末、副净、旦等五种,《辍耕录》总括一句话说:“(此)又谓之五花爨弄。”

(三)原始脚色在舞台上

宋金戏曲脚色在舞台演出的过程中，有时不按所装扮的剧中人的身份称呼，而直呼脚色之名。黄山谷【鼓笛令】词有“副靖传语木大”[2] 之语，副靖（净）是脚色名，木大是剧中主人公，见第十章中之“呆木大”。

又《张协状元》第二出:“(外白)孩儿，……我却说与你妈妈，教逼逻些行李裹足之资。你交副末底取员梦先生来员梦看。”[3] 同剧第五出:“(净白)嗽，叫副末底过来。(末出)触来勿与兢，……(生)妈妈息怒。(净)叫副末底过来。(末拖雨伞上)”[4] 钱南扬注:“副

---

①〔宋〕古杭才人:《宦门子弟错立身》，钱南扬校注《永乐大典戏文三种校注》，中华书局1979年版，第232页。

② 唐圭璋编《全宋词》，中华书局1965年版，第一册，第408页。

③〔宋〕九山书会:《张协状元》，钱南扬校注《永乐大典戏文三种校注》，中华书局1979年版，第15页。

④〔宋〕九山书会:《张协状元》，钱南扬校注《永乐大典戏文三种校注》，中华书局1979年版，第32—33页。

末底——不按戏中人的身份称呼、而径云副末底，未脱戏剧原始面目。”[①] 由此并见宋金杂剧脚色产生之初的面貌。

二　戏曲中表示某一类人物的称谓

概说

宋金戏曲中表示某一种人物称谓，《胡考》“脚色名称”中已有论述。兹仅补充其不足。

王国维《宋元戏曲考》中尝将社会上对人们的一种敬称，或代称，与戏剧中的脚色之名，混为一谈。如云：“元人脚色中有孤有旦，其实二者非脚色之名。孤者，当时官吏之称；旦者，妇女之称。”[②] 王氏谓旦非脚色，孤乃官吏之称，均不当。任半塘《唐戏弄》第四章《脚色》辩驳说：

> 元代一般官吏，必不皆称孤：……必无大小官员一律“称孤道寡”之理。[③]
>
> 王氏《脚色考》谓“《太和正音谱》云：‘孤，当场装官者。’证以《院本名目》之‘孤下家门’，及现存元曲，其说是也。”按“孤下家门”部分之孤乃装官，可靠；谓杂剧院本名目内之孤，全部装官，殊不可靠。元曲部分新发见之材料已

① 〔宋〕九山书会：《张协状元》，钱南扬校注《永乐大典戏文三种校注》，中华书局 1979 年版，第 24 页。

② 王国维：《宋元戏曲考》七《古剧之结构》，《王国维遗书》第十五册，上海古籍书店 1983 年版，第 48 页。

③ 任半塘：《唐戏弄》，上海古籍出版社 1984 年版，下册，第 778 页。

多，有待统查，方能决定。[①]

任先生提出的这个问题，窃不揣浅陋，试将宋金戏曲中之孤，及其他之偌、酸、哮、卜、厥等人物的代称，一一考释如次。

孤

（一）孤、孤老，即官人，对男子的敬称。宋汪云程《蹴鞠谱·圆社锦语》："孤老，老官人。"[②]清翟灏《通俗篇》卷十八《称谓·官人》："唐时惟有官者方得称官人，宋乃不然。若周密《武林旧事》所载金四官人以棋著，李大官人以书会著，陈三官人以演史著，乔七官人以说药著，邓四官人以唱赚著，戴官人以捕蛇著。吴自牧《梦粱录》又有徐官人幞头铺，崔官人扇面铺，张官人文籍铺，傅官人刷牙铺。当时殆无不官人者矣。"[③]

上引《蹴鞠谱·圆社锦语》《武林旧事》《梦粱录》诸书互证，知"孤"即官人是也，是对男子的敬称。

金元戏曲中"孤"与"官人"同时并用。如《元刊杂剧三十种》张国宾《汗衫记》第三折：

【上小楼】甚风儿吹你到来……

（等孤云了。）

（正末云：）官人姓甚底？

（等孤云了。）

---

① 任半塘：《唐戏弄》，上海古籍出版社 1984 年版，下册，第 838 页。

②〔宋〕汪云程：《蹴鞠谱·圆社锦语》，郑振铎编《玄览堂丛书》三集第 32 册，南京图书馆 1955 年版，第 94 页；《续修四库全书》第 1106 册影南京图书馆藏清钞本，上海古籍出版社 1995 年版，第 314 页。

③〔清〕翟灏：《通俗编》，《续修四库全书》第 194 册，上海古籍出版社 1995 年版，第 454 页。

（正末云：）多少年纪？

（等孤云了。）[①]

孤——张员外的儿子张孝友。

《汗衫记》第三折说白中“孤”与“官人”同时并用，此“孤”即官人，是对男子敬称之明证也。宋金戏曲中有《四孤擂》[②]《百戏孤》[③]《眼药孤》[④]等，这些“孤”都是不同职业的市井中人。《四孤擂》之“孤”是武术郎，《百戏孤》之“孤”是魔术师，《眼药孤》之“孤”是卖眼药的郎中。

（二）孤、孤老，官员。宋陈元靓《事林广记续集》卷八《绮谈市语·君臣门》：“官人，孤老。”[⑤]宋杂剧有《大暮故（慕古）孤》《小暮故（慕古）孤》，[⑥]此谓大小糊涂官员。《蝴蝶梦》第二折：“【黄钟尾】包龙图往常断事会着数，今日为官忒慕古。枉教你坐黄堂，带虎符。受荣华，请俸禄。俺孩儿，好冤屈。”[⑦]元李治《敬斋古今黈》卷五：“今人以不达权变者为慕古，盖谓古而不今也。”[⑧]

《杀狗劝夫》第四折：“（外扮孤，领祗从上，诗云）正直公廉

①〔元〕张国宾：《大都新编关目公孙汗衫记》，徐沁君校点《新校元刊杂剧三十种》，中华书局1980年版，第375页。

②〔宋〕周密：《武林旧事》卷十《官本杂剧段数》，西湖书社1981年版，第157页。

③〔元〕陶宗仪：《南村辍耕录》卷二十五《诸杂大小院本》，中华书局1959年版，第307页。

④〔元〕陶宗仪：《南村辍耕录》卷二十五《诸杂大小院本》，中华书局1959年版，第309页。

⑤〔宋〕陈元靓：《事林广记续集》，《续修四库全书》第1218册影元至顺建安椿庄书院刻本，上海古籍出版社1995年版，第444页。

⑥〔宋〕周密：《武林旧事》卷十《官本杂剧段数》，西湖书社1981年版，第156页。

⑦〔元〕关汉卿：《包待制三勘蝴蝶梦杂剧》，〔明〕臧晋叔编《元曲选》，中华书局1979年版，第640页。

⑧〔元〕李治：《敬斋古今黈》，中华书局1985年版，第64页。

不爱财。掌管西曹御史台。讼庭无事清如水，单把负屈衔冤放入来。小官姓王名翛然，在这南衙开封府，做个府尹。”[①]

孤老

孤老，一作姑老。妓女狎客。《清平山堂话本·曹伯明错勘赃记》：“终是妓者心不一，原来他自有个孤老，唤做倘都军。”[②]《对玉梳》第一折：“（净云）他两个去了。妳妳，破着我二十载绵花，务要和他睡一夜，方遂我平生之愿。（诗云）我这嘴脸也不俗，偏生不入婆娘目。妈妈若还做的姑老成，怕道你家没得绵花褥。”[③]金院本有《旦判孤》《双判孤》。[④]“孤”，即“孤老”之省称。

顾学颉等《元曲释词》一“孤”条云：“根据‘官本杂剧’和‘院本名目’子目，以‘孤’名为剧的有……《货郎孤》……《孝经孤》等，可见宋、元时，以扮官为主的脚本很流行。”[⑤]此说似未审。

老孤

老孤，老年人。《元刊杂剧三十种》石君宝《紫云亭》第一折：“（外末云。）（老孤做住。）（卜儿云。）（正末做住。）（卜儿叫住。）”[⑥]老孤，指剧中人灵春之父。

---

①〔元〕萧德祥：《杨氏女杀狗劝夫杂剧》，〔明〕臧晋叔编《元曲选》，中华书局1979年版，第114页。

②〔清〕洪楩编，谭正璧校点《清平山堂话本》，古典文学出版社1957年版，第207页。

③〔元〕贾仲名：《荆楚臣重对玉梳记杂剧》，〔明〕臧晋叔编《元曲选》，中华书局1979年版，第1413页。

④〔元〕陶宗仪：《南村辍耕录》卷二十五《诸杂大小院本》，中华书局1959年版，第307页。

⑤ 顾学颉、王学奇：《元曲释词》第一册，中国社会科学出版社1983年版，第656—657页。

⑥〔元〕石君宝：《古杭新刊的本诸宫调风月紫云亭》，徐沁君校点《新校元刊杂剧三十种》，中华书局1980年版，第330页。

装孤

装孤，嫖客的黑话。《百花序》第一折："（正末云）小二哥，你也知道我妆孤爱女，你肯与我做个落花的媒人，与那贺家姐姐做一程儿伴。"[①] 王晔【折桂令】《问黄肇》："人道你聪明，我道你胡突。苏氏掂倈，双生搠滰，你刬地妆孤。"[②]

偌

偌，具第三人称代词性质，等于彼，或彼辈。有时有贬抑之意。宋金剧目标有"偌"者，至十八本之多。如《三偌慕道六幺》《偌卖妲长寿仙》《槛偌保金枝》《三偌一赁驴》[③]《三偌一卜》[④] 等。各剧中的主人公或配脚之"偌"，其身份、职业及其气质均不同。《三偌慕道》之"偌"，是求仙修道之人，《四偌大提猴》之"偌"，[⑤] 是伎艺人。《四偌抹紫粉》[⑥] 之"偌"，是轻薄子，《四偌祈雨》之"偌"，[⑦] 当是庄稼人。

---

①〔元〕无名氏：《逞风流王焕百花亭杂剧》，〔明〕臧晋叔编《元曲选》，中华书局 1979 年版，第 1427 页。

② 隋树森编《全元散曲》，中华书局 1981 年版，下册，第 1090 页。

③〔宋〕周密：《武林旧事》卷十《官本杂剧段数》，西湖书社 1981 年版，第 153 页，第 155 页，第 158 页。

④〔元〕陶宗仪：《南村辍耕录》卷二十五《院本名目·诸杂院爨》，中华书局 1959 年版，第 309 页。

⑤〔元〕陶宗仪：《南村辍耕录》卷二十五《院本名目·诸杂院爨》，中华书局 1959 年版，第 309 页。

⑥〔元〕陶宗仪：《南村辍耕录》卷二十五《院本名目·诸杂院爨》，中华书局 1959 年版，第 310 页。

⑦〔元〕陶宗仪：《南村辍耕录》卷二十五《院本名目·诸杂院爨》，中华书局 1959 年版，第 310 页。

酸

（一）酸，酸丁，秀才代称。《董西厢》卷一【哨遍缠令】："秀才家那个不风魔，大抵这个酸丁忒劣角。"[1]《竹坞听琴》第三折【滚绣球】："那秀才每谎后生，……嘱付你女娘们休惹这样酸丁。"[2]院本《哭贫酸》《谒食酸》[3]之"酸"，即是。

（二）酸，市井中迂腐人物的代称。如官本中《眼药酸》《急慢酸》[4]之"酸"，即是。

（三）酸，顽皮胡闹一类人物的代称。如院本《狗皮酸》《四酸擂》[5]之"酸"，即是。

哮

（一）哮，闹，与咷同义。王晔【水仙子】《答》："冯员外将响钞递着，双生咷，休干闹。"[6]周文质【寨儿令】曲："攀不得龙虎榜，品不得凤鸾箫。猫，不信不敛儿哮。"[7]曾瑞卿【红绣鞋】《风情》："干遇讪，乔敷演，几时休。妆砌末，招人谤，哮孛郎，见人羞。"[8]宋金剧目中的《三哮卦铺儿》《褴哮负酸》[9]之"哮"，即属此义。

---

①〔金〕董解元著，凌景埏校注《董解元西厢记》，人民文学出版社 1980 年版，第 21 页。

②〔元〕石子章：《秦修然竹坞听琴杂剧》，〔明〕臧晋叔编《元曲选》，中华书局 1979 年版，第 1452 页。

③〔元〕陶宗仪：《南村辍耕录》卷二十五《院本名目·诸杂大小院本》，中华书局 1959 年版，第 307 页。

④〔宋〕周密：《武林旧事》卷十《官本杂剧段数》，西湖书社 1981 年版，第 157 页。

⑤〔元〕陶宗仪：《南村辍耕录》卷二十五《院本名目·诸杂大小院本》，中华书局 1959 年版，第 307、308 页。

⑥ 隋树森编《全元散曲》，中华书局 1981 年版，下册，第 1091 页。

⑦ 隋树森编《全元散曲》，中华书局 1981 年版，上册，第 556 页。

⑧ 隋树森编《全元散曲》，中华书局 1981 年版，上册，第 485 页。

⑨〔宋〕周密：《武林旧事》卷十《官本杂剧段数》，西湖书社 1981 年版，第 157 页。

（二）哮，醋的市语，与酸同义。《墨娥小录》卷十四《行院声嗽·饮食》:“醋:哮老。”[1]宋金剧目中的《三哮文字儿》《三哮揭榜》[2]之“哮”，即属此义。有时，“酸”“哮”互用，官本《褴哮合房》，[3]院本作《合房酸》。[4]

卜

卜儿，老妇人。《错立身》第五出:“末、卜商量介。”[5]刘庭信【醉太平】《走苏卿》:“豫章城趡了，老卜儿接了鸦青钞。”[6]

厥

厥，走卒，军差。宋欧阳修《六一诗话》:“陶尚书穀尝曰:‘尖檐帽子卑凡厮，短靿靴儿末厥兵。’”[7]宋刘攽《中山诗话》:“今人呼秃尾狗为厥尾，衣之短后者亦曰厥。故欧公记陶尚书诗语‘末厥兵’，则此兵正谓末贼尔。”[8]“卑凡厮”与“末厥兵”对举，知二者都是地位低微的人物。

宋杂剧有《赶厥石州》《赶厥胡渭州》，[9]“赶厥”，赶路程的走卒。

---

①〔明〕佚名:《墨娥小录》卷十四，明隆庆五年辛未吴继聚好堂刻本，第5叶b面，中国书店1959年影印。

②〔宋〕周密:《武林旧事》卷十《官本杂剧段数》，西湖书社1981年版，第157页。

③〔宋〕周密:《武林旧事》卷十《官本杂剧段数》，西湖书社1981年版，第157页。

④〔元〕陶宗仪:《南村辍耕录》卷二十五《诸杂大小院本》，中华书局1959年版，第307页。

⑤〔宋〕古杭人才:《宦门子弟错立身》，钱南扬校注《永乐大典戏文三种校注》，中华书局1979年版，第233页。

⑥ 隋树森编《全元散曲》，中华书局1981年版，下册，第1425页。

⑦〔宋〕欧阳修:《六一诗话》，人民文学出版社1962年版，第12页。

⑧〔清〕何文焕辑《历代诗话》，上册，中华书局1981年版，第293页。

⑨〔宋〕周密:《武林旧事》卷十《官本杂剧段数》，西湖书社1981年版，第154页。

官本有《双厥送》,[1] 院本作《双防送》。[2] 防送，押送犯人。宋徐梦莘《三朝北盟会编》卷一百四十二《炎兴下帙四十二》建炎四年九月二十七日丙寅："有李进彦犯罪，配远恶，过江州，……至衡山，防送者曰：'嗟呼，生为兵士，传送罪人，何时已乎？'叱进彦曰：'汝自去，我亦亡矣。'"[3]《紫云亭》第二折【二煞】："我这壁道防送早催逼，他那壁带铁锁囚人监系，俺两处各心碎。"[4]

厥，后写作撅，见《院本名目》"撅俫家门"。

①〔宋〕周密：《武林旧事》卷十《官本杂剧段数》，西湖书社 1981 年版，第 158 页。

②〔元〕陶宗仪：《南村辍耕录》卷二十五《诸杂大小院本》，中华书局 1959 年版，第 309 页。

③〔宋〕徐梦莘：《三朝北盟会编》卷一百四十二，上海古籍出版社 1987 年影光绪许涵刻度本，第 1037 页。

④〔元〕石君宝：《古杭新刊的本诸宫调风月紫云亭》，徐沁君校点《新校元刊杂剧三十种》，中华书局 1980 年版，第 338—339 页。

第三章　宋杂剧本子

一　宋伶人编演的世务剧及其现实意义

宋之伶人，多才多艺，每自编自演。《都城纪胜·瓦舍众伎》云:“教坊大使，在京师时，有孟角球，曾撰杂剧本子;又有葛守成，撰四十大曲词。”[①] 至于剧本题材,同书同篇说:“先做寻常熟事一段，名曰艳段；次做正杂剧，通名为两段。……大抵全以故事、世务为滑稽，本是鉴戒，或隐为谏诤也。”[②] 可见艳段，和正杂剧的题材，分别为世务、故事两大类。并明白指出“世务”剧在前,其题材是“寻常熟事”。所谓“世务”，即世间上的事情，人们熟悉的事件。其演出的意义，是“隐为谏诤”。

宋杂剧的伶人，以诙谐滑稽方式编演出许多讽刺时政的好戏。其脍炙人口者,如“三十六髻”“折百钱”“巴巴地讨来都焦了”等。“三十六髻”是宣和时，讽刺童贯在边作战逃跑的事（见前“宋之杂剧”)。剧中人是三个婢女，她们束的发髻各不相同，三人次第出

①〔宋〕耐得翁:《都城纪胜》,《南宋古迹考（外四种)》，浙江人民出版社 1983 年版，第 86 页。

②〔宋〕耐得翁:《都城纪胜》,《南宋古迹考（外四种)》，浙江人民出版社 1983 年版，第 86 页。

场时，各自表白其主人某家某氏及自己的身份。继而说明她本人头上的挽的发髻名之取义，象征其主人在官场中的某种行径。轮到童贯家婢女时，她表白道："我家大王方用兵，梳的是三十六髻也。"这是用歇后语——"三十六计（计、髻谐音），走为上计"。周贻白说："这种（戏）以当时的现任官为题材，明指其人而致以讥讽。"[①]亦即是《都城纪胜》指出的"世务"剧"全以故事、世务为滑稽……隐为谏诤"。[②]

"折百钱"是讽刺政府铸造大钱，民间使用不便的事。宋曾敏行《独醒杂志》卷九云：

> 崇宁二年铸大钱，蔡元长建议俾为折十，民间不便之。优人因内宴为卖浆者，或投一大钱，饮一杯，而索偿其余，卖浆者对以"方出市，未有钱，可更饮浆"，乃连饮至于五六，其人鼓腹曰："使相公改作折百钱，奈何！"上为之动，法由是改。[③]

此剧演出后，收到应有的效果。

"巴巴地讨来都焦了"，是讽刺宋徽宗大兴土木建造艮岳，骚扰百姓的事。宋龚明之《中吴纪闻》卷六：

> 初，（朱）勔之进花石也，聚于京师艮岳之上。以移根自远，为风日所残，植之未久，即槁瘁，时时欲一易之，故花纲旁午于道。一日，内宴，诨人因以讽之：有持梅花而出者，诨人指以问其徒，曰："此何物也？"应之曰："芭蕉。"有持松、桧而出者，复设问，亦以"芭蕉"答之。

① 周贻白：《中国戏曲史讲座》，中国戏剧出版社1958年版，第36页。

②〔宋〕耐得翁：《都城纪胜》，《南宋古迹考（外四种）》，浙江人民出版社1983年版，第86页。

③〔宋〕曾敏行撰，朱杰人标校《独醒杂志》，上海古籍出版社1986年版，第86—87页。

如是者数四，遂批其颊曰："此某花，此某木，何为俱谓之芭蕉？"应之曰："我但见巴巴地讨来，都焦了。"天颜亦为之少破。①

此剧或即"上皇院本"之《太湖石》。② 它讽刺的对象是最高统治者，即《梦粱录》卷二十指出的"凡有谏诤，或谏官陈事，上不从，则此辈妆做故事，隐其情而谏之，于上颜亦无怒也。"③《都城纪胜·瓦舍众伎》谓："本是鉴戒，或隐为谏诤也，故从便跣露，谓之无过虫。"④"虫"，"虫虫""虫儿"，对所爱者之美称，此为柳永词、山谷词中习见者。

宋之伶人，每以诙谐滑稽方式，表现出严肃的主题思想者，不胜枚举。兹录"一般百姓受无量苦""苦坏了许多生菱"二剧，以见一斑。

宋洪迈《夷坚志·支志·乙集》卷四《优伶箴戏》记"一般百姓受无量苦"一剧：

又尝设三辈，为儒、道、释，各称诵其教。

（甲）儒曰："吾之所学仁义礼智信，曰五常。"遂演畅其旨，皆采引经书，不杂媟语。次至道士。

（乙道士）曰："吾之所学，金木水火土，曰五行。"亦说大意。末至僧。

（丙）僧抵掌曰："二子腐生常谈，不足听。吾之所学，

---

①〔宋〕龚明之撰，孙菊园校点《中吴纪闻》，上海古籍出版社1986年版，第147页。

②〔元〕陶宗仪：《南村辍耕录》卷二十五《院本名目·上皇院本》，中华书局1959年版，第307页。

③〔宋〕吴自牧：《梦粱录》卷二十《妓乐》，浙江人民出版社1980年版，第191—192页。

④〔宋〕耐得翁：《都城纪胜》，《南宋古迹考（外四种）》，浙江人民出版社1983年版，第86页。

生老病死苦，曰五化。藏经渊奥，非汝等所得闻，当以现世佛菩萨法理之妙，为汝陈之。盍以次问我。”

（丁）曰：“敢问生？”

（丙僧）曰：“内自大学辟雍，外至下州偏县，凡秀才读书，尽为三舍生。华屋美馔，月书季考，三岁大比，脱白挂绿，上可以为卿相。国家之于生也如此。”

（丁）曰：“敢问老？”

（丙僧）曰：“老而孤独贫困，必沦沟壑。今所在立孤老院，养之终身，国家之于老也如此。”

（丁）曰：“敢问病？”

（丙僧）曰：“不幸而有病，家贫不能拯疗，于是有安济坊，使之存处，差医付药，责以十全之效，其于病也如此。”

（丁）曰：“敢问死？”

（丙僧）曰：“死者，人所不免，唯穷民无所归，则择空隙地，为漏泽园。无以殓，则与之棺，使得葬埋。春秋享祀，恩及泉壤。其于死也如此。”

（丁）曰：“敢问苦？”

（丙僧）其人瞑目不应，阳若恻悚然。促之再三，乃蹙额答曰：“只是百姓一般受无量苦。”

徽宗为恻然长思，弗以为罪。[①]

官本有《三教化》，[②] 或即其目。

南宋开禧时，韩侂胄开边。郭倪兵败，郭倬亦败于宿州。而郭倬兵败，竟缚有功之将田俊迈乞和。时汉、淮等地之民，死于兵事

① 〔宋〕洪迈撰，何卓点校《夷坚志》，中华书局 1981 年版，第 2 册，第 823 页。

② 〔宋〕周密：《武林旧事》卷十《官本杂剧段数》，西湖书社 1981 年版，第 158 页。

者，不计其数。“苦坏了许多生菱”一剧，即搬演此事。宋叶绍翁《四朝闻见录》戊集《优伶戏语》：

郭倪、郭杲败，因赐宴，以生菱进于桌上，命二人移桌，忽生菱堕地尽碎，其一人云：“苦！苦！苦！坏了许多生菱，只因移果桌。”[①]

“只因移果桌”句，疑有误字。案：“移”谐音“倪”，影射郭倪。“桌”谐音“倬”，谓郭倬。句谓“苦坏了许多生菱（灵），只因倪倬”。

宋杂剧讽刺时事的作品颇多，括而言之，可归纳为如下诸类：其言民众之疾苦者，如前述之“一般百姓受无量苦”“苦坏了许多生菱”者是；掊击大官僚之树党营私者，如“小寒大寒”[②]“丁丁董董不已”[③]者是；反贪污腐败者，如“灾星去了福星来”[④]“元来也只

①〔宋〕叶绍翁：《四朝闻见录》第三册，商务印书馆1937年版，第158页；关于此条文字校勘，参阅任二北编著《优语集》卷五，《苦坏了许多生菱》条，上海文艺出版社1981年版，第134页。

② 见宋岳珂《桯史》卷五《大小寒》：“韩平原在庆元初，其弟仰胄为知阁门事，颇与密议，时人谓之大小韩。求捷径者，争趋之。一日内燕，优人有为衣冠到选者，自叙履历材艺，应得美官，而留滞铨曹，自春徂冬，未有所拟，方徘徊浩叹。又为日者，弊帽持扇，过其旁，遂邀使谈庚甲，问以得禄之期。日者厉声曰：‘君命甚高，但于五星局中，财帛宫若有所碍。目下若欲亨达，先见小寒，更望成事，必见大寒可也。’优盖以‘寒’为‘韩’。侍燕者皆缩颈匿笑。”（中华书局1981年版，第62页。）

③ 见明田汝成《西湖游览志余》卷二：“丁大全作相，与（董）宋臣表里，复以庙堂之力助之。有司奉行惟谨，修内司十百为曹，望青采斫，虽勋旧之冢，亦不免焉。一日内宴，杂剧，一人专打锣，一人朴之曰：‘今日排当，不奏他乐，丁丁董董不已，何也？’曰：‘方今事皆丁、董，吾安得不丁董？’”（中华书局1958年版，第33页。）

④ 见宋释文莹《湘山野录》卷上：“杨叔贤郎中异，眉州人，言顷有眉守初视事，三日大排，乐人献口号。其断句云：‘为报吏民须庆贺，灾星移去福星来。’新守颇喜。后数日，召优者问：‘前日大排，乐词口号谁撰？’其工对曰：‘本州自来旧例，衹用此一首。’”（中华书局1984年版，第11页。）

好钱”[①] 者是；讽刺向异族侵略者妥协屈辱的，如“我有天灵盖”[②]“此

① 原文见洪迈《夷坚志·支志·乙集》卷四《优伶箴戏》条（《夷坚志》，中华书局 1981 年版，第 822 页），兹据李啸仓《宋元伎艺杂考》“元祐钱”迻录如次（略有修订）：

《夷坚志》丁集记《元祐钱》杂剧，试揣度其演出情形如下：

副净：扮宰相，上正中座，宣扬朝政之美。

引戏：扮僧人上，乞给公凭游方，并递戒牒科。

副净：看戒牒科，见是元祐三年者。怒科，立涂毁之，令还俗。

引戏下，另扮

道士上：失亡度牒。

副净：问披戴之时。

引戏：答称元祐。

副净：怒科。令剥衣为民。

引戏下，另扮

儒生上，云：以元祐五年获荐，当免举，礼部不为引用，来自言。

副净：怒科。着押送所属摒斥。

引戏下。

副末：扮主管宅库者上，附耳科。今日在左藏库请相公料钱一千贯，尽是元祐钱。

副净：俯首，久之云：从后门搬入去！

副末：举所持挺杖其背云：你做到宰相，元来也只要钱！

（李啸仓：《宋元伎艺杂考》，上杂出版社 1953 年版，第 66—67 页。案：《宋元伎艺杂考》称引“《夷坚志》丁集”，误，应为“《夷坚支志》乙集”。）

官本有《钱爨》一本。见宋周密《武林旧事》卷十《官本杂剧段数》。

② 见宋张知甫《可书》：“金人自侵中国，惟以敲棒击人脑而毙。绍兴间，有伶人作杂戏，云：‘若要胜其金人，须是我中国一件件相敌，乃可。且如金国有粘罕，我国有韩少保；金国有柳叶枪，我国有凤凰弓；金国有凿子箭，我国有锁子甲；金国有敲棒，我国有天灵盖。’人皆笑之。”（中华书局 1985 年版，第 12 页。）

环掉脑后”[①]者是；讽刺考试舞弊者，如“取三秦”[②]者是；嘲笑开后门走内线者，如“都是夫人裙带”[③]者是。

当时士大夫们对于伶人之讽刺弊政，敢于干犯君父尊严，不避斧钺的胆识行为，交口赞扬。如宋洪迈《夷坚志·支志·乙集》卷四《优伶箴戏》说：“（俳优）能因戏语而箴讽时政，有合于古矇诵工谏之义，世目为杂剧者是已。”[④]金麻九畴《俳优》诗云：“施能卖晋移君贰，旃解讥秦救陛郎。多少谏臣翻获罪，却教若辈管兴亡。”[⑤]

---

① 见宋岳珂《桯史》卷七《优伶诙语》：“秦桧以绍兴十五年四月丙子朔，赐第望仙桥。丁丑，赐银绢万匹两，钱千万，彩千缣。有诏，就第赐燕，假以教坊优伶，宰执咸与。中席，优长诵致语，退，有参军者前，褒桧功德。一伶以荷叶交倚从之，诙语杂至，宾欢既洽。参军方拱揖谢，将就倚，忽堕其幞头，乃总发为髻，如行伍之巾，后有大巾镮，为双叠胜。伶指而问曰：‘此何镮？’曰：‘二胜镮。’遽以朴击其首，曰：‘尔但坐太师交倚，请取银绢例物，此镮掉脑后可也。’一坐失色，桧怒，明日下伶于狱，有死者。于是语禁始益繁。”（中华书局1981年版，第81页。）

又，宋张端义《贵耳集》卷下：“绍兴初，杨存中在建康诸军之旗中，有双胜交环，谓之‘二圣环’，取两宫北还之意。因得美玉，琢成帽环，进高庙曰：‘尚御裹。’偶有一伶者在旁，高宗指环示之：‘此环杨太尉进来，名二胜环。’伶人接奏云：‘可惜二圣环，且放在脑后。’高宗亦为之改色。所谓工执艺事以谏。”（中华书局1985年版，第48页。）

② 见宋洪迈《夷坚志·支志·乙集》卷四《优伶箴戏》：“壬戌省试，秦桧之子熺、侄昌时、昌龄皆奏名，公议籍籍，而无敢辄语。至乙丑春首，优者即戏场设为士子赴南宫，相与推论，知举官为谁，或指侍从、某尚书、某侍郎当主文柄。优长曰：‘非也。今年必差彭越。’问者曰：‘朝廷之上，不闻有此官员。’曰：‘汉梁王也。’曰：‘彼是古人，死已千年，如何来得？’曰：‘前举是楚王韩信，信、越一等人，所以知今为彭王。’问者嗤其妄，且扣厥指，笑曰：‘若不是韩信，如何取得他三秦？’四坐不敢领略，一哄而出，秦亦不敢明行谴罚云。”（何卓点校《夷坚志》，中华书局1981年版，第824页。）

③ 见宋周煇《清波杂志》卷三《七夫人》：“蔡卞之妻七夫人，颇知书，能诗词。蔡每有国事，先谋之于床笫，然后宣之于庙堂。时执政相语曰：‘吾辈每日奉行者，皆其咳唾之余也。’蔡拜右相，家宴张乐，伶人扬言曰：‘右丞今日大拜，都是夫人裙带！’讥其官职自妻而致，中外传以为笑。”（刘永翔校注《清波杂志校注》，中华书局1994年版，第130页。）

④〔宋〕洪迈撰，何卓点校《夷坚志》，中华书局1981年版，第822页。

⑤〔金〕元好问编《中州集》卷六，中华书局1959年版，第302页。

元杨维桢《优戏录序》称："盖以讽之效，从容一言之中，而龙逄比干不获称良臣者之所不及也。"[①]

二　宋杂剧和宋之诗文异曲同工

宋伶人编演的"世务"剧，往往将最突出的主题思想、最警策的台词，放在最后。临了，使之一触即发，如画龙之点睛，登时破壁腾空而出，以赢得全场观众之畅快叫绝。其严肃的使观众改色、失色、惊愕。这种舞台表演艺术，叫做"临了头打诨"，或"打险诨"，"打猛诨"。

宋代文学评论家尝将宋杂剧和当时诗文等量齐观，认为是同等的艺术创作。宋陈善《扪虱新话》下集卷一《作诗如作杂剧临了打诨方是出场》：

> 山谷尝言："作诗如作杂剧，初时布置，临了须打诨，方是出场。"予谓杂剧出场，谁不打诨，只是难得切题可笑耳。山谷盖是读秦少章诗，恶其终篇无所归，故有此语。然东坡尝有谢赐御书诗曰："小臣愿对紫微花，试草尺书招赞普。"秦少章一见便曰："如何便说到这里。"少章之意，盖谓东坡不当合闹，然亦是不会看杂剧也。[②]

此谓秦少章评坡诗之不当，实由于秦不会看杂剧的缘故。

宋阮阅《诗话总龟后集》卷三十一《格致门》引吕本中《童蒙训》：

---

①〔元〕杨维桢：《东维子集》卷十一，《四库全书》第1221册，上海古籍出版社1987年版，第486页。

②〔宋〕陈善：《扪虱新话》，中华书局1985年版，第57页。

老杜歌行，最见次第出入本末，而东坡长句波澜浩大，变化不测，如作杂剧，打猛诨入，却打猛诨出也。[①]

宋叶梦得《石林诗话》卷上：

（苏子瞻）“系懑岂无罗带水，割愁还有剑铓山”……“系懑罗带”“割愁剑铓”之语，大是险诨！亦何可屡打。[②]

黄山谷、陈善、吕本中、叶梦得，这些宋代文学评论家将宋杂剧和当时诗文家之名篇巨制媲美。由此可见，光辉灿烂的宋代杂剧剧作和宋代诗文异曲同工。

三　剧本的体制

宋杂剧的体制。宋吴自牧《梦粱录》卷二十《妓乐》：“（杂剧）务在滑稽，唱、念、应对通遍。”[③]“唱”，谓唱词，是韵文；“念”，念白、说白、道白，是散文，也有韵文。唱词，有杂言、齐言。杂言是按照曲谱填写的长短句。齐言是用六言，或七言组成的整齐句式。试举官本《医淡》佚文为例：

（太医云）老母恹恹身不快。

（糊突虫云）太医下药除患害。

（太医做拿左手科）（糊突虫做拿右手科）

（太医云）看俺双双把脉。

①〔宋〕阮阅：《诗话总龟后集》，卷三十一第3叶b面，《四部丛刊》影明刊本，商务印书馆民国十八年版。

②〔清〕何文焕辑《历代诗话》，中华书局1981年版，上册，第411页。

③〔宋〕吴自牧：《梦粱录》卷二十《妓乐》，浙江人民出版社1980年版，第191页。

（太医拿卜儿左手科）（唱）

【南青哥儿】入门来审了他这八脉，

（糊突虫拿卜儿右手科）（唱）

瘦伶仃有如麻秸。

（太医唱）俺快把这药包儿忙解开。[①]

《医淡》佚文证明宋杂剧本子的体制，是韵散夹杂。唱词有齐言、杂言。参见第五章“宋杂剧金院本的唱、念、做、打”。

四　首称的“戏曲”

《辍耕录》卷二十五《院本名目》云：“宋有戏曲、唱诨。”[②]“诨”，诙谐，滑稽，谓其风格。官本有《打调薄媚》《大打调道人欢》。[③]宋刘昌诗《芦浦笔记》卷三：“街市戏谑，有打砌、打调之类。”[④]“打砌、打调”，即打趣、调笑、取笑（详见后文“诸杂砌”）。是《打调薄媚》等剧目，即“唱诨”是也。【薄媚】【道人欢】系剧中用的曲子，并可证。

宋杂剧用的乐曲。王国维《宋元戏曲考》：“其用大曲者一百有三，用法曲者四，用诸宫调者二，用普通词调者三十有五。”[⑤]今据《武

---

①〔元〕刘唐卿：《降桑椹蔡顺奉母杂剧》，隋树森编《元曲选外编》，中华书局 1959 年版，第 429—430 页。

②〔元〕陶宗仪：《南村辍耕录》，中华书局 1959 年版，第 306 页。

③〔宋〕周密：《武林旧事》卷十《官本杂剧段数》，西湖书社 1981 年版，第 154、155 页。

④〔宋〕刘昌诗撰，张荣铮、秦呈瑞点校《芦浦笔记》，中华书局 1986 年版，第 24 页。

⑤王国维：《宋元戏曲考》五《宋官本杂剧段数》，《王国维遗书》第十五册，上海古籍书店 1983 年版，第 37 页。

林旧事·官本杂剧段数》记载所用曲子及其次数，汇录统计如次：

六幺二十	梁州七	瀛府六	伊州五
菊花新一	降黄龙七	胡渭州四	逍遥乐四
中和乐四	新水四	剑器二	薄媚九
大圣乐三	大明乐三	嘉庆乐一	道人欢四
长寿仙三	熙州三	石州三	延寿乐二
采莲三	满皇州二	白苎一	泛清波二
贺皇恩二	舞杨花一	万年芳一	庆云乐一
黄莺儿二	万年欢二	罢金征一	千秋乐一
相遇乐一	四国朝一	整乾坤一	夹竹桃花一
宴瑶池一	夜半乐一	太平歌一	醉花阴一
彩云归二	宝金枝一	永成双一	暮云归一
棹孤舟一	木兰花一	月当厅一	醉还醒二
扑蝴蝶一	金莲子一	两同心一	探春一
庆时丰一	二郎神一	月中行一	三登乐一
安公子一	普天乐二	好女儿一	一井金一
啄木儿三	鹘打兔一	法曲四	诸宫调二 ①

五　宋杂剧为代言体

王国维《宋元戏曲考》第七章《古剧之结构》说："故虽谓真正之戏剧，起于宋代，无不可也。……而其本则无一存。故当日已

① 〔宋〕周密：《武林旧事》卷十，西湖书社 1981 年版，第 153—158 页。

有代言体之戏曲否？已不可知。而论真正之戏曲，不能不从元杂剧始也。”[①] 王氏此说，殊失考。如前所述，宋人笔记中所载的杂剧，如“三十六髻”“一般百姓受无量苦”诸剧的剧情内容，都是根据其剧本记录下来的。就各剧演出的情况来看，各演员是分别按照剧中人物的身份、职业及其服饰等舞台提示装扮成剧中人。其台词均是第一人称。如“三十六髻”之人物上场，“自报家门”曰：“蔡太师家人也。”“郑太宰家人也。”“童大王家人也。”“一般百姓受无量苦”之人物上场，儒者“自报家门”曰：“吾之所学仁义礼智信，曰五常。”道士曰：“吾之所学，金木水火土，曰五行。”僧人曰：“吾之所学，生老病死苦，曰五化。……为汝陈之。盍以次问我。”证明宋杂剧为代言体无疑。又晚近发现的官本杂剧《医淡》佚文，和胡忌以往发现的金院本《针儿线》《清闲真道本》佚文，也是代言体。

复考王氏《宋元戏曲考》成书于民国二年，其时《永乐大典戏文三种》，尚流散在国外，海内学者根本不知道宋代有这种戏曲。至民国九年叶恭绰始在伦敦一古玩店发现购归。其中的《张协状元》系南宋温州九山书会所编，并证实了宋代戏剧为代言体。

六　杂剧三段编演题材及演出次序

宋杂剧，无论大剧或小剧，凡演唱一个完整独立的故事，称为一段。《东京梦华录》“诸军呈百戏”，有“诸军缴队杂剧一段，继

① 王国维：《宋元戏曲考》七《古剧之结构》，《王国维遗书》第十五册，上海古籍书店1983年版，第49页。

而露台弟子杂剧一段”[①]的记载。又如《蓝采和》第一折【油葫芦】：“做一段老令公刀对刀，小尉迟鞭对鞭。”[②]“杂剧一段”，即杂剧一本。《武林旧事》“官本杂剧段数”，“杂剧段数”，即杂剧本数。段数，也称本数。《错立身》第五出【那吒令】：“这一本传奇，是《周勃太尉》；这一本传奇，是《崔护觅水》。”[③]“一本”，即一段。

宋杂剧，包括三段。《都城纪胜·瓦舍众伎》云：“（杂剧）先做寻常熟事一段，名曰艳段；次做正杂剧，通名为两段。……大抵全以故事、世务为滑稽，本是鉴戒，或隐为谏诤也。”[④]杂剧三段选取的题材及演出次序，前文已经略为说明。先演出之艳段为“世务剧”，其题材是寻常熟悉之事。次做正杂剧，选取的题材是“故事”。关于“故事”的选材，留待第九章“官本杂剧段数内容考释”来讨论。这里只谈第三段——杂扮的题材。《都城纪胜·瓦舍众伎》云：“杂扮或名杂班，又名纽元子，又名技和，乃杂剧之散段。在京师时，村人罕得入城，遂撰此端，多是借装为山东、河北村人，以资笑。”[⑤]《梦粱录·妓乐》：“又有杂扮，或曰杂班，又名纽元子，又谓之拔和，

①〔宋〕孟元老撰，邓之诚注《东京梦华录注》卷七之《驾登宝津楼诸军呈百戏》，中华书局1982年版，第195页。

②〔元〕无名氏：《汉钟离度脱蓝采和杂剧》，隋树森编《元曲选外编》，中华书局1959年版，第972页。

③〔宋〕古杭才人：《宦门子弟错立身》，钱南扬校注《永乐大典戏文三种校注》，中华书局1979年版，第231页。

④〔宋〕耐得翁：《都城纪胜》，《南宋古迹考（外四种）》，浙江人民出版社1983年版，第86页。

⑤〔宋〕耐得翁：《都城纪胜》，《南宋古迹考（外四种）》，浙江人民出版社1983年版，第87页。

即杂剧之后散段也。”[①]

1958年4月，河南偃师酒流沟西岸出土宋墓中，有三块宋杂剧三段演出画像砖。[②]第一块画像砖，浮雕一人，戴幞头，着圆领长袍，双手展开一幅立轴画，似在讲述演出之剧情。此为引戏之扮演，即艳段之演出。第二块画像砖，浮雕二人，右边一人，官员打扮，戴展翅幞头，穿袍秉笏，作倾听对面一人诉说之状，他是装孤。左边一人，戴东坡巾，着圆领长袍，右手托一官印，左手指着对面之官员，似在讲述什么。他是末泥色。此为正杂剧之演出。第三块画像砖，浮雕二人，皆为小市民。左一人戴软巾诨裹，着长衫，敞胸露腹，裹腿穿袜，左手托鸟笼，为副末。对面一人，戴软巾诨裹，着长衫，口中含着拇指和食指，作吹口哨状。为副净。此为散段之演出。

七　剧本的流传

宋杂剧本子，当时曾经流传于世间，供同行师徒传授及各行院演出之用。如南宋宁宗时，“钻燧改”剧本，系成都伶人编演的，旋即流传到金统治区，题其名为《打论语》。[③]

①〔宋〕吴自牧：《梦粱录》卷二十《妓乐》，浙江人民出版社1980年版，第192页。

② 董祥：《偃师县酒流沟水库宋墓》，《文物》1959年第9期。又见山西师范大学戏曲文物研究所编《宋金元戏曲文物图论》，山西人民出版社1987年版，图四九《河南偃师县宋杂剧砖雕（拓片）》，《图片部分》第24页；参阅其《图论部分》附录一《图片说明》图四九《河南偃师宋杂剧砖雕》，《图论部分》第112—113页。

③ 见第十章“院本内容考释”《打论语》。

宋杂剧本子流传到金统治区时，常被改头换面。如《医淡》[1]改为《下角瓶大医淡》[2],《眼药酸》[3]改为《眼药孤》[4],《偌卖妲长寿仙》[5]改为《偌卖旦》[6],《单兜》[7]改为《单兜望梅花》[8]等。

宋杂剧本子在宋金两地相互演出者多达六十余本之多。如元陶宗仪《辍耕录》卷二十五《院本名目》自“和曲院本”之《浇花新水》起，至“诸杂砌”之《变猫》止六十余目，最先皆见载于宋周密《武林旧事・官本杂剧段数》。足见这大批剧本都是从赵宋统治区流传到金朝的。

①〔宋〕周密:《武林旧事》卷十《官本杂剧段数》，西湖书社 1981 年版，第 157 页。

②〔元〕陶宗仪:《南村辍耕录》卷二十五《院本名目・诸杂院爨》，中华书局 1959 年版，第 309 页。

③〔宋〕周密:《武林旧事》卷十《官本杂剧段数》，西湖书社 1981 年版，第 157 页。

④〔元〕陶宗仪:《南村辍耕录》卷二十五《院本名目・诸杂大小院本》，中华书局 1959 年版，第 309 页。

⑤〔宋〕周密:《武林旧事》卷十《官本杂剧段数》，西湖书社 1981 年版，第 155 页。

⑥〔元〕陶宗仪:《南村辍耕录》卷二十五《院本名目・诸杂大小院本》，中华书局 1959 年版，第 309 页。

⑦〔宋〕周密:《武林旧事》卷十《官本杂剧段数》，西湖书社 1981 年版，第 157 页。

⑧〔元〕陶宗仪:《南村辍耕录》卷二十五《院本名目・诸杂院爨》，中华书局 1959 年版，第 309 页。

第四章　金杂剧自立门庭，改名为院本

一　金杂剧改名为院本的年代与社会背景

宋金杂剧，同一源流，均名杂剧。金杂剧在什么时间，自立门庭，改名为院本，向无论述。据考察，此乃金世宗大定年间（大定元年至大定二十一年，1161—1181）之事。

金于北宋钦宗靖康元年（1126）攻占汴京，复几次举兵南下攻宋。1135 年金太宗去世，金熙宗、金海陵相继统治二十余年。《金史》卷八《世宗本纪下》称："盖自太祖以来，海内用兵，宁岁无几。重以海陵无道，赋役繁兴，盗贼满野，兵甲并起，万姓盻盻，国内骚然。"《金史》卷二十八《礼志一》："海陵狼顾，志欲并吞江南，乃命官修汴故宫，缮宗庙社稷，悉载宋故礼器以还。外而黩武，内而纵欲，其猷既失，奚敢议礼乐哉！"它说明，金熙宗、金海陵统治时期，政局不稳，社会动荡，人心涣乱，生产受阻，经济停滞，文化落后。

1161 年，金世宗即位，改元大定，结束了长期动荡不安的政治局面。《金史》卷八《世宗本纪下》:“(世宗)即位五载，而南北讲好，与民休息，……群臣守职，上下相安，家给人足。”金与南宋对峙，以大散关到淮河一线为界。金统治区内，幅员辽阔的华北和中原，向来是经济文化发达之地。金大都中都（燕京，今北京）皇城，方圆九里，外城三十余里。燕京三市，是陆海百货萃于其中的商业中心。它如河北、山东、山西，所属之真定（今河北正定）、河间（今河北河间)、东平（今山东东平)、太原（今山西太原）等，都是丝绵纺织兴盛、经济发达的大城市。山西平阳（今山西临汾）印刷的书籍,驰名天下。东京（今辽宁辽阳）或南京（今河南开封）与洛阳（今河南洛阳)，并是文化名城。

金世宗大定年间，物阜民康，戏曲的演出，日趋活跃。行院组织，应运而生。它们冲州撞府，献艺四方，应接不暇。而原来之杂剧，其内容与形式，已不适应时代之需求。各行院因采取措施，从剧本之选取题材，及乐曲声腔，舞台表演艺术等，进行了一系列的改革。改革后的剧本，称为院本。

前文指出金院本自立门庭，改名为院本，乃金世宗大定年间事，并有大批戏曲文物为佐证。如山西万荣县西景村东岳庙，有金大定二年（1162）所建戏台。① 山西垣曲县后窑，出土有大定三年

① 山西师范大学戏曲文物研究所编《宋金元戏曲文物图论》，山西人民出版社 1987 年版，图一六二《山西万荣西景村东岳庙戏台石碣(拓片)》,《图片部分》第 68 页;《图论部分》附录一《图片说明》:“西景村东岳庙戏台据说建于金大定二年（1162 年)，毁于抗日战争时期。现存一石刻，镶嵌于台基下侧，刻文记载修建舞厅事。此刻石现藏万荣县博物馆。石高 32 厘米，长 95 厘米。”《图论部分》第 126 页。

丁明夷《山西中南部的宋元舞台》:“万荣县西景村东岳庙。按当地人记述，是金大定二年（1162 年）所建，庙原有舞台，抗日战争期间连同该庙全部毁于日寇。舞台台基原嵌一块小石碑，文曰:‘施缘功德主本老王二男王九，同发善心，于岱狱庙内舞厅基周遭压基台石，四面般

（1163）墓葬砖雕戏剧画像。[①] 民国六年山西《洪洞县志》卷八《建置志》记载，尹壁村东岳庙有大定八年（1168）《重修露台碑》。[②]1973年至1979年，山西稷山县马村出土有大定二十一年（1181）段氏墓葬砖雕戏剧画像，[③] 稷山县苗圃出土有金墓之砖雕戏台一座，台

载施功（工），众社人甘愿各人春安，夏泰，秋吉，冬祥。……石匠西胡村费卜……大元国至正十四年（1354年）五月初三日撰。'这里所说的'舞厅基周遭压基台石'，就是在舞台台基原有的基础上，砌按石条。这是又一个元代重修舞台的记载。"（《文物》1972年第4期，第51页。）

① 山西师范大学戏曲文物研究所编《宋金元戏曲文物图论》，山西人民出版社1987年版，图五○《山西垣曲后窑金墓杂剧砖雕》，《图片部分》第24页；《图论部分》附录一《图片说明》："出土于后窑村的金墓中，据云为金大定三年（1163年）之遗物。雕砖共五块，分别雕刻五个乐舞人物，砖高35厘米，宽23—24厘米。原物现藏山西运城地区博物馆。"《图论部分》第113页。

② 民国六年孙奂仑修、韩坰等纂《洪洞县志》卷八《建置志》："东岳庙二，……一在尹壁村东，岗峦回抱，古柏参天，游廊石柱，地极幽僻。有金大定八年（1168）《重修露台碑》、元中统二年《碑记》，作骈体文字，剥蚀特甚。"（台北成文出版社1968年版，第433—444页。）

③《中国大百科全书·戏曲、曲艺》彩图：《山西稷山马村金段氏墓群杂剧砖雕（3号墓、4号墓出土）》《山西稷山马村金段氏墓群杂剧砖雕（5号墓、8号墓出土）》，中国大百科全书出版社1983年版，彩图插页第5页、第6页。

参阅《中国大百科全书·戏曲、曲艺》杨富斗《稷山马村金代段氏墓群杂剧砖雕》："金代戏曲文物。共有杂剧砖雕6组。发现于山西省稷山县马村段氏墓葬群1、2、3、4、5、8号6座仿木结构砖雕墓的南壁。……戏剧人物均为浮雕，现在原地保存完好。据6号墓金大定二十一年（1181）《段楫预修墓记》以及各墓的形制、装饰和出土的钱币等物判断，这批杂剧砖雕当为金代前期的遗物。这6组杂剧砖雕中，1、4、5号墓3组有乐队伴奏。杂剧演员，1、3、8号墓为5人，2、4、5号墓为4人。最高40厘米，最低30厘米。3、4、5、8号墓4组杂剧砖雕，以自左至右为序，3号墓第3人、4号墓第2人、5号墓第4人、8号墓第3人，皆软巾诨裹，穿长衫，束腰带，似皆为副净。其中5号墓的副净在打口哨，8号墓的副净双手向右打恭，头向左斜侧，都是很明显的滑稽表演。……3号墓第5人、4号墓第4人、5号墓第1人、8号墓第4人，皆作官员装束，戴直脚幞头，穿圆领宽袖长袍，腰束带，有的双手执笏，有的拱手胸前，一般认为是末泥。"（中国大百科全书出版社1983年版，第140—141页。）

参阅山西省考古研究所《山西稷山金墓发掘简报》，《文物》1983年第1期。

上有四个脚色正在演戏。[①] 稷山县化峪镇出土有金墓五座，其2号墓、3号墓均有砖雕戏剧人物。[②] 据考古工作者研究，稷山县苗圃、化峪镇金墓之墓室结构形制以及装饰内容，与马村段氏墓基本相同，定为同一时期之物。这大批戏曲文物足以证实金院本之兴起为大定年间（大定元年至大定二十一年，1161—1181）之事。

二　院本解

当时编写剧本的团体——书会，向行院提供演出的新编脚本，或行院伶人编写的剧本，叫做院本，以示和旧的杂剧大有区别。朱权《太和正音谱 · 词林须知》谓："院本者，行院之本也。"王国维进一步解释说："行院者，大抵金元人谓倡伎所居，其所演唱之本，

---

①《中国大百科全书 · 戏曲、曲艺》彩图：《山西稷山苗圃金墓杂剧砖雕》，中国大百科全书出版社1983年版，彩图插页第2页。

参阅《中国大百科全书·戏曲、曲艺》杨富斗《稷山县苗圃金墓杂剧砖雕》："金代戏曲文物。是一组由4人构成的反映金代早期杂剧演出的珍贵实物资料。1978年发现，原砌于稷山县苗圃1号墓南壁上，与戏台共存。实务物现存稷山县博物馆。……这幅杂剧砖雕中4个人物，其右起第1人为末泥，第2人为副末，第3人为副净，第4人为装孤。"（中国大百科全书出版社1983年版，第141页。）

②《中国大百科全书·戏曲、曲艺》彩图:《山西稷山化峪金墓杂剧砖雕（2号墓、3号墓出土）》，中国大百科全书出版社1983年版，彩图插页第3页。

参阅《中国大百科全书 · 戏曲、曲艺》杨富斗《稷山化峪金墓杂剧砖雕》："金代戏曲文物。共2组，分别发现于山西省稷山县化峪镇西苹果园2号及3号金墓南壁。高浮雕，高30—35厘米。现原地保存。根据墓的形制及装饰，是12世纪中叶杂剧演出的珍贵实物资料。这两组杂剧砖雕均由5人组成，从人物装扮可以看出有末泥、副末、副净、装旦等脚色。2号与3号墓的右边3人，十分相似。其最右1人皆戴直脚幞头，穿圆领宽袖长袍，双手执笏，系官员装扮，一般认为是末泥。"（中国大百科全书出版社1983年版，第140页。）

即谓之院本云尔。”[①] 案：行院的含义较广，它已涵有伶人、伶人之家、戏班、剧场诸内容。《错立身》第十四出：“我如今在此闷倦，你与我去叫大行院来，做些院本解闷。”[②] “行院”，谓伶人。同剧第十二出【天净沙】：“我是宦门子弟，也做得您行院人家女婿。”[③] “行院人家”，指伶人之家。高安道《嗓淡行院》套曲所描写的内容，实包括脚色、乐队、行头、戏班、戏场等诸方面。[④] 是行院的内涵有伶人、戏班、剧场诸义。由是言之，是院本者，即伶人、戏班、剧场演唱之脚本也。

三　院本一称爨弄

院本一称爨弄，见前引元李京《云南通志略》，别称爨体。《错立身》第十二出：“（末白）不嫁做杂剧的，只嫁个做院本的。（生唱）【调笑令】我这爨体，不查梨，格样，全学贾校尉。”[⑤] 至于“爨弄”，又引申为表演之意。一称爨，或踏爨。杜善夫《庄家不识构栏》：“【四煞】一个女孩儿转了几遭，不多时引出一伙，中间里一个央人货。……

① 王国维：《宋元戏曲考》六《金院本名目》，《王国维遗书》第十五册，上海古籍书店1983年版，第43页。

②〔宋〕古杭才人：《宦门子弟错立身》，钱南扬校注《永乐大典戏文三种校注》，中华书局1979年版，第254页。

③〔宋〕古杭才人：《宦门子弟错立身》，钱南扬校注《永乐大典戏文三种校注》，中华书局1979年版，第245页。

④〔元〕高安道：【般涉调】【哨遍】《嗓淡行院》，隋树森编《全元散曲》，中华书局1981年版，下册，第1109—1111页。

⑤〔宋〕古杭才人：《宦门子弟错立身》，钱南扬校注《永乐大典戏文三种校注》，中华书局1979年版，第244页。

【三煞】念了会诗共词，说了会赋与歌，无差错。唇天口地无高下，巧语花言记许多。临绝末，道了低头撮脚，爨罢将么拨。”[1]《错立身》题目：“戾家行院学踏爨。”[2] 参见后文“诸杂院爨”。

① 隋树森编《全元散曲》，中华书局1981年版，上册，第31页。

②〔宋〕古杭才人：《宦门子弟错立身》，钱南扬校注《永乐大典戏文三种校注》，中华书局1979年版，第219页。

第五章　宋杂剧金院本的唱、念、做、打

一　唱

宋杂剧和金院本唱的表演，学者每有误解。如叶玉华《院本考》（三）《体制》云：

> 院本既旨在诨科，伶人自可随地取材，以资嘲笑。其词句既非固定，其乐曲又非大雅。自无刊本之必要。知院本之原无刊本，并非失传，益可证院本之为“跳而不唱”之本矣。[1]

山西师大戏曲文物研究所编《宋金元戏曲文物图论》，据《武林旧事》卷一《圣节》“天基圣节排当乐次”条“杂剧：吴师贤已下，做《君圣臣贤爨》，断送《万岁声》”，[2] 谓：“杂剧演出的体制，是表演与伴奏相间，不是载歌载舞演唱结合。”[3]

上述之说均误。

---

① 叶玉华：《院本考》，国立北京大学研究院文科研究所油印论文之十五，1937 年，第 15 页。

②〔宋〕周密：《武林旧事》，西湖书社 1981 年版，第 15 页。

③ 山西师范大学戏曲文物研究所编《宋金元戏曲文物图论》，《图论部分》二《宋金元戏曲各阶段的艺术特征》（一）《宋杂剧到金院本的飞跃》，山西人民出版社 1987 年版，《图论部分》第 64 页。

关于宋杂剧唱的表演，吴自牧《梦粱录》卷二十《妓乐》有明白的记载：

> 杂剧……大抵全以故事，务在滑稽，唱、念、应对通遍。①

此确切地指出宋杂剧务必讲求唱、念表演。南宋的戏文和北杂剧，莫不如此。

周德清《中原音韵》卷下《正语作词起例》指出："开口'陌'以'唐''内''盲'，至'德'以'登'五韵；闭口'缉'以'侵'至'乏'以'凡'九韵，逐一字调平、上、去、入，必须极力念之，悉如今之搬演南宋戏文唱、念声腔。"②由此，可以了解到宋金戏曲声腔之遭递及衍变。同书又云："南宋都杭，吴兴与切邻，故其戏文如《乐昌分镜》等类，唱、念呼吸，皆如约韵。"③约韵，谓沈约的韵书。沈约，吴兴（今浙江湖州）人，故云。由是而知，宋金戏曲的声腔，又有历史性和地方性。

金院本关于唱的表演方式，也多样化。今考察，计有和曲、唱、唱尾声、唱题目、乔唱诨等。均详于第十章"院本名目内容考释"，兹不赘论。

①〔宋〕吴自牧：《梦粱录》卷二十《妓乐》，浙江人民出版社 1980 年版，第 191 页。

②〔元〕周德清：《中原音韵》卷下，《中国古典戏曲论著集成》第一集，中国戏剧出版社 1959 年版，第 219 页。

③〔元〕周德清：《中原音韵》卷下，《中国古典戏曲论著集成》第一集，中国戏剧出版社 1959 年版，第 219 页。

二　念

《梦粱录·妓乐》:"(杂剧)务在滑稽、唱、念、应对通遍。"《辍耕录·院本名目》:"(杂剧)有散说,有道念。"[①]"念",念白、念诵、散说。杜善夫《庄家不识构栏》套曲:"【三煞】念了会诗共词,说了会赋与歌。"[②]《张协状元》第一出:"(末上白)【水调歌头】……(再白)【满庭芳】。"[③]皆念白、念诵表演。再如院本《清闲真道本》《针儿线》韵文,并为念诵表演(见后文"金院本钩沉")。《辍耕录》卷二十五《院本名目》:"院本……教坊色长魏、武、刘三人,鼎新编辑。魏长于念诵。"[④]《错立身》第十二出【金蕉叶】:"我学那刘耍和行踪步迹。敢一个小哨儿喉咽韵美,我说散嗽咳呵如瓶贮水。"[⑤]此形容念诵、散说表演艺术之高超。

三　应对

应对,即对白;一问一答,或互相问难。对白,如《张协状元》

---

①〔元〕陶宗仪:《南村辍耕录》,中华书局1959年版,第306页。

② 隋树森编《全元散曲》,中华书局1981年版,上册,第31页。

③〔宋〕九山书会:《张协状元》,钱南扬校注《永乐大典戏文三种校注》,中华书局1979年版,第1—2页。

④〔元〕陶宗仪:《南村辍耕录》,中华书局1959年版,第306页。《嗓淡行院》【尾煞】:"似兀的武光头、刘色长、曹娥秀。"可参。

⑤〔宋〕古杭才人:《宦门子弟错立身》,钱南扬校注《永乐大典戏文三种校注》,中华书局1979年版,第244页。

第一出:"(白)孩儿覆爹妈:'自古道:……'"[①]同剧第二出:"(外白)'孩儿,康节先生说得好:……'(生)大人说得极是。"[②]至于一问一答,或互相问难,院本之《厨难偌》[③]《盘驴》[④]《难古典》[⑤]《问相思》[⑥]《大对景》[⑦]即是。

四 做

做,做戏、表演。《都城纪胜·瓦舍众伎》:"(杂剧)先做寻常熟事一段……次做正杂剧。"[⑧]《武林旧事》卷一《圣节》:"杂剧:吴师贤已下,做《君圣臣贤爨》。"[⑨]《错立身》第十二出:"(末白)你会甚杂剧?(生唱)【鬼三台】我做《朱砂担浮沤记》;《关大王单

①〔宋〕九山书会:《张协状元》,钱南扬校注《永乐大典戏文三种校注》,中华书局1979年版,第2页。

②〔宋〕九山书会:《张协状元》,钱南扬校注《永乐大典戏文三种校注》,中华书局1979年版,第15页。

③〔元〕陶宗仪:《南村辍耕录》卷二十五《院本名目·打略拴搐》,中华书局1959年版,第313页。

④〔元〕陶宗仪:《南村辍耕录》卷二十五《院本名目·打略拴搐》,中华书局1959年版,第313页。

⑤〔元〕陶宗仪:《南村辍耕录》卷二十五《院本名目·冲撞引首》,中华书局1959年版,第311页。

⑥〔元〕陶宗仪:《南村辍耕录》卷二十五《院本名目·上皇院本》,中华书局1959年版,第307页。

⑦〔元〕陶宗仪:《南村辍耕录》卷二十五《院本名目·拴搐艳段》,中华书局1959年版,第311页。

⑧〔宋〕耐得翁:《都城纪胜》,《南宋古迹考(外四种)》,浙江人民出版社1983年版,第86页。

⑨〔宋〕周密:《武林旧事》卷十,西湖书社1981年版,第15页。

刀会》。”[①] 做戏一词，一直沿用到现在。

科范

宋金戏曲中的动作、表情提示称为科。科，又称科范、科泛。金之教坊色长刘耍和长于科泛。《辍耕录》卷二十五《院本名目》:“院本……教坊色长魏、武、刘三人，鼎新编辑。魏长于念诵，武长于筋斗，刘长于科泛，至今乐人皆宗之。”[②]《张协状元》第一出:“(末上白)【水调歌头】……但咱们，……苦会插科使砌。”[③] 科，北杂剧沿袭这一术语，作为动作、表情等舞台提示。如《元刊杂剧三十种》关汉卿《闺怨佳人拜月亭》第一折:“(夫人云了。)(正旦做嗟叹科。)”又:“(夫人云了。)(正旦做惨科。)”[④] 同剧第二折:“(正末云了。)(正旦做着忙的科。)(孤云了。)(正旦做害羞科。)”[⑤]

宋金戏曲独特的舞台表演艺术

身段

《张协状元》第二出【烛影摇红】:“一个若抹土搽灰，迻鎗出没人皆喜。”[⑥]《错立身》第十二出【调笑令】:“我这爨体，不查梨，

①〔宋〕古杭才人:《宦门子弟错立身》，钱南扬校注《永乐大典戏文三种校注》，中华书局1979年版，第244页。

②〔元〕陶宗仪:《南村辍耕录》，中华书局1959年版，第306页。《嗓淡行院》【尾煞】:“似兀的武光头、刘色长、曹娥秀。”可参。

③〔宋〕九山书会:《张协状元》，钱南扬校注《永乐大典戏文三种校注》，中华书局1979年版，第1页。

④〔元〕关汉卿:《新刊关目闺怨佳人拜月亭》，徐沁君校点《新校元刊杂剧三十种》，中华书局1980年版，第30、31页。

⑤〔元〕关汉卿:《新刊关目闺怨佳人拜月亭》，徐沁君校点《新校元刊杂剧三十种》，中华书局1980年版，第37页。

⑥〔宋〕九山书会:《张协状元》，钱南扬校注《永乐大典戏文三种校注》，中华书局1979年版，第13页。

格样，全学贾校尉。趍抢嘴脸天生会，偏宜抹土搽灰。”[①]“趍抢”“趍鎗”，同意异写，巧步貌。用现代话说，就是行动时来点身段。“出没人皆喜”，谓演员上场、下场，运用身段、姿势，带戏上场、带戏下场，使观众喜欢。宋张炎【满江红】《〈韫玉传奇〉惟吴中子弟为第一流，所谓识拍道字、正声清韵，不狂俱得之矣，作平声满江红赠之》云：“好思量，都在步莲中，裙翠遮。”[②]此描写演员身段之优美。

《宋元戏文辑佚·王莹玉》【仙侣入双调过曲】【水红花】：“向这湖光云彩，双双发俊科。戏抛莲药，种在琼波，愿成连理荷。”[③]“发俊科”，即戏抛莲药婀娜多姿的优美身段。

眉眼

《西厢记》第四本第一折：“【鹊踏枝】恁的般恶抢白，并不曾记心怀；拨得个意转心回，夜去明来。空调眼色经今半载。”王季思注：“调眼色，互相瞩视意。”[④]《梧桐叶》第三折：“【幺篇】雀屏银烛相辉耀，隐芙蓉绣褥光摇。重奏乐，人欢笑。六街喧闹，春色醉仙桃。（任做见正旦掉眼科）”[⑤]掉眼，即调眼色。

---

①〔宋〕古杭才人：《宦门子弟错立身》，钱南扬校注《永乐大典戏文三种校注》，中华书局1979年版，第244页。

②唐圭璋编《全宋词》，中华书局1965年版，第五册，第3495—3496页。

③钱南扬辑《宋元戏文辑佚》，上海古典文学出版社1956年版，第41页。

④〔元〕王实甫著，王季思校注《集评校注西厢记》，上海古籍出版社1987年版，第142、146页。

⑤〔元〕李唐宾：《李云英风送梧桐叶杂剧》，〔明〕臧晋叔编《元曲选》，中华书局1979年版，第1229页。

五 打

打，武打、武功；如打擂比武，刺枪使棒，赤膊相斗，两军交战等均属之。《错立身》第十二出【天净沙】:“做院本生点个《水母砌》，拴一个《少年游》，吃几个拄心攧背。”钱注：“拄心攧背，指武戏中的跌扑。”[①]

打擂比武

宋杂剧有《四孤擂》，[②]院本作《四酸擂》。[③]擂，擂家。《四孤擂》，四个擂手打擂比赛。《独角牛》第三折的打擂表演，即出于此。《独角牛》原文云：

> （部署领打擂四人上）（部署云）依古礼斗智相搏，习老郎捕腿拿腰。赛尧年风调雨顺，许人人赌赛争交。
>
> ……
>
> （部署云）看头合擂，左军里一个，右军里一个。不要揪住裩儿，不要拽起裤儿，手停手稳看相搏。（正末与独角牛擂科）（独角牛倒科）……（正末唱）
>
> ……
>
> 【倘秀才】我恰才吐架子左闪来右闪，我踢了个提过脚里臁也那外臁。嘴缝上直拳并塌那厮脸，着这厮头完擂，

①〔宋〕九山书会：《张协状元》，钱南扬校注《永乐大典戏文三种校注》，中华书局1979年版，第245、252页。

②〔宋〕周密：《武林旧事》卷十《官本杂剧段数》，西湖书社1981年版，第157页。

③〔元〕陶宗仪：《南村辍耕录》卷二十五《院本名目·诸杂大小院本》，中华书局1959年版，第308页。

早着拳，打这厮自专。[1]

刺枪使棒

宋杂剧有《闹夹棒爨》,[2]院本作《闹夹棒六幺》。[3]闹夹棒，即耍夹棒。《张协状元》第八出有耍棒表演，文繁不录。至于两军交战,《刘玄德独赴襄阳会》之打仗情节，当来自金院本同名剧之《襄阳会》。[4]

筋斗

宋金戏曲中的筋斗，亦颇著称。前揭《三朝北盟会编》卷七十七靖康二年正月二十五日乙卯“金人来索诸色人”:“金人来索御前祇候……教坊乐人，……杂剧、……打筋斗、……等艺人一百五十余家，令开封府押赴军前。”[5]《辍耕录》卷二十五《院本名目》:“院本……教坊色长魏、武、刘三人，鼎新编辑。魏长于念诵，武长于筋斗，刘长于科泛，至今乐人皆宗之。”

①〔元〕无名氏:《刘千病打独角牛杂剧》第三折，隋树森编《元曲选外编》，中华书局1959年版，第802—805页。

②〔宋〕周密:《武林旧事》卷十《官本杂剧段数》，西湖书社1981年版，第156页。

③〔元〕陶宗仪:《南村辍耕录》卷二十五《院本名目・诸杂院爨》，中华书局1959年版，第309页。

④〔元〕陶宗仪:《南村辍耕录》卷二十五《院本名目・拴搐艳段》，中华书局1959年版，第311页。

⑤〔宋〕徐梦莘:《三朝北盟会编》卷七十七，上海古籍出版社1987年影光绪许涵度刻本，第583页。

第六章　金院本是最早的北曲剧种

金院本是最早的北曲剧种。北曲之韵，即后来周德清编录的《中原音韵》。周氏在本书自序中说："欲作乐府，必正言语，欲正言语，必宗中原之音。"[①] 这就是北曲为广大群众喜爱的原因。金统治区早期流行的《刘知远诸宫调》，就是北曲。金杂剧独立门庭，改名为院本后，首先是对戏曲声腔作出改革，使用北曲。院本作者就新编剧本谱制新曲外，对旧前杂剧用的乐曲，及唐宋以来的优美曲子，进行处理、改进，使它变成新曲，这些新曲，即北曲。

一　院本作者创制的北曲

院本作者创制的北曲，据可考者有【净瓶儿】【双调·梅花酒】【憨郭郎】等。逐一详述如次。

---

①〔元〕周德清：《中原音韵》卷下，《中国古典戏曲论著集成》第一集，中国戏剧出版社 1959 年版，第 175 页。

（一）净瓶儿

院本有《净瓶儿》一本。[①]其剧情内容或为演唱一位少女的故事。净瓶，比喻俊俏的少女。儿，语尾，无义。乔吉【双调·水仙子】《花箫儿》曲："净瓶儿般手撚着沉吟，……是个画出来的观音。"[②]《四部丛刊》影明刊本《雍熙乐府》卷九《南吕宫》【一枝花】《美貌》："春色近粉墙，墙里佳人笑。……描不就天然俏。俏形容，尘世少。少一枝杨柳静水银瓶，瓶对比观音更好。"[③]李寿卿《月明和尚度柳翠杂剧》楔子：

（老旦扮观音领小末扮善才上诗云）吾乃南海洛伽山观世音菩萨。……且说我那净瓶内杨柳枝叶上偶污微尘，罚往人世，打一道轮回。在杭州抱鉴营街积妓墙下，化作风尘匪妓，名为柳翠。直等三十年之后，填满宿债。那时着第十六尊罗汉月明尊者，直至人间点化柳翠，返本还元。[④]

据此，《净瓶儿》院本中的主人公是一个俊俏的少女，或妓女。院本作者为谱制新曲，即以剧名为曲名。由是得知本曲命名之由来。《中原音韵》"大石调"有【净瓶儿】曲，[⑤]当是院本之遗。

①〔元〕陶宗仪：《南村辍耕录》卷二十五《院本名目·冲撞引首》，中华书局1959年版，第311页。

② 隋树森编《全元散曲》，中华书局1981年版，上册，第615页。

③〔明〕郭勋辑《雍熙乐府》卷九，《续修四库全书》第1740册影明嘉靖刊本，上海古籍出版社1995年版，第664页。

④〔元〕李寿卿：《月明和尚度柳翠杂剧》，〔明〕臧晋叔编《元曲选》，中华书局1979年版，第1335页。

⑤〔元〕周德清：《中原音韵》卷下《大石调二十一章》，《中国古典戏曲论著集成》第一集，中国戏剧出版社1959年版，第225页。

（二）双调梅花酒

院本有《水酒梅花爨》一本。[①] 当是搬演卖梅花酒事。《梦粱录》卷十六《茶肆》："今杭城茶肆亦如之，插四时花，挂名人画，装点店面。四时卖奇茶异汤，冬月添卖七宝擂茶，馓子葱茶，或卖盐豉汤。暑天添卖雪泡梅花酒，或缩脾饮暑药之属。向绍兴年间，卖梅花酒之肆，以鼓乐吹【梅花引曲破】卖之。"[②]《中原音韵》有【双调·梅花酒】，[③] 或即院本之遗。

（三）憨郭郎

《院本名目·冲撞引首》类有《憨郭郎》一本。[④] 剧中主人公，即唐五代傀儡戏中演唱的郭郎。段安节《乐府杂录》序《傀儡子》："自昔传云：'起于汉祖在平城，为冒顿所围，其城一面即冒顿妻阏氏，兵强于三面。垒中绝食。陈平访知阏氏妒忌，即造木偶人，运机关，舞于陴间。阏氏望见，谓是生人，虑下其城，冒顿必纳妓女，遂退军。史家但云陈平以秘计免，盖鄙其策下尔。' 后乐家翻为戏。其引歌舞有郭郎者，发正秃，善优笑，闾里呼为郭郎，凡戏场必在俳儿之首也。"[⑤] 唐王梵志诗："造化成为我，如人弄郭郎（秃）。魂魄似绳子，

---

①〔元〕陶宗仪：《南村辍耕录》卷二十五《院本名目·诸杂院爨》，中华书局 1959 年版，第 310 页。

②〔宋〕吴自牧：《梦粱录》卷十六《茶肆》，浙江人民出版社 1980 年版，第 140 页。

③〔元〕周德清：《中原音韵》卷下《双调一百章》，《中国古典戏曲论著集成》第一集，中国戏剧出版社 1959 年版，第 228 页。

④〔元〕陶宗仪：《南村辍耕录》卷二十五《院本名目·冲撞引首》，中华书局 1959 年版，第 310 页。

⑤〔唐〕段安节：《乐府杂录》，中华书局 1985 年版，第 40 页。

形骸若柳木。掣取细腰肢,抽牵动眉目。"① 宋杨大年《傀儡诗》:"鲍老当筵笑郭郎，笑他舞袖太琅珰。若教鲍老当筵舞，转更琅珰舞袖长。"② 吴潜【秋夜雨】《依韵戏赋傀儡》词:"谁知鲍老从旁笑，更郭郎,摇手消薄。"③ 柳永《乐章集》有【仙吕调·郭郎儿近拍】词调。④ 周密《武林旧事》卷二《舞队·大小全棚傀儡》,有《大憨儿》节目。⑤ 据以上数据，可见院本《憨郭郎》剧情内容，即表演傀儡戏中滑稽可笑的憨郭郎。院本作者又为剧本创制新曲,即以剧名名其曲牌。《中原音韵》"大石调"有【憨郭郎】曲，⑥ 当是院本之遗。

院本作者还制有【双雁儿】【归塞北】【货郎儿】等曲，并列表如次。

院本创作北曲表

院本名称	剧本类别	宫调和曲牌名	参考书目
净瓶儿	冲撞引首	大石调净瓶儿	《中原音韵》卷下《乐府共三百三十五章》、《辍耕录》卷二十七《杂剧曲名》

①〔唐〕王梵志著，项楚校注《王梵志诗校注》，上海古籍出版社 1991 年版，第 291 页。

②〔宋〕陈师道:《后山先生集》卷二十八《诗话一》，第 3 叶 a 面，民国吴兴张钧衡《适园丛书》第九集刊本。

③ 唐圭璋编《全宋词》，中华书局 1965 年版，第四册，第 2768 页。

④ 唐圭璋编《全宋词》，中华书局 1965 年版，第一册，第 47 页。

⑤〔宋〕周密:《武林旧事》，西湖书社 1981 年版，第 33 页。

⑥〔元〕周德清:《中原音韵》卷下《大石调二十一章》,《中国古典戏曲论著集成》第一集，中国戏剧出版社 1959 年版，第 225 页。

（续表）

院本名称	剧本类别	宫调和曲牌名	参考书目
憨郭郎	冲撞引首	大石调憨郭郎	《中原音韵》卷下《乐府共三百三十五章》、《辍耕录》卷二十七《杂剧曲名》
双雁儿	冲撞引首	商调双雁儿	《中原音韵》卷下《乐府共三百三十五章》、《辍耕录》卷二十七《杂剧曲名》
归塞北	拴搐艳段	大石调归塞北	《中原音韵》卷下《乐府共三百三十五章》、《辍耕录》卷二十七《杂剧曲名》
石榴花诗	拴搐艳段	中吕调石榴花	《董西厢》卷六、《中原音韵》卷下《乐府共三百三十五章》
水酒梅花爨	诸杂院爨	双调梅花酒	《中原音韵》卷下《乐府共三百三十五章》、《辍耕录》卷二十七《杂剧曲名》
货郎孤	诸杂大小院本	正宫货郎儿	《中原音韵》卷下《乐府共三百三十五章》
玉环	诸杂砌	双调对玉环	《中原音韵》卷下《乐府共三百三十五章》

院本采用民间舞蹈编成剧本并采用其曲牌表

院本名称	类别	宫调和曲牌名	参考书目
乔捉蛇	冲撞引首	中吕调乔捉蛇	《董西厢》卷二
斗鹌鹑	诸杂大小院本	越调斗鹌鹑	《董西厢》卷一、卷三、卷六、卷八
上小楼衮头子	诸杂院爨	仙吕上小楼	《中原音韵》卷下《乐府共三百三十五章》、《辍耕录》卷二十七《杂剧曲名》
山麻秸	冲撞引首	越调山麻秸	《董西厢》卷六

院本沿用宋杂剧戏曲和唐宋曲子嬗变为北曲表

院本名称	类别	宫调和曲牌名	参考书目
天下乐	冲撞引首	仙吕调天下乐	《董西厢》卷七
上坟伊州	和曲院本	大石调伊州衮	《董西厢》卷一、卷二、卷八
进奉伊州	诸杂大小院本	大石调伊州衮	《董西厢》卷一、卷二、卷八
酒楼伊州	诸杂院爨	大石调伊州衮	《董西厢》卷一、卷二、卷八
烧花新水	和曲院本	双调新水令	《中原音韵》卷下《乐府共三百三十五章》

（续表）

院本名称	类别	宫调和曲牌名	参考书目
病郑逍遥乐	和曲院本	商调逍遥乐	《中原音韵》卷下 《乐府共三百三十五章》
四酸逍遥乐	和曲院本	商调逍遥乐	《中原音韵》卷下 《乐府共三百三十五章》
揲廪降黄龙	和曲院本	黄钟降黄龙衮	《中原音韵》卷下 《乐府共三百三十五章》
列女降黄龙	和曲院本	黄钟降黄龙衮	《中原音韵》卷下 《乐府共三百三十五章》
抹面长寿仙	诸杂院爨	般设调长寿仙衮	《董西厢》卷二、 卷八
讳老长寿仙	诸杂院爨	般设调长寿仙衮	《董西厢》卷二、 卷八
羹汤六幺	诸杂院爨	仙吕调六幺令	《董西厢》卷六
柳青娘	冲撞引首	中吕调柳青娘	《刘知远诸宫调》 卷一
捣练子	冲撞引首	双调捣练子	《中原音韵》卷下 《乐府共三百三十五章》
调笑令	冲撞引首	越调调笑令	《中原音韵》卷下 《乐府共三百三十五章》
卖花声	诸杂大小院本	中吕卖花声	《中原音韵》卷下 《乐府共三百三十五章》
双声叠韵	诸杂大小院本	黄钟宫双声叠韵	《刘知远诸宫调》 卷二
谒金门爨	诸杂院爨	中吕谒金门	《中原音韵》卷下 《乐府共三百三十五章》

（续表）

院本名称	类别	宫调和曲牌名	参考书目
变二郎爨	诸杂院爨	商调过曲二郎神	《宋元戏文辑佚》①
喜迁莺剁草鞋	诸杂院爨	黄钟调喜迁莺	《董西厢》卷二
衲袄	诸杂砌	黄钟红衲袄	《中原音韵》卷下 《乐府共三百三十五章》

上列各表确切证明，金院本使用不同宫调的北曲，至少已达三十多个。这是仅就院本名目标出之使用的曲牌统计来的。我们知道，有些院本名目并未标明曲牌，如《诸杂大小院本》之《两相宜》，《官本杂剧段数》（以下省称《官本》）作《两相宜万年芳》。《院公狗儿》，《官本》作《三登乐院公狗儿》。《迓鼓二郎》，《官本》作《迓鼓二郎熙州》。《义养娘》，《官本》作《义养延寿乐》。《偌卖旦》，《官本》作《偌卖旦长寿仙》。这些院本通将使用的曲牌名省去。类似情形，就无法考察了。

二　金代北曲中的“承安体”“风流体”

金昌宗时，北曲极为兴盛。并形成不同的风格，有“承安体”和“风流体”之称。

---

① 钱南扬：《宋元戏文辑佚·李婉复落娼》，上海古典文学出版社 1956 年版，第 72 页；《乐昌公主破镜重圆》，第 224 页。两剧【商调过曲】【二郎神】曲末，钱南扬注文均引《汇纂元谱南曲九宫正始》原注云：“元传奇”。又，杨讷【商调】【二郎神】《怨别》【二郎神么篇】：“记伊家幸短，枉着人烦烦恼恼。快快归来入绣幕，想薄情镇日魂消。乍离别难弃舍，萦惹的恹恹瘦却。”（隋树森编《全元散曲》，中华书局 1981 年版，下册，第 1611 页。）押韵字上声“恼”、平声“消”、入派去声“却”通押，的是北曲。

承安体

金朝后期的两位皇帝，金世宗和金章宗都通晓音律。《金史》卷三十九《乐志上·本朝乐曲》载："世宗大定九年十一月庚申，皇太子生日，上宴于东宫，命奏新声，谓大臣曰：'朕制此曲，名《君臣乐》。'"元芝庵著《唱论》，列金章宗为帝王"知音"者之一。[①]上有好者，下必有甚焉。金院本中之《金皇圣德》《皇家万岁》《四海民和》《清朝无事》《丰稔太平》诸剧目，[②]当是元好问《甲午除夜》诗称颂的"神功圣德三千牍，大定明昌五十年"[③]中的作品。大定（1161—1189），金世宗年号，明昌（1190—1196），金章宗年号。由是而知，在金朝，谀颂统治者的戏曲，已经成为风气。如《董西厢》卷一"引辞"云：

> 吾皇德化，喜遇太平多暇，干戈倒载闲兵甲。这世为人，白甚不欢洽？[④]

"引辞"又有"一笑人间今古，圣朝难遇"[⑤]的祝颂皇家之句。《金皇圣德》诸剧的内容，自然也是歌颂金朝圣德的。当时作曲家竞相崇尚，蔚成风气。因此称金章宗承安时的作品为"承安体"。元袁桷（1266—1327）《清容居士集》卷四十八《题金承安乐府》：

---

①〔元〕陶宗仪《南村辍耕录》卷二十七《燕南芝庵先生唱论》："帝王知音者五人：唐玄宗、后唐庄宗、南唐后主、宋徽宗、金章宗。"

②〔元〕陶宗仪：《南村辍耕录》卷二十五《院本名目·诸杂院爨》，中华书局1959年版，第310页。

③〔金〕元好问著，〔清〕施国祁注《元遗山诗集笺注》，人民文学出版社1958年版，第396页。

④〔金〕董解元著，凌景埏校注《董解元西厢记》，人民文学出版社1980年版，第1页。

⑤〔金〕董解元著，凌景埏校注《董解元西厢记》，人民文学出版社1980年版，第2页。

幼年见老乐工歌梨园，音曲若不相属，而均数无少间断，犹累累贯珠之遗意也。承安老人所补歌曲，按其音节无少异，此殆以文为戏者。黄豫章尝评小山乐府为狭邪之鼓吹，豪士之大雅。风流日远，惜不得共论承平王孙故态，为之慨然。①

案：袁桷生于金亡（1234）后三十二年，幼年曾见金老乐工，此言可谓信而有征。朱权《太和正音谱》卷上《乐府体式》“新定乐府十五家”称：

承安体，华观伟丽，过于泆乐。承安，金章宗正朔。②

任中敏《散曲概论》卷二《内容》：

承安体，……包含庆赏祝贺，与及时行乐等作。③

朱权指出的“承安体，华观伟丽，过于泆乐”，已引《董西厢》“引辞”为证，兹再举王实甫《丽春堂》第一折证之：

老夫完颜女真人氏，小字乐善，……官拜右丞相。……今日五月端午，蕤宾节令，奉圣人命，都着俺文武官员御园中赴射柳会。……（唱）

【仙吕点绛唇】破虏平戎，灭辽取宋，中原统。建四十里金镛，率万国来朝贡。

【混江龙】端的是走轮飞鞚，车如流水马如龙。绮罗

---

①〔元〕袁桷：《清容居士集》，商务印书馆民国二十五年版，第12册，第819页。

②〔明〕朱权：《太和正音谱》，《中国古典戏曲论著集成》第三集，中国戏剧出版社1959年版，第13页。

③ 任中敏：《散曲概论》卷二，中华书局1931年版，第19页。

香里，箫鼓声中。盛世黎民歌岁稔，太平圣主庆年丰。[1]

同剧第四折：

【太平令】歌金缕清音嘹亮，品鸾箫余韵悠扬。大筵会公卿宰相，早先声把烟尘扫荡。从今后，四方、八荒、万邦，齐仰贺当今皇上。[2]

王国维《曲录》："（王）实父所作《丽春堂》杂剧，谱金完颜某事，而剧末云：'早先声把烟尘扫荡。从今后，四方、八荒、万邦，齐仰贺当今皇上。'以颂祷金皇作结。则此剧之作尚在金世，实父亦由金入元者矣。"[3]

风流体

风流体系金朝之早期北曲。周德清《中原音韵》卷下《乐府共三百三十五章》条云："作乐府，切忌有伤于音律。且如女真'风流体'等乐章，皆以女真人音声歌之，虽字有舛讹，不伤于音律者，不为害也。"[4]同书同条列有【风流体】曲牌名，属于【双调】。任中敏《散曲概论》卷二《内容》附《散曲俳体二十五种》列有"风流体"，谓之是"专门嘲笑风流，警戒漂荡子弟者"[5]之作。

---

①〔元〕王实甫：《四丞相高会丽春堂杂剧》，〔明〕臧晋叔编《元曲选》，中华书局1979年版，第900页。

②〔元〕王实甫：《四丞相高会丽春堂杂剧》，〔明〕臧晋叔编《元曲选》，中华书局1979年版，第913页。

③ 王国维：《曲录》卷二《杂剧部上》，《王国维遗书》第十六册，上海古籍书店1983年版，第2页。

④ 周德清：《中原音韵》卷下，《中国古典戏曲论著集成》第一集，中国戏剧出版社1959年版，第231页。

⑤ 任中敏：《散曲概论》卷二，中华书局1931年版，第28页。

三　金代北曲中的杂体

金章宗时，北曲作者风起云涌，盛况空前。在审音定律方面，卓有成就，修辞方面，逞奇斗异。于是出现各种杂体，计有“歇贴韵”“回且语”“诗头曲尾”“双声叠韵”等。院本作者，复以游戏方式出之，编成戏曲。兹逐一分述于后。

（一）歇贴韵

院本有《歇贴韵》一本。[①]“歇”的含义，与宋大曲中之“歇拍”的“歇”，宋词调中煞尾之“歇拍”近似。“歇”，停歇，犹现在乐曲中之休止符。“贴”，补贴。南宋戏文中有“贴旦”，《南词叙录》谓：“贴，旦之外贴一旦也。”[②]“贴”，即补充之意。“歇贴韵”，谓句中补贴之韵。换言之，就是句中用韵，具有停歇之作用是也。

句中用韵，其来源甚古。《诗·秦风·权舆》：“于嗟乎不承权舆。”此“乎”字即句中韵。又汉谣谚：“解经不穷戴侍中。”[③]此“穷”字即句中韵。院本《歇贴韵》曲文已佚，其体制可于金元人曲中求之。汤式【醉太平】《约游春友不至效张鸣善句里用韵》：

芳尘滚滚，香雾氲氲。东风何地不精神，流莺也唤人。柳屯云护城闉两岸黄金嫩，杏酣春映山村万树胭脂喷，草

①〔元〕陶宗仪：《南村辍耕录》卷二十五《院本名目·冲撞引首》，中华书局1959年版，第310页。

②〔明〕徐渭：《南词叙录》，《中国古典戏曲论著集成》第三集，中国戏剧出版社1959年版，第245页。

③《后汉书》卷七十九上《儒林列传·戴凭传》：“京师为之语曰：‘解经不穷戴侍中。’”

铺茵绕湖滨一片绿绒新。不闲游是蠢。[①]

曲中五、六、七三句，鼎足对中之“云”“阛”即句中韵，与“嫩”协。“春”“村”属句中韵，与“喷”协。“茵”“滨”属句中韵，与“新”协。

“歇贴韵”后称六字三韵。《中原音韵》卷下《作词十法·造语·六字三韵语》：“前辈《周公摄政传奇》【太平令】云：‘口来豁开两腮。’《西厢记》【麻郎么】云：‘忽听一声猛惊。’‘本宫始终不同。’……皆二字一韵。”[②]案：郑德辉《㑳梅香》第三折：“【幺篇】哎。不妨。（白敏中云）小娘子可怎了也。（正旦指白科，唱）莫慌。（指自科，唱）我当。”[③]乔吉《两世姻缘》第三折【幺篇】：“怎么？性大，便杀！”[④]《丽春堂》第四折【太平令】：“四方八荒万邦。”皆六字三韵语。[⑤]

（二）回且语

院本有《回且语》一本。[⑥]“回”，回倒，颠倒。“回且语”，即颠倒反复之语。一称反复体。任中敏《散曲概论》卷二附《散曲俳

① 隋树森编《全元散曲》，中华书局1981年版，下册，第1596页。

② 周德清：《中原音韵》卷下，《中国古典戏曲论著集成》第一集，中国戏剧出版社1959年版，第233页。

③〔元〕郑德辉：《㑳梅香骗翰林风月杂剧》，〔明〕臧晋叔编《元曲选》，中华书局1979年版，第1164页。

④〔元〕乔梦符：《玉箫女两世姻缘杂剧》，〔明〕臧晋叔编《元曲选》，中华书局1979年版，第980页。

⑤ 参阅〔明〕沈德符《顾曲杂言》，《中国古典戏曲论著集成》第四集，中国戏剧出版社1959年版，第201—202页。

⑥〔元〕陶宗仪：《南村辍耕录》卷二十五《院本名目·冲撞引首》，中华书局1959年版，第311页。

体二十五种》:“八、反复体。每句中之字面,颠倒重复,反复言之。”①并举元无名氏【双调·水仙子】为例:

恨重叠,重叠恨,恨绵绵,恨满晚妆楼。愁积聚,积聚愁,愁切切,愁斟碧玉瓯。懒梳妆,梳妆懒,懒设设,懒爇黄金兽。泪珠弹,弹珠泪,泪汪汪,汪汪不住流。病身躯,身躯病,病恹恹,病在我心头。花见我,我见花,花应憔瘦。月对咱,咱对月,月更害羞。与天说,说与天,天也还愁。②

马致远《汉宫秋》第三折亦有此体:

(驾唱)

【梅花酒】……他、他、他伤心辞汉主,我、我、我携手上河梁。他部从入穷荒,我銮舆返咸阳。返咸阳,过宫墙。过宫墙,绕回廊。绕回廊,近椒房。近椒房,月昏黄。月昏黄,夜生凉。夜生凉,泣寒蛩。泣寒蛩,绿纱窗。绿纱窗,不思量。

【收江南】呀,不思量,除是铁心肠。铁心肠也愁泪滴千行。③

此又似前一例之变体也。

① 任中敏:《散曲概论》卷二,中华书局1931年版,第24页。

② 隋树森编《全元散曲》录作刘庭信曲,中华书局1981年版,下册,第1434页。

③〔元〕马致远:《破幽梦孤雁汉宫秋杂剧》,〔明〕臧晋叔编《元曲选》,中华书局1979年版,第10页。

（三）诗头曲尾

“打略拴搐”类有《诗头曲尾》一本。[①] 此谓作曲方法。诗头，诗的开头，谓诗首句要警策。曲尾，曲之煞尾，音节要响亮，并要含意不尽，所谓言有尽而意无穷也。《中原音韵》卷下《作词十法·造语·末句》云：

> （末句）诗头曲尾是也。如得好句，其句意尽，可为末句。前辈已有“某调末句是平煞，某调末句是上煞，某调末句是去煞”。照依后项用之。夫平仄者，平者平声，仄者上、去声也。后云“上”者，必要上。“去”者，必要去。……[②]

明李开先《词谑》卷四《词尾》云：

> 世称“诗头曲尾”，又称“豹尾”，必须急并响亮，含有余不尽之意。……刘廷信【南吕·尾】：“几回好梦添凄楚，无奈秋声忒狠毒：一声风，一声雨，一声钟，一声鼓。……一声钟撞我一口长吁，泪点儿多如窗外雨。”……《陈琳抱妆盒》【尾】：“跳出这九重危困连环寨，走出这十面埋伏大会垓。蛇蝎般心肠忒毒害，他将小储君提将起来，望着花斑石殿阶，他正是拾的孩儿落的摔。”[③]

任讷《散曲概论》卷二《作法·诗头曲尾》一节，论之甚详，

---

①〔元〕陶宗仪：《南村辍耕录》卷二十五《院本名目·打略拴搐》，中华书局 1959 年版，第 313 页。

②〔元〕周德清：《中原音韵》卷下，《中国古典戏曲论著集成》第一集，中国戏剧出版社 1959 年版，第 237 页。

③〔明〕李开先：《词谑》，《中国古典戏曲论著集成》第三集，中国戏剧出版社 1959 年版，第 356—357 页。

不具引。

（四）双声叠韵

“诸杂院爨”类有《双声叠韵》一本。[①]《中原音韵》卷下《作词十法·造语·双声叠韵语》云：

如“故国观光君未归”是也。夫乐府贵在音律浏亮，何乃反入艰难之乡？此体不可无，亦不可专意作而歌之，但可拘（勾）肆中白念耳。[②]

不知院本之《双声叠韵》剧本，系唱词，抑为念白？

据此，知金元戏曲及念白，都有运用双声叠韵的。不知院本《双声叠韵》是何种方式？【双声叠韵】又为北曲曲牌名，属【中吕调】，见《董西厢》。

上述北曲中的“歇贴韵”“回且语”“诗头曲尾”“双声叠韵”等杂体，皆创自金代北曲作者。元人竞相仿效，乃发扬光大。学者未详考察，认为皆始于元人，幸而《院本名目》中保存其项目，特标而出之，以免数典忘祖之谓云。

下面略谈金院本中的南曲。

四　金院本制作的南曲

以往有学者怀疑《官本》中的《李勉负心》《相如文君》《王宗

①〔元〕陶宗仪：《南村辍耕录》卷二十五《院本名目》，中华书局1959年版，第309页。

②〔元〕周德清：《中原音韵》卷下，《中国古典戏曲论著集成》第一集，中国戏剧出版社1959年版，第233页。

道休妻》等是南戏，但因提不出证据而取消其意见。据管见所及，院本作者确有制作南曲，还有采用唐宋曲子演变为南曲。是院本中的一部分脚本，可能是用南曲唱的。并列表附此俟考。

金院本制作的南曲表

院本名称	类别	宫调和曲牌名	参考书目
十五郎	诸杂院爨	南吕过曲十五郎	《宋元戏文辑佚》①
调刘衮	诸杂院爨	南吕过曲刘衮	《宋元戏文辑佚》②
马明王	诸杂大小院本	南吕过曲马明王	《宦门子弟错立身》第十二出
烧香法曲	和曲院本	烧夜香	《琵琶记》第二十一出

金院本采用唐宋曲子演变为南曲表

院本名称	类别	宫调和曲牌名	参考书目
春从天上来	上皇院本	仙吕过曲春从天上来	《南戏新证》③
单兜望梅花	诸杂院爨	商调过曲望梅花	《张协状元》第三十九出
四国来朝	诸杂大小院本	越调四国朝	《宦门子弟错立身》第十二出

① 钱南扬:《宋元戏文辑佚·孟月梅写恨锦香亭》,上海古典文学出版社1956年版,第76页。

② 钱南扬:《宋元戏文辑佚·王祥卧冰》，上海古典文学出版社1956年版，第29页。

③ 刘念兹:《南戏新证》第十章《南戏的曲牌及其遗存情况》，中华书局1986年版，第267页。

（续表）

院本名称	类别	宫调和曲牌名	参考书目
海棠春	诸杂大小院本	双调引子海棠春	《南戏新证》①
似娘儿	诸杂大小院本	仙侣引子似娘儿	《南戏新证》②
击梧桐	诸杂大小院本	商调过曲击梧桐	《南戏新证》③
河转迓鼓	诸杂院爨	仙吕慢词河传	《南戏新证》④
集贤宾打三教	诸杂院爨	商调慢词集贤宾、商调过曲集贤宾	《南戏新证》⑤
少年游	拴搐艳段	大石引子少年游	《南戏新证》⑥

① 刘念兹：《南戏新证》第十章《南戏的曲牌及其遗存情况》，中华书局 1986 年版，第 268 页。

② 刘念兹：《南戏新证》第十章《南戏的曲牌及其遗存情况》，中华书局 1986 年版，第 267 页。

③ 刘念兹：《南戏新证》第十章《南戏的曲牌及其遗存情况》，中华书局 1986 年版，第 273 页。

④ 刘念兹：《南戏新证》第十章《南戏的曲牌及其遗存情况》，中华书局 1986 年版，第 267 页。

⑤ 刘念兹：《南戏新证》第十章《南戏的曲牌及其遗存情况》，中华书局 1986 年版，第 273 页。

⑥ 刘念兹：《南戏新证》第十章《南戏的曲牌及其遗存情况》，中华书局 1986 年版，第 267 页。

第七章　宋金伶人

一　宋之伶人

（一）北宋

北宋宫廷设置的杂剧演员员额。宋陈旸《乐书》卷一百八十六《乐图论·俗部·杂乐·剧戏》云：

> 圣朝戏乐，鼓吹部杂剧员四十二，云韶部杂剧员二十四，钧容直杂剧员四十，亦一时之制也。[①]

北宋教坊中杂剧演员。如孟元老《东京梦华录》卷九之《宰执亲王宗室百官入内上寿》"第五盏"所述及："勾杂剧入场，一场两段。是时，教坊杂剧色鳖膨、刘乔、侯伯朝、孟景初、王颜喜而下，皆使副也。"[②]

至于汴京瓦肆勾栏的杂剧演员，同书卷五之《京瓦伎艺》云：

> 崇、观以来，在京瓦肆伎艺，……教坊减罢，并温习

①〔宋〕陈旸：《乐书》，卷一百八十六第 7 叶 a 面，《中华再造善本》影元刊明修本，第 35 册，国家图书馆出版社 2004 年版。

②〔宋〕孟元老撰，邓之诚注《东京梦华录注》，中华书局 1982 年版，第 221 页。

张翠盖、张成；弟子薛子大、薛子小、俏枝儿、杨总惜、周寿、奴称心等般杂剧。①

同书卷二之《东角楼街巷》云："里瓦子夜叉棚、象棚最大，可容数千人。自丁先现、王团子、张七圣辈，后来可有人于此作场。"②同书卷六之《元宵》云："邹遇、田地广杂扮。"③同书卷七之《驾登宝津楼诸军呈百戏》："继而露台弟子杂剧一段。是时弟子萧住儿、丁都赛、薛子大、薛子小、杨总惜、崔上寿之辈。后来者，不足数。"④

丁都赛

丁都赛，汴京女伶。偃师出土宋墓中，发现其砖雕画像。画砖长二十八厘米，宽八厘米，厚三厘米。磨光的一面，浮雕丁都赛全身像。右上角刻有长方形印章式样，浮雕楷书"丁都赛"三字。头上裹巾，饰以高簇花枝。身穿当时流行的妇女服装。上装为汉族式圆领窄袖长袍，下装乃契丹式"钓墪服"即裤袜，⑤脚蹬平底靴。腰系帕带，背插团扇一柄。双手拱抱作稽揖状，面部表情刻画传神。⑥

丁石　丁仙现

宋范公偁《过庭录》："丁石，举人也。与刘莘老同里，发贡，莘老第一，丁第四，丁亦才子也，后失途在教坊中。莘老拜相，与

---

①〔宋〕孟元老撰，邓之诚注《东京梦华录注》，中华书局1982年版，第132页。

②〔宋〕孟元老撰，邓之诚注《东京梦华录注》，中华书局1982年版，第66页。

③〔宋〕孟元老撰，邓之诚注《东京梦华录注》，中华书局1982年版，第164页。

④〔宋〕孟元老撰，邓之诚注《东京梦华录注》，中华书局1982年版，第195页。

⑤ 刘念兹《宋杂剧丁都赛雕砖考》作"钓墪"，当作钓墪。《宋大诏令集》卷一百九十九《禁止杂服若氈笠钓墪之类御笔（政和二年）》、《宋会要辑稿·舆服四》作"钓墪"，《东京梦华录》卷六之《元旦朝会》作"吊敦"。《宋会要辑稿·舆服四》："钓墪，今亦谓之袜裤，妇人之服也。"

⑥ 参阅刘念兹《宋杂剧丁都赛雕砖考》，《文物》1980年第2期。

丁线见（原注：教坊之长）同贺莘老，莘老以故不欲廷辱之，乃引见于书室中，再三慰劳丁石。丁石曰：'某忆昔与相公同贡，今贵贱相去如此，本无面见相公。又朝廷故事，不敢废，诚负惭汗。'线见因自启相公曰：'石被相公南巷口头掷下，至今赶逐不上。'刘为大笑。"①

又云："元祐间，伶人丁线见教坊长，以谐俳称，宰相新拜，教坊长副庭参，即事打一俳戏之语，赐绢五匹，盖故事也。元祐年，吕汲公忠宣拜相日，以任重为忧，容色愁厉，未尝少解。丁生及副丁石参谢忠宣，丁线见言曰：'饿杀乐人也，相公！'丁石曰：'今时和岁丰，朝野欢乐，尔何饿为？'线见指忠宣而言曰：'是他着这几个好打哄趁浪，我辈衣食何患。'忠宣亦为一嗤。"②

任二北《优语集》引此加案语云："谓相公如好热闹，赐绢多，伶人得赏频，衣食乃足。惟古优生活，一般艰困，此语之发亦有为，不可不谅。"③

宋蔡绦《铁围山丛谈》卷三："熙宁初，王丞相介甫既当轴处中，而神庙方赫然，一切委听，号令骤出，但于人情适有所离合。于是故臣名士往往力陈其不可，且多被黜降，后来者，乃寖结其舌矣。当是时，以君相之威权而不能有所帖服者，独一教坊使丁仙现尔。丁仙现，时俗但呼之曰'丁使'。丁使遇介甫法制适一行，必因燕设，于戏场中乃便作为嘲诨，肆其诮难，辄有为人笑传。介甫不堪，然无如之何也。因遂发怒，必欲斩之，神庙乃密诏二王，取丁仙现

①〔宋〕范公偁著，孔凡礼点校《过庭录》，中华书局 2002 年版，第 321 页。

②〔宋〕范公偁著，孔凡礼点校《过庭录》，中华书局 2002 年版，第 321 页。

③ 任二北编著《优语集》，上海文艺出版社 1981 年版，第 106 页。

匿诸王邸。二王者，神庙之两爱弟也。故一时谚语有‘台官不如伶官’。”①

宋彭□辑《续墨客挥犀》卷五《献香杂剧》：“熙宁九年，太皇生辰，教坊例有献香杂剧。时判都水监侯叔献新卒，伶人丁仙现假为一道士，善出神，一僧善入定。或诘其出神何所见，道士云：‘近曾出神至大罗，见玉皇殿上，有一人披金紫，熟视之，乃本朝韩侍中也。手捧一物，窃问旁立者，曰：韩侍中献国家金枝玉叶万世不绝图。’僧曰：‘近入定到地狱，见阎罗殿侧，有一人衣绯垂鱼，细视之，乃判都水监侯工部也。手中亦擎一物，窃问左右，云：为奈河水浅，献图，欲别开河道耳。’时叔献兴水利以图恩赏，百姓苦之，故伶人有此语。”②

宋李廌《师友谈记》：“东坡先生近令门人作《人不易物赋》（原注：物为一人重轻也）。或戏作一联曰：‘伏其几而袭其裳，岂为孔子；学其书而戴其帽，未是苏公。’（原注：士大夫近年效东坡桶高檐短，名帽曰子瞻样。）廌因言之，公笑曰：‘近扈从燕醴泉观，优人以相与自夸文章为戏者。一优（原注：丁仙现者）曰：‘吾之文章，汝辈不可及也。’众优曰：‘何也？’曰：‘汝不见吾头上子瞻乎？’上为解颜，顾公久之。”③

宋叶梦得《避暑录话》卷下：“丁仙现自言及见前朝老乐工，间有优诨及人所不敢言者，不徒为谐谑，往往因以达下情，故仙现亦时时效之。非为优戏，则容貌俨然如士大夫。绍圣初，修天津桥，

①〔宋〕蔡绦著，冯惠民等点校《铁围山丛谈》，中华书局 1983 年版，第 58—59 页。

②〔宋〕彭□辑，孔凡礼点校《续墨客挥犀》，中华书局 2002 年版，第 470—471 页。

③〔宋〕李廌著，孔凡礼点校《师友谈记》，中华书局 2002 年版，第 11—12 页。

以右司员外郎贾种民董役。种民时以朝服坐道旁，持挞，亲指麾役工，见者多非笑。一日桥成，尚未通行，仙现适至，素识种民，即诃止之，曰：‘吾桥成，未有敢过者。能打一善诨，当使先众人。’仙现应声云：‘好桥，好桥！’即上马急趋过。种民以为非诨，使人亟追之，已不及。久方悟其讥己也。”[①]

任二北《优语集》引此加案语云：“‘桥’‘瞧’同音，讥种民朝服持挞，桥边督工，好瞧也。”[②]

宋叶梦得《避暑录话》卷上：“崇宁初，大乐阙徵调，有献议请补者，并以命教坊燕乐同为之。大使丁仙现云：‘音已久亡，非乐工所能为，不可以意妄增，徒为后人笑。’蔡鲁公亦不喜。蹇授之尝语予，云见元长屡使度曲，皆辞不能，遂使以次乐工为之。逾旬，献数曲，即今《黄河清》之类，而声终不谐，末音寄杀他调。鲁公本不通声律，但果于必为，大喜，亟召众工按试尚书少庭，使仙现在旁听之。乐阕，有得色，问仙现何如，仙现徐前，环顾坐中曰：‘曲甚好，只是落韵。’坐客不觉失笑。”[③]

宋蔡绦《铁围山丛谈》卷一：“有老吏尝主睿思殿文字、外殿库事能言，偶得见泰陵时旧文簿注一行，曰：‘绍圣三年八月十五日奉圣旨：教坊使丁仙现祗应有劳，特赐银钱一文。’呜呼，累圣俭德，类乃如此。”[④]

宋朱彧《萍洲可谈》卷三：“伶人丁先现者，在教坊数十年，

---

①〔宋〕叶梦得:《避暑录话》，中华书局 1985 年版，第二册，第 96 页。

② 任二北编著《优语集》，上海文艺出版社 1981 年版，第 107 页。

③〔宋〕叶梦得:《避暑录话》，中华书局 1985 年版，第一册，第 26 页。

④〔宋〕蔡绦著，冯惠民等点校《铁围山丛谈》，中华书局 1983 年版，第 5 页。

每对御作俳，颇议正时事。尝在朝门与士大夫语曰：‘先现衰老，无补朝廷也。’闻者哂之。”①

《都城纪胜·瓦舍众伎》：“教坊大使，在京师时……又有丁仙现，捷才知音。”②

《全宋词》据《草堂诗余》后集卷上，收丁仙现【绛都春】《上元》词一首。③

北宋汴京沦陷时宋之爱国伶人

汴京沦陷时，宋之爱国伶人在金酋面前，对着被俘虏的宋朝亡国之君，痛数其将士之懦弱无能，临阵溃逃，致使坚城被摧，表达了伶人心中的亡国悲痛。

徐梦莘《三朝北盟会编》卷七十四《靖康中帙四十九》靖康二年正月十五日丁巳：

> 《遗史》曰：金人索元宵灯烛于刘家寺，放上元，请帝观灯。尼堪斡里雅布张筵会，召教坊乐人，大合乐，艺人悉呈百戏。露台弟子祗应，倡优杂剧罗列于庭，宴设甚盛。有致语云：“七将渡河，溃百万之禁旅；八人登垒，摧千仞之坚城。”④

伶人对傀儡皇帝刘豫等的讽刺剧作。

宋沈作喆《寓简》卷十：“伪齐刘豫既僭位，大飨群臣，教坊

①〔宋〕朱彧：《萍洲可谈》，中华书局1985年版，第43页。

②〔宋〕耐得翁：《都城纪胜》，《南宋古迹考（外四种）》，浙江人民出版社1983年版，第86页。

③ 唐圭璋编《全宋词》，中华书局1965年版，第一册，第371页。

④〔宋〕徐梦莘：《三朝北盟会编》卷七十四，上海古籍出版社1987年影光绪许涵度刻本，第562页。

进杂剧。有处士问星翁曰：‘自古帝王之兴，必有受命之符，今新主有天下，抑有嘉祥美瑞以应之乎？’星翁曰：‘固有之。新主即位之前一日，有一星聚东井，真所谓符命也。’处士以杖击之曰：‘五星非一也，乃云聚耳。一星又何聚焉？’星翁曰：‘汝固不知也。新主圣德，比汉高祖只少四星儿里。’”①

任二北《优语集》引此加案语云：“《汉书高帝纪》：‘元年冬十月，五星聚于东井。’应劭曰：‘五星所在，其下当有圣人，以义取天下。”②又谓：“此等讥嘲……却看出一时优伶之胆量，敢批逆鳞，捋虎须，置生死于度外。”③

《大金国志》卷三十《楚国张邦昌录》：“方邦昌册立时，百官对金帅皆惨怛，邦昌亦色丧，……邦昌每日于迎阳门上罢去阁门仪制，设常礼，毕，与执政侍从以上对坐议事。语则称名字，遇金人至，则遽易服。卫士等曰：‘伶官往日作杂剧，每装假官人，今日张太宰作假官家。’”④

（二）南宋

《梦粱录》卷二十《妓乐》：“南渡以后，教坊有丁汉弼、杨国祥等。”⑤

王喜

宋周密《武林旧事》卷四《乾淳教坊乐部·杂剧色·德寿宫》：

①〔宋〕沈作喆纂《寓简》，中华书局 1985 年版，第 81 页。

② 任二北编著《优语集》，上海文艺出版社 1981 年版，第 121 页。

③ 任二北编著《优语集》，上海文艺出版社 1981 年版，第 78 页。

④〔金〕宇文懋昭著，崔文印校证《大金国志校证》，中华书局 1986 年版，第 427 页。

⑤〔宋〕吴自牧：《梦粱录》，浙江人民出版社 1980 年版，第 191 页。

"王喜，保仪郎头，名都管使臣，又名公谨，号玩隐老人。"①

宋张仲文《白獭髓》："嘉泰末年，平原公恃有扶日之功，凡事自作威福，政事皆不由内出。会内宴，伶人王公瑾曰：'今日政如客人卖伞，不由（油）里面。'后宁宗恭淑后上仙，而曹氏为婕妤。平原特以为亲属，偶值真里富国进驯象至，平原语公瑾曰：'不闻有真里富国。'公瑾曰：'如今有假杨国忠。'平原虽憾之，而无罪加焉。"②

宋樵川樵叟《庆元党禁》："（韩侂胄）出入宫掖，居中用事……（朱）熹不胜愤，遂因讲毕，奏疏极言之。……疏入，侂胄大怒，阴与其党谋去其为首者……盖指熹也。乃于禁中令优人效熹容止为戏，荧惑上听。……侂胄欲用优人王喜为阁门祇候，喜，即前日效熹为戏者。"③

宋叶寘《爱日斋丛抄》卷二："朱文公在讲筵，优人王喜时于上前效其行止进退以为戏。"④

乾淳教坊乐部·杂剧色（《武林旧事》卷四）

德寿宫

刘景长（使臣） 王喜（保义郎头，名都管使臣，又名公谨，号玩隐老人） 茆山重 盖门贵 盖门庆（末） 侯谅（侯大头次末） 张顺 曹辛 宋兴（燕子头） 李泉现（引兼舞三台）

①〔宋〕周密：《武林旧事》，西湖书社1981年版，第56页。

②〔宋〕张仲文：《白獭髓》，中华书局1985年版，第8页。

③〔宋〕樵川樵叟：《庆元党禁》，中华书局1985年版，第8—10页。

④〔宋〕叶寘著，孔凡礼点校《爱日斋丛抄》，中华书局2010年版，第48页。

衙前

龚士美（使臣都管）　刘恩深（都管）　陈嘉祥（节级）　吴兴祐（德寿宫引兼舞三台）　吴斌　金彦升（管干教头）　王青　孙子贵（引）　潘浪贤（引兼末部头）　王赐恩（引）　胡庆全（蜡烛头）　周泰（次）　郭名显（引）　宋定（次德寿宫蚌蛤头）　刘信（副部头）　成贵（副）　陈烟息（副大口）　王侯喜（副）　孙子昌（副末节级）　焦金色　杨名高（末）　宋昌荣（副欢喜头）

前教坊

伊朝新　王道昌

前钧容直

仵谷丰（五味粥。“仵”一作“杵”）　李外喜（“喜”一作“善”）

和顾

刘庆（次刘衮）　梁师孟　朱和（次贴衙前鳝鱼头）　宁贵（宁镬）　蒋宁（次贴衙前利市头）　司进（丝瓜儿）　郝成（次衙前小锹）　高门兴　高门显（羔儿头）　高明（灯搭儿）　刘贵　段世昌（段子贵）　司政（仙鹤儿）　张舜朝　赵民欢　龚安节　严父训　宋朝清　宋昌荣（二名守衙前）　周旺（丈八头）　下畴　宋吉　伊俊　汪泰　王原全（次贴衙前）　王景　郑乔　王来宣　张显（守阙祗应黑俏）　焦喜（焦梅头）①

①〔宋〕周密：《武林旧事》，西湖书社 1981 年版，第 55—57 页。

乾淳教坊乐部·杂剧三甲（《武林旧事》卷四）

刘景长一甲八人

戏头：李泉现　　引戏：吴兴祐　　次净：茆山重、侯谅、周泰

副末：王喜　　装旦：孙子贵

盖门庆进香一甲五人

戏头：孙子贵　　引戏：吴兴祐　　次净：侯谅

副末：王喜

内中祗应一甲五人

戏头：孙子贵　　引戏：潘浪贤　　次净：刘衮

副末：刘信

潘浪贤一甲五人

戏头：孙子贵　　引戏：郭名显　　次净：周泰

副末：成贵①

瓦子勾栏诸色伎艺人·杂剧色（《武林旧事》卷六）

杂剧

赵太　慢星子（女流）　王侯喜　宋邦宁　唐都管（世荣）　三何（晏喜、晏清、晏然）　锄头段　唧伶头　诸国朝　宋清朝　王太（铁笠）　郝城（小锹）　宋吉　宋国珍　赵恩　王太　吴师贤　朱太（猪儿头）　王见喜　铁太　冯舜朝　王珍美　吴国贤　郑太　惠恩泽　时和　颜喜　萧金莲　一窟王　时丰稔　时国昌　金宝　赵祥　吴

---

①〔宋〕周密：《武林旧事》，西湖书社1981年版，第63—64页。

国昌　王吉　王双莲（女流）　沈小乔　杜太　蒋俊

杂扮

铁刷汤　江鱼头　兔儿头　菖蒲头　眼里乔　胡蜀葵　迎春茧　卓郎妇　笑靥儿　科头粉　韵梅头　小菖蒲　金鱼儿　银鱼儿　胡小俏　周乔　郑小俏　鱼得水（旦）　王道泰　王寿香（旦）　厉太　顾小乔　陈橘皮　小橘皮　菜市乔　自来俏（旦）①

南宋孝宗时，宫中不设置教坊。《宋史》卷一百四十二《乐志十七》:“孝宗隆兴二年天申节，将用乐上寿，上曰：‘一岁之间，只两宫诞日外，余无所用，不知作何名色？’大臣皆言：‘临时点集，不必置教坊。’上曰：‘善。’乾道后，北使每岁两至，亦用乐，但呼市人使之，不置教坊。”《西湖老人繁胜录》:“瓦市：南瓦、中瓦、大瓦、北瓦、蒲桥瓦。惟北瓦大，有勾栏一十三座。常是两座勾栏，专说史书：乔万卷、许贵士、张解元。背做蓬花棚，常是御前杂剧：赵泰、王葵喜、宋邦宁、何宴清、锄头段子贵。”②

二　金之伶人

玳瑁头

《金史》卷六十四《后妃列传下·章宗元妃传》:“元妃李氏师儿……明昌四年，封为昭容。明年，进封淑妃。……兄喜儿，旧尝

①〔宋〕周密:《武林旧事》，西湖书社1981年版，第108—109页。

②〔宋〕西湖老人:《西湖老人繁胜录》,《南宋古迹考（外四种）》，浙江人民出版社1983年版，第113页。

为盗，与弟铁哥，皆擢显近，势倾朝廷，风采动四方。射利竞进之徒，争趋走其门。……自钦怀皇后没世，中宫虚位久，章宗意属李氏。而国朝故事，皆徒单、唐括、蒲察、拏懒、仆散、纥石烈、乌林答、乌古论诸部部长之家，世为姻婚，娶后尚主，而李氏微甚。至是，章宗果欲立之，大臣固执不从，台谏以为言，帝不得已，进封为元妃，而势位熏赫，与皇后侔矣。一日，章宗宴宫中，优人玳瑁头者戏于前。或问：'上国有何符瑞？'优曰：'汝不闻凤皇见乎？'其人曰：'知之，而未闻其详。'优曰：'其飞有四，所应亦异。若向上飞则风雨顺时，向下飞则五谷丰登，向外飞则四国来朝，向里飞则加官进禄。'上笑而罢。"

三 伶人即剧作者

我们在第三章里早说过，宋之伶人，多才多艺，每自编自演。并列举他们编演的"世务"剧，如"三十六髻""折百钱"等多种。《都城纪胜》也称"教坊大使，在京师时，有孟角球，曾撰杂剧本子"。[①]而宋人笔记中记载的伶人编演之剧作，亦屡见不鲜。可见当时杂剧剧本，均出自伶人之手。是剧作者，即伶人也。直到后来北杂剧兴盛，才逐渐由文人参与编写剧本，如石君宝、王实甫诸人者是。

宋伶人之通音律者。宋耐得翁《都城纪胜·瓦舍众伎》云："又

①〔宋〕耐得翁：《都城纪胜》，《南宋古迹考（外四种）》，浙江人民出版社 1983 年版，第 86 页。

有葛守成，撰四十大曲词。又有丁仙现，捷才知音。”[①]

宋周密《齐东野语》卷十六《菊花新曲破》：“思陵朝，掖庭有菊夫人者，善歌舞，妙音律，为仙韶院之冠，宫中号为‘菊部头’。然颇以不获际幸为恨，既而称疾告归。宦者陈源以厚礼聘归，蓄于西湖之适安园。一日，德寿按《梁州曲舞》，屡不称旨。提举官关礼知上意不乐，因从容奏曰：‘此事非菊部头不可。’上遂令宣唤，于是再入掖禁，陈遂憾恨成疾。有某士者，颇知其事，演而为曲，名之曰《菊花新》以献之，陈大喜，酬以田宅金帛甚厚，其谱则教坊都管王公谨所作也。”[②]

四　书会

书会，编写剧本之团体。《武林旧事》卷六《诸色伎艺人·书会》：

李霜涯（作赚绝伦）

李大官人（谭词）

平江周二郎（猢狲）[③]

“平江周二郎（猢狲）”，冯沅君《古剧说汇》：“疑为弄猢狲者说唱的底本。”[④]《永乐大典》本《张协状元》题“九山书会编撰”。

---

①〔宋〕耐得翁：《都城纪胜》，《南宋古迹考（外四种）》，浙江人民出版社 1983 年版，第 86 页。

②〔宋〕周密撰，张茂鹏点校《齐东野语》，中华书局 1983 年版，第 294 页。

③〔宋〕周密：《武林旧事》，西湖书社 1981 年版，第 105 页。

④ 冯沅君：《古剧说汇》二《古剧四考跋》九《才人考：才人，书会》，作家出版社 1956 年版，第 58 页。

钱注:“九山,永嘉地名,至今犹存,书会盖即以所在地为名。”①

书会才人,乃其中剧作者。《蓝采和》杂剧第一折【油葫芦】:“这的是才人书会划新编。(钟云)既是才人编的,你说我听。(正末唱)我做一段于祐之《金水题红怨》,张忠泽《玉女琵琶怨》。”②

书会中有专任抄写剧本的人员。《错立身》第十二出:“(末白)都不招别的,只招写掌记的。(生唱)【麻郎儿】我能添插更疾,一管笔如飞。真字能抄掌记,更压着御京书会。”③

五 剧团

《武林旧事》卷三《社会》:“绯绿社:杂剧。……绘革社:影戏。”④《张协状元》第一出:“(末再白)【满庭芳】暂息喧哗,略停笑语,试看别样门庭。教坊格范,绯绿可全声。”⑤《都城纪胜·社会》:“绯绿清乐社,此社风流最胜。”⑥是绯绿社乃临安市颇有名气的杂剧剧团。

---

①〔宋〕九山书会:《张协状元》,钱南扬校注《永乐大典戏文三种校注》,中华书局1979年版,第4页。

②〔元〕无名氏:《汉钟离度脱蓝采和杂剧》,隋树森编《元曲选外编》,中华书局1959年版,第972页。

③〔宋〕古杭才人:《宦门子弟错立身》,钱南扬校注《永乐大典戏文三种校注》,中华书局1979年版,第244页。

④〔宋〕周密:《武林旧事》,西湖书社1981年版,第40页。

⑤〔宋〕九山书会:《张协状元》,钱南扬校注《永乐大典戏文三种校注》,中华书局1979年版,第2页。

⑥〔宋〕耐得翁:《都城纪胜》,《南宋古迹考(外四种)》,浙江人民出版社1983年版,第89页。

六　弟子

弟子，职业演员。《东京梦华录》卷六《元宵》："教坊、钧容直、露台弟子，更互杂剧。"[①] 宋程大昌《演繁露》卷六《乐营将弟子》："开元二年，玄宗以太常礼乐之司，不应典优倡杂乐，乃更置左右教坊，以教俗乐。命左右骁卫将军范及为之使。又选乐工数百人，自教法曲于梨园，谓之皇帝梨园弟子。至今谓优女为弟子，命伶魁为乐营将者，此其始也。"[②] 亦称戾家。《错立身》题目："戾家行院学踏爨。"钱注："戾家，职业演员。"[③]《西湖老人繁胜录》"十三军大教场"："戾家相扑。"[④]《太和正音谱》卷上《杂剧十二科》："子昂赵先生曰：'良家子弟所扮杂剧，谓之"行家生活"，娼优所扮者，谓之"戾家把戏"。'"[⑤]

七　子弟

子弟，业余演员，今曰票友。《西湖老人繁胜录》"十三军大教场"："唱涯词，只引子弟。"[⑥] 子弟，即郎君，属于庶民之家之子。《张协

①〔宋〕孟元老：《东京梦华录》，中华书局 1982 年版，第 165 页。

②〔宋〕程大昌：《演繁露》，《全宋笔记》第四编第八册，大象出版社，2008 年，第 228 页。

③〔宋〕古杭才人：《宦门子弟错立身》，钱南扬校注《永乐大典戏文三种校注》，中华书局 1979 年版，第 220 页。

④〔宋〕西湖老人：《西湖老人繁胜录》，《南宋古迹考（外四种）》，浙江人民出版社 1983 年版，第 109 页。

⑤〔明〕朱权：《太和正音谱》，《中国古典戏曲论著集成》第三集，中国戏剧出版社 1959 年版，第 24 页。

⑥〔宋〕西湖老人：《西湖老人繁胜录》，《南宋古迹考（外四种）》，浙江人民出版社 1983 年版，第 109 页。

状元》第二出:“(众)相烦那子弟!(生)后行子弟,饶个【烛影摇红】断送。”① 钱注:“子昂赵先生曰:‘良家子弟所扮杂剧,谓之行家生活,娼优所扮者,谓之戾家把戏。’……本戏是戏文初期的作品,正是业余剧团的全盛时代。”②

史载,后唐庄宗、辽主兴宗等尝粉墨登场,躬身演出,即票友之滥觞。周密《齐东野语》卷二十《温公重望》:“宣和间,徽宗与蔡攸辈在禁中自为优戏,上作参军,趋出,攸戏上曰:‘陛下好个神宗皇帝!’上以杖鞭之,云:‘你也好个司马丞相!’”③ 任二北《优语集》引此谓:“赵佶为参军,不止扮官,且扮官家,攸始称之曰‘陛下’。”④

①〔宋〕九山书会:《张协状元》,钱南扬校注《永乐大典戏文三种校注》,中华书局1979年版,第13页。

②〔宋〕九山书会:《张协状元》,钱南扬校注《永乐大典戏文三种校注》,中华书局1979年版,第16页。

③〔宋〕周密撰,张茂鹏点校《齐东野语》,中华书局1983年版,第381页。

④ 任二北编著《优语集》,上海文艺出版社1981年版,第118—119页。

第八章　演出

一　瓦肆勾栏　戏场

瓦肆，一称瓦子。瓦肆勾栏，宋金时游艺场所。《东京梦华录》卷五《京瓦伎艺》：

> 崇、观以来，在京瓦肆伎艺：……小唱……嘌唱……杂剧……讲史……小说……散乐……舞旋……影戏……诸宫调……商谜……合生……说诨话……杂扮……说《三分》……《五代史》……不可胜数。不以风雨寒暑，诸棚看人，日日如是。①

南宋临安的瓦子勾栏。宋潜说友《咸淳临安志》卷十九《疆域·四厢界》，备载其十七座瓦子之名：南瓦、中瓦、大瓦、北瓦、蒲桥瓦、便门瓦、候潮门瓦、小堰门外瓦、新门瓦、荐桥门瓦、菜市瓦、钱湖门瓦、赤山瓦、行春桥瓦、北郭瓦、米市桥瓦、旧瓦。并谓："已上瓦子。盖取聚则瓦合，散则瓦解之义。故老云：当绍兴和议后，

---

①〔宋〕孟元老撰，邓之诚注《东京梦华录注》，中华书局 1982 年版，第 132—133 页。

杨和王为殿前都指挥使，以军士多西北人，故于诸军寨左右营创瓦舍，招集伎乐，以为暇日娱戏之地。其后修内司又于城中建五瓦，以处游艺。今其屋在城外者，多隶殿前司，城中者隶修内司。”[①]此说明瓦子是各种伎艺表演的场所。

瓦子中的勾栏，或棚，今称剧场。《东京梦华录》卷二《东角楼街巷》：“街南桑家瓦子，近北则中瓦，次里瓦。其中大小勾栏五十余座。内中瓦子、莲花棚、牡丹棚、里瓦子、夜叉棚、象棚最大，可容数千人。”[②]《武林旧事》卷六《瓦子勾栏》，列举其二十三处瓦子之名：南瓦、中瓦、大瓦、北瓦、蒲桥瓦、便门瓦、候潮门瓦、小偃门瓦、新门瓦、荐桥门瓦、菜市门瓦、钱湖门瓦、赤山瓦、行春桥瓦、北郭瓦、米市桥瓦、旧瓦、嘉会门瓦、北关门瓦、艮山门瓦、羊坊桥瓦、王家桥瓦、龙山瓦。并谓：“如北瓦羊棚楼等，谓之游棚（游一作遨）。外又有勾栏甚多，北瓦内勾栏十三座最盛。或有路岐，不入勾栏，只在要闹宽阔之处做场者，谓之打野呵，此又艺之次者。”[③]

勾栏布局结构

杜善甫【耍孩儿】《庄家不识构栏》【五煞】：

要了二百钱放过咱，入得门上个木坡。见层层叠叠团圞坐，抬头觑是个钟楼模样，往下觑却是人旋窝。[④]

“上个木坡”，指出圆形剧场里，全是阶梯式的木制座席。“钟

①〔宋〕潜说友：《咸淳临安志》卷十九，《宋元方志丛刊》第四册，中华书局2006年版，第3549页。

②〔宋〕孟元老撰，邓之诚注《东京梦华录注》，中华书局1982年版，第66页。

③〔宋〕周密：《武林旧事》，西湖书社1981年版，第93页。

④ 隋树森编《全元散曲》，中华书局1981年版，上册，第31页。

楼”即神楼，位于戏台对面正中，是甲等楼座。神楼的两旁是腰棚，乃乙等楼座。《蓝采和》第一折说白："（净云）我方才开了勾栏门，有一个先生坐在乐床上，我便道：'先生你去神楼或是腰棚上那里坐。这里是妇女每做排场的坐处。'"[①]

楼座客满情况。《错立身》第四出云："（末上）【桂枝香】：……婆婆且住，听说与：阵马挨楼满。"[②]"阵马"，形容座无虚席，观众拥挤。"挨楼满"，即前面指出的"层层叠叠团圞坐"。在《庄家不识构栏》中，庄家汉出了二百钱，坐的是神楼——甲等楼座。位置居高临下，往下看，戏台前面场地上站的是万头攒动的观众，故曰："人旋窝"。《东京梦华录》载许多勾栏"可容数千人"，是其证。

戏场，唐代已有。《隋书》卷十五《音乐志下》："正月……于端门外建国门内，绵亘八里，列为戏场。百官起棚夹路，从昏达旦，以纵观之。至晦而罢。伎人皆衣锦绣缯彩。"《资治通鉴》卷二百四十八唐宣宗大中二年十一月："万寿公主适起居郎郑颢……颢弟𫖮尝得危疾，上遣使视之，还，问'公主何在？'曰：'在慈恩寺观戏场。'"钱易《南部新书》卷戊："长安戏场多集于慈恩，小者在青龙，其次荐福、永寿。"[③]宋沿其制。陆游诗有："先生醉后

①〔元〕无名氏：《汉钟离度脱蓝采和杂剧》，隋树森编《元曲选外编》，中华书局 1959 年版，第 971—972 页。

②〔宋〕古杭才人：《宦门子弟错立身》，钱南扬校注《永乐大典戏文三种校注》，中华书局 1979 年版，第 228 页。

③〔宋〕钱易撰，黄寿成点校《南部新书》，中华书局 2002 年版，第 67 页。

骑黄犊,北陌东阡看戏场。"[1]"空巷看竞渡,倒社观戏场。"[2]"小市丰年有戏场。"[3]"时向湖桥看戏场。"[4]"巷北观神社,村东看戏场。"[5]此皆指村中之露天戏场。它如"村伶有夜场",[6]"佛庙村伶夜作场",[7]"云烟古寺闻僧梵,灯火长桥见戏场",[8]则又谓戏场之演出夜戏。

二　戏台

北宋汴京勾栏演出图，描绘勾栏瓦肆——于广场之中，有一座木结构高台,三面敞开,上设帐幕。山西侯马出土金大安二年(1210)董玘坚墓中仿木结构砖雕戏台一座，也是三面敞开。戏台正面为两根角柱，构架一条额枋，台顶为十字歇山式构筑。

戏台分为前场、后场。《张协状元》第一出:"(白)后行脚色,

---

①〔宋〕陆游著，钱仲联校注《剑南诗稿校注》卷三十二《初夏》，上海古籍出版社 1985 年版，第四册，第 2146 页。

②〔宋〕陆游著，钱仲联校注《剑南诗稿校注》卷六十五《稽山行》，上海古籍出版社 1985 年版，第七册，第 3660 页。

③〔宋〕陆游著，钱仲联校注《剑南诗稿校注》卷六十六《初夏闲居》，上海古籍出版社 1985 年版，第七册，第 3736 页。

④〔宋〕陆游著，钱仲联校注《剑南诗稿校注》卷六十八《行饭至湖上》，上海古籍出版社 1985 年版，第七册，第 3824 页。

⑤〔宋〕陆游著，钱仲联校注《剑南诗稿校注》卷八十《幽居岁暮》，上海古籍出版社 1985 年版，第八册，第 4319 页。

⑥〔宋〕陆游著，钱仲联校注《剑南诗稿校注》卷五十七《出行湖山间杂赋》，上海古籍出版社 1985 年版，第六册，第 3303 页。

⑦〔宋〕陆游著，钱仲联校注《剑南诗稿校注》卷三十七《书喜》，上海古籍出版社 1985 年版，第五册，第 2417 页。

⑧〔宋〕陆游著，钱仲联校注《剑南诗稿校注》卷五十九《出游》，上海古籍出版社 1985 年版，第七册，第 3418 页。

力齐鼓儿，饶个撺掇，末泥色饶个踏场。（下）”[①]“后行”，即后场。同剧同出的提示有“生上”、生、外“并下”，上，上场，出场。下，下场、入场。同剧第二出：“（生）劳得谢送道呵！（众）相烦那子弟！”[②]钱注：“此后场与生相互慰劳之辞。众，即后场。后场向生唱喏，叫做‘谢送道’。道，即鬼门道。”[③]《太和正音谱》卷上《词林须知》：“勾栏中戏房出入之所，谓之鬼门道。”[④]

后场，称戏房。《张协状元》第二十三出：“净在戏房作犬吠。”[⑤]同剧第三十五出：“生在戏房里唱。”[⑥]

舞台装置

唐崔令钦《教坊记》：“内妓与两院歌人，更代上舞台唱歌。”[⑦]此舞台之名的早期记录。《蓝采和》第一折【天下乐】：

（正末云）王把色，你将旗牌、帐额、神峥、靠背都与我挂了者。（净云）我都挂了。（正末唱）一壁将牌额题，一壁将靠背悬。（云）有那远方来看的见了呵，传出去说，

①〔宋〕九山书会：《张协状元》，钱南扬校注《永乐大典戏文三种校注》，中华书局1979年版，第4页。

②〔宋〕九山书会：《张协状元》，钱南扬校注《永乐大典戏文三种校注》，中华书局1979年版，第13页。

③〔宋〕九山书会：《张协状元》，钱南扬校注《永乐大典戏文三种校注》，中华书局1979年版，第16页。

④〔明〕朱权：《太和正音谱》，《中国古典戏曲论著集成》第三集，中国戏剧出版社1959年版，第54页。

⑤〔宋〕九山书会：《张协状元》，钱南扬校注《永乐大典戏文三种校注》，中华书局1979年版，第120页。

⑥〔宋〕九山书会：《张协状元》，钱南扬校注《永乐大典戏文三种校注》，中华书局1979年版，第160页。

⑦〔唐〕崔令钦著，任半塘笺订《教坊记笺订》，中华书局1962年版，第40页。

梁园棚勾栏里末尼蓝采和做场哩。[1]

帐额，即横额。宋朱玉《灯戏图》，舞台正面挂有横额，大书“按京师格范，舞院体诙谐”十字。山西洪洞县明应王殿元杂剧壁画舞台檐沿边挂有横额，大书“大行散乐忠都秀在此作场”。

彩帐。宋张仲文《白獭髓》：“两学斋舍裒金作彩帐，赠教禽兽伎人赵十一郎，寓意以讥之，其中有云：‘鼠猴揩笏而下失其仪，士有所愧；禽鸟认书而咸知所出，人反不如。’”[2] 此彩帐上有题词者。前述之洪洞县明应王殿元杂剧壁画舞台也挂有彩帐。

舞台上还悬有赠送演员的芳轴。宋刘仁父【踏莎行】《赠傀儡人刘师父》：

不假牵丝，何劳刻木。天然容貌施妆束。把头全仗姓刘人，就中学写秦城筑。　　伎俩优长，恢谐软熟。当场喝采醒群目。赠行无以表殷勤，特将谢意标芳轴。[3]

芳轴，一称筹簇、锦标。宋程节斋【水调歌头】《题弩社头筹簇》云：“锦为标，虽有戏，技为难。疾飞两箭，兄弟齐夺姓名还。虎帐有筹第一，龙榜预占双捷，底事足荣观。”[4] 无名氏【浣溪沙】《题赠飞竿簇》（杂技伎艺人），有“谁识飞竿巧艺全，儿童群戏艳阳天”之句。[5]

---

①〔元〕无名氏：《汉钟离度脱蓝采和杂剧》，隋树森编《元曲选外编》，中华书局 1959 年版，第 972 页。

②〔宋〕张仲文：《白獭髓》，中华书局 1985 年版，第 1 页。

③ 唐圭璋编《全宋词》，中华书局 1965 年版，第五册，第 3588—3589 页。

④ 唐圭璋编《全宋词》，中华书局 1965 年版，第五册，第 3549 页。

⑤ 唐圭璋编《全宋词》，中华书局 1965 年版，第五册，第 3819 页。

三　戏衫

戏衫。(一)伶人献艺或节日承进时所穿的服装。宋吴自牧《梦粱录》卷一《八日祠山圣诞》:“龙舟六只，戏于湖中。其舟俱装十太尉、七圣、二郎神……其余皆簪大花，卷脚帽子，红绿戏衫。”①同书卷六《孟冬行朝飨礼遇明禋岁行恭谢礼》:“教乐所伶工、杂剧色，浑裹上高簇花枝。”②出土之丁都赛砖雕画像,亦戴诨裹,高簇花枝。《金史》卷四十三《舆服志下》:“倡优遇迎接，公筵承应，许暂服绘画之服，其私服与庶人同。”

(二)演出时各脚色按剧中人身份、职业所穿着的服装。朱敦儒【念奴娇】词:“懒共贤争，从教他笑，如此只如此。杂剧打了，戏衫脱与呆底。”③《夷坚支志》乙集卷四《优伶箴戏》记载“元祐钱”的演出:“一僧……而加以冠巾”，“一道士……剥其羽衣使为民”，“一士人”，“主管宅库者”。④本剧的演出有僧人、道士、儒士、官吏等之戏衣。参见“眼药酸”。

四　行头　砌末

行头，同今语，戏剧表演之服装。砌末，戏剧表演之道具。《嗓淡行院》【二煞】:“外旦臊腥臭,都是些唵噆砌末,猥琐行头。”⑤《降

①〔宋〕吴自牧:《梦粱录》，浙江人民出版社 1980 年版，第 7 页。

②〔宋〕吴自牧:《梦粱录》，浙江人民出版社 1980 年版，第 47 页。

③ 唐圭璋编《全宋词》，中华书局 1965 年版，第 2 册，第 836 页。

④〔宋〕洪迈撰，何卓点校《夷坚志》，中华书局 1981 年版，第 822 页。

⑤ 隋树森编《全元散曲》，中华书局 1981 年版，下册，第 1111 页。

桑椹》第一折说白:“(家童拿砌末科,云)理会的。(蔡员外云)延岑,与你这一套暖衣,十两银子,做盘费。”[①]《墨娥小录·行院声嗽·器用》:“什物:砌末。”[②]

五 脸谱

面部化妆,唐五代已然。《资治通鉴》卷二百七十二后唐庄宗同光元年十一月:“帝或时自傅粉墨,与优人共戏于庭。”宋人戏曲,并有正式的脸谱。《三朝北盟会编》卷一百三十五《炎兴下帙三十五》起建炎三年十二月二十五日己亥:“又用墨抹抢于眼下,如伶人杂剧之戏者。”[③]此为副净之脸谱。杜善夫【耍孩儿】《庄家不识构栏》【四煞】:“中间里一个央人货,裹着枚皂头巾顶门上插一管笔,满脸石灰更着些黑道儿抹。”[④]《水浒全传》第八十二回《梁山泊分金大买市,宋公明全伙受招安》:“第五个贴净的,忙中九伯,眼目张狂,队额角涂一道明戗,劈面门抹两色蛤粉。”[⑤]

1959年山西侯马出土金代大安二年(1210)董玘坚墓,墓壁砌有砖雕戏台一座,排列着五个圆雕脚色正在表演,面部有化妆。[⑥]

①〔元〕刘唐卿:《降桑椹蔡顺奉母杂剧》,隋树森编《元曲选外编》,中华书局1959年版,第425页。

②〔明〕佚名:《墨娥小录》卷十四,明隆庆五年辛未吴继聚好堂刻本,第4叶b面,中国书店1959年影印。

③〔宋〕徐梦莘:《三朝北盟会编》卷一百三十五,上海古籍出版社1987年影光绪许涵度刻本,第984页。

④ 隋树森编《全元散曲》,中华书局1981年版,上册,第31页。

⑤ 施耐庵、罗贯中:《水浒全传》,上海人民出版社1975年版,下册,第1027页。

⑥ 畅文斋:《侯马金代董氏墓介绍》,《文物》1959年第6期。

其中，右起第一人是副净。山西师范大学戏曲文物研究所编《宋金元戏曲文物图论》:“这位副净……鼻梁间涂了一块白粉,似乎是‘粉鼻凹’；两道眉毛用黑墨勾画成倒八字，墨迹从额头画下来，斜穿眼部,一直画到颧骨;嘴部用黑墨加以夸大,呈笑形。——这一形象，可以说是现存最早、最完整的丑角脸谱。”[①] 案:副净脸谱用鼻梁间涂一块白粉，黑墨从额头一笔画下斜穿眼部，最早见于河南荥阳东槐村出土的宋绍圣三年（1096）朱三翁墓石棺线刻墓主夫妇饮宴观杂剧图画像。

1978 年，河南荥阳东槐村出土宋代砖室墓石棺，棺盖镌“大宋绍圣三年十一月初八日朱三翁之灵男朱允建”行书 21 字，右侧棺板线刻图画三组，第一组为墓主人夫妇饮宴观杂剧图，桌前四人在表演杂剧,其中第四人“二目各斜画一粉道”,[②]“二目圆睁,目上斜画八字形白粉脸谱”。[③] 河南荥阳东槐村宋绍圣三年（1096）朱三翁墓石棺线刻观杂剧图副净脸谱,比山西侯马金大安二年（1210）董玘坚墓砖雕副净脸谱早出 114 年。

六　节日和庙会的演出，堂会与小唱

宋金时代,每逢节日和庙会都要唱戏。《东京梦华录》卷六《元宵》:“(宣德）楼下用枋木垒成露台一所，……教坊、钧容直、露

---

① 山西师范大学戏曲文物研究所编《宋金元戏曲文物图论》,《图论部分》一《宋金元戏曲演出诸方面的历史发展》(三)《化妆》, 山西人民出版社 1987 年版,《图论部分》第 35 页。

② 吕品:《河南荥阳北宋石棺线画考》,《中原文物》1983 年第 4 期。

③ 周到:《荥阳宋代石棺杂剧图考》,《戏曲艺术》(郑州) 1983 年第 4 期; 周到《汉画与戏曲文物》, 中州古籍出版社 1992 年版, 第 138 页。

台弟子，更互杂剧。”同书卷七《驾幸临水殿观争标锡宴》：“驾先幸池之临水殿……近殿水中横列四彩舟，上有诸军百戏，如……杂剧之类。”同书卷八《中元节》：“构肆乐人，自过七夕，便般《目连经救母》杂剧。”[①]《武林旧事》卷三《社会》：“二月八日为桐川张王生辰，霍山行宫朝拜极盛，百戏竞集。如绯绿社：杂剧。”[②]

堂会　小唱

私人府第演戏者，近世称之为堂会，宋已有之。朱少章《曲洧旧闻》卷六：“宋子京修《唐书》，尝一日逢大雪，……（诸姬）其间一人，来自宗子家，子京曰：‘汝太尉遇此天气，亦复何如？’对曰：‘只是拥炉，命歌舞，间以杂剧，引满大醉而已。’”[③]1978年河南荥阳县东槐村出土宋绍圣三年朱三翁墓葬，其石棺右侧板刻绘《朱三翁夫妇宴乐图》，图上绘朱三翁夫妇观看四个杂剧演员正在作场。[④]

小唱，今曰清唱。即不用道具和彩排的演唱。《错立身》第四出：“（末）孩儿与老都管先去，我收拾砌末恰来。（净）不要砌末，只要小唱。”[⑤]

①〔宋〕孟元老撰，邓之诚注《东京梦华录注》，中华书局1982年版，第165页，第184页，第212页。

②〔宋〕周密：《武林旧事》，西湖书社1981年版，第40页。

③〔宋〕朱弁撰，孔凡礼点校《曲洧旧闻》，中华书局2002年版，第170页。

④ 吕品：《河南荥阳北宋石棺线画考》，图三《石棺右侧的杂剧图》，《中原文物》1983年第4期，第94页；山西师范大学戏曲文物研究所编《宋金元戏曲文物图论》，图六一《河南荥阳石棺宋杂剧线刻》，山西人民出版社1987年版，《图片部分》第30页。

⑤〔宋〕古杭才人：《宦门子弟错立身》，钱南扬校注《永乐大典戏文三种校注》，中华书局1979年版，第228页。

七　招子

招子，戏剧招牌，犹近世之戏剧海报。《庄家不识构栏》套："正打街头过，见吊个花碌碌纸榜。"[①]《蓝采和》杂剧第一折说白："俺在这梁园棚勾栏里做场，昨日贴出花招儿去，两个兄弟先收拾去了。这早晚好勾栏里去，想俺做场的非同容易也呵！"[②]《错立身》第四出说白："如今将孩儿到河南府作场多日，今早挂了招子，不免叫出孩儿来，商量明日杂剧。"[③]

"纸榜""花招儿""招子"，俱指戏剧招牌。

① 隋树森编《全元散曲》，中华书局 1981 年版，上册，第 31 页。

②〔元〕无名氏：《汉钟离度脱蓝采和杂剧》，隋树森编《元曲选外编》，中华书局 1959 年版，第 971 页。

③〔宋〕古杭才人：《宦门子弟错立身》，钱南扬校注《永乐大典戏文三种校注》，中华书局 1979 年版，第 227 页。

第九章　官本杂剧段数内容考释

一　官本杂剧段数

一、《争曲六幺》
二、《扯拦六幺》
三、《教声六幺》
四、《鞭帽六幺》
五、《衣笼六幺》
六、《厨子六幺》
七、《孤夺旦六幺》
八、《王子高六幺》
九、《崔护六幺》
一〇、《骰子六幺》
一一、《照道六幺》
一二、《莺莺六幺》
一三、《大宴六幺》
一四、《驴精六幺》
一五、《女生外向六幺》
一六、《慕道六幺》
一七、《三偌慕道六幺》
一八、《双拦哮六幺》
一九、《赶厥夹六幺》
二〇、《羹汤六幺》
二一、《索拜瀛府》
二二、《厚熟瀛府》
二三、《哭骰子瀛府》
二四、《醉院君瀛府》
二五、《懊骨头瀛府》
二六、《赌钱望瀛府》
二七、《四僧梁州》
二八、《三索梁州》

二九、《诗曲梁州》　　三〇、《头钱梁州》

三一、《食店梁州》　　三二、《法事馒头梁州》

三三、《四哮梁州》　　三四、《领伊州》

三五、《铁指甲伊州》　　三六、《闹五伯伊州》

三七、《裴少俊伊州》　　三八、《食店伊州》

三九、《桶担新水》　　四〇、《双哮新水》

四一、《烧花新水》　　四二、《简帖薄媚》

四三、《请客薄媚》　　四四、《错取薄媚》

四五、《传神薄媚》　　四六、《九妆薄媚》

四七、《本事现薄媚》　　四八、《打调薄媚》

四九、《拜褥薄媚》　　五〇、《郑生遇龙女薄媚》

五一、《土地大明乐》　　五二、《打球大明乐》

五三、《三爷老大明乐》　　五四、《列女降黄龙》

五五、《双旦降黄龙》　　五六、《柳玭上官降黄龙》

五七、《赶厥胡渭州》　　五八、《单番将胡渭州》

五九、《银器胡渭州》　　六〇、《看灯胡渭州》

六一、《入寺降黄龙》　　六二、《榆标降黄龙》

六三、《打地铺逍遥乐》　　六四、《病郑逍遥乐》

六五、《崔护逍遥乐》　　六六、《瀼涸逍遥乐》

六七、《单打石州》　　六八、《和尚那石州》

六九、《赶厥石州》　　七〇、《塑金刚大圣乐》

七一、《单打大圣乐》　　七二、《柳毅大圣乐》

七三、《霸王中和乐》　　七四、《马头中和乐》

七五、《大打调中和乐》　　七六、《喝贴万年欢》

七七、《托合万年欢》 七八、《迓鼓儿熙州》
七九、《骆驼熙州》 八〇、《二郎熙州》
八一、《大打调道人欢》 八二、《会子道人欢》
八三、《双拍道人欢》 八四、《越娘道人欢》
八五、《打勘长寿仙》 八六、《偌卖妲长寿仙》
八七、《分头子长寿仙》 八八、《棋盘法曲》
八九、《孤和法曲》 九〇、《藏瓶儿法曲》
九一、《车儿法曲》 九二、《病爷老剑器》
九三、《霸王剑器》 九四、《黄杰进延寿乐》
九五、《义养娘延寿乐》 九六、《扯篮儿贺皇恩》
九七、《催妆贺皇恩》 九八、《封陟中和乐》
九九、《唐辅采莲》 一〇〇、《双哮采莲》
一〇一、《病和采莲》 一〇二、《诸宫调霸王》
一〇三、《诸宫调卦册儿》 一〇四、《相如文君》
一〇五、《崔智韬艾虎儿》 一〇六、《王宗道休妻》
一〇七、《李勉负心》 一〇八、《四郑舞杨花》
一〇九、《四偌皇州》 一一〇、《槛偌宝金枝》（磕瓦）
一一一、《浮沤传永成双》 一一二、《浮沤暮云归》
一一三、《老孤嘉庆乐》 一一四、《两相宜万年芳》
一一五、《进笔庆云乐》 一一六、《裴航相遇乐》
一一七、《能知他泛清波》 一一八、《三钓鱼泛清波》
一一九、《五柳菊花新》 一二〇、《梦巫山彩云归》
一二一、《青阳观碑彩云归》 一二二、《四小将整乾坤》
一二三、《四季夹竹桃花》 一二四、《禾打千秋乐》

一二五、《牛五郎罢金征》　一二六、《新水爨[①]》
一二七、《三十拍爨》　一二八、《天下太平爨》
一二九、《百花爨》　一三〇、《三十六拍爨》
一三一、《门子打三教爨》　一三二、《孝经借衣爨》
一三三、《大孝经孙爨》　一三四、《喜朝天爨》
一三五、《说月爨》　一三六、《风花雪月爨》
一三七、《醉青楼爨》　一三八、《宴瑶池爨》
一三九、《钱手帕爨》（小字太平歌）　一四〇、《诗书礼乐爨》
一四一、《醉花阴爨》　一四二、《钱爨》
一四三、《鹘鶒爨》　一四四、《借听爨》
一四五、《大彻底错爨》　一四六、《黄河赋爨》
一四七、《睡爨》　一四八、《门儿爨》
一四九、《上借门儿爨》　一五〇、《抹紫粉爨》
一五一、《夜半乐爨》　一五二、《火发爨》
一五三、《借衫爨》　一五四、《烧饼爨》
一五五、《调燕爨》　一五六、《棹孤舟爨》
一五七、《木兰花爨》　一五八、《月当厅爨》
一五九、《醉远（还）醒爨》　一六〇、《闹夹棒爨》
一六一、《扑蝴蝶爨》　一六二、《闹八妆爨》
一六三、《钟馗爨》　一六四、《铜博爨》
一六五、《恋双双爨》　一六六、《恼子爨》
一六七、《像生爨》　一六八、《金莲子爨》

① “爨”:《武林旧事》，西湖书社 1981 年版作“炊”，此从其底本《知不足斋丛书》本。

一六九、《思乡早行孤》
一七〇、《睡孤》
一七一、《迓鼓孤》
一七二、《论禅孤》
一七三、《讳药孤》
一七四、《大暮故孤》
一七五、《小暮故孤》
一七六、《老姑遣妲》
一七七、《孤惨》
一七八、《双孤惨》
一七九、《三孤惨》
一八〇、《四孤醉留客》
一八一、《四孤夜宴》
一八二、《四孤好》
一八三、《四孤披头》
一八四、《四孤擂》
一八五、《病孤三乡题》
一八六、《王魁三乡题》
一八七、《强偌三乡题》
一八八、《文武问命》
一八九、《两同心卦铺儿》
一九〇、《一井金卦铺儿》
一九一、《满皇州卦铺儿》
一九二、《变猫卦铺儿》
一九三、《白苎卦铺儿》
一九四、《探春卦铺儿》
一九五、《庆时丰卦铺儿》
一九六、《三哮卦铺儿》
一九七、《三哮揭榜》
一九八、《三哮上小楼》
一九九、《三哮文字儿》
二〇〇、《三哮好女儿》
二〇一、《三哮一檐脚》
二〇二、《褴哮合房》
二〇三、《褴哮店休妲》
二〇四、《褴哮负酸》
二〇五、《秀才下酸擂》
二〇六、《急慢酸》
二〇七、《眼药酸》
二〇八、《食药酸》
二〇九、《风流药》
二一〇、《黄元儿》
二一一、《论淡》
二一二、《医淡》
二一三、《医马》
二一四、《调笑驴儿》
二一五、《雌虎》（崔智韬）
二一六、《解熊》

二一七、《鹘打兔变二郎》
二一八、《二郎神变二郎神》
二一九、《毁庙》
二二〇、《入庙霸王儿》
二二一、《单调霸王儿》
二二二、《单调宿》
二二三、《单背影》
二二四、《单顶戴》
二二五、《单唐突》
二二六、《单折洗》
二二七、《单兜》
二二八、《单搭手》
二二九、《双搭手》
二三〇、《双厥送》
二三一、《双厥投拜》
二三二、《双打球》
二三三、《双顶戴》
二三四、《双园子》
二三五、《双索帽》
二三六、《双三教》
二三七、《双虞候》
二三八、《双养娘》
二三九、《双快》
二四〇、《双捉》
二四一、《双禁师》
二四二、《双罗罗啄木儿》
二四三、《赖房钱啄木儿》
二四四、《围城啄木儿》
二四五、《大双头莲》
二四六、《小双头莲》
二四七、《大双惨》
二四八、《小双惨》
二四九、《小双索》
二五〇、《双排军》
二五一、《醉排军》
二五二、《双卖妲》
二五三、《三入舍》
二五四、《三出舍》
二五五、《三笑月中行》
二五六、《三登乐院公狗儿》
二五七、《三教安公子》
二五八、《三社争赛》
二五九、《三顶戴》
二六〇、《三偌一赁驴》
二六一、《三盲一偌》
二六二、《三教闹著棋》
二六三、《三借窑货儿》
二六四、《三献身》

二六五、《三教化》
二六六、《三京下书》
二六七、《三短鞵》
二六八、《打三教庵宇》
二六九、《普天乐打三教》
二七〇、《满皇州打三教》
二七一、《领三教》
二七二、《三姐醉还醒》
二七三、《三姐黄莺儿》
二七四、《卖花黄莺儿》
二七五、《大四小将》
二七六、《四小将》
二七七、《四国朝》
二七八、《四脱空》
二七九、《四教化》
二八〇、《泥孤》①

二　总说

以上所录宋周密《武林旧事》卷十所载《官本杂剧段数》(以下简称官本),是中国戏曲史上第一部古老的剧目汇集。官本,官家演出之本。其中有古老的戏曲,又有大曲,大曲是舞蹈用的曲子。宋陈旸《乐书》卷一百八十五《乐图论·俗部·杂乐·女乐下》:

> 优伶常舞大曲,惟一工独进,但以手袖为容,踏足为节。其妙串者,虽风旋鸟骞,不逾其速矣。然大曲前缓叠不舞,至入破,则羯鼓、震鼓、大鼓与丝竹合作,句拍益急。舞者入场,投节制容,故有催拍、歇拍之异,姿制俯仰,百态横出。②

官本之《老孤嘉庆乐》,即大曲。《宋史》卷一百四十二《乐志

①〔宋〕周密:《武林旧事》卷十《官本杂剧段数》,西湖书社1981年版,第153—159页。

②〔宋〕陈旸:《乐书》,卷一百八十五第3叶a—b面,《中华再造善本》影元刊明修本,第35册,国家图书馆出版社2004年版。

十七》所载的大曲，有【嘉庆乐】之名，属【小石调】。1981年，河南修武县李万乡史平陵村出土一具金代石棺，其右侧线刻一场舞蹈演出，画面正中题刻："小石调　嘉庆乐"。①无独有偶，1973年，河南焦作王封公社王庄出土金代邹瓊墓，也发现一幅与修武金代石棺"小石调　嘉庆乐"图完全相同的石刻画像石。似出自一人之手，仅画面之构图人物之排列左右相反而已。②

邹瓊墓中的石刻舞蹈画像："左一人，头裹软巾，插花，瘦脸高鼻，长衫束带，两臂在背后交叉、左脚抬起作舞步，面向右一人，舞姿优美。右一人头戴花脚幞头，长袍博带，脸带面具，长袖绞缠前伸，与右一人合拍起舞。乐队共九人，分立两侧，左五人：大鼓、筚篥、拍板各一，手鼓二；右四人：筚篥二、腰鼓二。"③墓室北壁正中题刻铭文云："大金承安四年六月二十有三日，天水郡秦氏谨修石墓一口，葬故夫范阳郡邹瓊功毕。"④

官本中的《王子高六幺》《四孤披头》，是最早的作品。宋朱彧《萍洲可谈》卷一：

朝士王迥，美姿容，有才思，少年时不甚持重，间为

① 周到：《修武金代石棺杂剧图研究》，《戏曲艺术》（郑州）1983年第2期；山西师范大学戏曲文物研究所编《宋金元戏曲文物图论》，图五九《河南修武石棺线刻〈小石调·嘉庆乐〉（拓片）》，山西人民出版社1987年版，《图片部分》第29页。

② 杨宝顺等：《河南焦作金墓发掘简报》，《文物》1979年第8期；山西师范大学戏曲文物研究所编《宋金元戏曲文物图论》，图六〇《河南焦作邹瓊墓杂剧线刻（拓片）》，山西人民出版社1987年版，《图片部分》第29页。

③ 山西师范大学戏曲文物研究所编《宋金元戏曲文物图论》，《图论部分》二《宋金元戏曲各阶段的艺术特征》（一）《宋杂剧到金院本的飞跃》，山西人民出版社1987年版，《图论部分》第65页。

④ 杨宝顺等：《河南焦作金墓发掘简报》，《文物》1979年第8期。

狎邪辈所诬，播入乐府。今【六幺】所歌奇俊王家郎者，乃迥也。元丰中，蔡持正举之可任监司，神宗忽云：“此乃奇俊王家郎乎？”持正叩头谢罪。[①]

宋赵彦卫《云麓漫抄》卷十：“王迥，字子高，族弟子立，为苏黄门婿，故兄弟皆从二苏游。子高后受学于荆公。旧有周琼姬事，胡徽之为作传，或用其传作【六幺】。”[②] 苏轼《芙蓉城并叙》：“世传王迥子高与仙人周瑶英游芙蓉城。元丰元年三月，余始识子高，问之，信然。”[③] 是《王子高六幺》为北宋神宗元丰元年（1078）以前之作。

1978年河南荥阳东槐村出土之北宋绍圣三年（1096）朱三翁墓葬，其石棺右侧刻绘《朱三翁夫妇宴乐图》，图之上端绘朱三翁夫妇观看杂剧，下面有四个伶人正在作场。据认为此图即官本杂剧《四孤披头》之演出。[④] 是本剧乃北宋哲宗时作品。

官本古老之戏曲像《马头中和乐》《裴少俊伊州》等，金杂剧独立门庭，改名为院本时，将它们分别改编为《马明王》《鸳鸯阁》《墙头马（上）》。南宋宁宗戏文兴起后，又将官本《莺莺六幺》《崔护六幺》《王魁三乡题》诸剧本分别改编为《莺莺西厢记》《崔护觅水记》《王魁负桂英》。

---

①〔宋〕朱彧：《萍洲可谈》，中华书局1985年版，第10页。

②〔宋〕赵彦卫撰，傅根清点校《云麓漫抄》，中华书局1996年版，第168页。

③〔宋〕苏轼撰，〔清〕王文诰辑注，孔凡礼点校《苏轼诗集》，中华书局1982年版，第807页。

④ 山西师范大学戏曲文物研究所编《宋金元戏曲文物图论》，《图论部分》一《宋金元戏曲演出诸方面的历史发展》（二）《角色行当》，山西人民出版社1987年版，《图论部分》第16页。

总的说来,《官本杂剧段数》是中国戏曲史上第一部古老的剧目汇集。其中包罗有其他伎艺，如大曲、讶鼓、诸宫调等在内。由此了解到宋杂剧在其成长的三百年历程中，从原始到成熟的发展轨迹。

我们在第三章里早说过，宋杂剧之“艳段”和正杂剧的题材，分别为世务、故事两大类。“艳段”的题材是“世务”，已详前文，这里谈正杂剧的题材——“故事”。“故事”,过去的事,与“世务”(现在世间之事）相对。所谓故事，实包含历史、传奇、小说等。宋代傀儡戏剧本的题材，与杂剧相同。《都城纪胜·瓦舍众伎》云:

> 凡傀儡敷演烟粉灵怪故事、铁骑公案之类，其话本或如杂剧，或如崖词。①

“话本”，省称“话”，或称“话儿”，谓剧情故事。唐代有《庐山远公话》《一枝花话》。《董西厢》卷一【风吹荷叶】:“话儿不提朴刀杆棒，长枪大马。”②杨立斋【般涉调】【哨遍】:“唱一本多愁多绪多情话。”③皆其例证。官本之《入庙霸王儿》《单调霸王儿》属于历史题材,《裴航相遇乐》《崔护逍遥乐》属于传奇题材,《裴少俊伊州》《简帖簿媚》属于小说题材即是。若细分之,《越娘道人欢》属于烟粉,《柳毅大圣乐》属于灵怪,《围城啄木儿》属于铁骑,《浮沤暮云归》属于公案。此知宋杂剧已演出纯粹之故事也。

---

①〔宋〕耐得翁:《都城纪胜》,《南宋古迹考(外四种)》，浙江人民出版社1983年版，第88页。

②〔金〕董解元著，凌景埏校注《董解元西厢记》，人民文学出版社1980年版，第1页。

③ 隋树森编《全元散曲》，中华书局1981年版，上册，第1273页。

三　官本杂剧段数内容考释

九、《崔护六幺》

《董西厢》卷一【柘枝令】:“也不是《离魂倩女》,也不是《谒浆崔护》。”[①]《错立身》第五出【那吒令】:“这一本传奇,是《崔护觅水》。”[②]钱南扬《宋元戏文辑佚·崔护觅水记》录其残曲。曹寅刊本(以下简称曹本)元钟嗣成《录鬼簿》卷上白仁甫条、尚仲贤条均载有:“《崔护谒浆》”。[③]

《崔护谒浆》也是宋元戏典。《城南柳》第四折【落梅风】:“引的个呆崔护洞门前来谒浆。”[④]石君宝《曲江池》第一折【油葫芦】:“谒浆的崔护又蹇。”[⑤]《风光好》第二折【梁州第七】:“谢家庄崔护觅浆。”[⑥]

一二、《莺莺六幺》

宋赵令畤有【商调·蝶恋花】鼓子词,演唱莺莺故事。[⑦]董解元有《西厢记诸宫调》,王实甫演为北杂剧。徐渭《南词叙录》“宋

---

①〔金〕董解元著,凌景埏校注《董解元西厢记》,人民文学出版社 1980 年版,第 2 页。

②〔宋〕古杭才人:《宦门子弟错立身》,钱南扬校注《永乐大典戏文三种校注》,中华书局 1979 年版,第 231 页。

③〔元〕钟嗣成:《录鬼簿》,《中国古典戏曲论著集成》第二集,中国戏剧出版社 1959 年版,第 108 页,第 111 页。此本系以清康熙曹寅辑刻《楝亭丛书》刊本为底本。

④〔元〕谷子敬:《吕洞宾三度城南柳杂剧》,〔明〕臧晋叔编《元曲选》,中华书局 1979 年版,第 1198 页。

⑤〔元〕石君宝:《李亚仙花酒曲江池杂剧》,〔明〕臧晋叔编《元曲选》,中华书局 1979 年版,第 264 页。

⑥〔元〕戴善夫:《陶学士醉写风光好杂剧》,〔明〕臧晋叔编《元曲选》,中华书局 1979 年版,第 531 页。

⑦ 魏尧西:《宋代的鼓子词》,《光明日报》1954 年 11 月 7 日第五版《文学遗产》第二十八期。

元旧篇”有《崔莺莺西厢记》。

二四、《醉院君瀛府》

院君，即县君，《古今小说》卷四《闲云庵阮三偿冤债》：“阮员外同大官人商贩回家，与院君相见。”① 《宋史》卷一百七十《职官志一二三·叙封》：“赤县令……母封县太君，妻县君。”俞樾《茶香室丛钞》卷五《院君》：“宋周密《武林旧事》，‘官本杂剧段数’，有《醉院君瀛府》，知不足斋本有注云：‘陈刻：院，作县。’”② 是院君，即县君也。

二九、《诗曲梁州》

曲，曲子，即词。王灼《碧鸡漫志》卷一：“盖隋以来，今之所谓曲子者渐兴。”③ 宋张舜民《画墁录》：“柳三变既以词忤仁庙，吏部不放改官，三变不能堪，诣政府，晏公曰：‘贤俊作曲子么？’三变曰：‘只如相公亦作曲子。’”④

三〇、《头钱梁州》

头钱，赌钱时用以分输赢的钱。《燕青博鱼》第二折【混江龙】：“我去那新红盒子内，拿着这常占胜不占输、只愁富不愁穷、明丢丢的几个头钱问。”⑤

①〔明〕冯梦龙编著，恒鹤等标校《古今小说》，上海古籍出版社1992年版，第58页。

②〔清〕俞樾撰，贞凡、顾馨、徐敏霞点校《茶香室丛钞》，中华书局1995年版，第143页。

③〔宋〕王灼：《碧鸡漫志》，《中国古典戏曲论著集成》第一集，中国戏剧出版社1959年版，第106页。

④〔宋〕张舜民：《画墁录》，上海古籍出版社2012年版，第73页。

⑤〔元〕李文蔚：《同乐院燕青博鱼杂剧》，〔明〕臧晋叔编《元曲选》，中华书局1979年版，第236页。

三五、《铁指甲伊州》

铁指甲，即银制假指甲，套于手指上，用以弹筝，或琵琶者。乔吉【一枝花】《合筝》套："佳人娇和曲，豪客醉弹筝。……搊银甲指拨轻清。"[①] 剧名铁指甲，或演唱弹筝或琵琶者的技艺之高超。

八二、《会子道人欢》

会子，南宋时发行的纸币。《宋史》卷一百八十一《食货志下三·会子》："（宋高宗绍兴）三十年户部侍郎钱端礼被旨造会子，储见钱于城内外流转。"

八四、《越娘道人欢》

天一阁藏明抄本（以下简称天一阁本）元钟嗣成《录鬼簿》卷上尚仲贤条《越娘背灯》题目正名："《龙虎榜杨生点额，凤凰坡越娘背灯》。"[②] 赵景深《元人杂剧钩沉》录其残曲。

九〇、《藏瓶儿法曲》

藏瓶儿，疑即空藏瓶之省称。元朱庭玉【夜行船】《悔悟》套【庆宣和】："若是自家空藏瓶，梦撒撩丁。花姑不重女猱轻，任谁，见哽。"[③] "空藏瓶"谓没有钱。刘庭信【寨儿令】《戒嫖荡》曲："拖汉精，陷人坑，纸汤瓶撞破个空藏瓶。"[④] 无名氏【越调】【凭阑人】《章台行》："花阵赢输随镘生，桃扇炎凉逐世情。双郎空藏瓶，小卿一块冰。"[⑤]《东

① 隋树森编《全元散曲》，中华书局 1981 年版，上册，第 636—637 页。

②〔元〕钟嗣成：《录鬼簿》，《续修四库全书》第 1759 册影天一阁藏明抄本，上海古籍出版社 1995 年版，第 153 页。

③ 隋树森编《全元散曲》，中华书局 1981 年版，下册，第 1217 页。

④ 隋树森编《全元散曲》，中华书局 1981 年版，下册，第 1427 页。

⑤ 隋树森编《全元散曲》，中华书局 1981 年版，下册，第 1739 页。

堂老劝破家子弟》第二折【滚绣球】【三煞】:“你是那无字儿的空瓶。”[①]

九九、《唐辅采莲》

宋罗烨《醉翁谈录》甲集卷一《舌耕叙引·小说开辟》类著录有宋人《唐辅采莲》话本：

论《莺莺传》《爱爱词》《张康题壁》《钱榆骂海》《鸳鸯灯》《夜游湖》《紫香囊》《徐都尉》《惠娘魄偶》《王魁负心》《桃叶渡》《牡丹记》《花萼楼》《章台柳》《卓文君》《李亚仙》《崔护觅水》《唐辅采莲》，此乃为（谓）之传奇。[②]

一〇四、《相如文君》

《董西厢》卷五【踏莎行】:“辣浪相如，薄情卓氏，因循堕了题桥志。”[③]《南词叙录》“宋元旧篇”有《司马相如题桥记》,[④]《宋元戏文辑佚·司马相如题桥记》录其残曲。曹本《录鬼簿》载，关汉卿、屈子敬各有《升仙桥相如题柱》,孙仲章有《卓文君白头吟》,[⑤]《太和正音谱》卷上《群英所编杂剧》“古今无名杂剧一百一十本”佚名有《卓文君驾车》。[⑥]

相如文君故事为宋金元戏典。《青衫泪》第三折【拨不断】:“携

①〔元〕秦简夫:《东堂老劝破家子弟杂剧》,〔明〕臧晋叔编《元曲选》，中华书局1979年版，第217页。

②〔宋〕罗烨:《醉翁谈录》，古典文学出版社1957年版，第4页。

③〔金〕董解元著，凌景埏校注《董解元西厢记》，人民文学出版社1980年版，第99页。

④〔明〕徐渭:《南词叙录》,《中国古典戏曲论著集成》第三集，中国戏剧出版社1959年版，第251页。

⑤〔元〕钟嗣成:《录鬼簿》,《中国古典戏曲论著集成》第二集，中国戏剧出版社1959年版，第105、134、114页。

⑥〔明〕朱权:《太和正音谱》,《中国古典戏曲论著集成》第三集，中国戏剧出版社1959年版，第43页。

文君逃走琴三尺，恁秀才每那一椿儿不该流递。”[①]《墙头马上》第四折【满庭芳】：“长教斋长休题柱，想他人有怨语，兀的不笑杀汉相如。”[②]《金钱记》第三折【要孩儿】：“香车私走的卓文君，就升仙桥上剐做骷髅。哎！险也！汉相如涤器临邛市。”[③]《倩女离魂》第二折【收尾】：“则我这临邛市沽酒卓文君，甘伏侍你濯锦江题桥汉司马。”[④]

一〇七、《李勉负心》

《宋元戏文辑佚》录有《李勉》残曲。略谓李勉一日游春，遇某氏女，竟不归家。后来，受了岳丈韩翁的斥责，将其妻鞭死。[⑤]《云窗梦》第三折【尧民歌】:“多情,多情,逢志诚,休学李免、王魁幸。”[⑥]

一一二、《浮沤暮云归》

本剧疑是无名氏《浮沤记》之原型。浮沤，乃本剧之关目。剧情叙述河南王文用贩朱砂至武昌，被强盗铁旛竿白正谋财害命。文用被害时说:“铁旛竿白正,你今日图了我财,致了我命,在阴司告你,

①〔元〕马致远:《江州司马青衫泪杂剧》,〔明〕臧晋叔编《元曲选》,中华书局 1979 年版，第 892 页。

②〔元〕白仁甫:《裴少俊墙头马上杂剧》,〔明〕臧晋叔编《元曲选》,中华书局 1979 年版，第 345 页。

③〔元〕乔孟符:《李太白匹配金钱记杂剧》,〔明〕臧晋叔编《元曲选》，中华书局 1979 年版，第 28 页。

④〔元〕郑德辉:《迷青琐倩女离魂杂剧》,〔明〕臧晋叔编《元曲选》,中华书局 1979 年版，第 712 页。

⑤ 钱南扬:《宋元戏文辑佚》，上海古典文学出版社 1956 年版，第 69 页。

⑥〔元〕无名氏:《郑月莲秋夜云窗梦杂剧》，隋树森编《元曲选外编》，中华书局 1959 年版，第 790 页。

自有证见。”白正说:“谁是证见?”王文用说:“这浮沤儿便是证见。”①

戴不凡《现存金人杂剧试订》认为《浮沤记》系金人作品。它说:“(本剧)有下列几点值得注意。第一，第一折《醉扶归》后，正末王文用进酒店说:‘小二哥，打二百文长钱的酒来。’(臧本同)什么叫‘长钱’呢?据《金史》卷四十八:大定十九年，‘时民间以八十为陌，谓之短钱;官用足陌，谓之长钱’。安排人物随口说出‘长钱’，如果不是剧作者‘嗜古成癖’,那就表明了剧作者自己就是使用长钱、短钱时代的人。第二，王文用肇祸是因从江西南昌贩回朱砂时，路上‘打听的泗州好买卖，我待上泗州做买卖去’(臧本同)。王是河南府人(按:河南府即今洛阳，这也是符合金制的)，从南昌到洛阳为什么要转道安徽泗州,安徽泗州在历史上又有什么‘好买卖’呢?读一读《金史》卷五十,这些问题完全可解决:‘泗州(榷)场,大定间,岁获五万三千四百六十七贯，承安元年，增为十万七千八百九十三贯六百五十文。所须杂物，泗州场岁供新茶千胯、荔支五百斤……榷场，与敌国互市之所也。正隆四年正月，罢凤翔府、唐、邓、颍、蔡、巩、洮等州并胶西所置者，而专置于泗州。寻伐宋，亦罢之。’原来，泗州在金海陵时代，曾经一度成为金人与南宋互市的大市场，怪不得王文用要说那里有‘好买卖’了。而‘丹砂’也正是当时北方所需要的货物。……剧作者既‘用’‘长钱’,又知泗州榷场有‘好买卖’，这已经可以说明这本戏是金人之笔了。”②

①〔元〕无名氏:《朱砂担滴水浮沤记杂剧》第二折,〔明〕臧晋叔编《元曲选》，中华书局1979年版，第396页。

② 戴不凡:《戴不凡戏曲研究论文集》，浙江人民出版社1982年版，第103—104页。

一一六、《裴航相遇乐》

曹本《录鬼簿》卷上庾吉甫条："《裴航遇云英》。"[①]《梧桐叶》第三折【红绣鞋】："芳心悬玉杵，旧约在蓝桥。"[②]

一一九、《五柳菊花新》

五柳，陶渊明别号。天一阁本《录鬼簿》卷上尚仲贤条《陶渊明》，题目全名："《王太守白衣送酒，陶渊明归去来兮》。"[③]

一七四、《大暮故孤》

暮故，一作慕古，胡涂。《董西厢》卷一【伊州衮】："没掂三，没思虑，可来慕古。"[④]《五侯宴》第一折【尾声】："恁时节老人家暮古，与人家重生活难做。"[⑤]元李治《敬斋古今黈》卷五："今人以不达权变者为慕古，盖谓古而不今也。"[⑥]

一八五、《王魁三乡题》

三乡题，疑是剧本之体制，此外尚有《病孤三乡题》《强偌三乡题》。三乡，或指事件。题，品题。天一阁本《录鬼簿》卷上尚仲贤条："《负桂英》（海神活取命，王魁负桂英）。"[⑦]《元人杂剧钩沉》

---

①〔元〕钟嗣成：《录鬼簿》，《中国古典戏曲论著集成》第二集，中国戏剧出版社 1959 年版，第 108 页。

②〔元〕李唐宾：《李云英风送梧桐叶杂剧》，〔明〕臧晋叔编《元曲选》，中华书局 1979 年版，第 1228 页。

③〔元〕钟嗣成：《录鬼簿》，《续修四库全书》第 1759 册影天一阁藏明抄本，上海古籍出版社 1995 年版，第 153 页。

④〔金〕董解元著，凌景埏校注《董解元西厢记》，人民文学出版社 1980 年版，第 9 页。

⑤〔元〕关汉卿：《刘夫人庆赏五侯宴杂剧》，隋树森编《元曲选外编》，中华书局 1959 年版，第 111 页。

⑥〔元〕李治：《敬斋古今黈》，中华书局 1985 年版，第 64 页。

⑦〔元〕钟嗣成：《录鬼簿》，《续修四库全书》第 1759 册影天一阁藏明抄本，上海古籍出版社 1995 年版，第 153 页。

录其残曲。

王魁事为宋金元戏典。《调风月》第三折【绵答絮】:“俺那厮一日一个王魁负桂英。”[1]《玉壶春》第四折【水仙子】:“怎肯教杜韦娘嫁了王魁?”[2]

二三七、**《双虞候》**

另有《双排军》《醉排军》各一本。《宋史》卷一百八十七《兵志一·禁军上》:“天子之卫兵,以守京师,备征戍,曰禁军。……又有蕃兵,其法始于国初,具籍塞下,团结以为藩篱之兵。”“其禁军将校”,“各有都虞候”。

二五八、《三社争赛》

曾瑞【醉花阴】《元宵忆旧》【挂金索】:“灯火阑珊,似万朵金莲谢。车马骈阗,赛一火鸳鸯社。”[3]《两世姻缘》第四折【沉醉东风】:“玉箫习学就诗山曲海,生长在柳陌花街。燕莺集每日忙,鸳鸯社逐朝赛。”[4]本剧之剧情内容或即演此,亦或为行业社团之竞赛。《武林旧事》卷三《社会》:“二月八日,为桐川张王生辰,霍山行宫朝拜极盛,百戏竞集。如绯绿社:杂剧。齐云社:蹴球。遏云社:唱赚。同文社:要词。角抵社:相扑。清音社:清乐。锦标社:射弩。锦体社:

---

①〔元〕关汉卿:《诈妮子调风月杂剧》,隋树森编《元曲选外编》,中华书局1959年版,第88页。

②〔元〕武汉臣:《李素兰风月玉壶春杂剧》,〔明〕臧晋叔编《元曲选》,中华书局1979年版,第487页。

③ 隋树森编《全元散曲》,中华书局1981年版,上册,第501页。

④〔元〕乔梦符:《玉箫女两世姻缘杂剧》,〔明〕臧晋叔编《元曲选》,中华书局1979年版,第983页。

花绣。英略社：使棒。”[①]

二六三、《三借窑货儿》

宋之烧瓷，技术极精，名窑众多。《辍耕录》卷二十九《窑器》：“宋叶寘《垣斋笔衡》云：……本朝……汝州造青窑器，故河北唐、邓、耀州悉有之，汝窑为魁。江南则处州龙泉县窑。”[②]《都城纪胜·铺席》：“平津桥沿河，布铺、扇铺、温州漆器铺、青白碗器铺。”[③]《古今小说》之《宋四公大闹禁魂张》，叙述的金丝罐儿，为钧窑之变彩釉的珍品。本剧疑是演唱三次借用人家名贵瓷器的故事。

---

①〔宋〕周密：《武林旧事》，西湖书社1981年版，第40页。

②〔元〕陶宗仪：《南村辍耕录》，中华书局1959年版，第362—363页。

③〔宋〕耐得翁：《都城纪胜》，《南宋古迹考（外四种）》，浙江人民出版社1983年版，第91页。

第十章　院本名目内容考释

一　概说

《辍耕录》卷二十五记载的金代《院本名目》，不少剧名，奇奇怪怪，晦涩艰深，使人迷惑不解。叶玉华《院本考》之《品藻》，谓其中多村坊伎艺。《唐戏弄》又以院本之《喷水胡僧》为不可解。[①]又云："所谓'提猴'，未知提法如何，殊可注意。"[②]本篇对其怪诞之剧名，晦涩之词语，一一求其疏通。历时既久，十得二三。从而了解到这大堆光怪陆离的东西，吸取了各种伎艺，有"迓鼓（军中舞蹈）""撮弄（杂技魔术）""教虫蚁（驯兽）"等。又有说唱伎艺与文字游戏，前者如《神农大说药》《诸宫调卦铺儿》；后者如"猜谜""难字儿"之类。

院本吸取这些伎艺，并非原封不动地将它搬上舞台。试以《百

① 任半塘：《唐戏弄》第二章《辨体》八《弄婆罗门》，上海古籍出版社 1984 年版，上册，第 313 页。

② 任半塘：《唐戏弄》第二章《辨体》十二《猴戏》，上海古籍出版社 1984 年版，上册，第 485 页。

戏孤》为例，它并不是纯粹的魔术表演，而是演唱一个完整的故事，由剧中的人物藉用“藏撅”玩艺儿来卖弄自己的技术之高明。它既是戏曲，又有魔术，这是金院本中别具一格的舞台表演艺术。

金杂剧自从独立门庭改名为院本之后，偏重演唱纯粹的故事，创作不少最佳剧目。如《庄周梦》《鸳鸯简》《苏武和番》《刺董卓》《骂吕布》《襄阳会》《赤壁鏖兵》《墙头马上》《张生煮海》等。据我们考察，传统优秀剧目，如《祭东风》《甘露寺》《单刀会》《长生殿》《双拜月》《杀狗劝夫》《杨家将》等关目及情节，均来自金院本。

金院本塑造了如孟姜女、霸王、虞姬、刘备、诸葛亮、吕蒙正、包拯、赵五娘、蔡伯喈、董卓、吕布等舞台戏曲人物。

本篇考释，旨在探索金院本如下诸问题：

体制与演出形态；

各剧之关目、情节；

宋、金戏剧中舞台人物的形象和性格；

宋、金戏典；

宋、金戏曲中方言；

宋、金戏曲术语；

湮没之剧目及剧情；

其他。

本文考察到一些院本的关目、情节在元杂剧及以后戏剧中之演变和发展。如《大勘刀》是王仲文《救孝子贤母不认尸》的原型，《海棠轩》是白仁甫《董秀英花月东墙记》的前身，《强风情》是无名氏《赵匡胤智取符金锭》的蓝本，《庆七夕》是唐明皇杨贵妃故事中“长生殿”的关目，萧德祥之《杨氏女杀狗劝夫》是根据《狗皮酸》改编的。

另外，我们还发掘出几个湮没已久不为人知的院本剧目。如《模石江》是北杂剧《京娘怨》的关目及情节，《三跳涧爨》是元杂剧尚仲贤《尉迟恭三夺槊》的蓝本，《烧奏》是元杂剧孔文卿《东窗事犯》的前身。川剧将这一个关目继承下来，改编为《东窗修本》。

金（宋）戏曲中有些精彩的唱词、对白，从艺人们的口中世世代代流传下来。如京剧《甘露寺》老生乔玄向吴国太赞叹西蜀文臣武将一段唱词，系来自金（宋）戏曲（即《元刊杂剧三十种》之《关大王单刀赴会》第三折正末司马徽唱的【滚绣球】【倘秀才】诸曲。不过京剧改为乔玄唱罢了）。又如川剧《长生殿》旦角杨贵妃请求唐明皇向双星共同发誓"乞赐盟誓，以定终始"云云，疑亦来自金（宋）戏曲之《庆七夕》。[①] 这里试举一个我们揭开古代艺人们师徒间传艺的秘密。我初次见到川剧《长生殿》正生唐明皇称杨玉环为"梓童"（京剧《梅龙镇》正生正德皇帝对李凤姐亦有此称），于梓童之义，不得其解。后来想起无名氏《金水桥陈琳抱妆盒》第二折说白："旦扮刘皇后上，云：子童乃刘皇后是也。"[②] 才明白"梓童"为"子童"之同音误写。这是宋金元时代艺人的口头传授，只读字音，未求字义。日后用文字记录，便出现一些同音误写，此为宋金元戏曲之习见者。

复考君王称妃子为"子童"也不正确。案：《论语·季氏》："邦

---

① 见后文"院幺"《庆七夕》。

②〔元〕无名氏：《金水桥陈琳抱妆盒杂剧》，〔明〕臧晋叔编《元曲选》，中华书局 1979 年版，1459 页。

君之妻，君称之曰夫人，夫人自称曰小童。”而《抱妆盒》却误“小童”为“子童”，即艺人们口头传授所致。《抱妆盒》也是沿袭宋代的旧本。[①] 书会才人在整理或改编这个剧本时照抄下来。后来的剧作者，又辗转照抄，便以讹传讹，直到现在。

二 院本名目

和曲院本

一、《月明法曲》　二、《郓王法曲》

三、《烧香法曲》　四、《送使法曲》

五、《上坟伊州》　六、《烧花新水》

七、《熙州骆驼》　八、《列良瀛府》

九、《病郑逍遥乐》　一〇、《四皓逍遥乐》

一一、《四酸逍遥乐》　一二、《贺贴万年欢》

一三、《揁廪降黄龙》　一四、《列女降黄龙》

上皇院本

一五、《壶春堂》　一六、《太湖石》

一七、《金明池》　一八、《恋鳌山》

一九、《六变妆》　二〇、《万岁山》

二一、《打草阵》　二二、《赏花灯》

① 徐朔方《金元杂剧的再认识》：“《抱妆盒》第四折【尾煞】：‘也则为救了这万万岁当今太平主。’……它们指的只能是宋朝，这一点确凿无疑，不容误会。……除了它们是剧中人物的唱词外，同时也往往是杂剧作者的自白。……合乎逻辑的结论是它们作于宋代，或者沿袭宋代的旧本，而有意无意地没有加以必要的改动。”（钱伯城主编《中华文史论丛》第46辑，上海古籍出版社1990年版，第134—135页。）

二三、《错入内》　　二四、《问相思》
二五、《探花街》　　二六、《断上皇》
二七、《打球会》　　二八、《春从天上来》

题目院本

二九、《柳絮风》　　三〇、《红索冷》
三一、《墙外道》　　三二、《共粉泪》
三三、《杨柳枝》　　三四、《蔡消闲》
三五、《方偷眼》　　三六、《呆太守》
三七、《画堂前》　　三八、《梦周公》
三九、《梅花底》　　四〇、《三笑图》
四一、《脱布衫》　　四二、《呆秀才》
四三、《隔年期》　　四四、《贺方回》
四五、《王安石》　　四六、《断三行》
四七、《竞寻芳》　　四八、《双打梨花院》

霸王院本

四九、《悲怨霸王》　　五〇、《范增霸王》
五一、《草马霸王》　　五二、《散楚霸王》
五三、《三官霸王》　　五四、《补塑霸王》

诸杂大小院本

五五、《乔托孤》　　五六、《旦判孤》
五七、《计算孤》　　五八、《双判孤》
五九、《百戏孤》　　六〇、《哨咕孤》
六一、《烧枣孤》　　六二、《孝经孤》
六三、《菜园孤》　　六四、《货郎孤》

六五、《合房酸》　　六六、《麻皮酸》

六七、《花酒酸》　　六八、《狗皮酸》

六九、《还魂酸》　　七〇、《别离酸》

七一、《三缠酸》　　七二、《谒食酸》

七三、《三楪酸》　　七四、《哭贫酸》

七五、《插拨酸》　　七六、《酸孤旦》

七七、《毛诗旦》　　七八、《老孤遣旦》

七九、《缠三旦》　　八〇、《禾哨旦》

八一、《哮卖旦》　　八二、《贫富旦》

八三、《书柜儿》　　八四、《纸襕儿》

八五、《蔡奴儿》　　八六、《剁毛儿》

八七、《喜牌儿》　　八八、《卦册儿》

八九、《绣箧儿》　　九〇、《粥碗儿》

九一、《似娘儿》　　九二、《卦铺儿》

九三、《师婆儿》　　九四、《教学儿》

九五、《鸡鸭儿》　　九六、《黄丸儿》

九七、《稜角儿》　　九八、《田牛儿》

九九、《小丸儿》　　一〇〇、《丑奴儿》

一〇一、《病襄王》　　一〇二、《马明王》

一〇三、《闹学堂》　　一〇四、《闹浴堂》

一〇五、《宽布衫》　　一〇六、《泥布衫》

一〇七、《赶汤瓶》　　一〇八、《纸汤瓶》

一〇九、《闹旗亭》　　一一〇、《芙蓉亭》

一一一、《坏食店》　　一一二、《闹酒店》

一一三、《坏粥店》　　一一四、《庄周梦》
一一五、《花酒梦》　　一一六、《蝴蝶梦》
一一七、《三出舍》　　一一八、《三入舍》
一一九、《瑶池会》　　一二〇、《八仙会》
一二一、《蟠桃会》　　一二二、《洗儿会》
一二三、《藏阄会》　　一二四、《打五脏》
一二五、《兰昌宫》　　一二六、《广寒宫》
一二七、《闹结亲》　　一二八、《倦成亲》
一二九、《强风情》　　一三〇、《大论情》
一三一、《三园子》　　一三二、《红娘子》
一三三、《太平还乡》　　一三四、《衣锦还乡》
一三五、《四论艺》　　一三六、《殿前四艺》
一三七、《竞敲门》　　一三八、《都子撞门》
一三九、《呆大郎》　　一四〇、《四酸擂》
一四一、《问前程》　　一四二、《十样锦》
一四三、《长庆馆》　　一四四、《癞将军》
一四五、《两相同》　　一四六、《竞花枝》
一四七、《五变妆》　　一四八、《洪福无疆》
一四九、《白牡丹》　　一五〇、《赤壁鏖兵》
一五一、《穷相思》　　一五二、《金坛谒宿》
一五三、《调双渐》　　一五四、《官吏不和》
一五五、《闹巡铺》　　一五六、《判不由己》
一五七、《大勘刀》　　一五八、《同官不睦》
一五九、《闹平康》　　一六〇、《赶门不上》

一六一、《卖花容》
一六二、《同官贺授》
一六三、《无鬼论》
一六四、《四酸讳偌》
一六五、《闹棚阑》
一六六、《双药盘街》
一六七、《闹文林》
一六八、《四国来朝》
一六九、《双捉婿》
一七〇、《酒色财气》
一七一、《医作媒》
一七二、《风流药院》
一七三、《监法童》
一七四、《渔樵问话》
一七五、《斗鹌鹑》
一七六、《杜甫游春》
一七七、《鸳鸯简》
一七八、《四酸提猴》
一七九、《满朝欢》
一八〇、《月夜闻筝》
一八一、《鼓角将》
一八二、《闹芙蓉城》
一八三、《双斗医》
一八四、《张生煮海》
一八五、《赊馒头》
一八六、《文房四宝》
一八七、《谢神天》
一八八、《陈桥兵变》
一八九、《双揭榜》
一九〇、《矇哑质库》
一九一、《双福神》
一九二、《院公狗儿》
一九三、《告和来》
一九四、《佛印烧猪》
一九五、《酸卖徕》
一九六、《琴剑书箱》
一九七、《花前饮》
一九八、《五鬼听琴》
一九九、《白云庵》
二〇〇、《讶鼓二郎》
二〇一、《坏道场》
二〇二、《独脚五郎》
二〇三、《卖花声》
二〇四、《进奉伊州》
二〇五、《错上坟》
二〇六、《医五方》
二〇七、《打五铺》
二〇八、《拷梅香》

二〇九、《四道姑》　二一〇、《隔帘听》
二一一、《硬行蔡》　二一二、《义养娘》
二一三、《啮师姨》　二一四、《论秋蝉》
二一五、《刘盼盼》　二一六、《墙头马》
二一七、《刺董卓》　二一八、《锯周朴》
二一九、《四柏板》　二二〇、《大论谈》
二二一、《牵龙舟》　二二二、《击梧桐》
二二三、《渰（淹）蓝桥》　二二四、《入桃园》
二二五、《双防送》　二二六、《海棠春》
二二七、《香药车》　二二八、《四方和》
二二九、《九头顶》　二三〇、《闹元宵》
二三一、《赶村禾》　二三二、《眼药孤》
二三三、《两同心》　二三四、《更漏子》
二三五、《阴阳孤》　二三六、《提头巾》
二三七、《三索债》　二三八、《防送哨》
二三九、《偌卖旦》　二四〇、《是耶酸》
二四一、《怕水酸》　二四二、《回回梨花院》
二四三、《晋宣成道记》

院幺

二四四、《海棠轩》　二四五、《海棠园》
二四六、《海棠怨》　二四七、《海棠院》
二四八、《鲁李王》　二四九、《庆七夕》
二五〇、《再相逢》　二五一、《风流婿》
二五二、《王子端卷帘记》　二五三、《紫云迷四季》

二五四、《张与梦孟杨妃》　　二五五、《女状元春桃记》

二五六、《粉墙梨花院》　　二五七、《妮女梨花院》

二五八、《庞方温道德经》　　二五九、《大江东注》

二六〇、《吴彦举》　　二六一、《不抽关》

二六二、《不掀帘》　　二六三、《红梨花》

二六四、《玎珰天赐暗姻缘》

诸杂院爨

二六五、《闹夹棒六幺》　　二六六、《闹夹棒法曲》

二六七、《望瀛法曲》　　二六八、《分拐法曲》

二六九、《送宣道人欢》　　二七〇、《逍遥乐打马铺》

二七一、《撦彩延寿乐》　　二七二、《讳老长寿仙》

二七三、《夜半乐打明星》　　二七四、《欢呼万里》

二七五、《山水日月》　　二七六、《集贤宾打三教》

二七七、《打白雪歌》　　二七八、《地水火风》

二七九、《夜深深三磕胞》　　二八〇、《佳景堪游》

二八一、《琴棋书画》　　二八二、《喜迁莺剁草鞋》

二八三、《太公家教》　　二八四、《十五郎》

二八五、《滕王阁闹八妆》　　二八六、《春夏秋冬》

二八七、《风花雪月》　　二八八、《上小楼衮头子》

二八九、《喷水胡僧》　　二九〇、《打注论语》

二九一、《恨秋风鬼点偌》　　二九二、《诗书礼乐》

二九三、《论语谒食》　　二九四、《下角瓶大医淡》

二九五、《再游恩地》　　二九六、《累受恩深》

二九七、《送羹汤放火子》　　二九八、《擂鼓孝经》

二九九、《香茶酒果》　三〇〇、《船子和尚四不犯》
三〇一、《徐演黄河》　三〇二、《单兜望梅花》
三〇三、《皇都好景》　三〇四、《四偌大提猴》
三〇五、《双声叠韵》　三〇六、《上皇四轴画》
三〇七、《三偌一卜》　三〇八、《调猿卦铺》
三〇九、《倬刀馒头》　三一〇、《河转迓鼓》
三一一、《背箱伊州》　三一二、《酒楼伊州》
三一三、《蓑衣百家诗》　三一四、《埋头百家诗》
三一五、《偷酒牡丹香》　三一六、《雪诗打樊哙》
三一七、《抹面长寿仙》　三一八、《四偌卖诨》
三一九、《四偌祈雨》　三二〇、《松竹龟鹤》
三二一、《王母祝寿》　三二二、《四偌抹紫粉》
三二三、《四偌劈马桩》　三二四、《截红闹浴堂》
三二五、《和燕归梁》　三二六、《苏武和番》
三二七、《羹汤六幺》　三二八、《河阳舅舅》
三二九、《偌请都子》　三三〇、《双女赖饭》
三三一、《一贯质库儿》　三三二、《私媒质库儿》
三三三、《清朝无事》　三三四、《丰稔太平》
三三五、《一人有庆》　三三六、《四海民和》
三三七、《金皇圣德》　三三八、《皇家万岁》
三三九、《背鼓千字文》　三四〇、《变龙千字文》
三四一、《摔盒千字文》　三四二、《错打千字文》
三四三、《木驴千字文》　三四四、《埋头千字文》
三四五、《讲来年好》　三四六、《讲圣州序》

三四七、《讲乐章序》
三四八、《讲道德经》
三四九、《神农大说药》
三五〇、《食店提猴》
三五一、《人参脑子爨》
三五二、《断朱温爨》
三五三、《变二郎爨》
三五四、《讲百果爨》
三五五、《讲百花爨》
三五六、《讲蒙求爨》
三五七、《讲百禽爨》
三五八、《讲心字爨》
三五九、《变柳七爨》
三六〇、《三跳涧爨》
三六一、《打王枢密爨》
三六二、《水酒梅花爨》
三六三、《调猿香字爨》
三六四、《三分食爨》
三六五、《煎布衫爨》
三六六、《赖布衫爨》
三六七、《双楪纸爨》
三六八、《谒金门爨》
三六九、《跳布袋爨》
三七〇、《文房四宝爨》
三七一、《开山五花爨》

冲撞引首

三七二、《打三十》
三七三、《打谢乐》
三七四、《打八哥》
三七五、《错打了》
三七六、《错取鬼》
三七七、《说狄青》
三七八、《憨郭郎》
三七九、《枝头巾》
三八〇、《小闹掴》
三八一、《莺哥猫儿》
三八二、《大阳唐》
三八三、《小阳唐》
三八四、《歇贴韵》
三八五、《三般尿》
三八六、《大惊睡》
三八七、《小惊睡》
三八八、《大分界》
三八九、《小分界》
三九〇、《双雁儿》
三九一、《唐韵六贴》

三九二、《我来也》　三九三、《情知本分》
三九四、《乔捉蛇》　三九五、《铛锅釜灶》
三九六、《代元保》　三九七、《母子御头》
三九八、《嘴苗儿》　三九九、《山梨柿子》
四〇〇、《打淡的》　四〇一、《一日一个》
四〇二、《村城诗》　四〇三、《胡椒虽小》
四〇四、《蔡伯喈》　四〇五、《遮截架解》
四〇六、《窄砖儿》　四〇七、《三打步》
四〇八、《穿百倬》　四〇九、《盘榛子》
四一〇、《四鱼名》　四一一、《四坐山》
四一二、《提头带》　四一三、《天下乐》
四一四、《四怕水》　四一五、《四门儿》
四一六、《说古人》　四一七、《山麻秸》
四一八、《乔道场》　四一九、《黄风荡荡》
四二〇、《贪狼观》　四二一、《通一母》
四二二、《串梆子》　四二三、《拖下来》
四二四、《哑伴哥》　四二五、《刘千刘义》
四二六、《欢会旗》　四二七、《生死鼓》
四二八、《捣练子》　四二九、《三群头》
四三〇、《酒槽儿》　四三一、《净瓶儿》
四三二、《卖官衣》　四三三、《苗青根白》
四三四、《调笑令》　四三五、《斗鼓笛》
四三六、《柳青娘》　四三七、《论句儿》
四三八、《请车儿》　四三九、《身边有艺》

四四〇、《调刘衮》 四四一、《霸王草》
四四二、《难古典》 四四三、《左必来》
四四四、《香供养》 四四五、《合五百》
四四六、《奶奶嗔》 四四七、《一借一与》
四四八、《已巳己》 四四九、《舞秦始皇》
四五〇、《学像生》 四五一、《支道馒头》
四五二、《打调劫》 四五三、《驴城白守》
四五四、《呆木大》 四五五、《定魂刀》
四五六、《说罚钱》 四五七、《年纪大小》
四五八、《打扇》 四五九、《盘蛇》
四六〇、《相眼》 四六一、《告假》
四六二、《捉记》 四六三、《照淡》
四六四、《矇哑》 四六五、《投河》
四六六、《略通》 四六七、《调贼》
四六八、《多笔》 四六九、《佥押》
四七〇、《扯状》 四七一、《罗打》
四七二、《记水》 四七三、《求楞》
四七四、《烧奏》 四七五、《转花枝》
四七六、《计头儿》 四七七、《长娇怜》
四七八、《歇后语》 四七九、《芦子语》
四八〇、《回且语》 四八一、《大支散》

拴搐艳段

四八二、《襄阳会》 四八三、《驴轴不了》
四八四、《抛绣球》 四八五、《鞭敲金镫》

四八六、《门帘儿》　　四八七、《天长地久》
四八八、《眼药里》　　四八九、《衙府则例》
四九〇、《金含楞》　　四九一、《天下太平》
四九二、《归塞北》　　四九三、《春夏秋冬》
四九四、《斗百草》　　四九五、《叫子盖头》
四九六、《大刘备》　　四九七、《石榴花诗》
四九八、《哑汉书》　　四九九、《说古棒》
五〇〇、《唱拄杖》　　五〇一、《日月山河》
五〇二、《胡饼大》　　五〇三、《嘴揾地》
五〇四、《屋里藏》　　五〇五、《骂吕布》
五〇六、《张天觉》　　五〇七、《打论语》
五〇八、《十果顽》　　五〇九、《十般乞》
五一〇、《还故里》　　五一一、《刘金带》
五一二、《四草虫》　　五一三、《四厨子》
五一四、《四妃艳》　　五一五、《望长安》
五一六、《长安住》　　五一七、《骂江南》
五一八、《风花雪月》　　五一九、《错寄书》
五二〇、《睡起教柱》　　五二一、《打婆東》
五二二、《三文两扑》　　五二三、《大对景》
五二四、《小护乡》　　五二五、《少年游》
五二六、《打青提》　　五二七、《千字文》
五二八、《酒家诗》　　五二九、《三拖旦》
五三〇、《睡马杓》　　五三一、《四生厉》
五三二、《乔唱诨》　　五三三、《桃李子》

五三四、《麦屯儿》
五三五、《大菜园》
五三六、《乔打圣》
五三七、《杏汤来》
五三八、《谢天地》
五三九、《十只脚》
五四〇、《请生打纳》
五四一、《建成》
五四二、《缚食》
五四三、《球棒艳》
五四四、《破巢艳》
五四五、《开封艳》
五四六、《鞍子艳》
五四七、《打虎艳》
五四八、《四王艳》
五四九、《蝗虫艳》
五五〇、《撅子艳》
五五一、《七捉艳》
五五二、《修行艳》
五五三、《般调艳》
五五四、《枣儿艳》
五五五、《蛮子艳》
五五六、《快乐艳》
五五七、《慈乌艳》
五五八、《眼里乔》
五五九、《访戴》
五六〇、《众半》
五六一、《陈蔡》
五六二、《范蠡》
五六三、《扯休书》
五六四、《鞭塞》
五六五、《金铃》
五六六、《感吾智》
五六七、《诸宫调》
五六八、《杴机扫竹》
五六九、《雕出板来》
五七〇、《套靴》
五七一、《舌智》
五七二、《俯饭》
五七三、《钗发多》
五七四、《襄阳府》
五七五、《仙哥儿》

打略拴搐

五七六、《星象名》
五七七、《果子名》
五七八、《草名》
五七九、《军器名》

五八〇、《神道名》　　五八一、《灯火名》
五八二、《衣裳名》　　五八三、《铁器名》
五八四、《书集名》　　五八五、《节令名》
五八六、《虀菜名》　　五八七、《县道名》
五八八、《州府名》　　五八九、《相扑名》
五九〇、《法器名》　　五九一、《乐人名》
五九二、《草名》　　五九三、《军名》
五九四、《门名》　　五九五、《鱼名》
五九六、《菩萨名》

赌扑名

五九七、《照天红》　　五九八、《着棋名》
五九九、《衮骰子》　　六〇〇、《琴家弄》
六〇一、《闷葫芦》　　六〇二、《握龟》

官职名

六〇三、《说驾顽（头）》　　六〇四、《敲待制》
六〇五、《上官赴任》　　六〇六、《押剌花赤》

飞禽名

六〇七、《青鴘》　　六〇八、《老鸦》
六〇九、《厮料》　　六一〇、《鹰鹞雕鹘》

花名

六一一、《石竹子》　　六一二、《调狗》
六一三、《散水》

吃食名

六一四、《厨难偌》　　六一五、《蘑菇菜》

佛名

六一六、《成佛板》

六一七、《爷娘佛》

难字儿

六一八、《盘驴》

六一九、《害字》

六二〇、《刘三》

六二一、《一板子》

酒下拴

六二二、《数酒》

六二三、《三元四子》

唱尾声

六二四、《孟姜女》

六二五、《遮盖了》

六二六、《诗头曲尾》

六二七、《虎皮袍》

猜谜

六二八、《杜大伯》

六二九、《大黄》

和尚家门

六三〇、《秃丑生》

六三一、《窗下僧》

六三二、《坐化》

六三三、《唐三藏》

先生家门

六三四、《入口鬼》

六三五、《则要胡孙》

六三六、《大烧饼》

六三七、《清闲真道本》

秀才家门

六三八、《大口赋》

六三九、《六十八头》

六四〇、《拂袖便去》

六四一、《绍运图》

六四二、《十二月》

六四三、《胡说话》

六四四、《风魔赋》

六四五、《疔丁赋》

六四六、《牵着骆驼》

六四七、《看马胡孙》

列良家门

六四八、《说卦象》　　六四九、《由命赋》

六五〇、《混星图》　　六五一、《柳簸箕》

六五二、《二十八宿》　　六五三、《春从天上来》

禾下家门

六五四、《万民快乐》　　六五五、《咬得响》

六五六、《莫延》　　六五七、《九斗一石》

六五八、《共牛》

大夫家门

六五九、《三十六风》　　六六〇、《伤寒赋》

六六一、《合死汉》　　六六二、《马屁勃》

六六三、《安排锹镢》　　六六四、《三百六十骨节》

六六五、《撒五谷》　　六六六、《便痈赋》

卒子家门

六六七、《针儿线》　　六六八、《甲仗库　》

六六九、《军闹》　　六七〇、《阵败》

良头家门

六七一、《方头赋》　　六七二、《水龙吟》

邦老家门

六七三、《脚言脚语》　　六七四、《则是便是贼》

都子家门

六七五、《后人收》　　六七六、《桃李子》

六七七、《上一上》

孤下家门

六七八、《朕闻上古》　　六七九、《刁包待制》

六八〇、《绢儿来》

司吏家门

六八一、《罢笔赋》　　六八二、《事故榜》

仵作家门

六八三、《一遍生活》

撅倈家门

六八四、《受胎成气》

诸杂砌

六八五、《模石江》　　六八六、《梅妃》

六八七、《浴佛》　　六八八、《三教》

六八九、《姜武》　　六九〇、《救驾》

六九一、《赵娥娥》　　六九二、《石妇吟》

六九三、《变猫》　　六九四、《水母》

六九五、《玉环》　　六九六、《走鹦哥》

六九七、《上料》　　六九八、《瞎脚》

六九九、《易基》　　七〇〇、《武则天》

七〇一、《告子》　　七〇二、《拔蛇》

七〇三、《鹿皮》　　七〇四、《新太公》

七〇五、《黄巢》　　七〇六、《恰来》

七〇七、《蛇师》　　七〇八、《没字碑》

七〇九、《卧草》　　七一〇、《衲袄》

七一一、《封碑（封陟）》[①]　　七一二、《锯周朴》

七一三、《史弘肇》　　七一四、《悬头梁上》[②]

三　和曲院本

王国维《宋元戏曲考》认为："（和曲院本）其所著曲名，皆大曲、法曲，则和曲殆大曲、法曲之总名也。"[③] 胡忌《宋金杂剧考》则认为："'和曲'乃是'合曲'的异写"，[④] 合曲"应该是乐曲的演奏"，"决不容有搬演之事"，"'和曲院本'的演奏大致为颂扬应对的内容，它和舞台搬演的情形是截然不同的"。[⑤] 郑振铎《中国俗文学史》第七章《宋金的杂剧词》说："和曲或可解作和唱之曲。"[⑥] 李啸仓《宋元伎艺杂考》从其说："所谓和曲的意义，当即为和曲而唱的意思。"[⑦] 郑、李之说是。案："和曲"之

---

①《四部丛刊三编》景吴县潘氏滂憙斋藏元刊本陶宗仪《南村辍耕录》卷二十五第16叶a面，"封碑"，作"封陟"，作"封陟"是。

②〔元〕陶宗仪：《南村辍耕录》卷二十五《院本名目》，中华书局1959年版，第306—315页。序号、书名号系本书所加，其中四六五《投河》、四六六《略通》，四七二《记水》、四七三《求楞》，五五九《访戴》、五六〇《众半》，此三处，《南村辍耕录》中华书局1959年版分别连属为：投河略通、记水求楞、访戴众半。然揆其文意，似不相属，当各为一项剧名。

③ 王国维：《宋元戏曲考》六《金院本名目》，《王国维遗书》第十五册，上海古籍书店1983年版，第43页。

④ 胡忌：《宋金杂剧考》，中华书局2008年版，第163页。

⑤ 胡忌：《宋金杂剧考》，中华书局2008年版，第163—164页。

⑥ 郑振铎：《中国俗文学史》，上海书店1984年据商务印书馆1938年版影印，下册，第39页。

⑦ 李啸仓：《宋元伎艺杂考》，《宋金元杂剧院本体制考》四《院本与院幺》，上杂出版社1953年版，第30页。

“和”，读去声。和曲，即一人唱而旁人齐声相和也。宋金说唱文学中的鼓子词、诸宫调都有和声。宋赵令畤【商调·蝶恋花】《元微之崔莺莺（鼓子）词》十二首，其中第一首前之说白部分末，为“奉劳歌伴，先定格调，后听芜词”，第二首至第十一首前之说白部分末，均为“奉劳歌伴，再和前声”之提示。①王庭珪【点绛唇】《上元鼓子词并口号》“致语”中，亦有“有劳诸子，慢动三挝，对此芳辰，先呈口号”之句，②是和声伴有器乐。金之诸宫调亦有和声。如《董西厢》卷五：

【乔合笙】休将闲事苦萦怀，（和：“哩哩啰！哩哩啰！哩哩来也。”）取次摧残天赋才。（和。）不意当初完妾命，（和。）岂防今日作君灾！（和。）仰酬厚德难从礼，（和。）谨奉新诗可当媒。（和。）寄语高唐休咏赋，（和。）今宵端的雨云来。（和。）③

曲中各句下所目标“和”字，即提示一人唱毕、众人相和之意。和曲院本之和曲，即剧中主脚演唱，旁人齐声相和。故名。

和声，亦来自唐戏。崔令钦《教坊记》：“踏谣娘……时人弄之，丈夫着妇人衣，徐步入场，行歌每一迭，旁人齐声和之云：‘踏谣，和来！踏谣娘苦，和来！’”④唐常非月《咏谈容娘》诗，有“歌要齐声和，情教细语传”之句，⑤和声即和腔。任半塘先生《唐戏弄》第三章《剧录》二《踏谣娘》谓：“和腔发于主腔唱毕一叠之后……

①〔宋〕赵令畤：《侯鲭录》卷五，中华书局2002年版，第135—141页。

② 唐圭璋编《全宋词》，中华书局1965年版，第二册，第818页。

③〔金〕董解元著，凌景埏校注《董解元西厢记》，人民文学出版社1980年版，第107页。

④〔唐〕崔令钦著，任半塘笺订《教坊记笺订》，中华书局1962年版，第175页。

⑤〔清〕彭定求等编《全唐诗》卷二百三，中华书局1960年版，第六册，第2125页。

'和来'完全是声，无义。"[①] 周贻白《中国戏剧史长编》谓《踏谣娘》和声，"亦近代'弋阳腔'后台帮唱尾句的一类唱法"。[②]

这里附带谈一下打和。打和又写作"打讹""打喝"。《东京梦华录》卷九《宰执亲王宗室百官入内上寿》有"杂剧色打和"之说。[③]《梦粱录》卷一、卷三皆有"杂剧色打和"，[④] 卷三亦有"歌板色唱和如前式"之语。[⑤] 商正叔【南吕·一枝花】《叹秀英》套【梁州第七】："忍耻包羞排场上坐，念诗执板，打和开呵。"[⑥]"打和"一作"打讹"。高安道【哨遍】《嗓淡行院》套【七煞】："喝破子把腔儿莽诞，打讹的将纳老胡彫。"[⑦]"打讹"一作"打喝"。《蓝采和》第二折【尾声】："打喝处，动乐声。"[⑧]《六十种曲》本《琵琶记》第十七出："（净）我唱你打和。（丑）使得。（净）孝顺还生孝顺子。（丑）打打咳，莲花落。"[⑨]

三、《烧香法曲》

烧夜香，拜新月，乃唐宋闺中少女向天祝愿心事，颇饶风韵之习俗。敦煌曲《拜新月》词云："花下遥指祝神祇，直至于今，抛

---

① 任半塘：《唐戏弄》，上海古籍出版社 1984 年版，上册，第 503 页。

② 周贻白：《中国戏剧史长编》第一章《中国戏剧的胚胎》第三节《隋唐歌舞与俳优》，上海书店出版社 2007 年版，第 38 页。

③〔宋〕孟元老撰，邓之诚注《东京梦华录注》，中华书局 1982 年版，第 221 页。

④〔宋〕吴自牧：《梦粱录》，浙江人民出版社 1980 年版，第 6 页，第 18 页。

⑤〔宋〕吴自牧：《梦粱录》，浙江人民出版社 1980 年版，第 18 页。

⑥ 隋树森编《全元散曲》，中华书局 1981 年版，上册，第 19 页。

⑦ 隋树森编《全元散曲》，中华书局 1981 年版，下册，第 1110 页。

⑧〔元〕无名氏：《汉钟离度脱蓝采和杂剧》，隋树森编《元曲选外编》，中华书局 1959 年版，第 976 页。

⑨〔元〕高明：《琵琶记》，〔明〕毛晋编《六十种曲》，中华书局 1958 年版，第 67 页。

妾独守空闺。上有穹苍在。三光也合遥知。”[①] 拜月事，亦屡见于宋人诗词。《烧香法曲》，公认为是《拜月亭》杂剧的前身。徐朔方《金元杂剧的再认识》列举大量资料，考证出《拜月亭》是“成形于金朝，而最后在元代写定”的剧本。[②] 其烧夜香拜月之情节，当沿袭于金院本之《烧香法曲》。兹据《元刊杂剧三十种》本第三折录要如次：

（小旦云了。）（正旦云：）梅香，安排香桌儿去，我待烧炷夜香咱。（梅香云了。）（正旦唱：）

【伴读书】你靠栏槛临台榭，我准备名香爇。心事悠悠凭谁说？只除向金鼎焚龙麝。与你殷勤参拜遥天月，此意也无别。

……

（梅香云了）（正旦做烧香科，唱：）

【倘秀才】天那！这一炷香，则愿削减了俺尊君狠切。这一炷香，则愿俺那抛闪下的男儿较些。那一个爷娘不间谍，不似俺，忒哞嗻，劣缺。

（做拜月科，云：）愿天下心厮爱的夫妇永无分离，教俺两口儿早得团圆！（小旦云了。）（正旦做羞科，唱）[③]

五、《上坟伊州》

谭正璧《金院本名目内容考》谓：“（本剧）疑叙刘文龙《菱花镜》故事”，“刘文龙是唐朝登州人，娶妻萧贞娘。文龙上京应举，恋妓

① 任半塘编著《敦煌歌辞总编》，上海古籍出版社 1987 年版，第 254 页。

② 徐朔方：《金元杂剧的再认识》，钱伯城主编《中华文史论丛》第 46 辑，上海古籍出版社 1990 年版，第 132 页。

③〔元〕关汉卿：《新刊关目闺怨佳人拜月亭》，徐沁君校点《新校元刊杂剧三十种》，中华书局 1980 年版，第 46 页。

女云娇不归。贞娘在家，为后姑宋氏逼嫁其内侄宋元仲，她不愿，拟在她父母坟上自缢。适文龙中了进士，立功回来，遂得救。”[①] 钱南扬《宋元戏文辑佚·刘文龙菱花镜》,引明张大复《寒山谱》有《萧淑贞祭坟重会姻缘记》，注云：“一名《刘文龙传》,《雍熙乐府》第一种，史敬德、马致远合著。”钱氏又云:“现在还在演唱的吹腔《小上坟》,倒是《祭坟重会姻缘记》的嫡派。”[②] 徐渭《南词叙录》“宋元旧篇”，有《刘文龙菱花镜》,《宋元戏文辑佚》录其残曲。

一四、《列女降黄龙》

官本有《列女降黄龙》。《敦煌变文集》有《韩朋赋》，剧情写宋康王强夺韩朋之妻成为悲剧事。列女，谓韩朋之妻，赋中称其名为贞夫。“清陵台”乃其关目。[③] 曹本《录鬼簿》卷上庾吉甫条:“《列女清陵台》。”[④] 赵景深《南戏新证序》:“《姜诗》中的‘降黄龙’一曲，有五页半唱词，计四十二遍组成。……因而有‘姜诗降黄龙’之称。与宋杂剧称什么‘列女降黄龙’‘入寺降黄龙’同一概念。”[⑤] 由此可以追溯到南戏的体制是沿袭宋杂剧而来。

四　上皇院本

王国维谓:“‘上皇院本’者十有四本。其中如《金明池》《万岁山》

① 谭正壁著，谭寻补正《话本与古剧》，上海古籍出版社 1985 年版，第 193—194 页。

② 钱南扬:《宋元戏文辑佚》，上海古典文学出版社 1956 年版，第 214 页。

③ 潘重规编著《敦煌变文集新书》，台北文津出版社 1994 年版，第 963 页。

④〔元〕钟嗣成:《录鬼簿》,《中国古典戏曲论著集成》第二集，中国戏剧出版社 1959 年版，第 108 页。

⑤ 赵景深:《南戏新证序》，刘念兹:《南戏新证》，中华书局 1986 年版，第 5 页。

《错入内》《断上皇》等，皆明示宋徽宗时事，他可类推，则上皇者，谓徽宗也。”[①] 兹从之。

一六、《太湖石》

《错立身》第十二出：“（末白）你会做甚院本？（生唱）【圣药王】……更做《搬运太湖石》。”[②]

二四、《问相思》

“诸杂大小院本”，有《问前程》一本，此题《问相思》。有问必有答。考金元戏曲中，确有这种问答体裁。曹本《录鬼簿》卷上王晔条：“晔字日华，杭州人。体丰肥，而善滑稽。能词章乐府，临风对月之际，所制工巧。有与朱凯题《双渐小卿问答》，人多称赏。”[③] 检《类聚名贤乐府群玉》卷二录有此曲，全迻录如次，俾资参证。

风月所举问汝阳记

双渐苏卿问答

【天香引】

问苏卿

俏排场惯战曾经，自古惺惺，爱惜惺惺。燕友莺朋，花阴柳影，海誓山盟。那一个坚心志诚，那一个薄倖杂情。则问苏卿，是爱冯魁，是爱双生？

---

① 王国维：《宋元戏曲考》六《金院本名目》，《王国维遗书》第十五册，上海古籍书店1983年版，第43页。

②〔宋〕古杭才人：《宦门子弟错立身》，钱南扬校注《永乐大典戏文三种校注》，中华书局1979年版，第244页。

③〔元〕钟嗣成：《录鬼簿》，《中国古典戏曲论著集成》第二集，中国戏剧出版社1959年版，第135页。

答

平生恨落风尘，虚度年华，减尽精神。月枕云窗，锦衾绣褥，柳户花门。一个将百十引江茶问肯，一个将数十联诗句求亲。心事纷纭，待嫁了茶商，怕误了诗人。

【凤引雏】

再问

小苏卿，言词道（得）不实诚。江茶诗句相兼并，那件着情？休胡芦提二四应。相傒倖，端的接谁红定？休教勘问，便索招承。

答

满怀冤，被冯魁掩扑了丽春园。江茶万引谁情愿？听妾明言：多情小解元，休埋怨。俺违不过亲娘面，一时间不是，误走上茶船。

【凌波仙】

驳

明明的退佃丽春园，暗暗的开除了双解元，惨可可说下神仙愿。却原来都是谝，再谁听甜句儿留连？同他行坐，和他过遣，怎做的误走上茶船？

招

书生俊俏却无钱，茶客村虔倒有缘，孔方兄教得俺心窑变。胡芦提过遣，如今是走上茶船。拜辞了呆黄肇，上覆那双解元，休怪咱不赴临川。

【天香引】

问冯魁

冯魁嗏你自寻思，这样娇姿，效了琴瑟。不用红娘，则留红定，便系红丝。量你呵有甚么风流浪子，怎消得多情俊俏婇儿。供吐实词，说了缘由，辨个妍媸。

【凌波仙】

答

黄金铸就劈闲刀，茶引糊成划怪锹。庐山凤髓三千号，陪酥油尽力搅。双通叔你自才学，我揣与娘通行钞。他掂了咱转世宝，看谁能够凤友鸾交？

【天香引】

问双渐

小苏卿窑变了心肠，改抹了因缘，倒换排场。强拆鸳鸯，轻分莺燕，失配鸾凰。实丕丕兜笼富商，虚飘飘蹬脱了才郎。你试思量，不害相思，也受凄凉。

【凌波仙】

答

阳台云雨暂教晴，金斗风波且慢行，小苏卿是接了冯魁定。俏书生便噤声，没来由闲战闲争。非干是咱薄倖，既然是他浅情，我着甚干害心疼？

【天香引】

问黄肇

丽春园黄肇姨夫，人道你聪明，我道你胡突。苏氏掂俫，双生搠湌，你划地妆孤。怕不你身上知心可腹，争知他根前似水如鱼。休强支吾，这样恩情，便好开除。

【凌波仙】

答

风流双渐惯轮锏，澜浪苏卿能跳塔。小机关背地里商量下，把俺做皮灯笼看待咱，从来道水性难拿。从他赸过，由他演撒，终只是个路柳墙花。

【天香引】

问苏妈妈

苏婆婆常只是熬煎，临逼得孩儿，一谜地胡揙。使会虚脾，着些甜唾，引起顽涎。用力的从教气喘，着昏的一任头旋。只为贪钱，将个婵娟，卖上茶船。

【凌波仙】

答

有钱问甚纸糊锹，没钞由他古锭刀，是谁俊俏谁村拗。俺老人家不性索，冯员外将响钞递着。双生咷休干闹，黄肇嗏且莫焦，价高的俺便成交。

议拟

双生好去觅前程，黄肇休来恋寡情，冯魁统镘刚婚聘。老虔婆指证的明，小苏卿既已招承。风月所成文案，莺花寨拟罪名，丽春园依例施行。①

本曲剧情内容，起讫完整。题为《风月所举问汝阳记》，与“院幺”之《女状元春桃记》格式相同。院本另有《问前程》一本。可

①〔元〕无名氏选辑，隋树森校订《类聚名贤乐府群玉》，上海古籍出版社1982年版，第100—105页。

知金（宋）戏曲，有此种问答体。

任半塘《唐戏弄》第五章《伎艺》论敦煌曲【南歌子】二首云："此二辞全部代言、问答。金院本内有《问相思》，定是此类。"[①] 同书卷下"补说"："元李文蔚《燕青博鱼》剧第三折【滚绣球】么篇，亦同是此等'问相思'之曲辞。"[②]

二六、《断上皇》

本剧疑是《金凤钗》杂剧之原型。《金凤钗》题目为"张商英私地叩御阶"，正名为"宋上皇御断金凤钗"。[③] 叙述宋张商英（字天觉）断案奏请皇帝批准事。院本另有《张天觉》剧目。

二七、《打球会》

官本有《打球大明乐》。宋辽金均有打球之戏。《东京梦华录》《宋史 · 礼志》皆载有打球程序。《金史》卷三十五《礼志八》："重五日……行射柳、击球之戏，亦辽俗也，金因尚之。"打球有足踢或骑在马上用棒打等方式。此剧或演宋徽宗蹋球事。陈元靓《事林广记续集》卷七"圆社摸场"【满庭芳】词有"共论风流，无过圆社"，"门庭富贵，曾到御帘前……赵皇上下脚流传"之句，[④] 可证。

---

① 任半塘:《唐戏弄》，上海古籍出版社 1984 年版，下册，第 872 页。

② 任半塘:《唐戏弄》，上海古籍出版社 1984 年版，下册，第 1345 页。

③〔元〕郑廷玉:《宋上皇御断金凤钗》，《孤本元明杂剧》第一册，中国戏剧出版社 1958 年版，《金凤钗》第 13 叶 b 面。

④〔宋〕陈元靓等编《事林广记续集》，《续修四库全书》第 1218 册影元至顺建安椿庄书院刻本，上海古籍出版社 1995 年版，第 433 页。

五　题目院本

题目伎艺，唐代已有。段成式《酉阳杂俎续集》卷四："世说曹著轻薄才，长于题目人。尝目一达官为'热鏊上猢狲'。"[①] 张鷟《朝野佥载》卷四："唐兵部尚书姚元崇长大行急，魏光乘目为'赶蛇鹳鹊'。黄门侍郎卢怀慎好视地，目为'觑鼠猫儿'。……由是坐此品题朝士，自左拾遗贬新州新兴县尉。"[②] 是题目伎艺，有品题人物之意。

至于宋金时的唱题目，又与唐代的合生近似。《新唐书》卷一百十九《武平一传》：

妖伎胡人、街童市子，或言妃主情貌，或列王公名质，咏歌蹈舞，号曰"合生"。

宋高承《事物纪原》卷九"合生"条引此加案语说，此"即是合生之原，起自唐中宗时也。今人亦谓之唱题目"。[③]

宋代的合生，洪迈《夷坚志·支志·乙集》卷六：

江浙间，路歧伶女有慧黠知文墨，能于席上指物题咏，应命辄成者，谓之合生。其滑稽含玩讽者，谓之乔合生。[④]

它说明合生是由主人出题目，命艺人即席吟诗作词的玩艺，藉此可以显示艺人之才智敏捷。"其滑稽含玩讽者，谓之乔合生"，可能是即席歌唱的。南戏曲牌中有【乔合生】可证也。唱题目的具体

---

①〔唐〕段成式撰，方南生点校《酉阳杂俎》，中华书局 1981 年版，第 232 页。

②〔唐〕张鷟撰，赵守俨点校《朝野佥载》，中华书局 1979 年版，第 49 页。

③〔宋〕高承撰，〔明〕李果订，金圆、许沛藻点校《事物纪原》，中华书局 1989 年版，第 495 页。

④〔宋〕洪迈撰，何卓点校《夷坚志》，中华书局 1981 年版，第 841 页。

例子，见于关汉卿《杜蕊娘智赏金线池》第三折：

（众旦云）姨姨，俺则这等吃酒可不冷静。

（正旦云）待我行个酒令，行的便吃酒，行不的罚金线池里凉水。

（众旦云）俺们都依着姨姨的令行。

（正旦云）酒中不许题着“韩辅臣”三字，但道着的，将大觥来罚饮一大觥。

（众旦云）知道。

（正旦唱）【醉高歌】或是曲儿中唱几个花名。

（众旦云）我不省得。

（正旦唱）诗句里包笼着尾声。

（众旦云）我不省得。

（正旦唱）续麻道字针针顶。

（众旦云）我不省的。

（正旦唱）正题目当筵合笙。①

此“合笙”即合生。

六　霸王院本

四九、《悲怨霸王》

官本另有《霸王中和乐》等五目。本剧之关目和情节，《元刊本古今杂剧三十种》金仁杰《萧何月夜追韩信》有遗留。其第四折

①〔元〕关汉卿：《杜蕊娘智赏金线池杂剧》，〔明〕臧晋叔编《元曲选》，中华书局1979年版，第1260页。

开头云：

（驾一行上）（正末扮吕马童上，云：）怎想今日乌江岸上，九里山前，送了你呵，好伤感人呵！（唱：）

……

【滚绣球】……待回向垓心里别了虞姬，闷闷闷，懒归西楚亲无救；待去来吴楚八千子弟散得无一人，羞羞羞，耻向东吴再起兵。另巍巍孤掌难鸣。[①]

曹本《录鬼簿》卷上张时起条："《霸王垓下别虞姬》。"[②]

七　诸杂大小院本

诸杂，谓剧情内容之纷繁复杂；大小，指情节之长短和出场人物之多少。《东京梦华录》卷五《京瓦伎艺》："每日五更头回小杂剧，差晚看不及矣。"[③] 同书卷八"中元节"："构肆乐人，自过七夕，便般（搬）《目莲救母》杂剧，直至十五日止，观者增倍。"[④] 前者明确指出为小杂剧，后者当为连台演出的大型剧目，要好几天才能演完，所以观众日益增加。

五九、《百戏孤》

"百戏"，此指杂手艺、撮弄（今称杂技、魔术）。《梦粱录》卷

①〔元〕金仁杰：《新刊关目萧何月夜追韩信》，徐沁君校点《新校元刊杂剧三十种》，中华书局1980年版，第702—703页。

②〔元〕钟嗣成：《录鬼簿》，《中国古典戏曲论著集成》第二集，中国戏剧出版社1959年版，第112页。

③〔宋〕孟元老撰，邓之诚注《东京梦华录注》，中华书局1982年版，第132页。

④〔宋〕孟元老撰，邓之诚注《东京梦华录注》，中华书局1982年版，第212页。

二十“百戏伎艺”、马端临《文献通考》卷一百四十七“散乐百戏”篇，列举杂手艺、撮弄的节目有壁上睡、虚空挂香炉、藏人、藏物等等。《武林旧事》卷三《社会》:“云机社:撮弄。”[①]这是南宋临安耍杂技、魔术的团体。撮弄,一称藏撅。杜善夫【耍孩儿】《喻情》:“开花仙藏撅过瞒得你,街道司衙门唬得过谁?”[②]《琵琶记》第二十五出:“骗了钟馗手里蝙蝠,脱得洞宾瓢里仙丹。但是来无迹,去无踪,对面骗人如撮弄。”[③]

《百戏孤》的主脚当是运用撮弄（藏撅）伎艺，以戏曲方式演出的。这种奇特的体制，我们在北杂剧中发现了它的遗留。或许它就是金院本《百戏孤》的前身。《元刊杂剧三十种》无名氏《诸葛亮博望烧屯》第四折：

（正末［诸葛亮］云:）糜芳、糜竺,您二人休离我左右。（再耳云了:）辕门外望着，折末有甚人来，报与我者。（等管通上云了。）（外报了。）（正末慌接科。云:）是俺哥哥。将酒来。（唱:）

【迎仙客】快排玉斝，捧金钟，元来是俺二十年布衣间亲弟兄。

（做拜科。唱:）

这几年你是住在江东？是居在汉中？

（管通云了。）（正末唱:）

不想今日相逢，为弟兄途路上煞劳台重。

①〔宋〕周密:《武林旧事》，西湖书社 1981 年版，第 40 页。

② 隋树森编《全元散曲》，中华书局 1981 年版，上册，第 33 页。

③〔元〕高明撰，钱南扬校注《元本琵琶记校注》，上海古籍出版社 1980 年版，第 148 页。

（云）众将休怠慢！是我的哥哥，天下一人而已。我的学艺他会，他的学艺我不会。多把盏者！弟兄每快活一日！（管通云了。）（正末唱：）

【朱履曲】您兄弟谁待随着龙王打哄？谁待搬着虎将争功？怎禁咱徐庶向人前把我强过从。这的未曾寻着庞统，投至请得伏龙，更压着渭河边姜太公。

（嘱付管通卖弄科。）（交管通指糜芳、糜竺科。云：）您二人或揣着或搭着折末甚物，俺哥哥十猜十个着。（等糜芳、糜竺交猜科。）（正末云：）哥哥，你猜着。（唱：）

【剔银灯】非是我厅阶前卖弄，你看构拦中撮弄。怕他误猜众将休惊恐，看俺这老哥哥变化神通。

（交猜着了。）（正末唱：）

这的真术艺，休道是脱空，您却睁着眼并不敢转动。

【蔓菁菜】你却把那两只手拳得没缝，真个将黑白子暗包笼。俺哥哥端的曾用功。

（觑棋子了。唱：）

将军每俺这死共活则在他手心中，意里道不杀了成何用。①

本剧的“撮弄”是藏物，藏的是棋子。原剧下文【鲍老儿】以下表演的是藏人，文繁不录。

①〔元〕无名氏：《新刊关目诸葛亮博望烧屯》，徐沁君校点《新校元刊杂剧三十种》，中华书局1980年版，第746—747页。

明胡元瑞《庄岳委谈》下:"撮弄,盖元人院本所从出也。"[①] 又说:"元院本但有词无曲，故词第属之歌人，此类以供戏弄而已。"[②] 胡氏认为撮弄是元人院本，一误也。又认为这类院本有词无曲，再误也。

六二、《孝经孤》

官本《孝经借衣爨》。唐时《孝经》已入歌辞。敦煌写本【皇帝感】《新集孝经十八章》其一："新歌旧曲遍州乡，未闻典籍入歌场。新合孝经皇帝感，聊谈圣德奉贤良。"[③]

宋金时,《孝经》又编为戏曲,并成为戏典。《刘知远诸宫调·知远别三娘太原投事第二》【应天长】:"如何受辛苦，这烦恼浑如《孝经》序。"[④] 无名氏【寿阳曲】:"泪点儿多如秋夜雨,烦恼浑似《孝经》起序。"[⑤]

六四、《货郎孤》

货郎，荷担走村串户的百货小商贩。《黄花峪》即有货郎孤的舞台形象：

> 【絮蛤蟆】我打扮做个货郎儿，担着些零碎去寻那个艳质，他来买我些东西。[⑥]

---

①〔明〕胡应麟:《少室山房笔丛》卷四十一《庄岳委谈下》，上海书店出版社 2009 年版，第 427 页。

②〔明〕胡应麟:《少室山房笔丛》卷四十一《庄岳委谈下》，上海书店出版社 2009 年版，第 427 页。

③ 任半塘编著《敦煌歌辞总编》，上海古籍出版社 1987 年版，第 734 页。

④ 廖珣英校注《刘知远诸宫调校注》，中华书局 1993 年版，第 57 页。

⑤ 隋树森编《全元散曲》，中华书局 1981 年版，下册，第 1747 页。

⑥〔元〕无名氏:《鲁智深喜赏黄花峪杂剧》第二折，隋树森编《元曲选外编》，中华书局 1959 年版，第 942 页。

（云）买来，买来，卖的是调搽官粉，麝香胭脂，柏油灯草，破铁也换。……

（旦做见正末科，云）是个货郎儿，哥哥万福。……你卖的是那几件儿物件？你数与我听。……（正末唱）

【滚绣球】铜钗儿是鹦鹉，（旦云）再有甚么？（正末唱）镴镮儿是金镀，（旦云）可再有呢？（正末唱）缕带儿是串香新做，（旦云）再有甚么希奇的物件？（正末唱）有这个锦裙襕法墨玢梳。更有这绣领戏绒线铺，翠绒花是金缕，符牌儿剪成人物，这个锦鹤袖砌的双鱼。更有那良工打就的纯刚剪，（旦云）可再有甚么物件？（正末唱）有、有，更有那巧匠做成枣木梳。①

六八、《狗皮酸》

本剧即元萧德祥《杨氏女杀狗劝夫》的原型。剧情叙述孙华与无赖柳龙卿、胡子转二人鬼混，不务正业。孙华之妻非常贤惠，屡劝其夫与柳、胡二人断绝往来，无效，乃杀一狗，用口袋装置于后门，诈言是死尸。孙华归家，闻之大惊，急找柳、胡二人背去丢掉。二人乘机污蔑孙华杀人，向其敲诈勒索。后得到清官王翛然的审理，案情终于大白，柳、胡二人受到应有惩处。《杀狗劝夫》第四折正末（孙华的兄弟）唱："【尾煞】俺如今剔下子这骨和筋，割掉了这肉共脂。则着他背狗皮号令在长街市，也等那一辈儿狗党狐朋做样

①〔元〕无名氏：《鲁智深喜赏黄花峪杂剧》第三折，隋树森编《元曲选外编》，中华书局1959年版，第943—944页。

子。”[①] 曲文中的“背狗皮号令在长街市”之语，遗留下原剧《狗皮酸》命名之由来。

徐朔方《金元杂剧的再认识》考证出《杀狗劝夫》“是金朝人撰写的公案戏，又在元代重编，虽然保留了金代的印记”。[②] 并资参考。

六九、《还魂酸》

本剧疑即元杂剧《岳孔目借尸还魂》之前身。其关目和情节，见于《元刊杂剧三十种》岳伯川《岳孔目借铁拐李还魂》第三折：“（正末云：）将李屠户尸首，我真魂，借尸还魂。”[③]

七二、《谒食酸》

马致远【南吕·一枝花】《咏庄宗行乐》套：“宠教坊荷叶杯，踏金顶莲花爨。常忘了治国心，背记了《谒食酸》。”[④] 可知此为金（宋）戏剧中之优秀剧目。曹本《录鬼簿》卷上马致远条：“《吕蒙正风雪饭后钟》。”[⑤] 已佚。王实甫《破窑记》第二折有吕蒙正赶斋情节：

> （吕蒙正上云）小生吕蒙正。每日长街市上，搠笔为生。时遇冬天，下着如此般大雪。寺里钟响也，我去寺中赶斋去，得的一分斋饭，与我浑家食用。来到也。（见长老科，

---

①〔元〕萧德祥：《杨氏女杀狗劝夫杂剧》，〔明〕臧晋叔编《元曲选》，中华书局 1979 年版，第 116 页。

② 徐朔方：《金元杂剧的再认识》，钱伯城主编《中华文史论丛》第 46 辑，上海古籍出版社 1990 年版，第 132 页。

③〔元〕岳伯川：《岳孔目借铁拐李还魂》，徐沁君校点《新校元刊杂剧三十种》，中华书局 1980 年版，第 484 页.

④ 隋树森编《全元散曲》，中华书局 1981 年版，下册，第 1973 页。

⑤〔元〕钟嗣成：《录鬼簿》，《中国古典戏曲论著集成》第二集，中国戏剧出版社 1959 年版，第 108 页。

云）师父，将斋饭来我食用。（长老云）无了斋也。吕蒙正，……你一日吃我一分斋饭，一年吃着多少？往日先撞钟后吃斋，因为多了斋粮。先吃了斋后撞钟，唤做斋后钟。你为孔子门徒，你有满腹文章，你若应过举呵，得一官半职，不强似在寺中赶斋？既为男子汉，不识面皮羞。回去。[①]

第四折：

（长老同行者上，云）贫僧是这白马寺长老。听的人说，吕蒙正得了本处官也。我打扫的这寺院干净，将他这两句诗，着这碧纱笼罩着，必然来这里烧香也。……

（吕蒙正同正旦上，……吕蒙正云）……呀，兀的不是我赶斋来吟下两句诗？可怎生的着这碧纱笼罩着？想这和尚好是世情也呵。……（长老跪科，云）相公不知，为相公写下这两句诗，有龙蛇之体，金石之句，往来的人看这诗，踏的此地苔藓不生，因此上着这纱罩着。（吕蒙正云）原来是这等，揭了那纱罩者，将笔砚来。（做念科，云）男儿未遇气冲冲，懊恼阇黎斋后钟。我续添两句：十年前时尘土暗，今朝始得碧纱笼。[②]

七四、《哭贫酸》

宋释文莹《玉壶清话》卷七："钱熙，泉南才雅之士。……尝撰《三钓酸文》，举世称精绝，略曰：'渭川凝碧，早抛钓月之流；商岭

①〔元〕王实甫：《吕蒙正风雪破窑记杂剧》，隋树森编《元曲选外编》，中华书局 1959 年版，第 328—329 页。

②〔元〕王实甫：《吕蒙正风雪破窑记杂剧》，隋树森编《元曲选外编》，中华书局 1959 年版，第 333—334 页。

排青，不逐眠云之侣。'又曰：'年年落第，春风徒泣于迁莺；处处羁游，夜雨空伤于断雁。'其文千言，率类于此。卒，乡人李庆孙为诗哭之曰：'四夷妙赋无人诵，三钓酸文举世传。'"①《梦粱录》卷十三"夜市"："衣市有李济卖酸文。"②

七六、《酸孤旦》

高安道【哨遍】《嗓淡行院》【四煞】："末泥引戏的衠劳嗽。做不得古本《酸孤旦》，辱末煞驰名魏、武、刘。"③

七七、《毛诗旦》

本剧疑是元杂剧郑德辉《㑳梅香骗翰林风月》之前身。剧情写裴度的小姐和她的伴娘——㑳梅香，均通晓诗书。《㑳梅香》第一折有正旦和旦儿讲论诗书情节，或即《毛诗旦》之遗留：

> （旦儿云）樊素，我想河出图，洛出书，阴阳判而八卦生。自伏羲神农，传至孔孟，到秦始皇坑儒焚典，其祸烈矣。鲁共王坏孔子故宅，于壁中得《诗》《书》《六经》，以传后世，盖天之未丧斯文也。每览一书，顿觉胸臆开豁，终日无倦。我是一女子，不习女工，而读书若此，不为癖症乎？（正旦云）小姐，但开卷与圣人对面，受益多矣！（唱）
>
> 【仙吕】【点绛唇】书丧秦嬴，道绝孔圣，坑灰冷。汉代儒生，他每都拨煨烬寻踪影。
>
> 【混江龙】孔安国传《中庸》《语》《孟》，马融集《春秋》

①〔宋〕释文莹撰，杨立扬点校《玉壶清话》，中华书局1984年版，第69—70页。

②〔宋〕吴自牧：《梦粱录》，浙江人民出版社1980年版，第119页。

③ 隋树森编《全元散曲》，中华书局1981年版，下册，第1110页。

祖述着左丘明。演《周易》关西夫子，治《尚书》鲁国伏生。校《礼记》舛讹扬子云，作《毛诗》笺注郑康成。[①]

正旦、旦儿讲述的两汉经师门庭，如数家珍。最后指出："《毛诗》笺注郑康成"，《毛诗旦》之名当本此。

八九、《绣篋儿》

《宋元戏文辑佚·朱文太平钱》【杵歌】："绣篋儿，绣牡丹，是奴亲针线，平日珍藏十分爱怜。逢君后，更无物，表奴心坚。中间有一百个太平钱，一齐都赠贤。"[②] 残缺的戏文，总括了《绣篋儿》的关目情节。

《南词叙录》"宋元旧篇"："《朱文太平钱》。"[③]《南九宫曲谱》卷四《正宫过曲》【黄钟赚】《集六十二家戏文名》："昔有朱文太平钱，鬼为缔姻。"[④]

九三、《师婆儿》

师婆，女巫。曹本《录鬼簿》卷上杨显之条："《借通县跳神师婆旦》。"[⑤] 明代刘东生《娇红记》【商调】【尾】后剧情提示，有"申

---

①〔元〕郑德辉：《㑇梅香骗翰林风月杂剧》，〔明〕臧晋叔编《元曲选》，中华书局1979年版，第1149页。

② 钱南扬：《宋元戏文辑佚》，上海古典文学出版社1956年版，第52页。

③〔明〕徐渭：《南词叙录》，《中国古典戏曲论著集成》第三集，中国戏剧出版社1959年版，第251页。

④〔明〕词隐先生（沈璟）原编，鞠通先生（沈自晋）删补《增定南九宫曲谱》，王秋桂主编《善本戏曲丛刊》影清初丽正堂刊本，台北学生书局1984年版，第239页。

⑤〔元〕钟嗣成：《录鬼簿》，《中国古典戏曲论著集成》第二集，中国戏剧出版社1959年版，第112页。

纶引院本《师婆旦》上”，[①] 知此剧明代尚在演出。

九四、《教学儿》

《武林旧事》卷二“舞队”,有《乔学堂》节目。[②] 曹本《录鬼簿》卷上高文秀条：“《黑旋风乔教学》。”[③] 疑即《教学儿》。

九六、《黄丸儿》

俗谓以伪充真者为黄。官本作《黄元儿》。元、丸同义。丸儿，丸药。《董西厢》卷五：“张生遂展开，读了莺莺诗，喜不自胜，其病顿愈。……【仙吕调】【满江红】清河君瑞，读了嘻嘻地笑不止。也不是丸儿,也不是散子。”[④] 院本《黄丸儿》与《医淡》《医马》并列，知其内容皆演唱医家治病之事。明刘兑《娇红记》【商调】（这一座小书斋）前剧情提示,有“院本《黄丸儿》,院本上”。[⑤] 叶德均《黄丸儿院本旁证》引朱有燉《宣平巷刘金儿复落娼》第一折【醉中天】曲云：“他若是个黄丸儿的太医. 将你个天仙子连累，登时间送了他那桃皮。”[⑥]

一〇一、《病襄王》

官本有《梦巫山彩云归》。郑德辉《㑳梅香》第三折【调笑令】:“劈

---

①〔明〕刘兑:《新编金童玉女娇红记》，郑振铎主编《世界文库》第 3 册，生活书店 1935 年版，第 1013 页。

②〔宋〕周密:《武林旧事》，西湖书社 1981 年版，第 33 页。

③〔元〕钟嗣成:《录鬼簿》,《中国古典戏曲论著集成》第二集，中国戏剧出版社 1959 年版，第 106 页。

④〔金〕董解元著，凌景埏校注《董解元西厢记》, 人民文学出版社 1980 年版, 第 106 页。

⑤〔明〕刘兑:《新编金童玉女娇红记》，郑振铎主编《世界文库》第 3 册，生活书店 1935 年版，第 1010 页。

⑥ 叶德均:《戏曲小说丛考》，中华书局 1979 年版，第 322 页。

面的便抢，和俺那病襄王。呀！怎生来翻悔了巫山窈窕娘。”[①]王实甫《西厢记》第四本【仙吕】【端正好】：“巫娥女，楚襄王；楚襄王敢先在阳台上。”[②]《城南柳》第四折【驻马听】：“只待学赚神女楚襄王，送的下巫峡，你却在阳台上。”[③]

《录鬼簿续编》杨景贤条：“《楚襄王梦会巫娥女》。”[④]明程明善辑《啸余谱·北曲谱》卷十三王子一条有《楚阳台》，明晁瑮《晁氏宝文堂书目·乐府》有《巫娥醉赴阳台梦》。

一〇二、《马明王》

官本作《马头中和乐》。马明王，即马蚕娘。荀子《蚕赋》：“此夫身女好而头马首者与？”《荀子》卷十八唐杨倞注：“女好，柔婉也。其头又类马首。”宋戴埴《鼠璞》卷下《蚕马同本》条：“唐《乘异集》载：蜀中寺观多塑女人披马皮，谓马头娘，以祈蚕。《搜神记》载：女思父，语所养马，若得父归，吾将嫁汝。马迎得父，见女辄怒，父杀马，曝皮于苞中，皮忽卷女飞去桑间，俱为蚕。俗谓蚕神为马明菩萨以此。”[⑤]《武林旧事》卷二《舞队·大小全棚傀儡》：“《乔乐神》。”注：“马明王。”[⑥]南曲中有【马明王】。戏文《错立身》第十二出：“（末白）

---

①〔元〕郑德辉：《㑇梅香骗翰林风月杂剧》，〔明〕臧晋叔编《元曲选》，中华书局1979年版，第1163页。

②〔元〕王实甫著，王季思校注《集评校注西厢记》，上海古籍出版社1987年版，第140页。

③〔元〕谷子敬：《吕洞宾三度城南柳杂剧》，〔明〕臧晋叔编《元曲选》，中华书局1979年版，第1197页。

④〔明〕无名氏：《录鬼簿续编》，《中国古典戏曲论著集成》第二集，中国戏剧出版社1959年版，第284页。

⑤〔宋〕戴埴：《鼠璞》，中华书局1985年版，第36页。

⑥〔宋〕周密：《武林旧事》，西湖书社1981年版，第33页。

你会做甚院本？（生唱）【圣药王】更做……《马明王村里会佳期》。”①

一〇七、《赶汤瓶》

汤瓶，妓女常语。原系形容妓女卖弄风骚之词。《古今小说》第二十三卷《张舜美灯宵得丽女》：“且诵且行之次，遥见灯影中，一个丫鬟，肩上斜挑一盏彩鸾灯，后面一女子，冉冉而来。那女子生得凤髻铺云，蛾眉扫月，生成媚态，出色娇姿。舜美一见了那女子，沉醉顿醒，竦然整冠，汤瓶样摇摆过来。为甚的做如此模样？元来调光（即调情）的人，只在初见之时，就便使个手段。”② 此“汤瓶”一词之由来。

《赶汤瓶》院本，当是演唱宋金勾栏艳称的双渐赶苏卿故事。《董西厢》卷一“引辞”【柘枝令】：“也不是谒浆崔护，也不是双渐豫章城。”③《水浒全传》第五十一回《插翅虎枷打白秀英，美髯公误失小衙内》：“锣声响处，那白秀英早上戏台，参拜四方……便说道：‘今日秀英招牌上明写着这场话本，是一段风流蕴藉的格范，唤做豫章城双渐赶苏卿。’”④ 王实甫《苏小卿月夜贩茶船》仅存残折。天一阁本《录鬼簿》卷上纪君祥条：“《贩茶翁》二本。”⑤《宋元戏文辑佚·苏小卿月夜贩茶船》，录残曲数首。

①〔宋〕古杭才人：《宦门子弟错立身》，钱南扬校注《永乐大典戏文三种校注》，中华书局1979年版，第244页。

②〔明〕冯梦龙编，许政扬校注《喻世明言》，人民文学出版社1987年版，第382页。

③〔金〕董解元著，凌景埏校注《董解元西厢记》，人民文学出版社1980年版，第2页。

④ 施耐庵、罗贯中：《水浒全传》，上海人民出版社1975年版，中册，第641页。

⑤〔元〕钟嗣成：《录鬼簿》，《续修四库全书》第1759册影天一阁藏明抄本，上海古籍出版社1995年版，第153页。

一〇八、《纸汤瓶》

纸汤瓶，比喻容易与狎客接近的妓女。《云窗梦》第一折：“（冲末卜儿上，云）老身姓郑，是这汴梁乐籍。止生得一个女儿，小字月莲。风流可喜，卖笑求食。郎君每见了，无有不爱的。则是孩儿一件：纸汤瓶煨着便热。”①《雍熙乐府》卷十五【柳摇金】《诫风情》：“想汤瓶是纸，如何煮茶。煨他莫再，再莫煨他。”②刘庭信【寨儿令】《戒嫖荡》：“拖汉精，陷人坑，纸汤瓶撞破个空藏瓶。可怜苏卿，不识双生。”③

一一〇、《芙蓉亭》

王实甫《韩彩云丝竹芙蓉亭》残折仅存【仙吕·点绛唇】《丽情》套曲“天霁云开，月华精彩，南楼外，行过庭阶”，④写韩彩云夜奔崔伯英的情节。《宋元戏文辑佚·韩彩云》条，另存残曲【南吕近词】一首。

一一四、《庄周梦》

天一阁本《录鬼簿》卷上史九散仙条：“《破莺燕蜂蝶庄周梦》。”⑤

一一六、《蝴蝶梦》

关汉卿《包待制三勘蝴蝶梦》，或即本于此剧。

一一九、《瑶池会》

官本作《宴瑶池爨》。另有《蟠桃会》《王母祝寿》各一本。《录

①〔元〕无名氏：《郑月莲秋夜云窗梦杂剧》，隋树森编《元曲选外编》，中华书局 1959 年版，第 782 页。

②〔明〕郭勋辑《雍熙乐府》卷十五，《续修四库全书》第 1741 册影明嘉靖刊本，上海古籍出版社 1995 年版，第 254 页。

③ 隋树森编《全元散曲》，中华书局 1981 年版，下册，第 1427 页。

④〔明〕郭勋辑《雍熙乐府》卷四，《续修四库全书》第 1740 册影明嘉靖刊本，上海古籍出版社 1995 年版，第 422—423 页。

⑤〔元〕钟嗣成：《录鬼簿》，《续修四库全书》第 1759 册影天一阁藏明抄本，上海古籍出版社 1995 年版，第 152 页。

鬼簿续编》"钟继先"条:"《蟠桃会》。"题目正名:"《宴瑶池王母蟠桃会》。"[①]《宋元戏文辑佚》"王母蟠桃会"条,存残曲数首。《两世姻缘》第一折【幺篇】:"恰便是老妖精曾吵闹了蟠桃宴。"[②]《竹叶舟》第四折【煞尾】:"会瑶池庆赏蟠桃果,满捧在金盘献大罗。"[③]

一二〇、《八仙会》

八仙之说,始于唐人。唐五代时,张寿卿所绘之八仙与宋人话本中说的醉八仙,则系两回事。院本《八仙会》搬演的八仙与北杂剧中的八仙,或较接近。马致远《岳阳楼》第四折【水仙子】:"这一个是汉钟离,现掌着群仙箓。这一个是铁拐李,发乱梳。这一个是蓝采和,板撒云阳木。这一个是张果老,赵州桥骑倒驴。这一个是徐神翁,身背着葫芦。这一个是韩湘子,韩愈的亲侄。这一个是曹国舅,宋朝的眷属。则我是吕纯阳,爱打的简子愚鼓。"[④]岳伯川《吕洞宾度铁拐李》第四折正末铁拐李唱【二煞】:"汉钟离有正一心,吕洞宾有贯世才,张四郎曹国舅神通大。蓝采和拍板云端里响,韩湘子仙花腊月里开,张果老驴儿快。我访七真游海岛,随八仙赴蓬莱。"[⑤]

①〔明〕无名氏:《录鬼簿续编》,《中国古典戏曲论著集成》第二集,中国戏剧出版社1959年版,第281页。

②〔元〕乔梦符:《玉箫女两世姻缘杂剧》,〔明〕臧晋叔编《元曲选》,中华书局1979年版,第973页。

③〔元〕范子安:《陈季卿误上竹叶舟杂剧》,〔明〕臧晋叔编《元曲选》,中华书局1979年版,第1058页。

④〔元〕马致远:《吕洞宾三醉岳阳楼杂剧》,〔明〕臧晋叔编《元曲选》,中华书局1979年版,第630页。

⑤〔元〕岳伯川:《吕洞宾度铁拐李岳杂剧》,〔明〕臧晋叔编《元曲选》,中华书局1979年版,第510页。

一二三、《藏阄会》

宋辽金各朝，凡宴饮，每设阄，探得者胜，得以饮酒。宋司马光《传家集》卷十四《夫人阁四首》其一："藏阄新过腊，习舞竞裁衣。"①《辽史》卷五十三《礼志六・嘉仪下・藏阄仪》："至日，北南臣僚，常服入朝。皇帝御天祥殿，臣僚依位赐坐，契丹南面，汉人北面。分朋行阄，或五或七筹，赐膳。……若帝得阄，臣僚进酒讫，以次赐酒。"关汉卿【一枝花】《不伏老》套："我是个普天下郎君领袖，盖世界浪子班头。愿朱颜不改常依旧，花中消遣，酒内忘忧。分茶、攧竹，打马、藏阄。"②

天一阁本《录鬼簿》卷上关汉卿条："《藏阄会》。"③已佚。《雍熙乐府》卷四【仙吕宫】载有王伯成《天宝遗事诸宫调・杨妃藏钩会》：

【瑞鹤仙】小杯橙酿浅，绣蔟齐分，袂幕重悬。国色绝娇然，绿嫩红柔，香娇玉软，时停管弦，作戏同欢帝王前。似春风花柳争妍，望东君长养无偏。

【忆帝京】银烛荧煌不夜天，列两行见世神仙。偷降蕊珠宫，私出清云殿，双按碧云轩。对蟠桃宴，欲使心暗牵。各把精神斗显。一赌输赢先共言，数款规条尽写全。拈下紫霜毫，磨下端溪砚。

【醉扶归】仙裳深难见，纤指共相连。素腕齐擎并玉肩，微露黄金钏。恰便似未折得琼葩半卷，掩映着宫妆面。

---

①〔宋〕司马光著，李之亮笺注《司马温公集编年笺注》第二册，巴蜀书社 2009 年版，第 293 页。

② 隋树森编《全元散曲》，中华书局 1981 年版，上册，第 172 页。

③〔元〕钟嗣成：《录鬼簿》，《续修四库全书》第 1759 册影天一阁藏明抄本，上海古籍出版社 1995 年版，第 144 页。

【醉中天】凤嘴明珠显，荷盖露玑圆。再拈起轻将翠袖揎，来往都行遍。解引娇姿慢转，些儿机变，更胜如暗里偷传。

【赚煞尾】将锦筹虽把方欲偏，一颗圆光中选。那的是真妃堪爱处，那片乱宫心并不迁延。可知道偏得恩怜，则见那得胜描金彩旗儿偃。春纤尽展，玉钩儿难辩。向玳筵间，夺尽美人权。①

一二五、《兰昌宫》

本事出唐人《薛昭传》。叙述薛昭行侠获罪，避于兰昌宫与杨妃侍儿张云容鬼魂相恋事。无名氏【斗鹌鹑】《妓好睡》【么】："恰便似楚阳台半死的梅香，兰昌宫殉葬的奴婢。"② 钟嗣成《录鬼簿》庾吉甫条："《薛昭误入兰昌宫》。"③

一二九、《强风情》

强风情，强作男女关系之事。无名氏《符金锭》杂剧，题目正名为"《强风情韩松抢绣球，赵匡义智娶符金锭》"。④ 叙述韩松与赵匡义争娶符家小姐符金锭，金锭之父因此左右为难。最后与其夫人商定，临街搭一彩楼，由女儿抛打绣球招亲，结果绣球打中了赵匡义。金锭之父送女儿过赵府成亲，韩松不服气，拦路抢劫，揭开

① 〔明〕郭勋辑《雍熙乐府》卷四，《续修四库全书》第 1740 册影明嘉靖刊本，上海古籍出版社 1995 年版，第 466—467 页。

② 隋树森编《全元散曲》，中华书局 1981 年版，下册，第 1843 页。

③ 〔元〕钟嗣成：《录鬼簿》，《中国古典戏曲论著集成》第二集，中国戏剧出版社 1959 年版，第 108 页。

④ 〔元〕无名氏：《赵匡义智娶符金锭杂剧》，隋树森编《元曲选外编》，中华书局 1959 年版，第 999 页。

轿帘一看，乃是一条大汉，将韩松打退。这是一本闹剧。很有可能是根据院本《强风情》改编的。

强风情，宋世口语。《西厢记》第三本第三折【离亭宴带歇指煞】:“强风情措大，晴干了尤云殢雨心，悔过了窃玉偷香胆，删抹了倚翠偎红话。”①元宋方壶【一枝花】《妓女》【梁州】:“有一等强风情迷魂子弟，初出帐笋嫩勤儿。起初儿待要成欢会。教那斯一合儿昏撒，半霎儿着迷。”②

一三八、《都子撞门》

都子，乞丐。石君宝《李亚仙花酒曲江池》第四折有都子撞门乞讨关目，或即出于院本。其情节叙述郑元和富贵后，向李亚仙说：“咱今日夫妻完美，须念往昔艰难，咱待舍些钞周济贫人，大乞儿一贯，小乞儿五百文。”③即有往日同受贫困的赵牛筋上门乞讨，“正旦云：那门外又是甚么人闹炒，我试看咱”，④原来又有李亚仙从前的鸨母上门无理取闹，要求亚仙收养她，因而发生争执。这幕闹剧，显然是《都子撞门》的遗留。

一四〇、《四酸擂》

官本作《四孤擂》。擂，擂家，武术师。四酸擂，四位武术师打擂比赛。无名氏《刘千病打独角牛》第三折，有“打擂四人上”之提示，是其例证。“部署领打擂四人上。部署云：‘依古礼斗智相搏，

---

①〔元〕王实甫著，王季思校注《集评校注西厢记》，上海古籍出版社1987年版，第126页。

② 隋树森编《全元散曲》，中华书局1981年版，下册，第1307页。

③〔元〕石君宝:《李亚仙花酒曲江池杂剧》，〔明〕臧晋叔编《元曲选》，中华书局1979年版，第273页。

④〔元〕石君宝:《李亚仙花酒曲江池杂剧》，〔明〕臧晋叔编《元曲选》，中华书局1979年版，第274页.

习老郎捕腿拿腰。赛尧年风调雨顺，许人人赌赛争交。'" [1]《独角牛》杂剧或即来自宋金戏曲。

一四二、《十样锦》

《胡考》引宋朱弁《曲洧旧闻》卷十："今之中散大夫，即昔之大卿监也，旧说谓之十样锦。受命之初，不俟赦恩，便许封赠父母妻一次，一也。妻封郡君，二也（今为令人）。不隔郊奏荐，三也。奏子为职官，四也（今为从仕郎）。乘马许行驰道，五也。马鞍上施紫丝座，六也。马前执破木杖，七也。宴殿内金器，且坐朵殿上，八也。身后许上遗表，九也。国史立传，十也。" [2] 宋李曾伯《可斋杂稿》卷八《代京西漕转中奉大夫谢制帅》："梦三穗禾而取中，类应昔人之佳兆；位十样锦以居左，尤为近世之美谈。" [3]

一四七、《五变妆》

《录鬼簿续编》"诸公传奇失载名氏"《四国旦》题目正名："《八十知风流五变妆，十样配像生四国旦》。" [4]

一四九、《白牡丹》

白牡丹，李师师艺名。宋刘学箕《方是闲居士小稿》卷下【贺新郎】《代黄端夫》词序："白牡丹，京师妓李师师也。画者曲尽其妙，

---

①〔元〕无名氏：《刘千病打独角牛杂剧》，隋树森编《元曲选外编》，中华书局 1959 年版，第 802 页。

② 胡忌：《宋金杂剧考》，中华书局 2008 年版，第 174 页。

③〔宋〕李曾伯：《可斋杂稿》《景印文渊阁四库全书》第 1179 册，台北商务印书馆 1986 年版，第 261 页。

④〔明〕无名氏：《录鬼簿续编》，《续修四库全书》第 1759 册影天一阁藏明抄本，上海古籍出版社 1995 年版，第 171 页。

输棋者赋之。”[①]

一五〇、《赤壁鏖兵》

无名氏《刘玄德醉走黄鹤楼》，即本剧剧情之发展与延续。其第一折说白：

（冲末诸葛亮领卒子上，云）……主公命某过江，问东吴借水兵三万，周瑜为帅，黄盖为先锋。俺两家合兵一处，拒敌曹操。贫道祭风，周瑜举火，黄盖诈降，烧曹兵八十三万，片甲不回。[②]

（刘备领卒子上，云）……某遣孔明军师，过江结好于东吴，借起军马数万，拜周瑜为帅，与曹操战于赤壁，火烧曹兵百万，大败而回。[③]

“赤壁鏖兵”四字，在该剧中出现了四次。[④]

天一阁本《录鬼簿》卷上王仲文条：“《诸葛祭风》。”[⑤]

一五三、《调双渐》

调，调侃、调笑。双渐，宋金戏曲中人物，又称双生、双通叔、双解元。案：双渐，确有其人。宋曾巩《元丰类稿》卷四十五《双君夫人邢氏墓志铭》：“夫人邢氏，无为军巢人也，嫁为赠大理寺丞

① 唐圭璋编《全宋词》，中华书局1965年版，第四册，第2433页。

②〔元〕无名氏：《刘玄德醉走黄鹤楼杂剧》，隋树森编《元曲选外编》，中华书局1959年版，第834页。

③〔元〕无名氏：《刘玄德醉走黄鹤楼杂剧》，隋树森编《元曲选外编》，中华书局1959年版，第835页。

④〔元〕无名氏：《刘玄德醉走黄鹤楼杂剧》，隋树森编《元曲选外编》，中华书局1959年版，第836、837、849、850页。

⑤〔元〕钟嗣成：《录鬼簿》，《续修四库全书》第1759册影天一阁藏明抄本，上海古籍出版社1995年版，第148页。

姓双氏讳华之妻，封万年县太君。子男三人，曰渐，为尚书屯田员外郎、通判吉州军州事。”[①] 张耒《明道杂志》：“士人有双渐者，性滑稽，尝为县令。”[②] 明李贤等《大明一统志》卷十四《庐州府·人物》：“双渐，庐江人，庆历进士。博学能文，为职方郎中，尝知同州，以和易为政，所至见思，若古循吏。”南宋时，双渐、苏卿故事，张五牛编为赚词，在勾栏演出。[③]

一五四、《官吏不和》

另有《同官不睦》一本。《金史》卷九《章宗本纪一》明昌三年八月癸卯：“上以军民不和、吏员奸弊，诏四品以下、六品以上，集议于尚书省，各述所见以闻。”

一五七、《大勘刀》

本剧为王仲文杂剧《救孝子贤母不认尸》的前身。

《救孝子》第一折写金朝大兴府府尹王翛然往河南勾迁义细军。西军庄住的杨兴祖离家入伍之际，将一把刀子交给妻子春香道：

> 大嫂，你近前来。我这把刀子，你兄弟数番家问我要，我不曾与他。今日我当军去也，你若回家去时，就带这把刀子，与你兄弟去。

春香拒绝说，这么做是“抵盗了杨家的什么家私哩”。这些话被王翛然听见，王说：“春香，……将的家去，与兄弟带，……这

---

①〔宋〕曾巩著，陈杏珍等点校《曾巩集》，中华书局 1984 年版，下册，第 618 页。

②〔宋〕张耒:《明道杂志》，中华书局 1985 年版，第 11 页。

③〔元〕杨立斋【般涉调 · 哨遍】序：“张五牛商正叔编双渐小卿，赵真卿善歌，立斋见杨玉娥唱其曲，因作【鹧鸪天】及【哨遍】（套数）以咏之。”（隋树森编《全元散曲》，中华书局 1981 年版，下册，第 1271 页。）

把刀子，久已后我与你做个大证见哩。”[①] 此为后来王翛然审案——勘刀——作了伏笔。

往后杨谢祖送嫂嫂春香回娘家，兴祖中途折返。春香一人独行，遇着坏人赛卢医，赛将这把刀害了人命，因此谢祖被诬告为杀嫂凶犯，囚禁在监。《救孝子》第四折叙述王翛然又奉命到河南“审囚刷卷”，令史张千呈过杨谢祖杀嫂文卷，及行凶刀子，王翛然说：

这的是行凶的刀子？（做看刀子科，云）我那曾见这刀子来。（做寻思科）[②]

案情因此大白。这个情节，正与《大勘刀》剧名若合符节。可见本剧金院本《大勘刀》即元杂剧《救孝子》之原型。

徐朔方《金元杂剧的再认识》：“《杀狗劝夫》中王翛然是《金史》有传的一位包公式的清官，以字翛然代替他的单名翛。……《救孝子》是另一本王翛然的清官戏。”[③] 徐氏根据剧中涉及到的典章制度，考证出《救孝子》杂剧“成形于金朝，而最后在元代写定”。[④]

一七七、《鸳鸯简》

另有《墙头马（上）》一本。钱南扬《宋元戏文辑佚·裴少俊

①〔元〕王仲文：《救孝子贤母不认尸杂剧》，〔明〕臧晋叔编《元曲选》，中华书局 1979 年版，第 759—760 页。

②〔元〕王仲文：《救孝子贤母不认尸杂剧》，〔明〕臧晋叔编《元曲选》，中华书局 1979 年版，第 772 页。

③ 徐朔方：《金元杂剧的再认识》，钱伯城主编《中华文史论丛》第 46 辑，上海古籍出版社 1990 年版，第 132 页。“王翛然”之“王”，徐文误作“金”，徐氏后来自己已改正为“王”（《徐朔方集》第一卷，浙江古籍出版社 1993 年版，第 111—112 页）。徐文 1990 年之本为最早，故引之。

④ 徐朔方：《金元杂剧的再认识》，钱伯城主编《中华文史论丛》第 46 辑，上海古籍出版社 1990 年版，第 132 页。

墙头马上》考证云："这个故事起源于《白氏长庆集》卷四《井底引银瓶》诗，中有云：'妾弄青梅倚短墙，君骑白马傍垂杨。墙头马上遥相顾，一见知君即断肠。'戏剧名称'墙头马上'当由此而来。……到宋金之际，才用裴少俊之名以实之，如《京本通俗小说·西山一窟鬼》云：'如捻青梅窥小（少）俊，似骑红杏出墙头。'……宋官本杂剧有《裴少俊伊州》一本，见《武林旧事》;金院本有《鸳鸯简》一本，《墙头马》一本，俱见《辍耕录》。"①

本剧之关目情节，犹保存于白朴《裴少俊墙头马上》第一折：

> （裴舍骑马引张千上，云）……你觑这一所花园。（做见旦惊科，云）一所花园，呀，一个好姐姐！（正旦见末科，云）呀，一个好秀才也！……（裴舍云）如此佳丽美人，料他识字，写个简帖儿嘲拨他。……②

一七八、《四酸提猴》

另有《四偌大提猴》《调猿卦铺》诸目。任半塘《唐戏弄》第二章《辨体》十二《猴戏》云："金院本名目于诸杂大小院本内，有《四酸提猴》，……共六本。所谓'提猴'，未知提法如何，殊可注意。"③又云："此曰《四偌大提猴》，或由四猴充四偌以为戏耳。"④案：提猴之"提"，调猿之"调"，乃同义词，合而言之，即提调是也。提调，即调度、调遣。杨景贤《西游记杂剧》第一本第三出："(丹霞禅师上，云）老僧丹霞是也。自幼收得江流儿，……是以名曰玄奘，今

① 钱南扬：《宋元戏文辑佚》，上海古典文学出版社 1956 年版，第 206 页。

②〔元〕白仁甫：《裴少俊墙头马上杂剧》，〔明〕臧晋叔编《元曲选》，中华书局 1979 年版，第 334 页。

③ 任半塘：《唐戏弄》，上海古籍出版社 1984 年版，上册，第 485 页。

④ 任半塘：《唐戏弄》，上海古籍出版社 1984 年版，上册，第 485 页。

年十八岁，提调满寺大众。”[①]《水浒全传》第十六回《杨志押送金银担,吴用智取生辰纲》:“要住,便住;要歇,便歇;亦依杨志提调。”[②]提猴、调猿，即是提调、调遣、指挥猿猴之意。

酸、偌，句中主人公代称。上述诸剧，均为伶人与猿猴合作之演出，具表演形态。从当时弄猢狲伎艺，可得其仿佛。

宋张师正《倦游杂录·着也马留》:

京师优人以杂物布地，遣沐猴认之，即曰:“着也，马留。”[③]

宋阮阅《增修诗话总龟》卷三十八《诙谐门上》:

京师优人以杂细物数十种布于地，使人暗记物色，然后遣沐猴认之，每沐猴得之，优人即曰:“道着也，马留。”留，盖优人呼沐猴之名。[④]

邵伯温《邵氏闻见后录》卷十:“《新唐史·南诏》语中海岛溪峒间蛮人，马援南征留之不诛者，谓马留人。今世猴为马留，与其人形似耳。”[⑤]

又文中指出的“使人暗记物色”者,“遣沐猴认之”者,即《四酸提猴》《四偌大提猴》中之“酸”“偌”。由是知“提猴”“调猿”院本是人猴合作演出的。

---

①〔元〕杨景贤:《西游记杂剧》，隋树森编《元曲选外编》，中华书局1959年版，第639—640页。

② 施耐庵、罗贯中:《水浒全传》，上海人民出版社1975年版，上册，第184页。

③〔宋〕张师正撰，李裕民辑校《倦游杂录》，上海古籍出版社1993年版，第18页。

④〔宋〕阮阅:《增修诗话总龟》卷三十八，第6叶a面,《四部丛刊》影明刊本，商务印书馆民国十八年版。

⑤〔宋〕邵博撰,刘德权、李剑雄点校《邵氏闻见后录》,中华书局1983年版,第74—75页。

一八〇、《月夜闻筝》

曹本《录鬼簿》卷下郑光祖条:"《崔怀宝月夜闻筝》。"① 赵景深《元人杂剧钩沉》录其残曲。《录鬼簿》卷上白仁甫条:"《薛琼琼月夜银筝怨》。"②《留鞋记》第一折【后庭花】:"薛琼琼有宿缘仙世期,崔怀宝花园中成匹配。"③

一八二、《闹芙蓉城》

闹,玩乐。官本有《王子高六幺》。《宋元戏文辑佚·王子高》:"此戏不见著录。本事见施注《苏文忠公诗集》卷十四《芙蓉城诗》下引胡微之《王子高芙蓉城传略》。"辑佚残曲,犹略见闹芙蓉城境况:"【前腔换头】卑人分福非今世,跨青鸾游洞天福地。世间稀,瑶池台馆正华丽。神仙境,殿上回环列侍姬,箫凤笙鸾韵清美。"④

一八三、《双斗医》

《错立身》第十二出:"末白:'你会做甚院本?'生唱【圣药王】:'更做《四不知》《双斗医》。'"⑤《西厢记》第三本第四折提示:"洁引太医上,《双斗医》科范了。下。"⑥

---

①〔元〕钟嗣成:《录鬼簿》,《中国古典戏曲论著集成》第二集,中国戏剧出版社1959年版,第119页。

②〔元〕钟嗣成:《录鬼簿》,《中国古典戏曲论著集成》第二集,中国戏剧出版社1959年版,第107页。

③〔元〕曾瑞卿:《王月英元夜留鞋记杂剧》,〔明〕臧晋叔编《元曲选》,中华书局1979年版,第1268页。

④ 钱南扬:《宋元戏文辑佚》,上海古典文学出版社1956年版,第8—9页。

⑤〔宋〕古杭才人:《宦门子弟错立身》,钱南扬校注《永乐大典戏文三种校注》,中华书局1979年版,第244页。

⑥〔元〕王实甫著,王季思校注《集评校注西厢记》,上海古籍出版社1987年版,第131页。

一八四、《张生煮海》

李好古《张生煮海》第二折煮海情节，当然来自院本之同名剧。

(仙姑云)秀才，我如今圆就你这事，与你三件法物。降伏着他，不怕不送出女儿嫁你。

(张生做跪科，云)愿见上仙法宝。

(仙姑取砌末科，云)与你银锅一只，金钱一文，铁杓一把。

(张生接科，云)法宝便领了，愿上仙指教，怎生样用他才好?

(仙姑云)将海水用这杓儿舀在锅儿里，放金钱在水内，煎一分，此海水去十丈；煎二分，去二十丈。若煎干了锅儿，海水见底，那龙神怎么还存坐的住。必然令人来请，招你为婿也。①

一九二、《院公狗儿》

本剧或即李直夫《便宜行事虎头牌》之原型。其剧情内容叙述金朝山寿马，屡建奇功，封为天下兵马大元帅，行枢密院事，敕赐双虎符金牌。他的叔父银住马为金牌上千户，因贻误军机，将杖一百，银住马央求元帅府院公狗儿，向元帅求请，免受处罚。狗儿三次求请，三次被杖。疑即院本《院公狗儿》之情节和关目。徐朔方《金元杂剧的再认识》说："(《虎头牌》)剧本歌颂金朝的都元帅公正不阿，刑不避亲，而典章文物又一一吻合，以致它的题目正名

①〔元〕李好古:《沙门岛张生煮海杂剧》,〔明〕臧晋叔编《元曲选》,中华书局1979年版,第1709页。

不被后人理解而加以修改，它应是金杂剧的遗留。”[①]

一九四、《佛印烧猪》

《录鬼簿续编》杨景贤条:“《佛印烧猪待子瞻》。”[②] 佚。吴昌龄《花间四友东坡梦》[③] 有此情节。

一九五、《酸卖徕》

本剧即郑廷玉《看钱奴买冤家债主》杂剧的前身。杂剧之正末周荣祖，即院本之酸；杂剧之俫儿周长寿，即院本之徕（徕通俫）。《酸卖徕》之情节和关目，见于《冤家债主》之第三折：

（正末与旦儿商议了，云：）哥哥！小生肯过房这孩儿。（唱：）

【倘秀才】典与一个有儿女官员是孩儿命乖，卖与个无子嗣的人家是孩儿大采，撞见个有道理爷娘是他修福来。你救孩儿一身苦，强如把万僧斋，显的哥哥你敬客。

（外末下了。）（净同外旦上了。）（外末引正末三人上了。外末与净云了。）（正末、旦、俫儿云了。正末做写文书了。唱：）

【滚绣球】我浓浓完着墨色，临临下着笔划。不得已委实无奈，想着这子父情斑管难抬！这孩儿是爷精髓结就胎，娘肠肚上摘下来。今日把俺子父情都撇在九霄云外，

① 徐朔方：《金元杂剧的再认识》，钱伯城主编《中华文史论丛》第46辑，上海古籍出版社1990年版，第122页。

②〔明〕无名氏：《录鬼簿续编》，《续修四库全书》第1759册影天一阁藏明抄本，上海古籍出版社1995年版，第166页。

③〔元〕吴昌龄：《花间四友东坡梦杂剧》，〔明〕臧晋叔编《元曲选》，中华书局1979年版，第1234页。

三口儿生忔揷两处分开。做娘的剜心似痛杀杀刀攒腹，做爷的滴血似扑簌簌泪满腮。苦痛伤怀！

（净云了。）（正末写文书了。）（将过孩儿了。）[①]

二〇〇、《讶鼓二郎》

讶鼓，原为军中之战舞。宋彭□《续墨客挥犀》卷七：

王子醇初平熙河，边陲宁静，讲武之暇，因教军为讶鼓戏。数年间，遂盛行于世。其举动舞按之节，与优人之词，皆子淳初制也。[②]

据此，知讶鼓为歌舞剧。《宋史》卷三百二十八《王韶传》："王韶字子纯，江州德安人，第进士……帝志复河陇，筑古渭为通远军，以韶知军事。（熙宁）五年七月，引兵城渭源堡及乞神平，破蒙罗角、抹耳水巴等族……羌大溃……洮西大震。会瞎征渡洮为之援……与战，破之，遂城武胜，建为镇洮军……复击走瞎征，降其部落二万。更名镇洮为熙州（今甘肃临洮），以熙、河、洮、岷、通远为一路，韶以龙图阁待制知熙州。"官本有《讶鼓儿熙州》，或即子纯之作。

宋刘克庄《后村先生大全集》卷二十六《灯夕二首》其二《讶鼓》："本子流传自柳荣，着行线彩斗鲜明。似从傀儡家□出，又说熙河帅教成。边地烽烟差向里，中州灯火尚承平。何尝夜夺昆仑隘，真为君王奏凯声。"[③]《朱子语类》卷一百三十九《论文上》："如舞

①〔元〕郑廷玉：《新刊关目看钱奴买冤家债主》，徐沁君校点《新校元刊杂剧三十种》，中华书局1980年版，第170页。

②〔宋〕彭□辑，孔凡礼校点《续墨客挥犀》，中华书局2002年版，第490页。

③〔宋〕刘克庄：《后村先生大全集》，卷二十六第15叶b面，《四部丛刊》影明刊本，商务印书馆民国十八年版。

讶鼓然，其间男子妇人，僧道杂色，无所不有，但都是假底。”[①]南曲有【南吕·大讶鼓】，北曲有【仙吕·村里讶鼓】【讶鼓令】，当来自讶鼓。

二〇七、《打五铺》

另有《逍遥乐打马铺》。宋制：州县每二十五里、每十里乃至每五里路置一递铺，传递文书，道里因时地而异。押送邮筒诸物者曰铺卒，五铺以使臣一员莅之。宋王应麟《玉海》卷一百七十二《元丰乐宾馆通津驿》：“本朝诸路邮传，每二十五里置一递，役卒十有二人。军兴以来，凡通蜀道者皆增斥堠递，九里一置。”宋李心传《建炎以来系年要录》卷二十建炎三年（1129）二月丁卯：“维扬无斥堠，故金人奄至而不知，于是初置摆铺，凡十里一铺，置递卒五人，限三刻承传。渡铺以使臣一员莅之。”同书卷七十六绍兴四年（1134）五月乙卯：“诏荆浙江湖通接边报州军，并置拨铺，每二十里为一铺，增递卒至五人，日增给食钱，月一更替。文书稽违，如传送金字牌法。”《宋会要辑稿·方域一〇·递铺一》高宗建炎四年十一月七日：“诏诸路可依旧每五里置一铺。每铺轮差保甲五人，贴司一名，传送抄转，专委县尉巡辖。”[②]金制：十里一铺。《金史》卷八《世宗本纪下》大定二十六年（1186）十二月丙戌：“上谓宰臣曰：‘有司奉上惟沽办事之名，不问利害如何，朕尝欲得新荔支，兵部遂于道路特设铺递。”《金史》卷五十五《百官志一·尚书省》兵部尚书一员：“泰和六年，置递铺，其制：该军马路十里一铺。铺设四人，内铺头一人，铺兵

---

①〔宋〕黎靖德编《朱子语类》，中华书局，1986年版，第8册，第3318页。

② 刘琳、刁忠民、舒大刚等校点《宋会要辑稿》第16册，上海古籍出版社2014年版，第9487页。

三人，以所辖军射粮军内差充。腰铃日行三百里，凡元帅府六部文移，以敕递省递牌子入铺转送。”

无名氏《像生番语罟罟旦》第三折【古竹马】：“白梨河站上人烟少，走乏的铺马痛伤怀。”①

二一五、《刘盼盼》

盼盼，唐代妓女常用之名。曹本《录鬼簿》卷上关汉卿条：“《刘盼盼闹衡州》。”②《玩江亭》第三折【尧民歌】：“呀，着人道牧童归去倒骑牛，呀，敢抵多少一千个刘盼盼闹衡州。”③《宋元戏文辑佚·刘盼盼》【蛮牌令】：“不幸落平康，送旧与迎新怎当？空教奴消减容光。”④亦自伤其妓女身世。

二一七、《刺董卓》

无名氏《锦云堂暗定连环计》第四折有吕布“刺董卓”关目，⑤当沿于院本。

二二〇、《大论谈》

官本作《论淡》，今从之。淡，傻，呆，皆不通达世故之意。《桃花女》楔子说白：“(彭大做笑科上。云)你道我彭大公为何发这笑来？只好笑我家主人周公，开着卦铺，但是人来算卦的，少不的吉也断，

①〔元〕无名氏：《像生番语罟罟旦》，赵景深辑《元人杂剧钩沉》，上海古典文学出版社1956年版，第133页。

②〔元〕钟嗣成：《录鬼簿》，《中国古典戏曲论著集成》第二集，中国戏剧出版社1959年版，第106页。

③〔元〕无名氏：《瘸李岳诗酒玩江亭杂剧》，隋树森编《元曲选外编》，中华书局1959年版，第896页。

④ 钱南扬：《宋元戏文辑佚》，上海古典文学出版社1956年版，第220页。

⑤〔元〕无名氏：《锦云堂暗定连环计杂剧》，〔明〕臧晋叔编《元曲选》，中华书局1979年版，第1565页。

凶也断，生也断，死也断。昨日算我隔壁石婆婆的儿子石留住该死，道是不利市，到今早日将晌午，方才着我开铺面。挂起那大言牌，你道好淡么？”[①]睢玄明【耍孩儿】《咏鼓》【尾】：“从早晨间直点到斋时铧，子被这淡斯全家擂煞我。”[②]《萧淑兰》第一折：“（正旦云）妾身乃萧公让之妹也，知先生文学之士，妾有所盼，先生意下如何？（张世英云）是何言哉！萧公待我为嘉宾，小生素无瑕玷。你快转去，恐兄嫂回来。（做躲科）……（梅香云）姐姐，这秀才好淡屌么！（正旦云）好惶恐人也！”[③]上举诸例之“淡”，即呆、傻之意。

至于“淡屌”，即呆颓。《香囊怨》第一折【赚尾】：“想冯魁那个呆颓干，送了三千引新茶落个甚的。”[④]屌，男阴。淡屌、呆颓，骂人的话。今川西方言之“闷朘”，是其遗意。《说文解字》卷四下：“朘，赤子阴也。”徐嘉瑞《金元戏曲方言考》：“淡屌，冷酷，可恶。”[⑤]顾学颉《元曲释词》从之。非是。

二二一、《牵龙舟》

天一阁本《录鬼簿》卷上关汉卿条：“《牵龙舟》。”[⑥]

---

①〔元〕王晔：《桃花女破法嫁周公杂剧》，〔明〕臧晋叔编《元曲选》，中华书局 1979 年版，第 1018 页。

② 隋树森编《全元散曲》，中华书局 1981 年版，上册，第 548 页。

③〔元〕贾仲名：《萧淑兰情寄菩萨蛮杂剧》，〔明〕臧晋叔编《元曲选》，中华书局 1979 年版，第 1533—1534 页。

④〔明〕周宪王：《香囊怨》，〔明〕沈泰编《盛明杂剧二集》，中国戏剧出版社 1958 年版，第 7 页。

⑤ 徐嘉瑞：《金元戏曲方言考》，商务印书馆 1948 年版，第 32 页。

⑥〔元〕钟嗣成：《录鬼簿》，《续修四库全书》第 1759 册影天一阁藏明抄本，上海古籍出版社 1995 年版，第 144 页。

二二二、《击梧桐》

本剧搬演杨贵妃舞霓裳羽衣，唐明皇用玉箸击梧桐应拍助兴事。王灼《碧鸡漫志》卷三：“宣和初，普州守山东人王平，词学华赡，自言得夷则商《霓裳羽衣谱》，取陈鸿、白乐天《长恨歌传》，并乐天《寄元微之霓裳羽衣曲歌》，又杂取唐人小诗长句，及明皇太真事，终以微之《连昌宫词》，补缀成曲，刻板流传，曲十一段。”①《宣和画谱》卷五张萱条、陈闳条，均有“《写明皇击梧桐图》”。②院本《击梧桐》之情节和关目，略见于白朴《梧桐雨》杂剧、王伯成《天宝遗事》诸宫调。并录如次。

元白朴《唐明皇秋夜梧桐雨》第二折

（高力士云）请娘娘登盘，演一回霓裳之舞。（正末云）依卿奏者。（正旦做舞，众乐撺掇科）（正末唱）

……

【古鲍老】屹刺刺撒开紫檀，黄翻绰向前手拈板。低低的叫声玉环，太真妃笑时花近眼。红牙箸，趁五音、击着梧桐按。嫩枝柯犹未干，更带着瑶琴音泛。卿呵，你则索出几点琼珠汗。

（旦舞科）③

元王伯成《天宝遗事诸宫调·明皇击梧桐》

【仙吕宫】【胜葫芦】朝罢君王宣玉容，排筵在御园中。

①〔宋〕王灼：《碧鸡漫志》，古典文学出版社 1957 年版，第 75 页。

②《宣和书谱》，《景印文渊阁四库全书》第 813 册，台湾商务印书馆 1986 年版，第 98、第 99 页。

③〔元〕白仁甫：《唐明皇秋夜梧桐雨杂剧》，〔明〕臧晋叔编《元曲选》，中华书局 1979 年版，第 354—355 页。

那得是官家能受用，宫嫔侍奉。阉娇簇捧，列两行绮罗丛。

【么篇】动一派箫韶饮玉钟，把贵妃撺断在翠盘中，仙音院一班儿甚谨躬。宁王玉笛，花奴羯鼓，天子击梧桐。

【赚煞尾】可憎娘，风流种，娇滴滴红遮翠拥。想天上霓裳初按，舞腰动，险欢喜煞玄宗。畅道体态轻盈，恍疑是姮娥离月宫。湘裙慢飐楚腰动，有如杨柳袅春风。[①]

《雍熙乐府》卷七【中吕宫】【哨遍】《遗事引》【么篇】："切记得广寒宫曲，羽衣缥渺，仙佩玎珰。笑携玉箸击梧桐，巧称雕盘按霓裳。"[②]《金钱记》第一折【油葫芦】："眼见的翠盘香冷霓裳罢，可又早红牙声歇在梧桐下。"[③]柳永《乐章集》有【击梧桐】调。

二二三、《渰（淹）蓝桥》

曹本《录鬼簿》卷上李直夫条："《尾生期女淹蓝桥》。"[④]《红梨花》第二折【隔尾】："我则怕迟到蓝桥，淹了尾生。"[⑤]《云窗梦》第三折【普天乐】："两下里冷冷清清。缑山月明，蓝桥水淹，楚岫云平。"[⑥]

---

①〔明〕郭勋辑《雍熙乐府》卷四，《续修四库全书》第1740册影明嘉靖刊本，上海古籍出版社1995年版，第463页。

②〔明〕郭勋辑《雍熙乐府》卷七，《续修四库全书》第1740册影明嘉靖刊本，上海古籍出版社1995年版，第605页。

③〔元〕乔孟符：《李太白匹配金钱记杂剧》，〔明〕臧晋叔编《元曲选》，中华书局1979年版，第15页。

④〔元〕钟嗣成：《录鬼簿》，《中国古典戏曲论著集成》第二集，中国戏剧出版社1959年版，第109页。

⑤〔元〕张寿卿：《谢金莲诗酒红梨花杂剧》，〔明〕臧晋叔编《元曲选》，中华书局1979年版，第1083页。

⑥〔元〕无名氏：《郑月莲秋夜云窗梦杂剧》，隋树森编《元曲选外编》，中华书局1959年版，第789页。

二二四、《入桃园》

园当作源。曹本《录鬼簿》卷上马致远条:“《刘阮误入桃源洞》。”[①]《录鬼簿续编》汪元亨条:“《刘晨阮肇桃源洞》。”[②]《曲江池》第一折【醉中天】:“今日和刘郎相见，……他怎肯误入桃源。”[③]《城南柳》第二折【幺篇】:“恰便似汉刘郎误访桃源洞。”[④]

二三二、《眼药孤》

官本作《眼药酸》。北京故宫博物院藏宋无名氏绘制之宋杂剧《眼药酸》演出图一帧。画中右一人腰间插破扇一柄，上面草书一“诨”字，其人以右手指着眼睛，向左边一人诉说其眼病，求他治疗。一般认为他是副末色。左边一人，头戴高筒帽，身穿白襕衫，衣帽上均画着许多眼睛，背着药囊。他是扮演眼科医生的副净色。剧中人的服装及其砌末都是按照其不同的身份、职业而特制的。

八　院幺

幺麽院本的省称。详见后文第十二章“幺末——北杂剧的产生”。

二四四、《海棠轩》

①〔元〕钟嗣成:《录鬼簿》,《中国古典戏曲论著集成》第二集，中国戏剧出版社 1959 年版，第 108 页。

②〔明〕无名氏:《录鬼簿续编》,《中国古典戏曲论著集成》第二集，中国戏剧出版社 1959 年版，282 页。

③〔元〕石君宝:《李亚仙花酒曲江池杂剧》,〔明〕臧晋叔编《元曲选》，中华书局 1979 年版，第 266 页。

④〔元〕谷子敬:《吕洞宾三度城南柳杂剧》,〔明〕臧晋叔编《元曲选》，中华书局 1979 年版，第 1192 页。

本剧疑是《东墙记》之前身。剧情内容叙述书生马文辅与董秀英相恋在海棠轩，山盟海誓，愿结为夫妻，有情人终成眷属的故事。《东墙记》第五折【七弟兄】:“(旦唱)今日个夫妻称了平生愿，身荣休忘了海棠轩,东墙下私约成姻眷。”[①]戏文同名剧之残曲【破子】云:“教人玩赏真不寐，上花梢夜月迟。高烧银烛照红妆，不敢惊花梦回。”[②]也是写海棠轩的情景。

二四九、《庆七夕》

此为最早之长生殿剧目。唐明皇与杨贵妃故事，为宋金戏曲之热门课题。金院本有《击梧桐》，已详见前文。本剧剧情内容写唐明皇与杨贵妃在长生殿赏七夕,因以命题。其情节和关目尚存于《梧桐雨》第一折:

(旦扮贵妃引宫娥上,云)今日是七月七夕,牛女相会,人间乞巧令节。已曾分付宫娥，排设乞巧筵在长生殿，妾身乞巧一番。……

(正末引宫娥挑灯拿砌末上，云)寡人今日朝回无事，一心只想着贵妃。已令在长生殿设宴，庆赏七夕。内使，引驾去来。[③]

---

①〔元〕白仁甫:《董秀英花月东墙记杂剧》,隋树森编《元曲选外编》,中华书局1959年版，第217页。

② 钱南扬:《宋元戏文辑佚·董秀英花月东墙记》,上海古典文学出版社1956年版，第195页。

③〔元〕白仁甫:《唐明皇秋夜梧桐雨杂剧》,〔明〕臧晋叔编《元曲选》,中华书局1979年版，第350页。

《梧桐雨》第一折："旦云：陛下，请示私约，以坚终始。"[①] 川剧《长生殿（胡琴）》："杨玉环：乞赐盟誓，以定始终。"[②] 当亦来自院幺《庆七夕》。

二五五、《女状元春桃记》

明杨慎（1488—1559）《丹铅总录》卷二十一《女状元》："女进士，宋女娘林妙玉也。女状元，王蜀黄崇嘏也。崇嘏，临邛人，作诗上蜀相周庠，庠首荐之，屡摄府县，吏事精敏，胥徒畏服。庠欲妻以女，嘏以诗辞之曰：'一辞拾翠碧江湄，贫守蓬茅但赋诗。自服蓝衫居郡掾，永抛鸾镜画娥眉。立身卓尔青松操，挺志坚然白璧姿。幕府若容为坦腹，愿天速变作男儿。'庠大惊，具述本末，乃嫁之。传奇有《女状元春桃记》，盖黄氏也。"[③] 胡应麟（1551—1602）《少室山房笔丛》甲部《丹铅新录四》："元人《春桃记》今不传，仅《辍耕录》有其目。"[④] 冯梦龙（1574—1646）《古今小说》第二十八卷《李秀卿义结黄贞女》"入话"云："有一个女子，姓黄名崇嘏，是西蜀临邛人氏。生成聪明俊雅，诗赋俱通……据如今搬演《春桃记》传奇，说黄崇嘏中过女状元。"[⑤] 徐渭（1521—1593）《四声猿》之四《女状元辞凰得凤》第一出说白："妾身姓黄，

---

①〔元〕白仁甫：《唐明皇秋夜梧桐雨杂剧》，〔明〕臧晋叔编《元曲选》，中华书局 1979 年版，第 352 页。

② 四川省川剧院艺术研究所编《传统川剧折子戏选》第七辑，四川人民出版社 1982 年版，第 50 页。

③〔明〕杨慎著，王大淳笺证《丹铅总录笺证》，浙江古籍出版社 2013 年版，下册，第 1002 页。

④〔明〕胡应麟：《少室山房笔丛》卷八，上海书店出版社 2009 年版，第 82 页。

⑤〔明〕冯梦龙编，许政扬校注《喻世明言》，人民文学出版社 1987 年版，第 446—447 页。

乳名春桃，乃黄使君之女，世居西蜀临邛。”[①]《邛崃县志·文物志》黄崇嘏墓：“位于火井镇西铜鼓山。……墓石题曰：王蜀女状元黄崇嘏之墓。”[②]白鹤山叟《吊崇嘏墓》：“一出春桃谁谱出，女儿家是状元才。”

二五九、《大江东注》

注，水流射貌。本剧公认为是搬演关云长单刀赴会的故事。《元曲选外编》关汉卿《关大王独赴单刀会》第四折保存有这一情节。

（正末关公引周仓上，云）周仓，将到那里也？（周云）来到大江中流也。（正末云）看了这大江，是一派好水呵！（唱）

【双调】【新水令】大江东去浪千叠，引着这数十人驾着这小舟一叶。又不比九重龙凤阙，可正是千丈虎狼穴。大丈夫心别，我觑这单刀会似赛村社。

（云）好一派江景也呵！[③]

徐朔方《金元杂剧的再认识》认为《单刀会》是金（宋）作家编写的：“《单刀会》杂剧第二折《隔尾》：‘唬的我恰便似缩了头的乌龟则向那汴河里走。’剧情同宋金的都城汴梁（南京）毫无关系，当是那个时代残留的烙印。”[④]

---

①〔明〕徐渭著，周中明校注《四声猿》，上海古籍出版社 1984 年版，第 62 页。

② 四川省邛崃县志编纂委员会编纂《邛崃县志》，四川人民出版社 1993 年版，第 737 页。

③〔元〕关汉卿：《关大王独赴单刀会杂剧》，隋树森编《元曲选外编》，中华书局 1959 年版，第 67 页。

④ 徐朔方：《金元杂剧的再认识》，钱伯城主编《中华文史论丛》第 46 辑，上海古籍出版社 1990 年版，第 133—134 页。

二六三、《红梨花》

张寿卿《红梨花》杂剧，叙述赵汝州与洛阳上厅行首谢金莲相爱，金莲赠红梨花一枝。汝州赴京应试及第归，与金莲落籍成亲。其第四折【水仙子】云："赵汝州偏能顾恋，到底是红梨花结果了这一段姻缘。"①或即院本之原型。

九　诸杂院爨

诸杂，已详前文。院爨，院本中的爨体。宋杂剧与云南爨氏歌舞交汇涵化的新风格，金人称这种别具风格的院本为院爨，或爨体。

二七八、《地水火风》

地水火风，佛经中说的四大、四界。《圆觉经》："我今此身，四大和合，所谓发毛爪齿、皮肉筋骨、髓脑垢色，皆归于地。唾涕脓血、津液涎沫、痰泪精气、大小便利，皆归于水。暖气归火，动转归风。"②《董西厢》卷二："生愈笑曰：'师坐讲《金刚经》，岂不知骨肉皮毛，亦非己有。性者，我也；身者，舍也。若当来限尽之后，一性既往，四大狼籍。'"③《度柳翠》第三折："（正末云）你听，我也有一偈。（偈云）地水与火风，包含无为公。一朝公去后，

---

①〔元〕张寿卿：《谢金莲诗酒红梨花杂剧》，〔明〕臧晋叔编《元曲选》，中华书局1979年版，第1092页。

②《大方广圆觉修多罗了义经》，日本大正一切经刊行会《大正新修大藏经》1926—1931年版，第17册，第914页。

③〔金〕董解元著，凌景埏校注《董解元西厢记》，人民文学出版社1980年版，第51页。

四大各西东。”[①]

二八三、《太公家教》

宋王明清《玉照新志》卷五："世传《太公家教》，其言极浅陋鄙俚。……观其中犹引周汉以来事，当是有唐村落间老校书为之。太公者，犹曾、高祖之类。”[②]敦煌石室写本《太公家教》达三十六件之多。[③]其内容为行善、戒恶、尊师、择友、教育子女、孝顺父母等。《老生儿》第二折："住、住、住，你也休闹，请你个太公家教咱。”[④]《冻苏秦》第二折："不争冻饿死了俺这卧冰的王祥，兀的不没乱杀你那太公家教！”[⑤]

二八九、《喷水胡僧》

喷水，谓喷水口吐莲花之幻术。胡僧，对西方和北方等地外来的僧人之称。傅天正《佛教对中国幻术的影响初探》：

> 佛教东来，促进了我国和印度文化、经济交流往来频繁，从印度也直接或间接的传入了一些幻术或幻术的题材；许多佛教的神通故事也流传到民间，给我国具有高度智慧

---

①〔元〕李寿卿：《月明和尚度柳翠杂剧》，〔明〕臧晋叔编《元曲选》，中华书局1979年版，第1347页。

②〔宋〕王明清：《玉照新志》，中华书局1985年版，第49页。

③ 敦煌唐写本《太公家教》多达36个卷号，见《敦煌遗书总目索引新编》，中华书局2000年版，索引第35页；稍后出版的郑阿财、朱凤玉《敦煌蒙书研究》说："唐写本《太公家教》……据海内外敦煌汉文写卷目录资料，得知写本总计有计42件之多。”（甘肃教育出版社2002年版，第349页。）

④〔元〕武汉臣：《散家财天赐老生儿杂剧》，〔明〕臧晋叔编《元曲选》，中华书局1979年版，第375页。

⑤〔元〕无名氏：《冻苏秦衣锦还乡杂剧》，〔明〕臧晋叔编《元曲选》，中华书局1979年版，第444页。

伟大想象的幻术师扩拓思想的园地，创造出一些更美妙的节目。①

口吐莲花　这一幻术初先的形式，是幻师对着粉白的墙壁喷上一口清水，壁上就忽然现出朵朵红莲，接着再喷上第二口清水，莲花便突然隐去。后来在技法方面有所发展，能现出四色莲花或四种颜色不同的其他花卉，改名为“口吐四花”。佛教故事里有噀酒灭火、噀酒上壁成“维摩问疾像”五色相渲的传说。口吐莲花正是这类故事综合佛教绘画所形成的。②

案:《喷水胡僧》的内容即表演这种幻术。参看《百戏孤》。

三〇〇、《船子和尚四不犯》

曹本《录鬼簿》卷上李寿卿条:“《船子和尚秋莲梦》。”③

三〇二、《单兜望梅花》

胡忌《宋金杂剧考》:“《望梅花》是宋词调和南曲‘南吕宫’曲牌名。‘官本杂剧’有《单兜》目,疑为同内容之剧。《雍熙乐府》卷十八《红绣鞋》曲云:‘乔断事撅俫杂嗽，望梅花子夷单兜，闵子里姨夫做冤仇。苏小小弃了舞榭，许盼盼闲上歌楼，恁难调怎道有！’(《乐府群珠》题曾瑞卿作:‘事撅’作‘案村’;‘子夷’作‘子弟’,是;‘闵子里’作‘侧脚里’。)”④兹据胡氏疏解,略作补充解释如次。

《乐府群珠》卷四曾瑞卿【红绣鞋】:

---

① 张曼涛主编《佛教与中国文化》，台北大乘出版社1987年版，第240页。

② 张曼涛主编《佛教与中国文化》，台北大乘出版社1987年版，第244页。

③〔元〕钟嗣成:《录鬼簿》,《中国古典戏曲论著集成》第二集，中国戏剧出版社1959年版，第110页。

④ 胡忌:《宋金杂剧考》，中华书局2008年版，第183页。胡氏疏解不具引。

乔断案村倈杂嗽，望梅花子弟单兜，侧脚里姨夫做了冤仇。苏小小弃了舞榭，许盼盼闲上歌楼。似恁么难厮着，怎做得有？①

案：乔断事，胡说八道。村倈，一作撅倈，妓女的假父。杂嗽，多嘴。子弟，风流浪子。单，独自。兜，兜拢。梅花，妓女代称。侧脚里，旁边。一作酩子里，即暗地里。姨夫，妓女拈香姨的相好。"苏小小"二句，谓妓女放刁。末句一作"恁难调怎道有"，谓撺掇其事，力求其成，与妓女相好。

三〇五、《双声叠韵》

双声叠韵，声韵学名词。两字声母相同，双声。两字韵母相同，叠韵。双声如喽啰、忸怩、琵琶、鸳鸯。叠韵如窈窕、哆嗦、萝卜、笼统。双声叠韵（两字同时为双声，又为叠韵）如都督、秘密、薏苡。参看第六章第三节"金代北曲中的杂体"。

三二六、《苏武和番》

周文质《持汉节苏武还乡》第四折【甜水令】，有"谁不知苏武和番，李陵入塞，何时归汉"之句。②《南词叙录》"宋元旧篇"："《苏武牧羊记》。"③

三三五、《一人有庆》

剧名出自《尚书·周书·吕刑》："一人有庆，兆民赖之。"唐孔颖达《正义》曰："天子一人有善事，则亿兆之民蒙赖之。"本剧

① 卢前校《乐府群珠》，商务印书馆1955年版，第213页。

②〔元〕周文质：《持汉节苏武还乡》，赵景深辑《元人杂剧钩沉》，上海古典文学出版社1956年版，第92页。

③〔明〕徐渭：《南词叙录》，《中国古典戏曲论著集成》第三集，中国戏剧出版社1959年版，第251页。

当是歌颂金世宗作品。《金史》卷八《世宗本纪下》:“即位五载，而南北讲好，与民休息。”又说:“上下相安，家给人足，仓廪有余，刑部岁断死罪或十七人，或二十人，号称小尧舜。”

三三九、《背鼓千字文》

另有《变龙千字文》《摔盒千字文》《错打千字文》《木驴千字文》《埋头千字文》五种。《胡考》引钱南扬《千字文院本之前后》一文云:“所谓‘千字文’者，盖即梁周兴嗣所撰之《千字文》也。不过伶人摘其辞句联串之，以演述一事耳。如演述背鼓之事，即谓之《背鼓千字文》，演述变龙之事，即谓之《变龙千字文》。剧本今虽不传，然追溯其前后，犹可得其仿佛也。”[①] 钱文并引《牡丹亭》“道觋”出、《梁山伯祝英台夫妇攻书还魂团圆记》卷十二及宁波凤英斋刊《新刊倭袍千字文》作为传奇和民间说唱引用《千字文》的证据。可知院爨中的六种《千字文》，演唱时在韵语中夹有《千字文》的原句。《胡考》:“现在我举出明代杨珽《龙膏记》第二十一出的运用《千字文》场面，以补钱文之不足。……《龙膏记》廿一出，每句末四字都用《千字文》原句。”[②]

明杨珽《龙膏记》廿一出《邪萌》

（净扮郭暧小生杂扮从随上。）（净）

【霜天晓角】丈人皇帝，到也随吾意。叵耐丑驴公主。更兼忤逆爹爹。

我本是个世禄侈富，那晓甚么天地玄黄。日间只会具

① 钱南扬:《千字文院本之前后》,《北京大学研究所国学门月刊》，上海开明书店发行，1926年第1卷第2号。

② 胡忌:《宋金杂剧考》，中华书局2008年版，第184页。

膳餐饭，夜间但知篮笋象床。撞着公主驴骡犊特，常要倚那鸟官人皇。并不顾甚上和下睦，也不管甚四大五常。有时捋了盖此身发，有时剥了乃服衣裳。我家也有府罗将相，怎么便肯臣服戎羌。我也不管劳谦谨敕，那管甚么顾答审详。他去告诉龙师火帝，惊得我好宇宙洪荒。又撞了那资父事君，捉得我似捕获叛亡。更不说起恭惟鞠养，又说甚么岂敢毁伤。定要教我知过必改，教我好不悚惧恐惶。如今只得何遵约法，几曾像个男效才良。终朝只是曰严与敬，好一似个率宾归王。那里寻个毛施淑姿，与他暂做侍巾帷房。别寻一处索居闲处，悄地里去银烛炜煌。倘若得个昼眠夕寐，也是一时悦豫且康。

（小生）不恇驸马爷。有这一肚《千字文》的学问。

（净）我晓得《千字文》，还是亏我的了。

（小生）足见驸马爷有才学。①

三四七、《讲乐章序》

此乐章，不知是否指柳永之《乐章集》。按金全真道士王重阳【解佩令】:《爱看柳词，遂成》:“《乐章集》、看无休歇。……词中味、与道相谒。”②《百花亭》第一折【金盏儿】说白:“他便是风流王焕，……怀揣《十大曲》，袖褪《乐章集》。”③《贬夜郎》第三折【哨遍】:“这张纸于官不利，……那里是遮藏丑事护身符，子是张发露私情《乐

---

①〔明〕杨珽:《龙膏记》，毛晋编《六十种曲》第11册，中华书局1958年版，第65—66页。

② 唐圭璋编《全金元词》王喆词，中华书局1979年版，第199页。

③〔元〕无名氏:《逞风流王焕百花亭杂剧》，〔明〕臧晋叔编《元曲选》，中华书局1979年版，第1427页。

章集》。”[①]《曲江池》第三折【满庭芳】:“你实拿住风月所和奸罪名，检着这《乐章集》依法施行。”[②]《谢天香》第三折：

（二旦云）敢问姐姐，当日柳七官人《乐章集》，姐姐收的好么？（正旦唱）

【倘秀才】便休题花七、柳七，若听得这里是那里，相公的耳朵里风闻那旧是非。休只管这几句，滥黄齑，我也记得。

（二旦云）姐姐，可是那几句儿？说一遍儿我听咱。（正旦唱）

【穷河西】姐姐每谁敢道袖褪《乐章集》，都则是断送的我一身亏。怕待学大曲子我从头儿唱与你，本记的人前会，挂口儿从今后再休题。[③]

是《乐章集》亦为金元戏典。

三四八、《讲道德经》

《四库全书总目提要》卷一百四十七子部道家类存目《甘水仙源录》十卷：“金源初，咸阳人王喆弃家学道，状若狂疾。正隆中，自称遇仙人于甘河镇，饮神水疾愈，遂自号重阳子。大定中，聚徒宁海州，立三教平等会，以《孝经》《心经》《老子》教人讽诵，而自名其教曰‘全真’。元兴之后，其教益盛。”[④]《道德经》之搬上舞台，

①〔元〕王伯成:《古杭新刊关目的本李太白贬夜郎》，徐沁君校点《新校元刊杂剧三十种》，中华书局 1980 年版，第 455 页。

②〔元〕石君宝:《李亚仙花酒曲江池杂剧》，〔明〕臧晋叔编《元曲选》，中华书局 1979 年版，第 271 页。

③〔元〕关汉卿:《钱大尹智宠谢天香杂剧》，〔明〕臧晋叔编《元曲选》，中华书局 1979 年版，第 150 页。

④〔清〕永瑢等:《四库全书总目》，中华书局 1965 年版，第 1262 页。

或即其时。

三四九、《神农大说药》

《伍子胥变文》叙述伍子胥叩门乞食。“其妻遂作药名〔诗〕问曰:‘妾是仵茄之妇细辛，早仕于梁，就礼未及当归，使妾闲居独活。菁莨姜芥，泽泻无怜（邻），仰叹槟榔，何时远志。近闻楚王无道，遂发豺狐（柴胡）之心，诛妾家破芒消，屈身苜蓫。葳蕤怯弱，石胆难当，夫怕逃人，茱萸得脱。潜形菌草，匿影藜芦，状似被趁野干，遂使狂夫莨菪。妾忆泪沾赤石，结恨青箱。夜寝难可决明，日念舌干卷柏。闻君乞声厚朴，不觉踯躅君前，谓言夫婿麦门，遂使苁蓉缓步。看君龙齿，似妾狼牙，桔梗若为，愿陈枳壳。’子胥答曰:‘余亦不是仵茄之子，亦不是避难逃人，听说途之行李。余乃生于巴蜀，长在藿乡，父是蜈公，生居贝母。遂使金牙采宝，支子远行。刘寄奴是余贱朋，徐长卿为之贵友。〔共〕渡蘘河，被寒水伤身，三伴芒消，唯余独活。每日悬肠断续（续断），情思飘飖，独步恒山，石膏难渡。披岩巴戟，数值狼胡，乃意款冬，忽逢钟乳。留心半夏，不见郁金。余乃返步当归，芎穷至此。我之羊齿，非是狼牙。桔梗之情，愿知其意。’”[①]《胡考》于“诸杂院爨”之《神农大说药》条未引及《伍子胥变文》此条，而在“打略拴搐”引此，并谓:“南戏像《幽闺记》第二十五出的一大段‘药名’,《寻亲记》中也大致采用，而且一线相传至京剧的《老黄请医》。”[②]其实《神农大说药》当亦是用药名成戏。

---

① 潘重规编著《敦煌变文集新书》，台北文津出版社 1994 年版，第 840 页。

② 胡忌:《宋金杂剧考》，中华书局 2008 年版，第 203—204 页。

三五七、《讲百禽爨》

敦煌俗文学中有《百鸟名》一篇，副标题为《君臣仪仗》。乃韵散夹杂的讲唱文体，其中散文之说白，诗体之唱词，均为韵文。文中将百鸟人格化，全用第一人称自报家门，表白自己之身份、职守等。院本《讲百禽爨》即取法于敦煌变文《百鸟名》。

百鸟名君臣仪仗

是时二月向尽，才始三春。百鸟林中而弄翼，鱼玩水而跃鳞。花照勺（灼），色辉鲜。花初发而笑日，叶含芳而起津。山有大虫为长，鸟有凤凰为尊。是时诸鸟即至，雨集云屯。排备仪仗，一放（仿）人君。

白鹤身为宰相，山鹧鸪直谏忠臣。

翠碧鸟为糺（纠）弹侍御，鹞子为游奕将军。

苍鹰作六军神策，孔雀王专知禁门。

护宅鸟偏知别堂，细胵子通事舍人。

鸿雁专知礼部，鸿鹤太史修文。

日月鸟夜观星象，赤嘴鸦昼望烟云。

突厥鸟权知蕃馆，老鵶专望烟云。

印尾鸟为无才技，专心遏舞乡村。

白练带，色如银，久在山间别作群。

闻道凤凰林里现，将男挟女悉来臻。

熏胡鸟、鹄鹄师、鸿鸟子，鸲鹆儿、赤嘴鸭、碧生（玉）鸡，鸳鸯作伴，对对双飞。奉符追唤，不敢延迟。从此是鸟即至，亦不相违。

淘河鸟，脚趑趄，寻常傍水觅鱼吃。

野鸭遥见角鵄来，刺头水底觅不得。

白鹦鹉，赤鸡赤，身上毛衣有五色，

两两三三傍水波，向日遥观真锦翼。

巧女子，可怜许，树梢头，养男女，

衔茅花，拾柳絮，窠里金针谁解取？

陇有道，出鹦鹉，教得分明解人语，

人衷般粮总不如，笼里将来献明珠（主）。

鸜鵒亦曾作老鼠，身上无毛生肉羽，

恰至黄昏即出来，白日何曾慕风雨。

念佛鸟，提胡卢，寻常道酒不曾酤。

泽雉沿身百种有，鹌鹑向后一物无。

独春鸟，悉鼻卑，出性为便高树枝。

雀公身寸惹子大，却谦（嫌）老鵄没毛衣。

吉祥鸟，最灵喜，出在台山岩长里，

忽然现出彩云中，但是人人皆顶礼。

花没鸽，色能姜（美），一生爱踏伽蓝地。

野鹊人家最有灵，好事于先来送喜。

黑鸜鵅，黄花楼，飞来飞去傍山头。

山鹊嘴红得人爱，群神身独处飞。

寒豪□，夜夜号。

青雀儿，色能青，毛衣五色甚□明。

闻道凤凰林里现，皆来拜舞在天庭。了也。

百鸟名一卷

庚寅年十二月　日押牙索不子自手记□①

三五九、《变柳七爨》

柳七，即柳永，宋金戏曲人物。《张协状元》第四十八出：

（净）柳屯田来相见。

（末）钧旨教请。（末唱）

【夜游湖】合那官员有万千。（丑）甚人才先来拜见。（净）小子名为柳屯田。（合）揖揖两个通寒暄。

（净白）即日共惟万福！

（丑）未及参，先有辱。

（净）曾共乌门上画个白鹿。青霄有路。

（净丑）揖揖两个似代谷（袋谷）。

（末）甚时去得糙性？

（丑）请坐。

（净）没坐物。

（丑）虚坐。（有介）

（末）你好不尊重。

（丑）记得小年骑竹马。

（净）看看又做白头翁。

---

①《百鸟名》敦煌写本释文，依据王重民等编《敦煌变文集》，人民文学出版社 1957 年版，第 851—854 页；潘重规编著《敦煌变文集新书》，台北文津出版社 1994 年版，第 1207—1211 页。其中异文校勘，根据敦煌写本书影择善而从；部分分行及标点，根据韵脚及文意加以修订。《百鸟名》敦煌写本书影，斯三八三五，见《英藏敦煌文献（汉文佛经以外部分）》第五卷，四川人民出版社 1992 年版，第 166—167 页；斯五七五二，见《英藏敦煌文献（汉文佛经以外部分）》第九卷，四川人民出版社 1994 年版，第 118 页；伯三七一六，见《法国国家图书馆藏敦煌西域文献》第 27 册，上海古籍出版社 2002 年版，第 80 页。

（丑）吏人，这官人曾做三百单八只词，博得个屯田员外郎。

（净）耆卿也吟得诗，做得词，超得烘儿，品得乐器，射得弩，踢得气球。[①]

三六〇、《三跳涧爨》

本剧之故事情节为尉迟恭追赶秦王李世民策马跳涧事。《琵琶记》卷上第九出《杏园春宴》【北叨叨令】："〔丑唱呻吟介〕险跌折了腿也么哥，险揞破了头也么哥，我好似小秦王三跳涧。"[②]钱注："《大唐秦王词话》第三十回《秦王三跳虹霓涧》，记载着此事，谓宋金刚部将尉迟敬德追赶李世民，追至美梁川虹霓涧，世民策马过涧，敬德也过涧追下去，世民将秦叔宝来救，也跳过涧去，所以叫'三跳涧'。"[③]

《三跳涧爨》是元杂剧尚仲贤《尉迟恭三夺槊》[④]的蓝本。

三六一、《打王枢密爨》

本剧搬演杨六郎丈母长国姑打王钦若事。其情节和关目尚遗留于无名氏《谢金吾诈拆清风府》第三折：

（正旦扮皇姑领杂当上……云）今因我女婿杨六郎，不合擅离信地，私下禁关，带领了焦赞到京，杀坏了谢金吾一十七口家属。王枢密在圣人前朦胧奏过，建起法场，

①〔宋〕九山书会：《张协状元》，钱南扬校注《永乐大典戏文三种校注》，中华书局1979年版，第197页。

②〔元〕高明著，钱南扬校注《元本琵琶记校注》，上海古籍出版社1980年版，第60页。

③〔元〕高明著，钱南扬校注《元本琵琶记校注》，上海古籍出版社1980年版，第67页。

④〔元〕尚仲贤：《尉迟恭三夺槊杂剧》，隋树森编《元曲选外编》，中华书局1959年版，第337页。

他亲为监斩官，眼见两个孩儿，没那活的人也。老身不免领着手下几个亲随，劫法场走一遭去也呵。（唱）

……

【调笑令】你道是枢密骂不的，是我骂你这改姓更名漏面贼。萧太后使你为奸细，几年间将帝主明欺。……

（做放杨景、焦赞、王枢密夺正旦打科）

（六郎云）母亲休打他，则怕不中么。（正旦唱）

【秃厮儿】不恁的如何救你，不打死不算忠直。我今番下手也则是迟，我和你厮扯定，入宫闱去见官里。

……

（王枢密云）……你怎敢劫了法场，我结纽了你见圣人去来！

（正旦云）兀那两街百姓都听者，他在这法场上，骂了我也罢。只到朝中，剥了他朝靴，看他脚底板上刺着两行朱砂字道：贺驴儿宁反南朝，不背北番。这难道是我妆诬他的？①

三六九、《跳布袋爨》

本剧或即是郑廷玉《布袋和尚忍字记》之原型。其第一折描述布袋和尚之形象：

（[刘均佑]见布袋科，云）好个胖和尚也！……（正末[刘均佐]云）兄弟，笑杀我也。这和尚吃甚么来，这般胖那！（唱）

①〔元〕无名氏：《谢金吾诈拆清风府杂剧》，〔明〕臧晋叔编《元曲选》，中华书局1979年版，第607—610页。

【油葫芦】猛可里抬头把他观觑了，将我来险笑倒。……引着些小男小女将他厮搬调。（云）他这般胖呵，我猜着他也。（唱）莫不是香积厨做的斋食好？……他腰围有篓来粗，肚皮有三尺高。便有那骆驼、白象、青狮豹。（布袋云）要那骆驼、白象、青狮豹做甚么？（正末唱）敢可也被你压折腰。①

当来自院本《跳布袋爨》。

十　冲撞引首

《胡考》引李啸仓《宋元伎艺杂考》谓"'冲撞'就是指'唐突，冒犯'的意思"。②案："冲撞"，冲场也。李渔《闲情偶寄》卷二《词曲部》下《格局第六·冲场》："开场第二折，谓之'冲场'。冲场者，人未上而我先上也。必用一悠长引子，引子唱完，继以诗词及四六排语，谓之'定场白'，言其未说之先，人不知所演何剧，耳目摇摇，得此数语，方知下落，始未定而今方定也。"③"引首"，引导、领先。"冲撞引首"，即冲场引导领先演出。

《胡考》引《全相参增奇妙注释西厢记》"崔张引首"套曲概述《西厢记》剧情大意之开场演出，④即沿袭金院本之"冲撞引首"也。

---

①〔元〕郑廷玉：《布袋和尚忍字记杂剧》，〔明〕臧晋叔编《元曲选》，中华书局1979年版，第1062页。

② 胡忌：《宋金杂剧考》，中华书局2008年版，第194页。

③〔清〕李渔：《李渔全集》第3卷，浙江古籍出版社1991年版，第61页。

④ 胡忌：《宋金杂剧考》，中华书局2008年版，第195页。

三七二、《打三十》

“三十”,当乙倒为“十三”。《宋史》卷一百九十九《刑法志一》:“太祖受禅，始定折杖之制，……凡杖刑五：杖一百，臀杖二十；九十，臀杖十八；八十，臀杖十七；七十，臀杖十五；六十，臀杖十三。”此言刑罚之最轻是打十三。《张协状元》第三十五出：“生：门子打十三！”[①]《魔合罗》楔子:“你若无事到他家里去,我一准拿来打十三。”[②]

三七七、《说狄青》

曹本《录鬼簿》卷上吴昌龄条:“《狄青扑马》。”[③]《录鬼簿续编》“诸公传奇失载名氏”《衣袄军》条题目正名：“《刘庆重征延安府，狄青复夺衣袄军》。”[④]

三七九、《枝头巾》

《枝头巾》似应作《捉头巾》。又,“诸杂大小院本”有《提头巾》。疑此二目皆为《捉头巾》之误写。案:佛经中有“捉巾一头”之语，院本之名或出于此。《大智度论》卷三：“若一切三界烦恼离故，心得解脱，何以故，佛言染爱离心得解脱？答曰:爱能系闭心有大力，以是故说。不说余烦恼，爱断余则断。复次，若人言王来，知必有

①〔宋〕九山书会:《张协状元》,钱南扬校注《永乐大典戏文三种校注》,中华书局 1979 年版，第 161 页。

②〔元〕孟汉卿:《张孔目智勘魔合罗杂剧》,〔明〕臧晋叔编《元曲选》,中华书局 1979 年版，第 1369 页。

③〔元〕钟嗣成:《录鬼簿》,《中国古典戏曲论著集成》第二集，中国戏剧出版社 1959 年版，第 109 页。

④〔明〕无名氏:《录鬼簿续编》,《中国古典戏曲论著集成》第二集，中国戏剧出版社 1959 年版，第 295 页。

将从，染爱亦如是。又如捉巾一头，余则尽随，爱染亦如是，爱断则知余烦恼皆已断。”①

三八八、《大分界》

另有《小分界》。《蝴蝶梦》第四折【驻马听】:“想着你报怨心怀，和那横死爷相逢在分界牌。”②《金凤钗》第三折【二煞】:“赤紧的敬客坊，紧靠着迷魂寨，莫不状元店连着分界牌?多管是鬼门关，春榜动，选场开。”③分界，生死、阴阳之交界。剧名或即本此。

三九一、《唐韵六帖》

《唐韵》《六帖》,皆书名。《唐韵》,孙愐撰。《六帖》,白居易编纂。关于《唐韵》,《四库全书总目提要》卷四十二经部小学类三《唐韵考五卷》条云:“初,隋陆法言作《切韵》,唐礼部用以试士。天宝中,孙愐增定其书，名曰《唐韵》。后宋陈彭年等重修《广韵》，丁度等又作《礼部韵略》，为一代场屋程式，而孙氏之书渐佚，唐代旧韵，遂无复完帙。”④关于《六帖》,程大昌《演繁露》卷十六《六帖》云:“白乐天取凡书精语可备赋词制文采用者，各以门目类粹，而总名其书为《六帖》。白既不自释所以名，后人亦无辨者。偶阅唐制，其时取士凡六科，科别其所试条件，每一事名一帖。其多者明经，试至十帖，而《说文》极于六帖。白之书，为应科第设，则以帖为名，

---

①《大智度论》,日本大正一切经刊行会《大正新修大藏经》1926—1931年版，第25册，第81页。

②〔元〕关汉卿:《包待制三勘蝴蝶梦杂剧》,〔明〕臧晋叔编《元曲选》,中华书局1979年版，第644页。

③〔元〕郑廷玉:《宋上皇御断金凤钗杂剧》,隋树森编《元曲选外编》,中华书局1959年版，第197页。

④〔清〕永瑢等:《四库全书总目》,中华书局1965年版，第369页。

其取此矣。白书不止六类，而帖之取数止于用六者，《说文》，小学也；试小学，又试之小者也。取极其严而名其书者，兼取其少也。”①可知剧情内容当与科举应试有关。

三九四、《乔捉蛇》

《武林旧事》卷二《舞队》“大小全棚傀儡”有《乔捉蛇》。②王大学士【点绛唇】套【元和令】：“一个舞乔捉蛇呆木答，一个舞屎里蛆的法刀把。”③

四〇〇、《打淡的》

淡，一写作谈。打淡的，说话伎艺人别称。《梦粱录》卷二十《小说讲经史》，伎艺人“有谭淡子”。④《孤本元明杂剧》阙名《东篱赏菊》第二折说白：“我也不曾读书，我则听的那打谈的说，武王立天下，寻访着孟津老姜，人所皆知。”⑤《贤奕编》卷三《应谐》：“沈屯子偕友入市，听打谈者说杨文广围困柳州城中。”⑥《金瓶梅词话》第十五回：“又有那站高坡打谈的，词曲杨恭。”⑦

四〇四、《蔡伯喈》

陆游《小舟游近村舍舟步归》：“斜阳古柳赵家庄，负鼓盲翁正

①〔宋〕程大昌：《演繁露》，《景印文渊阁四库全书》第852册，台湾商务印书馆1986年版，第203页。

②〔宋〕周密：《武林旧事》，西湖书社1981年版，第33页。

③ 隋树森编《全元散曲》，中华书局1981年版，下册，第1961页。

④〔宋〕吴自牧：《梦粱录》，浙江人民出版社1980年版，第196页。

⑤ 阙名：《东篱赏菊》，《孤本元明杂剧》第三册，中国戏剧出版社1958年版，第7叶a面。

⑥〔明〕刘元卿编纂《贤奕编》，中华书局1985年版，第78页。

⑦〔明〕兰陵笑笑生著，梅书校订，陈昭、黄霖注释《金瓶梅词话重校本》，香港梦梅馆1993年版，第一册，第167页。

作场。死后是非谁管得,满村听说蔡中郎。”[①]《南词叙录》“宋元旧篇”第一本,即《赵贞女蔡二郎》。注云:“旧伯喈弃亲背妇,为暴雷震死。里俗妄作也。实为戏文之首。”[②]刘念兹《南戏新证》谓:《泉南指谱重编》录有古剧《赵真女》即《赵贞女》十支曲文,“是古代南戏剧目《赵贞女》的遗存”。[③]

赵贞女亦金元戏典。《铁拐李》第二折【煞尾】:“你学那守三贞赵真女,罗裙包土将那坟茔建。休学那犯十恶桑新妇,彩扇题诗则将那墓顶搧。”[④]

四三六、《柳青娘》

柳青娘,凶恶之鸨母。无名氏【双调】【殿前欢】:“兀的不见浪子苏卿,他不由秫娘劣柳青。无媒证,直嫁与个临川令。”[⑤]《云窗梦》第三折【斗鹌鹑】:“恨则恨冯魁那个丑生,买转俺劣柳青。”[⑥]北曲有【柳青娘】,属【中吕调】。

四四〇、《调刘衮》

《武林旧事》卷二《舞队》“大小全棚傀儡”,有《耍和尚》《刘衮》

①〔宋〕陆游著,钱仲联校注《剑南诗稿校注》卷三十三,上海古籍出版社1985年版,第四册,第2193页。

②〔明〕徐渭:《南词叙录》,《中国古典戏曲论著集成》第三集,中国戏剧出版社1959年版,第250页。

③ 刘念兹:《南戏新证》第六章《福建遗存宋元南戏剧目》,中华书局1986年版,第136—140页。

④〔元〕岳伯川:《吕洞宾度铁拐李岳杂剧》,〔明〕臧晋叔编《元曲选》,中华书局1979年版,第501页。

⑤ 隋树森编《全元散曲》,中华书局1981年版,下册,第1760页。

⑥〔元〕无名氏:《郑月莲秋夜云窗梦杂剧》,隋树森编《元曲选外编》,中华书局1959年版,第789页。

节目。[①]《岳阳楼》第三折："吹的吹，唱的唱，仙童拍手；弹的弹，舞的舞，刘衮当先。"[②] 南曲有【刘衮】。

四四五、《合五百》

官本有《闹五百伊州》。《唐戏弄》第四章《脚色》："宋赵与时《宾退录》载萧东夫作吴五百传，即后世笑话'包袱、雨伞、和尚、我'之所本。……'五百'原指皂隶，'九百'方指憨痴。"[③]

四四九、《舞秦始皇》

曹本《录鬼簿》卷上王廷秀条："《秦始皇坑儒焚典》。"[④]

四五○、《学像生》

官本作《像生爨》。像生，歌唱伎艺。《都城纪胜·社会》："小女童像生叫声社。"[⑤] 天一阁本《录鬼簿》卷上勘吉平条："《像生栾子酷寒亭》。"[⑥]《录鬼簿续编》"诸公传奇失载名氏"：《风雨像生货郎旦》《十样配像生四国旦》《像生番语括罟旦》。[⑦]

四五四、《呆木大》

木大，呆头呆脑可笑人物。宋陶榖《清异录》卷下《无字歌》条：

---

①〔宋〕周密：《武林旧事》，西湖书社1981年版，第34页。

②〔元〕马致远：《吕洞宾三醉岳阳楼杂剧》，〔明〕臧晋叔编《元曲选》，中华书局1979年版，第626页。

③ 任半塘：《唐戏弄》下册，上海古籍出版社1984年版，第853页。

④〔元〕钟嗣成：《录鬼簿》，《中国古典戏曲论著集成》第二集，中国戏剧出版社1959年版，第112页。

⑤〔宋〕耐得翁：《都城纪胜》，《南宋古迹考（外四种）》，浙江人民出版社1983年版，第89页。

⑥〔元〕钟嗣成：《录鬼簿》，《续修四库全书》第1759册影天一阁藏明抄本，上海古籍出版社1995年版，第155页。

⑦〔明〕无名氏：《录鬼簿续编》，《中国古典戏曲论著集成》第二集，中国戏剧出版社1959年版，第294、295页。

"有卖药道人行吟曰:'《无字歌》,呵呵亦呵呵,哀哀亦呵呵。不似荷叶参军子,人人与个拜□木,大作厅上假阎罗。'"[①] 苏轼《续杂纂》"旁不忿"条,有"木大汉好妻"语。[②]《老生儿》第三折【寨儿令】:"动鼓板的非常,做杂剧的委实长。妆倬歌呆木大,长打手浪猪娘。这一场,更强似赛牛王。"[③] 王大学士【点绛唇】套【元和令】:"一个乔捉蛇呆木答。"[④]

四六五、《投河》

曹本《录鬼簿》卷上吴昌龄条:"《浣花女抱石投江》。"[⑤]

四七四、《烧奏》

本剧当是《东窗事犯》的原型。孔文卿《东窗事犯》第四折【尾】:"投至奏的九重禁阙君王准,教烧与掌恶酆都地藏神。屈杀了岳飞、岳云、张宪三人。"[⑥] 此即金院本《烧奏》关目之遗留。又该剧第三折【络丝娘】:"他待将咱宋室江山一笔勾,好金帛和大金家结勾。"[⑦] 这显然是金之统治下宋遗民的口气。

川剧《东窗修本(昆腔)》(梅春林演出本):

---

①〔宋〕陶榖:《清异录》,明隆庆刻本,卷下,第3叶a—b面。

②〔宋〕苏轼撰,孔凡礼点校《苏轼文集》第6册,中华书局1986年版,第2622页。

③〔元〕武汉臣:《新刊的本散家财天赐老生儿》,徐沁君校点《新校元刊杂剧三十种》,中华书局1980年版,第258页。

④ 隋树森编《全元散曲》,中华书局1981年版,下册,第1961页。

⑤〔元〕钟嗣成:《录鬼簿》,《中国古典戏曲论著集成》第二集,中国戏剧出版社1959年版,第109页。

⑥〔元〕孔文卿:《地藏王证东窗事犯杂剧》,隋树森编《元曲选外编》,中华书局1959年版,第414页。

⑦〔元〕孔文卿:《地藏王证东窗事犯杂剧》,隋树森编《元曲选外编》,中华书局1959年版,第412页。

（秦桧上）

秦桧（诗）

……

山河一统非吾愿，

只恐金人不我知。

老夫秦桧，字会之。与宋为臣，官居极品。前番四太子金兀术有书到来，叫老夫诈害岳家父子。我连发一十二道金牌、银牌，外加虎头铁牌，将他父子三人调回朝阁，风波亭前致于死命。[1]

川剧《东窗修本》继承了金院本《烧奏》、元杂剧《东窗事犯》的关目及情节。

四七八、《歇后语》

歇后语，语言艺术之一。《墨娥小录》卷十四《市语声嗽·中原市语》类载金元歇后语多条，录要如次：

巡警院倒了墙：贼见贼。

绿豆皮儿：请退。

没梁桶儿：休提。（以上两条并见杜善夫曲。[2]）

肚皮上打香印：灰了心。

关大王賞豆腐：人硬货不硬。

关西人画马：驴一般。

① 四川省戏曲研究所编《四川地方戏曲选》第四辑，四川人民出版社1962年版，第1485页。

②〔元〕杜仁杰《喻情》【哨遍·三煞】："镜台前照面你是你，警巡院倒了墙贼见贼。"【二煞】："没梁的水桶，挂口休提。"（隋树森编《全元散曲》，中华书局1981年版，上册，第33页。）

张飞烧火：猛灶。①

十一　拴搐艳段

拴搐，宋金戏曲用语。拴搐，又省称拴，谓表演。马致远【南吕】【一枝花】《咏庄宗行乐》【尾】："做杂剧，那院酸，拴些艳段。"②《错立身》第十二出【天净沙】："做院本生点个《水母砌》，拴一个《少年游》，吃几个拄心撷背。"③ 朱有燉杂剧《八仙庆寿》："（众倈扯末衣，云）'兀的开着勾栏哩，老官人你是个乐官，去那勾栏里做个院本却不好！'""倈云：'只拴一个焰爨也罢。'"④

四八二、《襄阳会》

本剧当是高文秀《刘玄德独赴襄阳会》之前身。高作《襄阳会》第一折说白："今有刘玄德，被曹操攻破徐州，屯军在古城。他遣一将持一封书，问某借一城池，屯军养马。今三月三，请玄德公赴襄阳会。"⑤ 是杂剧乃沿袭于院本之同名剧。

①〔明〕佚名：《墨娥小录》卷十四，明隆庆五年辛未吴继聚好堂刻本，第1叶a—第3叶b面，中国书店1959年影印。

② 隋树森编《全元散曲》，中华书局1981年版，下册，第1974页。

③〔宋〕古杭才人：《宦门子弟错立身》，钱南扬校注《永乐大典戏文三种校注》，中华书局1979年版，第245页。

④〔明〕朱有燉：《宣平巷刘金儿复落娼》，赵晓红整理《朱有燉集》，齐鲁书社2014年版，第217页。

⑤〔元〕高文秀：《刘玄德独赴襄阳会杂剧》，隋树森编《元曲选外编》，中华书局1959年版，第145—146页。

四八四、《抛绣球》

彩楼招亲之事，唐代民间已有传说。《敦煌变文集》卷四《太子成道经一卷》:“大王闻太子奏对，遂遣国门高缚彩楼。召其合国人民，有在室女者，尽令于彩云楼下齐集，当合（令）太子，自拣婚对。”[①]悉达太子修道因缘，遂遣于国门外高缚彩楼。诏其合国人民，但有在室女者，尽令于彩楼下集会，当令太子，自拣婚对。

本剧或即《破窑记》之原型。

《吕蒙正风雪破窑记》第一折：

（冲末扮刘员外领家童上，云）老夫姓刘，双名仲实，乃洛阳人也。……我如今要与女孩儿寻一门亲事，恐怕不得全美，想姻缘是天之所定。今日结起彩楼，着梅香领着小姐，到彩楼上，抛绣球儿，凭天匹配。

（正旦做抛绣球科）（吕蒙正云）哥哥，你看，那小姐，将绣球儿抛在我跟前了。（寇准云）兄弟，敢这绣球儿误落在你怀中。咱且走在一边伺候，看员外怎生处断。

（梅香云）得绣球的过来。……（刘员外云）他是谁？（梅香云）则他是新招的女婿吕蒙正。（刘员外云）孩儿也，放着官员人家财主的儿男不招，这吕蒙正在城南破瓦窖中居止，咱与他些钱钞，打发回去罢。（正旦云）父亲差矣。一向说绣球儿打着的不管官员士庶贫富之人，

① 王重民、王庆菽、向达等编《敦煌变文集》，人民文学出版社 1957 年版，第 290 页。

与他为婚。既然抛着他了，父亲，您孩儿情愿跟将他去。[①]

《破窑记》第一折抛绣球招亲情节，疑即来自院本。

四九一、《天下太平》

官本作《天下太平爨》。宋周密《齐东野语》卷十《字舞》："州郡遇圣节锡宴，率命猥妓数十，群舞于庭，作'天下太平'字，殊为不经。而唐《乐府杂录》云：'舞有字，以舞人亚身于地，布成字也。'"[②]

四九六、《大刘备》

本剧似演唱刘备东吴招亲事。其关目情节，略见于无名氏《两军师隔江斗智》第二折：

（鲁肃云）小姐，如今无大似你的人，你同玄德公拜了天地，然后众将参见。……（正旦唱）。

【普天乐】我则见玳筵前，摆列着英雄辈。一个个精神抖擞，一个个礼度委蛇。那军师有冠世才，堪可称龙德。觑他这道貌非常仙家气，稳称了星履霞衣。待道他是齐管仲多习些战策，待道他是周吕望大减些年纪，待道他是汉张良还广有神机。

……

（正旦背云）我看刘玄德生的目能顾耳，两手过膝，真有帝王仪表，以为丈夫，也不辱抹了我孙安小姐。[③]

---

①〔元〕王实甫：《吕蒙正风雪破窑记杂剧》，隋树森编《元曲选外编》，中华书局1959年版，第324—326页。

②〔宋〕周密撰，张茂鹏点校《齐东野语》，中华书局1983年版，第189页。

③〔元〕无名氏：《两军师隔江斗智杂剧》，〔明〕臧晋叔编《元曲选》，中华书局1979年版，第1308—1309页。

四九九、《说古棒》

结婚喜事，司礼所赞，名曰古棒。见《裴度还带》第四折。[①]

五〇七、《打论语》

打，表演。岳珂《桯史》卷十三《选人戏语》：

蜀伶多能文，俳语率杂以经史，凡制帅幕府之燕集，多用之。嘉定初，吴畏斋帅成都，从行者多选人，类以京削系念，伶知其然。一日，为古冠服数人，游于庭，自称孔门弟子，交质以姓氏，或曰“常”，或曰“于”，或曰“吾”，问其所莅官，则合而应曰：“皆选人也。”固请析之，居首者率然对曰：“子乃不我知，《论语》所谓‘常从事于斯矣’，即某其人也，官为从事而系以姓，固理之然。”问其次，曰：“亦出《论语》，‘于从政乎何有’，盖即某官氏之称。”又问其次，曰：“某又《论语》十七篇所谓‘吾将仕者’。”遂相与叹咤，以选调为淹抑，有怂恿其旁曰：“子之名不见于七十子，固圣门下第，盍扣十哲而受教焉？”如其言，见颜闵方在堂，群而请益，子骞蹙额曰：“如之何？何必改。”兖公应之曰：“然，回也不改。”众抚然不怡，曰：“无已，质诸夫子。”如之，夫子不答，久而曰：“钻燧改火，急可已矣。”坐客皆愧而笑。闻者至今启颜。优流侮圣言，直可诛绝，特记一时之戏语如此。[②]

任二北《优语集》卷五南宋《钻燧改》条引此文云：“金元院

---

①〔元〕关汉卿：《山神庙裴度还带杂剧》，隋树森编《元曲选外编》，中华书局1959年版，第36页。

②〔宋〕岳珂撰，吴企明点校《桯史》，中华书局1981年版，第156—157页。

本名目中有《打论语》一本，或即取则于此。”[①]

五二五、《少年游》

《武林旧事》卷一《天基圣节排当乐次（正月五日）》“再坐第六盏”：“杂剧：时和已下，做《四偌少年游》。”[②]《错立身》第十二出【天净沙】：“拴一个《少年游》。”[③]

五二六、《打青提》

青提，目连之母。敦煌写本《目连缘起》：“昔有目连慈母，号曰青提夫人。”[④]《目连变文》：“宫中夫人，号曰靖（青）提，端正虽世上无双，悭贪又欺诳佛法。生育一子，号曰目连。”[⑤]《录鬼簿续编》“诸公传奇失载名氏”《目连救母》条题目正名：“《发慈悲观音度生，行孝道目连救母》。”[⑥]

五三〇、《睡马杓》

马杓，有柄用以舀取食物的器具。今北方人称为马杓。乔吉【仙侣】【赏花时】《风情》套【么】：“打不觉头毒如睡马杓，粘随风絮沾如肉膘胶。藤缠葛数千遭，把丽春园缠倒，吓的那贩茶客五魂消。”[⑦]玩其词意，睡马杓似比喻某种性格之妓女。《雍熙乐府》卷八有【一枝花】《玉马杓》套曲、【一枝花】《妓名玉马杓》套曲。

---

① 任二北编著《优语集》，上海文艺出版社1981年版，第135页。

②〔宋〕周密：《武林旧事》，西湖书社1981年版，第17页。

③〔宋〕古杭才人：《宦门子弟错立身》，钱南扬校注《永乐大典戏文三种校注》，中华书局1979年版，第245页。

④ 王重民、王庆菽、向达等编《敦煌变文集》，人民文学出版社1957年版，第701页。

⑤ 王重民、王庆菽、向达等编《敦煌变文集》，人民文学出版社1957年版，第756页。

⑥〔明〕无名氏：《录鬼簿续编》，《中国古典戏曲论著集成》第二集，中国戏剧出版社1959年版，第295页。

⑦ 隋树森编《全元散曲》，中华书局1981年版，上册，第635页。

五三二、《乔唱诨》

诨，诙谐、滑稽。王国维《宋元戏曲考》卷五谓：宋官本杂剧《打调薄媚》《大打调中和乐》《大打调道人欢》三本，"实滑稽戏之支流，而佐以歌曲者也"。[①]参见前第三章第四节"首称的'戏曲'"论"唱诨"。

五三三、《桃李子》

《胡考》引《盛世新声》【醉太平】小令："莲花落易学，《桃李子》难教，张打油啰啰连和得着。学不成打爻，牵着个狗儿当街叫，提着个爽（嗓）儿沿街调，拿着个鱼儿绕街敲，这的是子弟每下梢。"并谓："可见《桃李子》是子弟穷作乞丐时的'混饭行当'之一。"[②]

五四一、《建成》

建成，唐高祖李渊长子。尚仲贤《尉迟恭三夺槊》，写太子建成与秦王李世民争夺皇位继承权，建成设计想诛灭世民猛将尉迟事。[③]

五四三、《球棒艳》

球棒，用棒击球的一种游戏。俗呼打桃。《董西厢》卷八【急曲子】："也不爱耽花恋酒，也不爱打桃射柳。"[④]又称捶丸。无名氏《阀阅舞射柳捶丸记》写马上用棒打球事。其中第四折【梅花酒】："款

① 王国维：《宋元戏曲考》五《宋官本杂剧段数》，《王国维遗书》第十五册，上海古籍书店1983年版，第42页。

② 胡忌：《宋金杂剧考》，中华书局2008年版，第205页。

③〔元〕尚仲贤：《尉迟恭三夺槊杂剧》，隋树森编《元曲选外编》，中华书局1959年版，第337页。

④〔金〕董解元著，凌景埏校注《董解元西厢记》，人民文学出版社1980年版，第161页。

款的骤龙驹，轻轻的探身躯。杓棒起月轮孤，彩球落晓星疏。”[①] 徐朔方说："《射柳捶丸》……杂剧把金国写成宋朝，韩琦、范仲淹和延寿马成为一殿之臣，这可能是金代作品或传说在元代改编而造成的位移。”[②] 此透露出元杂剧《射柳捶丸》与金院本之关系。

五四四、《破巢艳》

本剧叙述李存孝破黄巢事。其关目情节尚留于元陈以仁杂剧《雁门关存孝打虎》第四折。[③]

五四七、《打虎艳》

本剧搬演李存孝打虎事。其关目情节见于元陈以仁杂剧《雁门关存孝打虎》第二折。[④]

五五〇、《撅子艳》

撅子，即撅。对行院中男子的泛称。高安道《嗓淡行院》【耍孩儿】:“擂鼓的撅丁瘤着左手。”[⑤] 无名氏【耍孩儿】《拘刷行院》【尾】:“老卜儿藉不得板一味地趄，狠撅丁夹着锣则顾得走。”[⑥]

五五九、《访戴》

《荐福碑》楔子【仙吕】【赏花时】:“我恰做访戴山阴王子猷，

---

①〔元〕无名氏:《阀阅舞射柳捶丸记杂剧》，隋树森编《元曲选外编》，中华书局 1959 年版，第 1026 页。

② 徐朔方:《金元杂剧的再认识》，钱伯城主编《中华文史论丛》第 46 辑，上海古籍出版社 1990 年版，第 132—133 页。

③〔元〕陈以仁:《雁门关存孝打虎杂剧》，隋树森编《元曲选外编》，中华书局 1959 年版，第 565—567 页。

④〔元〕陈以仁:《雁门关存孝打虎杂剧》，隋树森编《元曲选外编》，中华书局 1959 年版，第 559—561 页。

⑤ 隋树森编《全元散曲》，中华书局 1981 年版，下册，第 1110 页。

⑥ 隋树森编《全元散曲》，中华书局 1981 年版，下册，第 1823 页。

身似飘飘没缆舟。”①《青衫泪》第一折【金盏儿】:“休强波灞陵桥踏雪寻梅客,便是子猷访戴,敢也冻回来。”②《裴度还带》第二折【梁州】:“这其间寻梅的意懒,访戴的心灰。”③

五六一、《陈蔡》

本剧演唱孔子在陈绝粮事。《敦煌歌辞总编》【十二时】《咏史》其五:“食时辰,夫子东行厄在陈。九曲明珠难可任,悔不桑间问女人。”④《殷芸小说》卷二:“孔子去卫适陈,途中见二女采桑,子曰:‘南枝窈窕北枝长。’答曰:‘夫子游陈必绝粮。九曲明珠穿不得,着来问我采桑娘。’夫子至陈,大夫发兵围之,令穿九曲珠,乃释其厄。夫子不能,使回、赐返问之,其家谬言,女出外,以一瓜献二子。子贡曰:‘瓜,子在内也。’女乃出,语曰:‘用蜜涂珠,丝将系蚁,蚁将系丝,如不肯过,用烟熏之。’孔子依其言,乃能穿之,于是绝粮七日。”⑤南宋初年,浙江嵊县(汉剡县治今浙江嵊县西南,三国吴移今嵊县治,吴越改称赡县,宋初复旧名剡县,宣和三年改名嵊县)民间已有戏。宋王十朋《梅溪前集》卷六《剡之市人,以崇奉东岳为名,设盗跖以戏先圣,所不忍观,因书一绝》:“里巷无

①〔元〕马致远:《半夜雷轰荐福碑杂剧》,〔明〕臧晋叔编《元曲选》,中华书局 1979 年版,第 581 页。

②〔元〕马致远:《江州司马青衫泪杂剧》,〔明〕臧晋叔编《元曲选》,中华书局 1979 年版,第 884 页。

③〔元〕关汉卿:《山神庙裴度还带杂剧》,隋树森编《元曲选外编》,中华书局 1959 年版,第 22 页。

④ 任半塘编著《敦煌歌辞总编》下册,上海古籍出版社 1987 年版,第 1276 页。

⑤〔南朝梁〕殷芸编纂,周楞伽辑注《殷芸小说》,上海古籍出版社 1984 年版,第 48 页。

端戏大儒，恨无司马为行诛。不知陈蔡当时厄，还似如今嵊县无。"①

五六二、《范蠡》

曹本《录鬼簿》卷上关汉卿条："《姑苏台范蠡进西施》。"② 天一阁本《录鬼簿》卷上赵明道条《范蠡归湖》题目正名："《灭吴王范蠡归湖》。"③《青衫泪》第三折【雁儿落】："错猜做待月张君瑞，又不是归湖越范蠡。"④《包待制智斩鲁斋郎》第二折【梁州第七】："我、我、我，做了个进西施归湖范蠡。"⑤

五六三、《扯休书》

《传奇汇考标目》别本第六杨酷叫条："《王状元扯休书》。"⑥

五六八、《杴朳扫竹》

杴朳，读若掀八。杴，锹属。朳，无齿耙，扫除工具。宋朱辅《溪蛮丛笑》"舞杴"："（犵狫）醉后以长柄木杴跳舞，亦有音节也。"⑦

---

①〔宋〕王十朋著，梅溪集重刊委员会编、王十朋纪念馆修订《王十朋全集》，上海古籍出版社 2012 年版，上册，第 82 页。

②〔元〕钟嗣成：《录鬼簿》，《中国古典戏曲论著集成》第二集，中国戏剧出版社 1959 年版，第 105 页。

③〔元〕钟嗣成：《录鬼簿》，《续修四库全书》第 1759 册影天一阁藏明抄本，上海古籍出版社 1995 年版，第 147 页。

④〔元〕马致远：《江州司马青衫泪杂剧》，〔明〕臧晋叔编《元曲选》，中华书局 1979 年版，第 892 页。

⑤〔元〕关汉卿：《包待制智斩鲁斋郎杂剧》，〔明〕臧晋叔编《元曲选》，中华书局 1979 年版，第 847 页。

⑥〔清〕无名氏：《传奇汇考标目》，《中国古典戏曲论著集成》第七集，中国戏剧出版社 1959 年版，第 250 页。

⑦〔宋〕朱辅：《溪蛮丛笑》，中华书局 1991 年影印丛书集成本，第 6 页。

十二　打略拴搐

拴搐，表演。已详前文。打略，宋金戏曲用语，即念诵、散说的别称。案："打略拴搐"类著录有《大口赋》《风魔赋》等赋体，又有《说驾顽（头）》《说卦象》《数酒》诸目。从这些剧目标出的"说""数"等字样看来，是"打略拴搐"的赋体，及说某某等剧目，都是以念诵或散说方式表演的。可见"打略"乃念诵、散说的别称。杜善夫【耍孩儿】《庄家不识构栏》【三煞】："念了会诗共词，说了会赋与歌，无差错。"① 正是对"打略拴搐"的描述。

五七七、《果子名》

《都城纪胜·瓦舍众伎》"淳熙间德寿宫"："嘌唱，谓上鼓面唱令曲小调，驱驾虚音，纵弄宫调，与叫果子、唱耍曲儿为一体，本只街市，今宅院往往有之。叫声，自京师起撰，因市井诸色歌吟卖物之声，采合宫调而成也。"②《元刊古今杂剧三十种》王伯成《古杭新刊关目的本李太白贬夜郎》第三折曲词中叫唱的果子名，当来自金院本。其词云：

（外末［高力士］将荔枝上了。）（外央正末［李白］吃科。）……（唱：）

【快活三】沾粘着不摘离，厮胡突不伶俐。尽压着玉枝浆、白莲酿、锦橙醅，官里更加上些忍辱波罗蜜。

【鲍老儿】若是忔搂定舌尖上度与吃，更压着王母蟠

①〔元〕杜仁杰：【耍孩儿】《庄家不识构栏》，隋树森编《全元散曲》，中华书局 1981 年版，上册，第 31 页。

②〔宋〕耐得翁：《都城纪胜》，《南宋古迹考（外四种）》，浙江人民出版社 1983 年版，第 87 页。

桃会。更做果木丛中占了第一，量这厮有多少甜滋味。压着商川甘蔗，鄱阳龙眼，杭地杨梅，吴江乳橘，福州橄榄，不如魏府鹅梨。①

无名氏《逞风流王焕百花亭》第三折：

（正末提查梨条从古门叫上，云）

查梨条卖也！查梨条卖也！才离瓦市，恰出茶房，迅指转过翠红乡，回头便入莺花寨，须记的京城古本老郎传流。这果是家园制造，道地收来也。有福州府甜津津香喷喷红馥馥带浆儿新剥的圆眼荔枝，也有平江路酸溜溜凉荫荫美甘甘连叶儿整下的黄橙绿橘，也有松阳县软柔柔白璞璞蜜煎煎带粉儿压扁的凝霜柿饼，也有婺州府脆松松鲜润润明晃晃拌糖儿捏就的龙缠枣头，也有蜜和成糖制就细切的新建姜丝，也有日晒皱风吹干去壳的高邮菱米，也有黑的黑红的红魏郡收来的指顶大瓜子，也有酸不酸甜不甜宣城贩到的得法软梨条。俺也说不尽果品多般，略铺陈眼前数种。香闺绣阁风流的美女佳人，大厦高堂俏倬的郎君子弟，非夸大口，敢卖虚名，试尝管别，吃着再买。查梨条卖也！查梨条卖也！②

案：《宋史》卷八十九《地理志五·福建路》：“福州大都督府长乐郡威武军节度。旧领福建路钤辖。建炎三年升帅府。”《元史》

①〔元〕王伯成：《古杭新刊关目的本李太白贬夜郎》，徐沁君校点《新校元刊杂剧三十种》，中华书局1980年版，第454页。

②〔元〕无名氏：《逞风流王焕百花亭杂剧》，〔明〕臧晋叔编《元曲选》，中华书局1979年版，第1434页。

卷六十二《地理志五·福州路》:“唐为闽州，后改福州，又为长乐郡，又为威武军。宋为福建路。元至元十五年为福州路。”明黄昭仲《八闽通志》卷二十八《秩官·福州府》:“(宋)福州大都督府长乐郡威武军节度。旧领福建路钤辖。建炎三年，升帅府。……(元)福州路总管府。”①明李贤等撰《明一统志》卷七十四《福州府·建置沿革》:“宋复为威武军。建炎中，升福州府。元至元中，为福州路。本朝洪武元年，改为福州府。”

《宋史》卷八十八《地理志四·两浙路》:“平江府，望，吴郡。太平兴国三年改平江军节度，本苏州，政和三年升为府。”《元史》卷六十二《地理志五·平江路》:“唐初为苏州，又改吴郡，又仍为苏州。宋为平江府。元至元十三年升平江路。”《明一统志》卷八《苏州府》:“政和中改平江府。元至元中，改平江路。”明王鏊《姑苏志》卷七《沿革》:“元至元十二年，以府治为江淮行省，以提刑司为两浙大都督府。……十四年，改宣抚司为平江路总管。”

元杂剧《百花亭》唱词中提到的“福州府”为宋时地名，可见其为(宋)金剧本遗文。唱词中提到的“平江路”为元代地名，是此段(宋)金剧本遗文中，又有后来掺入之元代词语。

五八九、《相扑名》

《水浒全传》第一百四回《段家庄重招新女婿，房山寨双并旧强人》:“(王庆)与那女子相扑。但见:拽开大四平，踢起双飞脚。仙人指路，老子骑鹤。拗鸾肘出近前心，当头炮势侵额角。翘跟淬地龙，扭腕擎天橐。这边女子，使个盖顶撒花;这里男儿，耍个绕

①〔明〕黄昭仲:《八闽通志》，福建人民出版社2006年版，第805—809页。

腰贯索。两个似迎风贴扇儿，无移时急雨催花落。”[①]

官职名

六〇三、《说驾顽（头）》

驾头，帝王出行时仪仗队中的宝座。宋沈括《梦溪笔谈》卷一《故事一》：“正衙法座，香木为之，加金饰……曰驾头。”[②]因引申为皇帝之代称，省称为驾。《陈抟高卧》第三折：“驾（谓赵匡胤）云：希夷先生，今日得见仙颜，寡人喜不自胜。”[③]《尉迟恭三夺槊》第一折：“驾（唐高祖）云了。呈图科。”[④]《青楼集》珠帘秀条：“杂剧为当今独步，驾头、花旦、软末泥等，悉造其妙。”[⑤]

六〇六、《押剌花赤》

押剌，一写作曳剌，兵士。《虎头牌》第三折：“（外扮经历上，云）小宫完颜女直人氏，……某乃元帅府经历是也。如今有这把守夹山口子老完颜，每日恋酒贪杯，透漏贼兵，失误军期，非是小目罪犯，……他倚仗是元帅的叔父，相公甚是烦恼。今番又着人勾去，不来时，直着几个关西曳剌，将元帅府印信文书勾去，也不怕他不来。”[⑥]《荐福碑》第二折【呆骨朵】：“（曳剌上云）一匹好马也。（正

---

① 施耐庵、罗贯中：《水浒全传》，上海人民出版社 1975 年版，下册，第 1239 页。

②〔宋〕沈括撰，胡道静校注《新校正梦溪笔谈》，中华书局 1975 年版，第 21 页。

③〔元〕马致远：《西华山陈抟高卧杂剧》，〔明〕臧晋叔编《元曲选》，中华书局 1979 年版，第 727 页。

④〔元〕尚仲贤：《古杭新刊的本尉迟恭三夺槊》，徐沁君校点《新校元刊杂剧三十种》，中华书局 1980 年版，第 268 页。

⑤〔元〕夏庭芝：《青楼集》，《中国古典戏曲论著集成》第二集，中国戏剧出版社 1959 年版，第 19 页。

⑥〔元〕李直夫：《便宜行事虎头牌杂剧》，〔明〕臧晋叔编《元曲选》，中华书局 1979 年版，第 412 页。

末唱）见一个带牌子的曳剌随着。”① 谭正璧谓押剌花赤即元时之达鲁花赤。② 非是。

难字儿

难字儿，文字游戏之一。元陆登善【一枝花】《悔悟》套【梁州】:“也曾腿斷压齐声儿和曲，头斷顶难字儿闲吟。”③

六一八、《盘驴》

盘，盘问，仔细查究。《西厢记》第五本第三折【调笑令】:“你值一分，他值百十分，萤火焉能比月轮？高低远近都休论，我拆白道字辨与你个清浑。（净［郑恒］云）‘这小妮子省得甚么拆白道字，你拆与我听。’（红唱）君瑞是个‘肖’字这壁着个‘立人’，你是个‘木寸’‘马户’‘尸巾’。（净云）木寸、马户、尸巾——你道我是个‘村驴屌’。”④ 马致远【要孩儿】《借马》套【二煞】:“鞍心马户将伊打，刷子去刀莫作疑。”⑤ 亦拆“驴屌”二字。此即“盘驴”例证。

六二〇、《刘三》

睢景臣【哨遍】《高祖还乡》套【尾煞】:“少我的钱差发内旋拨还，欠我的粟税粮中私准除。只道刘三谁肯把你揪捽住？白甚么改了姓

①〔元〕马致远：《夜雷轰荐福碑杂剧》，〔明〕臧晋叔编《元曲选》，中华书局1979年版，第585页。

② 谭正璧《金院本名目内容考》:“《押剌花赤》，‘官职名’四种之一。亦作‘达鲁花赤’。”（谭正璧著，谭异补正《话本与古剧》，上海古籍出版社 1985年版，第224页。）清赵翼著，王树民校证《廿二史札记校证》卷二十九《元史・蒙古官名》:“达鲁花赤，掌印办事之长官，不论职之文武大小，或路或府或州县，皆设此官。”（中华书局1984年版，下册，第668页。）

③ 隋树森编《全元散曲》，中华书局1981年版，下册，第1084页。

④〔元〕王实甫著，王季思校注《集评校注西厢记》，上海古籍出版社1987年版，第188页。

⑤ 隋树森编《全元散曲》，中华书局1981年版，上册，第264页。

更了名唤做汉高祖！”[①] 本剧或即演此。

唱尾声

六二四、《孟姜女》

《刘知远诸宫调·知远别三娘太原投事第二》【黄钟宫】【快活年】:“罕有这婆娘,贞烈赛过孟姜。”[②]《窦娥冤》第二折【梁州第七】:“那里有奔丧处哭倒长城？”[③]《渔樵记》第四折【喜江南】:“孟姜女不索你便泪涟涟,……你把那长城哭倒圣人宣。”[④] 曹本《录鬼簿》卷上郑廷玉条:“《孟姜女送寒衣》。”[⑤]《录鬼簿续编》“诸公传奇失载名氏”《送寒衣》条题目正名:“《范杞良一命亡沙塞，孟姜女千里送寒衣》。”[⑥]

六二七、《虎皮袍》

剧情为李存孝打虎事。无名氏【双调】【水仙子】:“见一伙番官唱凯歌，呀来呀来呀来呀来齐声和。虎皮包马上驼，……簇捧着个带酒沙陀。”[⑦]

---

① 隋树森编《全元散曲》，中华书局 1981 年版，上册，第 545 页。

② 廖珣英校注《刘知远诸宫调校注》，中华书局 1993 年版，第 61 页。

③〔元〕关汉卿:《感天动地窦娥冤杂剧》,〔明〕臧晋叔编《元曲选》,中华书局 1979 年版，第 1505 页。

④〔元〕无名氏:《朱太守风雪渔樵记杂剧》,〔明〕臧晋叔编《元曲选》，中华书局 1979 年版，第 878 页。

⑤〔元〕钟嗣成:《录鬼簿》,《中国古典戏曲论著集成》第二集，中国戏剧出版社 1959 年版，第 107 页。

⑥〔明〕无名氏:《录鬼簿续编》,《中国古典戏曲论著集成》第二集，中国戏剧出版社 1959 年版，第 295 页。

⑦ 隋树森编《全元散曲》，中华书局 1981 年版，下册，第 1754 页。

猜谜

猜谜，瓦肆中伎艺之一。《都城纪胜·瓦舍众伎》：“商谜，旧用鼓板吹贺圣朝，聚人猜诗谜、字谜、戾谜、社谜，本是隐语。有道谜：来客念隐语说谜，又名打谜。正猜：来客索猜。下套：商者以物类相似者讥之，人名对智。贴套：贴智思索。走智：改物类以困猜者。横下：许旁人猜。问因：商者喝问句头。调爽：假作难猜，以定其智。”①

六二八、《杜大伯》

《西厢记》第三本第二折：“俺是个猜诗谜的社家，风流隋何，浪子陆贾。”明凌濛初《西厢记》校注本：“‘社家’犹言‘作家’也。俗本作‘社’。徐引《辍耕录》有《杜大伯猜诗谜》,证其为‘杜’。”②王季思注：“友人叶德均曰：‘社家乃宋元恒言，即社会中某社的人。《梦粱录》卷十九有锦体社、台阁社等；《武林旧事》卷三有绯绿社（杂剧）、齐云社（蹴踘）等。《水浒传》八十一回（《燕青月夜遇道君，戴宗定计赚萧让》）记李师师对燕青说：“锦体社家子弟，那里去问揎衣裸体。”以“锦体社家”证“猜诗谜社家”，最为确切。张生自夸善于猜谜，故自称猜诗谜社家也。’”③社家，谓《杜大伯猜诗谜》之杜家即作家，谓行家，二说均可成立。

---

①〔宋〕耐得翁：《都城纪胜》,《南宋古迹考（外四种）》，浙江人民出版社 1983 年版，第 88—89 页。

②〔明〕凌濛初鉴定《西厢记五剧第三本》，第 11 叶 a 面，《杂剧传奇汇刻第二种》，刘世珩暖红室己未民国八年刻本。

③〔元〕王实甫著，王季思校注《集评校注西厢记》，上海古籍出版社 1987 年版，第 119—120 页。

和尚家门

家门，宋金戏曲用语。家门，具有门庭、家风、行径诸义。《张协状元》第一出：“但咱们，……苦会插科使砌，何吝搽灰抹土，歌笑满堂中。一似长江千尺浪,别是一家风。”① 本栏目《打略拴搐》列有和尚家门、卒子家门等，分别叙述各行当的段子。它是放在正戏之前，作为开场导引出正戏。并暗示观众家门中的主脚与后面正戏中主人公身份有近似之处。如《飞刀对箭》是搬演两军作战，即以卒子家门中的《针儿线》作为开场（详见第十一章第五节“针儿线”）。和尚家门是演唱佛教故事开场用的。

六三二、《坐化》

坐化，佛家用语，指跏趺端坐，安然亡逝。无名氏《野猿听经》演唱野猿尝听禅师讲经，经禅师指点，因而坐化。②

六三三、《唐三藏》

唐三藏西天取经故事。五代时佛寺中即采取作壁画。欧阳修《欧阳文忠公集》卷一百二十五《于役志》:“甲申，与君玉饮寿宁寺。……寺甚宏壮，画壁尤妙，问老僧，云：‘周世宗入扬州时，以为行宫，尽杇（圬）漫之，惟经藏院画玄奘取经一壁独在，尤为绝笔。’叹息久之。”③《董西厢》卷二【双调】【尾】:“这每取经后，不肯随三

---

①〔宋〕九山书会:《张协状元》，钱南扬校注《永乐大典戏文三种校注》，中华书局 1979 年版，第 1 页。

②〔元〕无名氏:《龙济山野猿听经杂剧》，隋树森编《元曲选外编》，中华书局 1959 年版，第 949 页。

③〔宋〕欧阳修:《欧阳文忠公集》卷一百二十五第 5 叶 b 面，《中华再造善本》影宋刻本，第 35 册，国家图书馆出版社 2005 年版。

藏。”[①]杜善夫【耍孩儿】《喻情》【四煞】:“唐三藏立墓铭空费了碑。”[②]《李逵负荆》第二折【滚绣球】“这秃厮会做媒，……走不了你个撮合山师父唐三藏。”[③]吴昌龄《西天取经》,《元人杂剧钩沉》录其残曲。杨景贤《西游记》有传本。

先生家门

先生，称道士。《玩江亭》第一折:“铁拐扮先生上。”[④]

秀才家门

六四五、《疗丁赋》

疗丁,亦作獠丁、镣丁、寮丁。钱的市语。朱庭玉【夜行船】《悔悟》【庆宣和】:“若是自家空藏瓶，梦撒撩丁，花姑不重女猱轻。”[⑤]

大夫家门

六六〇、《伤寒赋》

大夫，即医生。另有《三百六十骨节》一本。伤寒，中医学名词。东汉张仲景著有《伤寒杂病论》。《魔合罗》第四折【剔银灯】:“他又不是多年旧积，则是些冷物重伤了脾胃。则你那建中汤我想也堪医治,你则是加些附子当归。”[⑥]《碧桃花》第二折【石榴花】:“你用着建中汤去附子，加官桂必然见功效神奇。……怎又道寸关尺

①〔金〕董解元著，凌景埏校注《董解元西厢记》，人民文学出版社 1980 年版，第 39 页。

② 隋树森编《全元散曲》，中华书局 1981 年版，上册，第 33 页。

③〔元〕康进之:《梁山泊李逵负荆杂剧》,〔明〕臧晋叔编《元曲选》,中华书局 1979 年版，第 1523 页。

④〔元〕无名氏:《瘸李岳诗酒玩江亭杂剧》，隋树森编《元曲选外编》，中华书局 1959 年版，第 885 页。

⑤ 隋树森编《全元散曲》，中华书局 1981 年版，下册，第 1217 页。

⑥〔元〕孟汉卿:《张孔目智勘魔合罗杂剧》,〔明〕臧晋叔编《元曲选》，中华书局 1979 年版，第 1386 页。

三部脉都沉细。”[①]《三百六十骨节》，其内容见《黄帝内经素问》卷十六《骨空论篇第六十》。

良头家门

六七一、《方头赋》

良头、方头，同义词，指为人正直。《辍耕录》卷十七《方头》：“俗谓不通时宜者为‘方头’。陆鲁望诗云：‘头方不会王门事，尘土空缁白纻衣。’”[②]《绯衣梦》第三折【紫花儿序】：“（三婆）俺这里有个裴炎，好生方头不劣。”[③]

邦老家门

邦老，强盗。《金凤钗》第二折：“邦老上：‘杀人放火为活计，好斗偏争欺负人。’”[④]

孤下家门

孤，王侯的谦称。《吕氏春秋》卷十七《君守》：“君民孤寡。”汉高诱注：“孤、寡，人君之谦称也。”参见“六〇四、《说驾顽（头）》”。

六七九、《刁包待制》

刁，刁难，故意使人为难。包待制，即包拯。《宋史》卷三百一十六《包拯传》：“字希仁，庐州合肥人。……知天长县，……知端州，……改监察御史，……除天章阁待制、知谏院，……除龙

①〔元〕无名氏：《萨真人夜断碧桃花杂剧》，〔明〕臧晋叔编《元曲选》，中华书局 1979 年版，第 1692 页。

②〔元〕陶宗仪：《南村辍耕录》，中华书局 1959 年版，第 206 页。

③〔元〕关汉卿：《钱大尹智勘绯衣梦杂剧》，隋树森编《元曲选外编》，中华书局 1959 年版，第 78 页。

④〔元〕郑廷玉：《宋上皇御断金凤钗杂剧》，隋树森编《元曲选外编》，中华书局 1959 年版，第 188 页。

图阁直学士，……权知开封府。……拯立朝刚毅，贵戚宦官，为之敛手，闻者皆惮之，人以包拯笑比黄河清。童稚妇女，亦知其名，呼曰‘包待制’。京师为之语曰：‘关节不到，有阎罗包老。’”天一阁本《录鬼簿》卷上关汉卿条：“《包待制三勘胡蝶梦》。”又汪泽民条：“《糊突包待制》。”又李行甫条：“《包侍御制智勘灰栏记》。”又郑廷玉条：“《包待御智勘后庭花》。”[①]《录鬼簿续编》“诸公传奇失载名氏”：“《包待制断丁丁当当盆儿鬼》。”又：“《包待制智赚生金阁》。”又：“《包龙图威振汴梁城》。”又：“《包待制智赚三件宝》。”[②]

仵作家门

仵作，殡殓送丧工人，也称验尸体吏役。王君玉《杂纂续·恶行户》：“暑月仵作家。”[③]《曲江池》第二折【牧羊关】：“送殡呵须是仵作风流种，唱挽呵也则歌吟诗赋人。”[④]《清平山堂话本·错认尸》：“差县尉一人，带领仵作行人，押了高氏等，去新河桥下检尸。”[⑤]

撅倈家门

撅倈，一称撅丁，撅子，对行院中男子的泛称。此指妓院妓女的假父。商正叔【一枝花】《叹秀英》【梁州第七】：“纣撅丁走踢飞拳，

---

①〔元〕钟嗣成：《录鬼簿》，《续修四库全书》第1759册影天一阁藏明抄本，上海古籍出版社1995年版，第144页，第146页，第152页，154页。

②〔明〕无名氏：《录鬼簿续编》，《续修四库全书》第1759册影天一阁藏明抄本，上海古籍出版社1995年版，第171页，第171页，第172页，第172页。

③〔宋〕王君玉：《杂纂续》，唐李义山等撰，曲彦斌校注《杂纂七种》，上海古籍出版社1988年版，第68页。

④〔元〕石君宝：《李亚仙花酒曲江池杂剧》，〔明〕臧晋叔编《元曲选》，中华书局1979年版，第268—269页。

⑤〔清〕洪楩编，谭正璧校点《清平山堂话本》，古典文学出版社1957年版，第227页。

老妖精缚手缠脚。”[1] 刘庭信【寨儿令】《戒嫖荡》曲：“撅丁威凛凛，鸨儿恶哏哏。”[2]

十三 诸杂砌

诸杂，指诸杂大小院本，诸杂院爨之属。砌，砌语。砌语，即打趣、调笑、取笑之表演。宋刘昌诗《芦浦笔记》卷三：“街市戏谑，有打砌、打调之类。”[3] 宋金各种伎艺均有使砌、点砌。罗烨《醉翁谈录》甲集卷一《舌耕叙引·小说开辟》：“曰得词，念得诗，说得话，使得砌。”[4]《董西厢》卷三【高平调】【木兰花】：“（张生）又问道：‘吾师，那家里做甚底？买了几十瓶法酒？做了几十分茶食？’法师笑道：‘休打砌！’”[5] 高安道【哨遍】《皮匠说谎》套：

> 【二煞】好一场恶一场，哭不得笑不得，软厮禁硬厮并却不济。调脱空对众攀今古，念条款依然说是非。难回避，骷髅卦几番自说，猫狗砌数遍亲题。
>
> 【一煞】又不是凤麒麟钩绊着缝，又不是鹿衔花窟嵌着刺，又不是倒钩针背衬上加些功绩。又不是三垂云银线分花样，又不是一抹圈金沿宝里。每日闲淘气，子索行监坐守，谁敢东走西移。[6]

① 隋树森编《全元散曲》，中华书局 1981 年版，上册，第 19 页。

② 隋树森编《全元散曲》，中华书局 1981 年版，下册，第 1426 页。

③〔宋〕刘昌诗撰，张荣铮、秦呈瑞点校《芦浦笔记》，中华书局 1986 年版，第 24 页。

④〔宋〕罗烨:《醉翁谈录》，古典文学出版社 1957 年版，第 5 页。

⑤〔金〕董解元著，凌景埏校注《董解元西厢记》，人民文学出版社 1980 年版，第 64 页。

⑥ 隋树森编《全元散曲》，中华书局 1981 年版，下册，第 1113 页。

曹本《录鬼簿》卷下施惠条："惠字君美，杭州人。……诗酒之暇，惟以填词和曲为事。有《古今砌话》，亦成一集，其好事也如此。"[①] 日本内阁文库藏旧钞本《笑海丛珠》，其首卷题曰：《集南北诨砌笑海丛珠卷一》。[②] 日本内阁文库藏旧钞本《醉翁滑稽樽俎笑苑千金》四卷，或题（宋）张致和撰，[③] 其卷四题《东坡笑苑千金卷之三 新编古今砌话笑苑千金卷之四》，收"大王顺情"等二十八则。[④]

六八五、《模石江》

模，当作摸，为形近之误写。《宋元戏文辑佚·京娘怨燕子传书》【仙吕过曲】【胜葫芦】："不知锦州，摸石江边。"[⑤]《录鬼簿续编》"诸公传奇失载名氏"《荆娘怨》题目正名："《三不知损石江，四不知荆娘怨》。"[⑥] 此"损"字亦为"摸"字形近之讹。由是而知，《摸石江》即《京娘怨》原始剧名。

《错立身》第五出【排歌】："柳耆卿，《栾城驿》。张珙《西厢

①〔元〕钟嗣成：《录鬼簿》，《中国古典戏曲论著集成》第二集，中国戏剧出版社 1959 年版，第 123 页。

② 台湾政治大学古典小说研究中心主编《明清善本小说丛刊初编》第六辑《谐谑篇》影印江户写本，台北天一出版社 1985 年出版。

③《四库全书总目》卷一百四十四子部小说家类存目二"《笑苑千金》一卷（永乐大典本）"条："旧本题张致和撰，致和未详何许人。中一条称周益公罢相云云，则亦南宋时人也。"（清永瑢等：《四库全书总目》，中华书局 1965 年版，1233 页。）

④ 台湾政治大学古典小说研究中心主编《明清善本小说丛刊初编》第六辑《谐谑篇》影印江户写本，台北天一出版社 1985 年出版。

⑤ 钱南扬：《宋元戏文辑佚》，上海古典文学出版社 1956 年版，第 74 页。

⑥〔明〕无名氏：《录鬼簿续编》，《中国古典戏曲论著集成》第二集，中国戏剧出版社 1959 年版，第 294 页。

记》,《杀狗劝夫婿》。《京娘四不知》。”[1]《错立身》第十二出:“末白:‘你会做甚院本?’生唱【圣药王】:‘更做《四不知》《双斗医》。’”[2]曹本《录鬼簿》卷上彭伯威条:“《四不知月夜京娘怨》。”[3]

六八八、《三教》

三教,即三教九流,对社会上各行各业人物的泛称。金刘祁《归潜志》卷十一《录大梁事》:“四月二十日,(蒙古)使者发三教医匠人等出城,北兵纵入,大掠。……三教医匠人等,在青城侧亦被剽夺无遗。”[4]《水浒全传》第七十一回《忠义堂石碣受天文,梁山泊英雄排座次》:“有篇言语,单道梁山泊的好处……其人则有帝子神孙,富豪将吏,并三教九流,乃至猎户渔人,屠儿刽子。”[5]

六九四、《水母》

天一阁本《录鬼簿》卷上高文秀条《锁水母》题目正名:“《木叉行者降妖怪,泗州大圣降水母》。”[6]《错立身》第十二出【天净沙】:“我是宦门子弟,也做得您行院人家女婿。做院本生点个《水母砌》。”[7]

---

①〔宋〕古杭才人:《宦门子弟错立身》,钱南扬校注《永乐大典戏文三种校注》,中华书局1979年版,第231页。

②〔宋〕古杭才人:《宦门子弟错立身》,钱南扬校注《永乐大典戏文三种校注》,中华书局1979年版,第244页。

③〔元〕钟嗣成:《录鬼簿》,《中国古典戏曲论著集成》第二集,中国戏剧出版社1959年版,第117页。

④〔金〕刘祁撰,崔文印点校《归潜志》,中华书局,1983年版,第130页。

⑤ 施耐庵、罗贯中:《水浒全传》,上海人民出版社1975年版,下册,第892页。

⑥〔元〕钟嗣成:《录鬼簿》,《续修四库全书》第1759册影天一阁藏明抄本,上海古籍出版社1995年版,第145页。

⑦〔宋〕古杭才人:《宦门子弟错立身》,钱南扬校注《永乐大典戏文三种校注》,中华书局1979年版,第245页。

六九五、《玉环》

《传奇汇考标目》别本第十六徐仲由条：“《王翛然玉环记》。”①

七〇〇、《武则天》

曹本《录鬼簿》卷上关汉卿条：“《武则天肉醉王皇后》。”②

七〇八、《没字碑》

没字碑，谓没有文化的人。元大都歌妓王氏【中吕】【粉蝶儿】《赶苏卿·寄情而作》套【朱履曲】：“不恋丑冯魁茶员外，无字碑钞姨夫，我则想俏双生为伴侣。”③

七一一、《封碑（封陟）》

官本作《封陟中和乐》。《董西厢》卷一【仙吕调】【醉落魄】：“如潘岳掷果之容，似封骘心刚独正。”④ 曹本《录鬼簿》卷上庾吉甫条：“《封骘先生骂上元》。”⑤

七一三、《史弘肇》

《南词叙录》“宋元旧篇”有：“《史弘肇故乡宴》。”⑥《宋元戏文

①〔清〕无名氏：《传奇汇考标目》，《中国古典戏曲论著集成》第七集，中国戏剧出版社1959年版，第252页。

②〔元〕钟嗣成：《录鬼簿》，《中国古典戏曲论著集成》第二集，中国戏剧出版社1959年版，第105页。

③〔明〕李开先：《词谑》卷二《词套》，《中国古典戏曲论著集成》第三集，中国戏剧出版社1959年版，第312页。

④〔金〕董解元著，凌景埏校注《董解元西厢记》，人民文学出版社1980年版，第4页。

⑤〔元〕钟嗣成：《录鬼簿》，《中国古典戏曲论著集成》第二集，中国戏剧出版社1959年版，第108页。

⑥〔明〕徐渭：《南词叙录》，《中国古典戏曲论著集成》第三集，中国戏剧出版社1959年版，第251页。

辑佚·史弘肇故乡宴》仅存残曲。

七一四、《悬头梁上》

剧情写书生夜深读书,以绳系发梁上,引锥刺股事。周仲彬【斗鹌鹑】《咏小卿》套【调笑令】:“偏那双通叔不者也之乎?他也曾悬头刺股将经史读,他几曾寻得个落雁沉鱼?”[①]《剪发待宾》第一折【油葫芦】:“你不肯刺骨悬头作状元,金榜上将名姓显,你则待长安市上酒家眠。”[②]第四折【甜水令】:“我着他刺骨腰间,悬头梁上,望改家门。”[③]

① 隋树森编《全元散曲》,中华书局1981年版,上册,第562页。

②〔元〕秦简夫:《晋陶母剪发待宾杂剧》,隋树森编《元曲选外编》,中华书局1959年版,第569页。

③〔元〕秦简夫:《晋陶母剪发待宾杂剧》,隋树森编《元曲选外编》,中华书局1959年版,第578页。

第十一章　宋杂剧、金院本钩沉

一　医淡　下角瓶大医淡

官本名《医淡》,[①]金院本题作《下角瓶大医淡》。[②]"医","太医",医生，剧中主人公。"角瓶"，药瓶。"下角瓶"，谓下药、用药。

《医淡》之"淡"，王国维《古剧脚色考》认为是脚色中的旦，实由唐戏中"咸淡"之"淡"出。[③]任半塘《唐戏弄》第二章《辨体》十《参军戏》说:"宋金之《医淡》《论淡》《打淡》《照淡》者，并非唐戏'咸淡'之'淡'欤?……淡在后世戏剧中之意义，以近人张相《诗词曲语辞汇释》所辑较详——'淡，无聊之义，没意思之义。……刘克庄【水龙吟】词:"制个淡词，呷些薄酒，野花簪帽。"……'张氏'无聊'与'没意思'之义，已通于所引诸辞，

①〔宋〕周密:《武林旧事》卷十《官本杂剧段数》，西湖书社 1981 年版，第 157 页。

②〔元〕陶宗仪:《南村辍耕录》卷二十五《院本名目·诸杂院爨》，中华书局 1959 年版，第 309 页。

③ 王国维《古剧脚色考》:"旦之音，当由咸淡之淡出。……今宋官本杂剧有《医淡》《论淡》二本，金院本名目有《下角瓶大医淡》《打淡的》《照淡》三本，淡或犹咸淡之略也。"(《王国维遗书》第十六册，上海古籍书店 1983 年版，第 8 页。)

却仍未通于宋金剧名《医淡》《论淡》……之诸‘淡’。”[1] 此说甚是。案:《医淡》之“淡”,与高安道【哨遍】《嗓淡行院》之“淡”义同。至于“嗓淡”之义,周贻白、胡忌等在本套曲注中,似嫌未能详其所以。考《辍耕录》卷二十三《嗓》条记王和卿讥谑关汉卿事,指出“嗓”有“讥谑”、调侃之意,又说:“爱讦人之短者,亦谓之嗓。”[2]“嗓”字之义既明,以下解释“淡”。

明田汝成《西湖游览志余》卷二十五《委巷丛谈》:“(杭人)诟人嘲我,曰‘淄牙’;……言胡说,曰‘扯淡’。”[3] 是《嗓淡行院》者,即调侃扯淡、胡扯的行院。如本套曲调侃行院中女艺人:“坐排场众女流,……栾睃来报是些十分丑”,“喝破子把腔儿莽诞(不合规律地唱)”。[4] 又说:“擀断的昏撒多(音乐演奏者的失误多)。”[5] 此证明,“淡”,即扯淡、胡扯之意。由是而知,宋杂剧之《医淡》、金院本之《下角瓶大医淡》,即扯淡、胡扯的太医。

我们于元杂剧中发现了宋官本杂剧《医淡》(即金院本《下角瓶大医淡》)剧本。刘唐卿《降桑椹蔡顺奉母》第二折插入“正净扮(宋)太医,净扮糊突虫医士”,为蔡顺之母治病,这两个太医在诊病中胡扯。糊突虫医士说“他害的是热病”,宋太医说“他这个脉息,跳的有一寸高”,“他害的是冷病”。蔡员外云:“住、住、住!

---

① 任半塘:《唐戏弄》,上海古籍出版社 1984 年版,上册,第 361 页。

②〔元〕陶宗仪:《南村辍耕录》,中华书局 1959 年版,第 279 页。

③〔明〕田汝成:《西湖游览志余》,中华书局 1958 年版,第 457 页。

④〔元〕高安道:【哨遍】《嗓淡行院》【七煞】,隋树森编《全元散曲》,中华书局 1981 年版,下册,第 1110 页。

⑤〔元〕高安道:【哨遍】《嗓淡行院》【六煞】,隋树森编《全元散曲》,中华书局 1981 年版,下册,第 1110 页。

你两个休要胡厮嚷。”其中还有不少胡扯的对白。它与《医淡》《下角瓶大医淡》——太医扯淡——的关目、情节正相吻合。戴不凡《现存金人杂剧试订》一文中指出本剧说白：“(糊突虫云)……胡、宋一齐同行,此为胡虎乎获(护)也。(外呈答云)念《等韵》嘿(哩),得也么！’我推测当时杂剧的观众都是熟悉宋人的《等韵》的。”[①]这也是断定《降桑椹》是宋金剧本之有力证明。本文当是刘唐卿撰写《降桑椹》时，将它编入以变换调节舞台气氛。这是北杂剧中习见的。如王实甫《西厢记》第三本《张君瑞害相思杂剧》插入金院本《双斗医》之表演，即其例证。兹据《脉望馆钞校本古今杂剧》第二十九册《降桑椹蔡顺奉母杂剧》第二折，迻录如次：

医淡　下角瓶大医淡[②]

(正净扮太医上，云)我做太医最胎孩，深知方脉广文才。人家请我去看病，着他准备棺材往外抬。自家宋太医的便是，双名是了人。若论我在下手段，比众不同。我祖是医科，曾受琢磨。我弹的琵琶，善为高歌。好饮美酒，快嚷肥鹅。那害病的人请我，我下药就着他沉疴。活的较少，死者较多。

(外呈答云)名不虚传，得也么！

(太医云)我这门中，有个医士，姓胡，双名是突虫，他老子就唤是胡萝卜。我和他两个的手段，也差不多，俺因此上结为兄弟。有人家来请我看病,俺两个一同都去的，少一个也不行。我看病，兄弟便下药；兄弟看病，我便下

① 戴不凡:《戴不凡戏曲研究论文集》，浙江人民出版社1982年版，第93页。

② 此题目系笔者依据《武林旧事·官本杂剧段数》《南村辍耕录·院本名目·诸杂院爨》所拟。

药。俺两个说下咒愿：有一个私去看病的，嘴上就生殭疙疸。今日有本处蔡秀才来请我，说他母亲害病，请我去下药，我使人约兄弟去了也。我在周桥上等着兄弟，这早晚敢待来也。

（净扮糊突虫上,云）我做太医温存,医道中惟我独尊。若论煎汤下药，委的是效验如神。古者有卢医扁鹊，他则好做我重孙。害病的请我医治，一贴药着他发昏。

（外呈答云）得也么，这厮！

（糊突虫云）在下是个太医，姓胡，双名是突虫，小名儿是胡十八，祖传三辈行医。若论我学生的手段，我指上不明，医经不通。人家看病，先打三钟两碗瓶酒，五个烧饼，吃将下去，就要发风。看病不济，我吃食倒有能。

（外呈答云）两个一对儿，得也么！

（糊突虫云）我这医门中有个医士，姓宋，双名是了人。俺两个的手段，都塌八四，因此上都结做弟兄。他为兄，我为弟。人家来请看病，俺两个都同去，少一个也不行。宋无胡而不走，胡无宋而不行。胡、宋一齐同行，此为胡虎乎护也。

（外呈答云）念《等韵》哩，得也么！

（糊突虫云）早间宋先儿，使人来请我，说蔡秀才的母亲害病，请俺下药，有哥在周桥上等着我哩，见咱哥走一遭去。可早来到也。（做见科，云）哥也，你兄弟来迟，莫要见罪，若要见怪，哥就是虾蟆养的。

（外呈答云）得也么，这厮！

（太医云）你还说嘴哩？你平常派赖。冬寒天道，着我在这里久等，险些儿冻的我腿转筋。

（糊突虫云）哥也，休怪您兄弟来迟。我有些心气疼的病，今日起的早了些儿，感了些寒气，把你兄弟争些儿不疼死了。你兄弟媳妇儿慌了，请了太医来，与了我一服药吃，我才不疼了。

（外呈答云）你是太医，怎么又吃别人的药？

（糊突虫云）我的药中吃，是我也吃了。

（外呈答云）可怎么不中吃？

（糊突虫云）我若吃了我自家的药呵，我这早晚，死了有两个时辰也。

（外呈答云）你可是卢医不自医，得也么！

（太医云）兄弟，自从俺打官司出来，一向无买卖。

（外呈答云）为什么打官司来？

（太医云）俺两个为医杀了人来。

（外呈答云）两个一对儿油嘴，得也么！

（太医云）兄弟，今日蔡长者家婆婆害病，请俺去下药。他是财富之家，俺到那里，他有一分病，俺说做十分病；有十分病，说做百分病。到那里胡针乱灸，与他服药吃。若是好了，俺两个多多的问他要东西钱钞。猛可里死了，背着药包，望外就跑。

（外呈答云）得也么，这厮！

（糊突虫云）哥也，言者当也。凭着俺两个一片好心，天也与半碗饭吃。

（外呈答云）得也么！

（太医云）兄弟俺去，可早来到也。报复去，道有两个高手的医士来了也。

（家童云）您则在这里，我报复去。（做报科，云）报的长者得知：太医来了也。

（蔡员外云）道有请。

（家童云）理会的。有请。

（糊突虫云）哥也，看仔细些，莫要掉将下来。

（外呈答云）怎的？

（糊突虫云）是！有请，有请。

（外呈答云）慌做甚么？得也么！

（太医云）俺是个官士大夫，上他门来看病，消不的他接待接待，就着俺过去？

（外呈答云）你休要怪他，他家有病人。过去罢。

（太医云）好儿，看着你的面上，老子过去罢。

（外呈答云）这厮做大，得也么！

（太医做让科，云）兄弟请了。

（糊突虫云）不敢，兄长请。

（太医云）贤弟请。

（糊突虫云）兄长差矣。想在下虽不读孔孟之书，颇知先王之礼。岂不闻圣人云：徐行后长者谓之弟，疾行先长者谓之不弟。耕者让畔，行者让路。长者为兄，次者为弟。兄乃我之长，我乃兄之弟。既有长幼，须分尊卑。先王之礼，亦不差矣。我若先行，我就是驴马畜生。真油嘴也。

(外呈答云)什么文谈?得也么!

(糊突虫云)不敢,不敢。吾兄请。

(太医云)不敢。贤弟乃善良君子,我乃是愚鲁之人,区区无寸草之能。贤弟有九江之德,据贤弟医于病,神功效验;治于病,多有良方。贤弟乃大成之人,我乃蛆皮而已。我若先行,我学生就是真狗骨头之类也。

(外呈答云)得也么,泼说!过去了罢。

(做见卜儿科。)

(太医云)老母恹恹身不快,

(糊突虫云)太医下药除患害。

(太医做拿左手科)(糊突虫做拿右手科)

(太医云)看俺双双把脉。

(太医拿卜儿左手科)(唱)

【南青哥儿】入门来审了他这八脉,

(糊突虫拿卜儿右手科)(唱)

瘦伶仃有如麻秸。

(太医唱)

俺快把这药包儿忙解开。

(糊突虫云)可怜也,脉息不好了。(唱)

快疾忙去买,

(太医唱)

快疾忙去买。

(正末云)太医,买甚么?

(太医唱)

去买一个棺材，

（糊突虫唱）

去买一个棺材。

（外呈答云）几时了，得也么！

（太医拿药包儿打倒卜儿科。）

（卜儿云）打杀我也。

（外呈答云）他是病人，怎么打他？

（太医云）不防事，不防事。还好哩，还知疼痛哩。

（外呈答云）不知疼痛，可不死哩？得也么！

（太医云）胡先儿，他这个是甚么病？

（糊突虫云）吾兄！不是我夸嘴。我恰才觑了他面目，审了他脉息，你摸他这半身子如火相似，他害的是热病。

（太医云）你又胡说了。他这个脉息，跳的有一寸高，你怎说是热病？你看他这半边身子，如冰一般凉，他害的是冷病。

（糊突虫云）吾兄也，不难把老人家鼻子为界，用一条绳拴在他鼻头上，把这绳儿扯下来，就地下钉个橛儿拴住。你医这左半边冷病，我医这右半边热病。吾兄弟意下何如？

（太医云）好、好、好。俺两个说的明白。假似你一服药，着老人家吃将下去，医杀了这右半边呵呢？

（糊突虫云）管不干你那左半边的冷病事。

（太医云）说的有理。

（糊突虫云）假若你一服药，着这老人家吃将下去，医杀了你那左半边呵呢！

（太医云）管不干你那右半边的热病事。

（糊突虫云）我说假似走了手，都医杀了呵呢？

（太医云）管大家没事。

（外呈答云）诌弟子孩儿，得也么！

（蔡员外云）太医，你如今下一服甚么药？

（太医云）我如今下一服是夺命丹，第二服促死丸。

（蔡员外云）你为甚么与他两样药吃？

（太医云）你不知道，我有主意。两样药吃下去，着这老人家死也死不的，活又活不的。

（外呈答云）得也么，这厮！

（糊突虫云）蔡老官儿，你要你这婆婆好么？

（蔡员外云）可知要好哩。

（糊突虫云）我有个海上方儿，用一庄物件，你舍的么？

（蔡员外云）要我这婆婆好，不问要甚么，都舍的。

（糊突虫云）把你这两只眼，拿尖刀子剜将下来，用一钟热酒吃将下去，你这婆婆就好了。

（蔡员外云）他便好了，我可怎么了？

（糊突虫云）你敢柱着明杖儿走。

（外呈答云）得也么，这厮胡说！

（蔡员外云）住、住、住，你两个休要胡厮嚷。你二位端的那一位高强？让一个医了罢。

（二净拿着药包，一递一个打着念科。）

（太医打糊突虫，云）我能调理四时伤寒，

（糊突虫打太医，云）我善医治诸般杂症。

（太医云）我疗小儿吐泻惊疳，

（糊突虫云）我治妇女胎前产后。

（太医云）我会医四肢八脉，

（糊突虫云）我会医五劳七伤。

（太医云）我会医左瘫右痪，

（糊突虫云）我会医紧痨慢痨。

（太医云）我会医两腿酸麻，

（糊突虫云）我会医四肢沉困。

（太医云）我会医口苦舌涩，

（糊突虫云）我会医胸膈膨闷。

（太医云）我会医瘸臁跛臂，

（糊突虫云）我会医喑哑痴聋。

（太医云）我会医发寒发热，

（糊突虫云）我会医发傻发风。

（太医云）我会医水蛊气蛊，

（糊突虫云）我会医头疼额疼。

（太医云）我会医胸膛上生着孤拐，

（糊突虫云）我会医肩膀上害着脚疔。

（太医云）老长者着俺下药，

（糊突虫云）将这个老人家丧了这残生。

（太医云）用凉水满满的一碗，

（糊突虫云）用巴豆足足的半升。

（太医云）着这一个老人家吃将下去，

（糊突虫云）叫唤起满肚里生疼。

（太医云）登时间直肠直肚，

（糊突虫拿药包打倒卜儿科，云）泻杀这个老妈妈，也是场干净。

（外呈答云）贼弟子的孩儿，去了罢！去了罢！（打二净下）[①]

王实甫《西厢记》第三本第四折："洁引太医上，《双斗医》科范了。下。洁云：下了药了。"[②]王季思注："《降桑椹》剧第二折，有太医及胡涂虫（亦太医名）插科，疑即此所谓《双斗医》科范。"[③]胡忌《宋金杂剧考》从之。[④]均可商榷。

二　鞭敲金镫

《盛世新声》丙集有【中吕】【粉蝶儿】套演唱李克用箭射双雕降服周德威事。本文认为这个小剧是金院本"拴搐艳段"《鞭敲金镫》[⑤]佚曲。论证如次：

①〔元〕刘唐卿：《降桑椹蔡顺奉母杂剧》，〔明〕赵琦美编校《脉望馆钞校本古今杂剧》第二十九册，文学古籍刊行社1957年影印，第30叶b—38叶b面；隋树森编《元曲选外编》，中华书局1959年版，第428—431页。

②〔元〕王实甫著，王季思校注《集评校注西厢记》，上海古籍出版社1987年版，第131页。

③〔元〕王实甫著，王季思校注《集评校注西厢记》，上海古籍出版社1987年版，第135页。

④ 胡忌《宋金杂剧考》第二章《渊源与发展》五《院本四种》（二）《双斗医院本发现存疑》："《蔡顺奉母》……第二折'请医'替卜儿看病一段，实可视为《双斗医》院本的运用形式。"（中华书局2008年版，第69页。）

⑤〔元〕陶宗仪：《南村辍耕录》卷二十五《院本名目·拴搐艳段》，中华书局1959年版，第311页。

（1）戏曲煞尾有“金镫敲者，玉鞭擎者，则俺那众儿郎呀来来，齐和着齐和着凯凯凯歌回”[①]之句，它于剧末揭示出《鞭敲金镫》之剧名，与后来之北杂剧于剧末标示出“题目正名”之格式正是相同。而《辍耕录·院本名目》“拴搐艳段”类又恰有《鞭敲金镫》之剧目。

（2）本剧短小精悍，而演唱之故事完整，当是院本中之“艳段”脚本。与《辍耕录》所说“焰段，亦院本之意，但差简耳”[②]的体制相符。

（3）金宋杂剧“艳段”之演出，只用一个脚色；《鞭敲金镫》的剧中人只有一醉汉；证以河南偃师酒流沟村出土之宋杂剧“艳段”之演出砖雕像，也是由引戏一人扮演一位手展画轴之官员。[③]

此曲《词林摘艳》题作白仁甫《李克用箭射双鹏杂剧》。王文才君《白朴戏曲集校注》从之，并言其“体式略近宋金杂剧”，但又“未敢自信”，[④]乃于本剧目下标曰“残折”，[⑤]值得商榷。《摘艳》定此剧为白仁甫作。考《录鬼簿》《太和正音谱》等诸书均未记载白氏或其他剧作家撰过此剧。复参证本剧中多宋金方言、俗语，是此剧当为金院本《鞭敲金镫》之佚曲无疑。

兹据《盛世新声》，逐录如次：

① 无名氏撰：《盛世新声》，文学古籍刊行社1955年版，第237页。

②〔元〕陶宗仪：《南村辍耕录》卷二十五《院本名目》，中华书局1959年版，第306页。

③ 董祥：《偃师县酒流沟水库宋墓》，《文物》1959年第9期。又见山西师范大学戏曲文物研究所编《宋金元戏曲文物图论》，山西人民出版社1987年版，图四九《河南偃师县宋杂剧砖雕（拓片）》，《图片部分》第24页；参阅《图论部分》附录一《图片说明》图四九《河南偃师宋杂剧砖雕》，《图论部分》第112—113页。

④〔元〕白朴著，王文才校注《白朴戏曲集校注》，人民文学出版社1984年版，第206页。

⑤〔元〕白朴著，王文才校注《白朴戏曲集校注》，人民文学出版社1984年版，第145页。

鞭敲金镫[①]

【中吕】【粉蝶儿】赛社处人齐，一个个恁般杀势，直吃的浑身上村酒淋漓。一个个手张狂，脚趔趄，直吃的醺醺沉醉。着人道村里夫妻，但行处不曾相离。

【醉春风】恰晒的布被搭上褛儿干，又淹的旧流丢前襘湿。你这般揎拳裸袖打阿谁？我甘不过你，你，焦了重焦，絮了重絮，我则待醉了重醉。

【快活三】俺这里村庄儿上会亲戚，当村里做筵席。醇糯酒整做下两三石，有猪肉羊膻气。

【朝天子】就着这瓮里碗食，一个个乍手风无拘系。俺从那里早晨间直吃到日平西，都灌的来醺醺醉。牛表嘲歌，沙三争气，舞的是一张掀乔样势。再有是末乐器，又无他那路歧，俺正是村里鼓儿村里擂。

【快活三】则听的摔风也似喊声起，吐雨般阵云飞。则听的两棒鼓赤力力似春雷，一声锣轰霹雳惊天地。

【六么篇】忽的向林莽中，见这山崦里，闪出一队勇烈军旗。手下军遍排雁行齐，多无那半千来人马相随。明晃晃秋霜手中持着刃器，铎琅琅銮铃响战马如飞，不剌剌直撞到阵根底。

【六么序】其实端的，则见灿灿金盔，纠纠雄威。甲挂唐衣，马骤狻猊。一点鞭催，两下军随。摆列着一字儿长蛇阵势，他当拦住去不的。猛然间听的审问个真实，来

① 此题目系笔者依据《南村辍耕录·院本名目·拴搐艳段》所拟。

者将姓甚名谁？

【六么令】他道是纵横壮士，他道是末周德威。留下些买路钱，别有个商议。不登登怒从心上起，我根前怎敢道相欺，大倘的将俺不依随。

【鲍老儿】呀，你则是小觑俺阃外将军八面威，也则是引起俺好斗便争势。喝一声手下儿郎快准备，轰、摆列着金鼓旗幡队。则见鞭稍点处，三军队伍，前后皆齐。见一双皂雕，空中招展，上下翻飞。

【古鲍老】他道是比及和你对垒，先着你试看咱武艺。左手取宝雕弓打两石，右手取凤翎箭捻转端的直。箭阔入珠红扣，慢慢的弓兜开碧玉稍，微微的靶推出龙腰细。托太山前手推，抱婴孩后手轻轻着力，拽一个秋月团圆势。

【蔓菁菜】绑的一声弦头响，似春雷般乍起，箭光流似一点寒星飞坠。我则见把的中，滴溜溜扑扑的着田地。一双雕透心窝，正中着金鈚。我则见垓心内，旗影里他掴着手高声叫起。

【剔银灯】自从盘古分天地，便有那汉李广，养由基，他也不似这般快射。我见他拱手舒心便伏低，我见他喏喏连声退。

【柳青娘】我则见他下的战骑，怎敢说兵机，扑的来跪膝。遥望见七重围，则这沙陀壮士归服你。再谁想高官重职，再谁敢耀武扬威。情愿马头前亲执辔，亲执辔，一戎衣。

【道合】试他听的，可早欢喜，攀鞍上马不猜疑。共相随，寻思的话投机。正寻觅英雄辈，共扶持边威势。道着俺着俺同商议，着俺着俺教天执。则今日离了汾州地，将令皆知，谁敢道延迟？金镫敲者，玉鞭擎者，则俺那众儿郎呀来来，齐和着齐和着凯凯凯歌回。[①]

三　大对景

金院本“拴搐艳段”有《大对景》一本。[②]案：无名氏杂剧《刘玄德醉走黄鹤楼》第二折表演关平、姜维两人奉军师诸葛亮之命过江去救刘皇叔之际，剧作者为了变换一下紧张气氛，这里插入一个轻松活泼的村姑、禾倈（农村少年）对唱江南风景之小剧，当即院本《大对景》佚文。迻录如次：

大对景[③]

（[诸葛亮]下）（净扮姑儿上）（唱）

【双调】【豆叶黄】那里那里，酸枣的林儿西里。您娘教你早来家，早来家，恐怕那狼虫咬你。来摘枣儿，摘枣儿，你道不曾摘枣儿，口里核儿那里来？张罗张罗，见个狼呵，跳过墙呵，吓（諕）杀你娘呵。

（云）我做庄家不须夸，厌着城里富豪家。吃的饭饱无处去，水坑里面捉虾蟆。（唱）

① 无名氏撰《盛世新声》，文学古籍刊行社1955年版，第234—237页。

②〔元〕陶宗仪：《南村辍耕录》卷二十五《院本名目·拴搐艳段》，中华书局1959年版，第311页。

③ 此题目系笔者依据《南村辍耕录·院本名目·拴搐艳段》所拟。

【禾词】春景最为头，绿水青泉绕院流。桃杏争开红似火，王留，闲来无事倒骑牛，村童扶策懒凝眸。为甚庄家多快乐？休休，皇天不负老实头。

（云）自家村姑儿的便是。清早晨起来，头不曾梳，脸不曾洗，喝了五六碗茶，阿的们大烧饼，吃了六七个，才充了饥也。我要看些田禾去，那小厮每说，兀那田禾里有狼。我是个女孩，怎么不怕那狼虎？我不免叫伴哥儿，同走一遭去。伴哥儿，行动些儿。（正末扮禾倈上，云）伴姑儿，你等我一等波。（唱）

【正宫】【端正好】则听的二姑把三哥来叫。（禾旦云）俺看田苗去来。（正末唱）东庄里看取些田苗。落荒休把这山庄绕，咱可便寻一条家抄直道。

（禾旦云）俺这江南，青的是山，绿的是水。你看那渔舟唱晚，响穷彭蠡之滨；雁阵惊寒，声断衡阳之浦。家家采下茶苗，杜鹃春啼晓；夏蝉高噪绿杨枝，秋蝉晚噪。俺庄家好快活也。（正末唱）

【滚绣球】俺这里对青山堪画描，端的是景物好。你觑那红叶儿秋蝉晚噪，俺这里家家采下茶苗。（禾旦云）俺江南好暖和也。（正末唱）则这江南地暖风寒少，俺这里春夏秋冬草不凋，绿水千条。

（禾旦云）你看那黄菊近东篱，村老忙将马蹇驴骑。牛金牛表扶策走，只吃的东歪西倒醉如泥，受用有谁知？紫袍金带虽然贵，其实不如俺淡饭黄齑粗布衣。伴哥儿，我打东庄里过来，看了几般儿社火，吹的吹，舞的舞，擂的擂。不是我聪明，我一般般都记将来了也。（正末云）伴姑儿道，我恰才打那东庄头过来，看了几般儿社火，我也都学他的来了也。（禾旦云）伴哥儿，我不曾见，你试学一遍咱。（正末云）试听我说一遍咱。（唱）

【叨叨令】那秃二姑在井口上将辘轳儿乞留曲律的搅，（禾旦云）瞎伴姐在麦场上，将碓儿捣也捣的。（正末唱）瞎伴姐在麦场上将那碓臼儿急并各邦的捣。（禾旦云）那小厮们手拿着鞭子，哨也哨的。（正末唱）小厮儿他手拿着鞭杆子他厮厮飕飕的哨。（禾旦云）牧童儿倒骑着水牛，叫也叫的。（正末唱）那牧童儿便倒骑着个水牛呀呀的叫。（禾旦云）俺庄家好快活也。（正末唱）一弄儿快活也么哥，一弄儿快活也么哥。（禾旦云）俺庄家五谷收成了，甚是安乐。（正末唱）正遇着风调雨顺民安乐。

（关平躧马儿上，云）[①]

"春景最为头""俺这里对青山堪画描，端的是景物好"二句，正是点题"大对景"。

四　清闲真道本

"打略拴搐"先生家门有《清闲真道本》，[②]卒子家门有《针儿

① 〔元〕无名氏：《刘玄德醉走黄鹤楼杂剧》，隋树森编《元曲选外编》，中华书局1959年版，第840—841页。

② 〔元〕陶宗仪：《南村辍耕录》卷二十五《院本名目·打略拴搐》，中华书局1959年版，第314页。

线》,[1]此二剧目。1950年代初,胡忌兄于李文蔚《张子房圯桥进履》、无名氏《飞刀对箭》中发现此二本佚文,录以见贻,当报之以诗,有“金元院本有遗篇”,及“昆山片玉见人怜”之句。今并附录于后。

清闲真道本[2]

(上阙)等的天色将次晚,躲在人家灶火边。若是无人撞入去,偷了东西一道烟。盗了这家十匹布,拿了那家五斤绵。为甚贫道好做贼?皆因也有祖师传。施主若来请打醮,清心洁静更诚坚。未曾看经要吃肉,吃的饱了肚儿圆。平生要吃好狗肉,吃了狗肉念真言。不想撞着巡军过,说我破斋犯戒坏醮筵。众人将我拿个住,背绑绳缚都向前。见我不走着棍打,嘴头上打了七八拳。拿在厅前见官府,连忙跪膝在阶前。大人着我说词因,道我败坏风俗罪名愆。背上打到二百棍,眉毛上打了七八千。大人心里犹不足:“再着这厮顶城砖。”被我宁心打一坐,无语悲悲大笑喧。我这般喜喜孜孜无欢悦,呷呷大笑无语言。众人齐声皆都赞,两边闲人一发言。道我是个清闲真道本,说我是个无忧无虑的散神仙。[3]

《清闲真道本》也是金元戏典。张小山【齐天乐】【过红衫儿】《道情二首》:“共开樽,细论文,快活清闲道本。”[4]孙仲章《河南府张

① 〔元〕陶宗仪:《南村辍耕录》卷二十五《院本名目·打略拴搐》,中华书局1959年版,第314页。

② 此题目系笔者依据《南村辍耕录·院本名目·打略拴搐》所拟。

③ 〔元〕李文蔚:《张子房圯桥进履杂剧》,隋树森编《元曲选外编》,中华书局1959年版,第219页。

④ 隋树森编《全元散曲》,中华书局1981年版,上册,第829页。

鼎勘头巾》第四折【双调】【新水令】:“他痴心儿指望结姻缘，全不肯敬天尊养真修炼。那里也清闲真道本，无事散神仙。”[①] 石子章《秦修然竹坞听琴》第一折【金盏儿】:“我可是清闲真道本，则被你坏了我也无事的散神仙。”[②]

五　针儿线

据《脉望馆钞校本古今杂剧》第二十八册无名氏《摩利支飞刀对箭》第二折迻录：

针儿线[③]

（净扮张士贵领卒子上，云）自小从来为军健，四大神州都走遍。当日个将军和我奈相持，不曾打话就征战。我使的是方天画杆戟，那厮使的是双刃剑。两个不曾交过马，把我左臂厢砍了一大片。着我慌忙下的马，荷包里取出针和线。我使双线缝个住，上的马去又征战。那厮使的是大杆刀，我使的是雀画弓带过雕翎箭。两个不曾交过马，把我右臂厢砍了一大片。被我慌忙下的马，荷包里取出针和线。着我双线缝个住，上的马去又征战。那厮使的是簸箕大小开山斧，我可轮的是双刃剑。我两个不曾交过马，把我连人带马劈两半。着我慌忙跳下马，我荷包里又取出

①〔元〕孙仲章:《河南府张鼎勘头巾杂剧》,〔明〕臧晋叔编《元曲选》, 中华书局 1979 年版，第 684 页。

②〔元〕石子章:《秦修然竹坞听琴杂剧》,〔明〕臧晋叔编《元曲选》,中华书局 1979 年版，第 1445 页。

③ 此题目系笔者依据《南村辍耕录 · 院本名目 · 打略拴搐》所拟。

针和线。着我双线缝个住，上的马去又征战。那里战到数十合，把我浑身上下都缝遍。那个将军不喝彩，那个把我不谈羡。说我厮杀全不济，嗨！道我使的一把儿好针线。某乃张士贵是也。[①]

①〔元〕无名氏：《魔利支飞刀对箭杂剧》，〔明〕赵琦美编校《脉望馆校本古今杂剧》第二十八册，文学古籍刊行社1957年影印，第9叶a—10叶a面；隋树森编《元曲选外编》，中华书局1959年版，第870—871页。

第十二章　幺末——北杂剧的产生

一　南戏和北杂剧的同时兴起

12 世纪是中国戏曲史上不平凡的时代。在南宋王朝的光宗绍熙年间（1190—1194），产生了南戏。徐渭《南词叙录》说：

> 南戏始于宋光宗朝，永嘉人所作《赵贞女》《王魁》二种实首之，故刘后村有“死后是非谁管得，满村听唱蔡中郎”之句。或云：宣和间已滥觞，其盛行则自南渡，号曰“永嘉杂剧”，又曰“鹘伶声嗽”。①

祝允明《猥谈》：

> 南戏出于宣和之后，南渡之际，谓之温州杂剧。予见旧牒，其时有赵闳夫榜禁，颇述名目，如《赵贞女蔡二郎》等。②

---

①〔明〕徐渭：《南词叙录》，《中国古典戏曲论著集成》第三集，中国戏剧出版社 1959 年版，第 239 页。

②〔明〕祝允明：《猥谈》，《四库全书存目丛书》子部第 125 册，齐鲁书社 1995 年版，第 610 页。

关于“赵闳夫榜禁”南戏之事，钱南扬《戏文概论》根据《宋史·世系表》等考证云：“赵闳夫，是宋太祖赵匡胤兄弟魏王廷美的八世孙；而光宗赵惇则是赵匡胤的八世孙，他们两个是弟兄。……（赵闳夫）做官可能就在宋光宗朝。……《猥谈》的记载，是根据旧牒——禁戏的档案的。……似乎比较可信。”[①]由此说明，光宗时南戏已很流行。

刘念兹《南戏新证》云：“清道光《漳州府志》卷三十八‘民风录’记载朱熹于绍熙元年（1190）知漳州州事，有禁止当地演戏之事。”[②]又据明何乔远《闽书》卷一百五十三“高德”所引陈淳《上傅寺丞论淫戏书》云：“某窃以此邦陋俗，当秋收之后，优人互凑诸乡保作淫戏，号‘乞冬’。群不逞少年，遂结集浮浪无赖数十辈，共相唱率，号曰‘戏头’。逐家裒敛钱物，豢优人作戏，或弄傀儡，筑棚于居民丛萃之地，四通八达之郊，以广会观者。”指出：“陈淳字安卿，龙溪人，尝从朱熹受业，他于宋庆元三年（1197）知漳州。……其时间与‘南戏始于宋光宗朝’（1190—1194）的时间正是同时。”[③]

上引钱、刘二氏考证三起禁南戏事。赵闳夫在温州禁演南戏，《猥谈》根据的是“旧牒”，钱氏考证为宋光宗时事。案：光宗在位仅五年（1190—1194）。过了三年，即宁宗庆元三年（1197），朱熹、陈淳又在福建禁演南戏。这三起禁演南戏事，反映出光宗、宁宗交替之际的四五年间，南戏一再受到地方官的排斥，禁止演出，便由此证明了“南戏始于宋光宗朝”的说法，真实可信。

---

① 钱南扬：《戏文概论》，《源委第二》，第一章《戏文的发生》，上海古籍出版社 1981 年版，第 22—24 页。钱氏并推论：“戏文的发生，应远在宣和之前。”（第 25 页）

② 刘念兹：《南戏新证》第二章《南戏的产生》，中华书局 1986 年版，第 21 页。

③ 刘念兹：《南戏新证》第二章《南戏的产生》，中华书局 1986 年版，第 21 页。

与此同时，在金人统治下的北方，为金章宗明昌（1190—1196）、承安（1196—1200）时代，则北曲兴盛。钟嗣成《录鬼簿》卷上评云：

董解元，金章宗时人。以其创始，故列诸首。[①]

朱权《太和正音谱》卷上《古今群英乐府格势》也说："董解元仕于金，始制北曲。"[②]北曲并非董解元始创，金章宗时，北曲已经兴盛，则是事实。这一时期，南北两地，都产生了新的戏曲品种，并非偶然巧合，自有其社会背景。时宋金两国，早已构和，维持了四十多年的休战状态。南北两地的人民，都能安居乐业。朝廷有道，物阜民康，这就是戏曲事业兴旺的条件和因素。金章宗承安年间，北曲盛极一时，并形成风格，有"承安体"之称。同时又创造出各种杂体，已详于第六章，兹不重赘。

戏文兴起后，逐渐流行于临安，与宋杂剧相颉颃。温州九山书会编写的《张协状元》的第一出开场说："教坊格范，绯绿可仝声。"[③]绯绿社是杭州很有名的杂剧社团。刘一清《钱塘遗事》卷六《戏文诲淫》记载："至戊辰、己巳间，《王焕》戏文盛行于都下。"[④]周密《癸辛杂识别集》卷上《祖杰》条记载：宋亡之初，温州恶僧祖杰勾结官府行不法之事，"旁观不平，唯恐其漏网也，乃撰为戏文以广其

①〔元〕钟嗣成：《录鬼簿》，《中国古典戏曲论著集成》第二集，中国戏剧出版社1959年版，第103页。

②〔明〕朱权：《太和正音谱》，《中国古典戏曲论著集成》第三集，中国戏剧出版社1959年版，第20页。

③〔宋〕九山书会：《张协状元》，钱南扬校注《永乐大典戏文三种校注》，中华书局1979年版，第2页。

④〔元〕刘一清撰《钱塘遗事》，上海古籍出版社1985年版，第126页。

事。”[①] 即编成戏文演出。张炎【满江红】词云：“《韫玉传奇》(戏文)惟吴中子弟为第一流。”[②] 它指出演唱《韫玉》戏文的演员，以吴中票友为第一流。

二 魏、武、刘“鼎新编辑”的院本

金末时，教坊色长魏、武、刘三人，对院本进行改革。《辍耕录》卷二十五《院本名目》条说：

> 院本……教坊色长魏、武、刘三人，鼎新编辑。魏长于念诵，武长于筋斗，刘长于科汎，至今乐人皆宗之。[③]

夏伯和《青楼集志》亦载此事，[④] 唯“科汎”作“科泛”，或又写作“科范”，科范谓表演动作等规范化。此谓刘色长将己所擅长之舞台表演艺术，加以总结，用文字编写入院本。魏、武、刘三人中，刘的才艺较高，而又全面。他的两个女婿，红字李二和花李郎都是名演员而兼剧作家。[⑤] 在“魏、武、刘三人鼎新编辑”院本的同时，产生了新的戏曲——幺末。

---

①〔宋〕周密撰，吴企明点校《癸辛杂识》，中华书局 1988 年版，第 261—263 页。

② 唐圭璋编《全宋词》，中华书局 1965 年版，第五册，第 3495—3496 页。

③〔元〕陶宗仪：《南村辍耕录》，中华书局 1959 年版，第 306 页。

④〔元〕夏庭芝：《青楼集》卷首，《中国古典戏曲论著集成》第二集，中国戏剧出版社 1959 年版，第 7 页。

⑤ 曹寅刊本元钟嗣成《录鬼簿》卷上：“红字李二，京兆人。教坊刘要和婿。……李郎，刘要和婿。”(《中国古典戏曲论著集成》第二集，中国戏剧出版社 1959 年版，第 113—114 页。)

天一阁藏明抄本元钟嗣成《录鬼簿》卷上：“花李郎，刘要和婿。……刘要和赘为婿卿，花李郎、风月才纯。”(《续修四库全书》第 1759 册影印，上海古籍出版社 1995 年版，第 155 页。)

三　幺末考

幺末，又作么末。[①]幺末一词，是和刘耍和的名字联系在一起的。元初杜善夫《庄家不识构栏》套【六煞】：

> 见一个人……说道：前截儿院本《调风月》，背后么末敷演刘耍和。[②]

“么末敷演刘耍和”，当是刘耍和敷演幺末，或敷演刘耍和编写的幺末脚本。为了趁韵，因用倒装法。曲词中，“院本”和“么末”对举，又把幺末放在最后作为压台戏演出，以招徕观众，足见它是新玩艺。幺末一词，最早即见于此。

笔者发现杂剧、院本、幺末这三种戏曲的别称。兹全迻录于下，俾资研究。

《墨娥小录》卷十四《行院声嗽·伎艺》：

> 杂（剧）：朗末。院本：嗟末。……佐惕：么末。[③]

再分别逐条考释如次。

（一）杂剧：朗末

杂剧，别称朗末。朗，大。《墨娥小录》卷十四《行院声嗽·通

① 幺末，又作么末。么，同幺，幺字的俗体字。南宋毛晃增注、毛居正重修《增修互注礼部韵略》卷二《三萧》“幺”：“俗作么。”《四部丛刊初编》景乌程蒋氏密韵楼藏元刊本《朝野新声太平乐府》卷九杜善夫【耍孩儿】《庄家不识构栏》、明隆庆五年辛未吴继聚好堂刻本佚名《墨娥小录》卷十四《市语声嗽·伎艺》等，均作“么末”。

② 隋树森编《全元散曲》，中华书局1981年版，上册，第31页。

③〔明〕佚名：《墨娥小录》卷十四，明隆庆五年辛未吴继聚好堂刻本，第8叶b面，中国书店1959年影印。

用》:“大:朗兜,朗。”[①]末,正末,末泥。《墨娥小录》卷十四《行院声嗽·伎艺》条说:“勾栏看杂剧,圈里睃末。”[②]元高安道【哨遍】《嗓淡行院》套【二煞】:“嗟顶老,撇朗兜。”[③]嗟,小(见下条)。顶老,歌妓,女艺人。此谓小艺人装大脚色。

《永乐大典戏文三种》之《错立身》第十二出:

(末)……我孩儿要招个做杂剧的。

(生唱)

【金蕉叶】子这撇末区老赚,我学那刘耍和行踪步迹。[④]

案:撇末,撇,表演;末,北杂剧主唱脚色。因借为北杂剧的代称。《雍熙乐府》卷十一【双调·新水令】《评音律精熟》【鸳鸯煞】:“撇朗末戏场中,名显在鸿门占芳景。”[⑤]明朱有燉《悟真如》杂剧【仙侣】【赚尾】:“把性理会融,将真言奉诵,不强如向勾栏撇朗末闹烘烘。”[⑥]又《悟真如》杂剧【中吕】【耍孩儿】:“便休去排场上土抹灰搽,做

①〔明〕佚名:《墨娥小录》卷十四,明隆庆五年辛未吴继聚好堂刻本,第9叶b面,中国书店1959年影印。

②〔明〕佚名:《墨娥小录》卷十四,明隆庆五年辛未吴继聚好堂刻本,第8叶b面,中国书店1959年影印。

③ 隋树森编《全元散曲》,中华书局1981年版,下册,第1111页。

④〔宋〕古杭才人:《宦门子弟错立身》,钱南扬校注《永乐大典戏文三种校注》,中华书局1979年版,第243—244页。钱南扬注云:“子,与‘则’同,犹云‘只’。详《(诗词曲)语辞汇释》‘子一’。撇末,撇犹云装,……故装末叫撇末。赚,当与‘唱赚’之‘赚’同义。……当指做,不指唱。”(第249页。)案:区,身躯。老,语尾词,无义。

⑤〔明〕郭勋辑《雍熙乐府》卷十一,《续修四库全书》第1741册影明嘉靖刊本,上海古籍出版社1995年版,第47页。

⑥〔明〕朱有燉:《新编李妙清花里悟真如》,赵晓红整理《朱有燉集》,齐鲁书社2014年版,第129页。

女的撇末中再莫心留恋。”[①]朱有燉《桃源景》杂剧【赏花时】:“你道我撇末的场中无对手。”[②]“撇末”“撇朗末”，义皆同上。

据上引资料证明，朗末，北杂剧主唱脚色，又借代为杂剧。

（二）院本：嵯末

嵯末，小末。《墨娥小录》卷十四《行院声嗽·通用》：“小：嵯答俫。”[③]《墨娥小录》卷十四《行院声嗽·人物》:“小妮子:嵯姑。”[④]嵯末，又是净的别称。《墨娥小录》卷十四《行院声嗽·人物》:“净：嵯末。”[⑤]

净，副净，院本主演脚色。元陶宗仪《辍耕录》卷二十五《院本名目》：“院本则五人，一曰副净，古谓之参军。”[⑥]《水浒全传》第八十二回《梁山泊分金大买市，宋公明全伙受招安》：“第四个净色的，语言动众，颜色繁过，依院本填腔调曲，按格范打诨发科。”[⑦]汤式【哨遍】《新建勾栏教坊求赞》【二煞】:“付净色腆嚣庞，张怪脸，

---

①〔明〕朱有燉:《新编李妙清花里悟真如》,赵晓红整理《朱有燉集》,齐鲁书社 2014 年版，第 140 页。

②〔明〕朱有燉:《新编美姻缘风月桃源景》,赵晓红整理《朱有燉集》,齐鲁书社 2014 年版，第 179 页。

③〔明〕佚名:《墨娥小录》卷十四，明隆庆五年辛未吴继聚好堂刻本，第 9 叶 b 面，中国书店 1959 年影印。

④〔明〕佚名:《墨娥小录》卷十四，明隆庆五年辛未吴继聚好堂刻本，第 6 叶 a 面，中国书店 1959 年影印。

⑤〔明〕佚名:《墨娥小录》卷十四，明隆庆五年辛未吴继聚好堂刻本，第 6 叶 a 面，中国书店 1959 年影印。

⑥〔元〕陶宗仪:《南村辍耕录》，中华书局 1959 年版，第 306 页。

⑦ 施耐庵、罗贯中:《水浒全传》，上海人民出版社 1975 年版，下册，第 1027 页。

发乔科。”[①] 明朱有燉《宣平巷刘金儿复落娼》杂剧【玄鹤鸣】贴旦云：“我在宣平巷勾栏中，第一个副净色，我那发科打诨，强如众人。”[②] 无名氏《洞玄升仙》杂剧头折【寄生草】女道童云：“骗口张舌，学院本，做副净。”[③] 是嗟末，院本中的主脚，因此，嗟末又引申为院本的代称。

（三）佐惕：幺末

佐惕，么（幺）末的市语，其本义未详。幺末，即幺麽院本。末、麽同音异写，金元戏曲中习见。元无名氏《汉钟离度脱蓝采和杂剧》第四折正末（蓝采和）唱：

> 【川拨棹】你待着我做杂剧，扮兴亡贪是非。待着我擂鼓吹笛，打拍收拾。莫消停殷勤在意，快疾忙莫迟疑。
>
> 【七弟兄】那时，我对敌，不是我说嘴，我着他笑嘻嘻将衣服花帽全新置。旧么麽院本我须知，论同场本事我般般会。[④]

这是伶人蓝采和去学道修行，脱离了舞台生涯 30 年之后，又重返舞台，参加演戏，向同行夸耀自己，不但能够“做杂剧，扮兴亡贪是非”，而且表示“旧么麽院本我须知”。蓝采和指出的“么麽

---

① 隋树森编《全元散曲》，中华书局 1981 年版，下册，第 1496 页。

②〔明〕朱有燉：《宣平巷刘金儿复落娼》，赵晓红整理《朱有燉集》，齐鲁书社 2014 年版，第 318 页。

③〔明〕无名氏：《边洞玄慕道升仙》，《孤本元明杂剧》第四册，中国戏剧出版社 1958 年版，《洞玄升仙》第 4 叶 a 面。

④〔元〕无名氏：《汉钟离度脱蓝采和杂剧》，隋树森编《元曲选外编》，中华书局 1959 年版，第 980 页。

院本”，已经是旧玩艺，可见其时已是北杂剧的兴盛时代。

《辍耕录》卷二十五《院本名目》内列有“院幺”一门，院幺即幺麽院本的省称。由是而知，幺末是由么麽院本衍变为北杂剧的过渡名称。

幺末也是北杂剧的原始名称。元末贾仲明在《录鬼簿续编》吊剧作家补曲中，再三将幺末作为北杂剧的代称。如《高文秀》条云：“除汉卿一个，将前贤疏驳，比诸公么末极多。”《杨显之》条云：“幺末中补缺加新令，皆号为‘杨补丁’。有传奇乐府新声。”《王伯成》条云：“伯成涿鹿俊丰标，么末文词善解嘲。”《侯正卿》条云：“《燕子楼》、么末全赢。”《石君宝》条云：“共吴昌龄，么末相齐。”《花李郎》条云：“乐府词章性，传奇么末情，考兴在大德元贞。”[①] 由是而知，么末是由么麽院本衍变为北杂剧的过渡名称。陶宗仪《辍耕录》卷二十五《院本名目》说：“金有院本、杂剧、诸宫调。院本、杂剧，其实一也。国朝院本、杂剧，始厘而二之。”[②] 这里说明（幺末）院本即北杂剧。

学者们都认为么（幺）末即院幺。案院幺二字，即从“么末院本”摄取而来。《辍耕录》卷二十五《院本名目·院幺》所载之剧目，如《风流婿》《庆七夕》《海棠轩》《红梨花》等，正是北杂剧大量吸取传奇或民间故事为题材的起步。又《院本名目·院幺》剧目如《女状元春桃记》《王子端卷帘记》等用“记”作标题，以及《玎珰天赐暗姻缘》用七言诗句格式作标题，并为北杂剧所沿用。此种剧

①〔元〕钟嗣成：《录鬼簿》，《续修四库全书》第1759册影天一阁藏明抄本，上海古籍出版社1995年版，第145页，第146页，第147页，第149页，第151页，155页。

②〔元〕陶宗仪：《南村辍耕录》，中华书局1959年版，第306页。

目标题格式，即创自院幺（幺末）也。

幺末为北杂剧原始名称的来龙去脉，已如上述，下面要讨论它的产生年代。

四　幺末——北杂剧的产生年代

前面说过，幺末一词，最早见于杜善夫【耍孩儿】《庄家不识构栏》套曲。[①]读其书，应知其人。

杜善夫乃金之遗民。[②]他的《病中忆坦夫兄》诗，有“共脱壬辰乱，他乡见愈亲”之句。[③]壬辰，即金哀宗天兴元年（1232）。“壬辰乱”，指蒙古窝阔台伐金事。《元史》卷二《太宗本纪》：“二年（1230）庚寅……秋七月，帝自将南伐，皇弟拖雷、皇侄蒙哥率师从。……三年辛卯……冬十月乙卯，帝围河中（今山西永济蒲州镇）。十二月己未，拔之。四年（1232）壬辰春正月……拖雷及金师战于钧州（今河南禹县）之三峰，大败之……遂下商、虢、嵩、汝、陕、洛、许、郑、陈、亳、颍、寿、睢、永等州。三月，命速不台等围南京（今河南开封）……八月……金参政完颜思烈、恒山公武仙救南京，

① 隋树森编《全元散曲》，中华书局 1981 年版，上册，第 31—32 页。

② 元朱经《青楼集序》：“我皇元初并海宇，而金之遗民若杜散人、白兰谷、关已斋辈，皆不屑仕进。”（《青楼集》，《中国古典戏曲论著集成》第二集，中国戏剧出版社 1959 年版，第 15 页。）《录鬼簿》卷上“前辈已死名公有乐府行于世者”：“杜善夫散人　。”（《中国古典戏曲论著集成》第二集，中国戏剧出版社 1959 年版，第 103 页。）顾嗣立《元诗选》三集卷一《杜仁杰》：“仁杰字仲梁，先称善夫，济南长清人。金正大中，尝偕麻革信之、张澄仲经隐内乡（今河南内乡西北）山中，以诗篇倡和，名声相埒。元至元中，屡征不起。”

③〔清〕顾嗣立编《元诗选》三集卷一，康熙五十九年秀野草堂刻本，《善夫先生集》第 2 叶 a 面。

诸军与战，败之。五年癸巳春正月庚申，金主奔归德（今河南商丘）。戊辰，金西面元帅崔立杀留守完颜奴申、完颜习捏阿不，以南京降。”时善夫隐内乡（今河南内乡西北）山中读书，遂从延津（今河南延津西北）北渡黄河逃难。其《延津待渡寄仲温参议》诗：“一望河平一慨然，战尘如雾水如天。”[①] 表达出对蒙古侵略军的愤慨。金亡后，善夫屡征不出。其《读前史偶书》：

> 杨彪不着鹿皮冠，元亮还书甲子年。此去乱离何日定，向来名节几人全。中原消息苍茫外，故里山河涕泪边。六国帝秦天暂醉，鲁连休死海东壖。[②]

诗中旨意，他以金遗民自居。

了解杜善夫的身世之后，再来讨论他写作《庄家不识构栏》套曲的年代。

曲文开头说：“风调雨顺民安乐。”继云：“桑蚕五谷十分收，官司无甚差科。”这些话都是对金朝统治者的歌颂。善夫【集贤宾（北）】《七夕》套【四门子（北）】又云：“士庶每安，烽燧又息，顾吾皇万岁。”[③]“吾皇”，当然谓金朝统治者。

曲文说：“要了二百钱放过咱。”这是金朝交钞（纸币）贬值的具体反映。《金史》卷四十八《食货志三·钱币》载：“至（章宗）泰和二年（1202）……国虚民贫，经用不足，专以交钞愚百姓，而法又不常，世宗之业衰焉。……七年（1207）正月，敕所在官毋得

①〔清〕顾嗣立编《元诗选》三集卷一，康熙五十九年秀野草堂刻本，《善夫先生集》第3叶b面。

②〔清〕顾嗣立编《元诗选》三集卷一，康熙五十九年秀野草堂刻本，《善夫先生集》第3叶b面。

③ 隋树森编《全元散曲》，中华书局1981年版，上册，第35页。

支出大钞。……时民以货币屡变，往往怨嗟，聚语于市。”又载泰和七年七月敕:“民间之交易，典质一贯以上，并用交钞，毋得用钱。”可见交钞之贬值程度，所以看戏要破费二百钱。

曲文又云:“官司无甚差科。”据此推知，此曲当作于金哀宗正大二三年（1225—1226）之间，时善夫约二十六七岁。[①]适逢蒙古成吉思汗用兵远征西域后，又攻西夏，无暇近顾，[②]金朝得以苟安。故曲中有“无差科”“民安乐”之句。

复考幺末——北杂剧之产生，约在善夫作此曲之前十七八年左右，即金卫绍王大安之初（1209）。有出土戏曲文物为证。如所周知，院本主演脚色是副净。幺末——北杂剧主演脚色为正末。这里我们先考察一下金之中叶，院本演出的实况画像。如1973至1979年，山西稷山县马村出土金世宗大定元年到二十一年（1161—1181）段氏墓群3号墓、4号墓、8号墓等院本演出砖雕画像，其立于戏台正中突出位置的主演脚色，都是身材短小、软巾诨裹，忸怩作态，插科打诨的副净。至于扮演披袍秉笏官员之副末，均居从属的位置，

① 参阅吴晓铃《杜仁杰生卒新考》,《河北师范学院学报》1989年第2期;《吴晓玲集》第5卷，河北教育出版社2006年版，第11页。

② 1227年，成吉思汗并死于灭西夏之役。参阅《元史》卷一《太祖本纪》二十年至二十二年（1225—1227）。

为院本中之配脚。[①]

下面再来看金朝后期幺末——北杂剧的演出实况。如 1959 年，山西侯马出土金卫绍王大安二年（1210）董玘坚墓葬中戏台上五个脚色的演出砖刻画像，其中站立于戏台正中主要位置之主脚，乃是装扮红袍秉笏官员，即《太和正音谱 · 词林须知》指出的："正末：当场男子，谓之末。……俗谓之末泥。"[②] 插科打诨的副净，成为配

①《中国大百科全书 • 戏曲、曲艺》彩图：《山西稷山马村金段氏墓群杂剧砖雕（3 号墓、4 号墓出土）》《山西稷山马村金段氏墓群杂剧砖雕（5 号墓、8 号墓出土）》，中国大百科全书出版社 1983 年版，彩图插页第 5 页、第 6 页。

参阅《中国大百科全书 · 戏曲、曲艺》杨富斗《稷山马村金代段氏墓群杂剧砖雕》："金代戏曲文物。共有杂剧砖雕 6 组。发现于山西省稷山县马村段氏墓葬群 1、2、3、4、5、8 号 6 座仿木结构砖雕墓的南壁。……戏剧人物均为浮雕，现在原地保存完好。据 6 号墓金大定二十一年 (1181)《段楫预修墓记》以及各墓的形制、装饰和出土的钱币等物判断，这批杂剧砖雕当为金代前期的遗物。这 6 组杂剧砖雕中，1、4、5 号墓 3 组有乐队伴奏。杂剧演员，1、3、8 号墓为 5 人，2、4、5 号墓为 4 人。最高 40 厘米，最低 30 厘米。3、4、5、8 号 4 组杂剧砖雕，以自左至右为序，3 号墓第 3 人、4 号墓第 2 人、5 号墓第 4 人、8 号墓第 3 人，皆软巾诨裹，穿长衫，束腰带，似皆为副净。其中 5 号墓的副净在打口哨，8 号墓的副净双手向右打恭，头向左斜侧，都是很明显的滑稽表演。……3 号墓第 5 人、4 号墓第 4 人、5 号墓第 1 人、8 号墓第 4 人，皆作官员装束，戴直脚幞头，穿圆领宽袖长袍，腰束带，有的双手执笏，有的拱手胸前，一般认为是末泥。"（中国大百科全书出版社 1983 年版，第 140—141 页。）

参阅山西省考古研究所《山西稷山金墓发掘简报》，《文物》1983 年第 1 期。

②〔明〕朱权：《太和正音谱》，《中国古典戏曲论著集成》第三集，中国戏剧出版社 1959 年版，第 53 页。"俗谓之末泥"，"谓"，《中国古代戏曲论著集成》本据影写洪武间刻本作"为"，校勘记第二〇〇条："'为'字，《啸余谱》本作：'谓'。"（第 211 页）案上下文，作"谓"是，意思确切，文从字顺，故从之。作"为"，意思模糊，扞格难通，故不从。

角，站立于右角之边沿。[①] 它如山西芮城出土元世祖中统元年（1260）潘德冲墓石棺元杂剧线刻画像，[②] 下至泰定元年（1324）山西洪洞县广胜寺明应王殿内“大行散乐忠都秀在此作场”元杂剧壁画，[③] 都是主演脚色正末立于戏台正中之突出位置。这证明幺末——北杂剧当产生于金哀宗正大（1224—1231）之前，金章宗泰和（1201—1208）之末。其时南方为宋宁宗嘉定初叶。是北杂剧实产生于金朝，它应该正名为金北杂剧，或金（宋）杂剧。

五　金北杂剧剧本

现代学者对宋金戏剧的研究，开辟新的途径。考证出王实甫、石君宝等剧作家为金（宋）人，他们编写的北杂剧，应视为金杂剧，或金（宋）杂剧。如戴不凡《王实甫年代新探》《现存金人杂剧试

①《中国大百科全书·戏曲、曲艺》彩图：《山西侯马金董氏墓戏台模型》，中国大百科全书出版社 1983 年版，彩图插页第 57 页。

参阅《中国大百科全书·戏曲、曲艺》刘念兹《侯马董氏金墓戏俑》：“金代戏曲文物。1959 年出土。墓在山西省侯马市西郊。据墓地买地券砖文字记载，为金大安二年 (1210) 董玘坚墓。墓为砖砌仿木结构建筑。墓室后壁上部，有砖制舞台一座。舞台上排列着 5 个彩绘砖俑，均作表演状，面部有化妆。……正中一人，头戴黑色展翅幞头，身穿宽袖圆领红袍，腰间系带，足登皂靴，双手执笏斜贴于左胸，身体微向前倾，目光右视，神态自若，是一个饰演官员的‘装孤’脚色。……左起第 5 人……脸部以白粉抹鼻呈三角形，用墨粗粗地在眼睛上从上到下勾了一笔，作为眉毛的夸张处理……右手食指及大拇指置口中，其余三指贴面颊，作吹口哨状，表情滑稽，是一个‘副净’的脚色。”（中国大百科全书出版社 1983 年版，第 120 页。）

参阅山西省文管会侯马工作站《侯马金代董氏墓介绍》，《文物》1959 年第 6 期。

② 山西省文物管理委员会、考古研究所：《山西芮城永乐宫旧址宋德方、潘德冲和“吕祖”墓发掘简报》，图版玖《潘德冲墓石椁前壁上的雕刻（上）及细部（下）》，《考古》1960 年第 8 期。

③《中国大百科全书·戏曲、曲艺》彩图：《山西洪洞明应王殿元杂剧壁画　1324 年》，中国大百科全书出版社 1983 年版，彩图插页第 8 页。

订（初稿）》两文，前文论定王实甫当是金（宋）时人，其《丽春堂》《西厢记》等杂剧，皆作于金代。[①]戴氏后一篇论文，考证出《虎头牌》《西游记》《冤家债主》《合同文字》《独角牛》《朱砂担》《来生债》等都是金代杂剧。[②]

徐朔方教授《金元杂剧的再认识》指出，“将《元曲选》及其外编的所有杂剧都看作元杂剧是《宋元戏曲考》的一大失误。元杂剧应该正名为金元杂剧或金（宋）元杂剧”。[③]文中列举大量资料，论定石君宝《秋胡戏妻》是金代作品。例如本剧第一折说白：“自家勾军的便是。今奉上司差遣，着我勾秋胡当军。”又说：“秋胡，我奉上司钧旨，你是一名正军，着我来勾你当军去。”[④]徐文据此指出：“秋胡本来是一位文士，在剧中变为武夫……这显然带有金朝社会生活的痕迹。刘祁《归潜志》卷七说：‘金朝兵制最弊，每有征伐或边衅，动下令签军，州县骚动。……元光（1222—1223）末……又下令签军，诸使者历郡邑，自现居官外，无文武大小职事官皆拣之。’这是文士秋胡‘娶妻三日却分离’的社会背景。”[⑤]

案：本剧之作者石君宝，据孙楷第《元曲家考略》谓，石君宝原姓石盏，女真人，复姓译为汉姓，往往作单姓，并引王恽《秋

---

① 戴不凡：《戴不凡戏曲研究论文集》，浙江人民出版社 1982 年版，第 62 页。

② 戴不凡：《戴不凡戏曲研究论文集》，浙江人民出版社 1982 年版，第 82 页。

③ 徐朔方：《金元杂剧的再认识》，钱伯城主编《中华文史论丛》第 46 辑，上海古籍出版社 1990 年版，第 131 页。

④〔元〕石君宝：《鲁大夫秋胡戏妻杂剧》，〔明〕臧晋叔编《元曲选》，中华书局 1979 年版，第 543 页。

⑤ 徐朔方：《金元杂剧的再认识》，钱伯城主编《中华文史论丛》第 46 辑，上海古籍出版社 1990 年版，第 118 页。

涧先生大全文集》卷六十《洪喦老人石珱公墓碣铭并序》，载其卒于丙子，当是元世祖至元十三年。[①] 至元十三年即宋恭宗德祐二年（1276），《碣铭》载其卒年“年八十有五”，可知其生年为金章宗明昌三年（1192）。是石君宝乃金（宋）时人。

徐文又指出《虎头牌》亦金人之作：“第一折说白：‘敕赐双虎符金牌带者，许你便宜行事，先斩后闻。’……据《金史》卷五十八，建国之初……创制金牌，授万户。……虎头牌即虎符。……《章宗本纪》载承安元年（1196）‘初造虎符发兵’。本剧是元帅山寿马用以传拿他的叔父金牌上千父。……《虎头牌》第一折……山寿马说：‘叔叔平日好一杯酒，则怕他失误了事。’夫人说：‘叔叔说道，他若带了牌子，做了千户呵，他一滴酒也不吃了。’……第二折金住马又奉劝他的弟弟新任千户说：‘我着这苦口儿说些良言，劝你那酒莫贪，劝你那财莫恋……’《金史》卷四十四云：‘（大定）二十四年（1184）……授诸王以猛安（即千户）之号……制其奢靡，禁其饮酒。……’酗酒是女真族的恶习，剧本写的不是个别的偶然事例。……《虎头牌》第一折《混江龙》说：‘……掌管着一千户屯田的镇番军。’……《金史》卷四十四说：‘（大定）十八年(1178)命部族乣分番守边。’乣军，本是辽制，金代沿用，指女真族的本族骑兵。……番，是轮值的意思，后或音近误为防。剧本歌颂金朝的都元帅公正不阿，刑不避亲，而典章文物又一一吻合……它应是金杂剧的遗留。”[②]

① 孙楷第：《元曲家考略》，上杂出版社 1953 年版，第 16—18 页。

② 徐朔方：《金元杂剧的再认识》，钱伯城主编《中华文史论丛》第 46 辑，上海古籍出版社 1990 年版，第 120—122 页。

文章又认为《杀狗劝夫》《救孝子》《货郎旦》《射柳捶丸》《酷寒亭》等八剧，“它们可以说是成形于金，写定于元，保存着世代流传的动态过程的活化石。”[①] 又说:“宋、辽、金在一定时期内曾经三分鼎立，那末有没有可能找到残留着宋和辽的印记以至作于宋代的杂剧呢？”[②] 文章作出的答案是:“《昊天塔》杂剧第二折说白:‘今被(辽将)韩延寿将(杨)老令公尸首烧了,将骨殖挂在幽州(北京，辽的南京)昊天寺塔尖上。但是过来过往的人，有箭的射三箭，无箭的打三砖，名曰百药箭。’……第四折《清江引》:‘直把宋江山扶持到万万古’；……可以想见原始的初稿当是辽占区宋遗民追念宋朝之作。当时宋朝仍在作者所在地的南方,并未灭亡。”“《庄周梦》杂剧第四折《得胜令》:‘参拜在金阙辽阳殿。’……辽阳是辽国的东京，后又改名南京。”“《衣袄车》杂剧第一折说白:范仲淹曾‘在长白山修学’，这种牵强附会的联系只能是辽代的遗留。”[③]

六　金院本和北杂剧的同台相间演出

金院本和北杂剧的同台相间演出，杜善夫《庄家不识构栏》套所指出:“前截儿院本《调风月》,背后么末敷演刘耍和。”[④] 即是明证。

---

① 徐朔方:《金元杂剧的再认识》，钱伯城主编《中华文史论丛》第46辑，上海古籍出版社1990年版，第132页。

② 徐朔方:《金元杂剧的再认识》，钱伯城主编《中华文史论丛》第46辑，上海古籍出版社1990年版，第133页。

③ 徐朔方:《金元杂剧的再认识》，钱伯城主编《中华文史论丛》第46辑，上海古籍出版社1990年版，第134页。

④ 隋树森编《全元散曲》，中华书局1981年版，上册，第31页。

王实甫《西厢记》第三本第四折插入院本《双斗医》表演。[①]又他所作《丽春堂》第一折："净扮李圭上，诗云：幼年习兵器，都夸咱武艺，也会做院本，也会唱杂剧。"[②]马致远【南吕】【一枝花】《咏庄宗行乐》【隔尾二煞】："内藏院本三千段。"【尾】："做杂剧，那院酸，拴些艳段。"[③]反映出院本与北杂剧的同时流行。

《错立身》第十二出："末白：'你会做甚院本？'生唱【圣药王】：'更做《四不知》《双斗医》，更做《风流浪子两相宜》。黄鲁直，《打得底》，《马明王村里会佳期》，更做《搬运太湖石》。'"[④]同剧同出："末白：'你会甚杂剧？'生唱【鬼三台】：'我做《硃砂担浮沤记》，《关大王单刀会》。做《管宁割席》破体儿，《相府院》扮张飞。《三夺槊》扮尉迟敬德，做《陈驴儿风雪包待制》，吃推勘《柳成错背妻》。要扮宰相做《伊尹扶汤》，学子弟做《螺蛳末泥》。'"[⑤]南戏剧中主人公宦门子弟一口气说出他能演六种院本、九种杂剧。

元时的伶人既擅长杂剧又会演院本，可据夏伯和《青楼集》赵偏惜条："樊孛阑奚之妻也。旦、末双全，江淮间多师事之。樊院本，亦罕与比。"[⑥]《青楼集》朱锦绣条："侯要俏之妻也。杂剧：旦、末双全，

---

①〔元〕王实甫著，王季思校注《集评校注西厢记》，上海古籍出版社1987年版，第131页。

②〔元〕王实甫：《四丞相高会丽春堂杂剧》，〔明〕臧晋叔编《元曲选》，中华书局1979年版，第901页。

③ 隋树森编《全元散曲》，中华书局1981年版，下册，第1974页。

④〔宋〕古杭才人：《宦门子弟错立身》，钱南扬校注《永乐大典戏文三种校注》，中华书局1979年版，第244页。

⑤〔宋〕古杭才人：《宦门子弟错立身》，钱南扬校注《永乐大典戏文三种校注》，中华书局1979年版，第244页。

⑥〔元〕夏庭芝：《青楼集》，《中国古典戏曲论著集成》第二集，中国戏剧出版社1959年版，第28页。

而歌声坠梁尘，虽姿不逾中人，高艺实超流辈。侯又善院本。时称负绝艺者，前辈有赵偏惜、樊孛阑奚，后则侯、朱也。”①

元代的剧作者之编写院本者。曹本《录鬼簿》卷下屈彦英条：“彦英字英甫，编《一百二十行》及《看钱奴》院本等。”②

七　院本遗响

明以来金院本之演出情况。明代刘东生《娇红记》，有七处提示院本之穿插演出。如《娇红记》卷上【正宫】【么】：“院本《行着说仙法》上。”【黄钟】【尾】：“院本《店小二哥》上。”《娇红记》卷下【南宫】【尾】：“院本《黄丸儿》，院本上。”【商调】【尾】：“申纶引院本《师婆旦》上。”③等是也。

1985年，在山西省潞城县崇道乡南舍村民间发现的明万历二年曹国宪钞本《迎神赛社礼节传簿四十曲宫调》，其第三部分“供盏剧目”中之院本有：

院本《双揲纸》④

---

①〔元〕夏庭芝：《青楼集》，《中国古典戏曲论著集成》第二集，中国戏剧出版社1959年版，第29—30页。

②〔元〕钟嗣成：《录鬼簿》，《中国古典戏曲论著集成》第二集，中国戏剧出版社1959年版，第130页。

③〔明〕刘兑：《新编金童玉女娇红记》，郑振铎主编《世界文库》第3册，生活书店1935年版，第991页，第996页，第1010页，第1013页。

④ 曹占鳌、曹占标珍藏，上党戏剧院供稿《迎神赛社礼节传簿四十曲宫调明万历二年手抄本影印》，山西师范大学戏曲文物研究所编《中华戏曲》第3辑，山西人民出版社1987年版，第36页。

院本《劈马庄》[①]

案:《劈马庄》《双揲纸》二本,《(金)院本名目·诸杂院爨》类题作《四偌劈马桩》《双揲纸爨》。据珍藏此簿的主人曹占鳌、曹占标兄弟两人说，有些院本在抗日战争前还在演出。[②]这些沧海遗珠，会旦暮遇见的。

① 曹占鳌、曹占标珍藏，上党戏剧院供稿《迎神赛社礼节传簿四十曲宫调明万历二年手抄本影印》,山西师范大学戏曲文物研究所编《中华戏曲》第3辑,山西人民出版社1987年版,第39页。

② 寒声、栗守田、原双喜、常之坦:《〈迎神赛社礼节传簿四十曲宫调〉注释》,山西师范大学戏曲文物研究所编《中华戏曲》第3辑，山西人民出版社1987年版，第53—54页。

附录　金杂剧、院本、幺末——北杂剧

宋金两朝是中国戏曲发展成熟的黄金时代。宋金杂剧（特别是金杂剧）在中国戏曲史上占有相当重要的地位。金之中叶，金杂剧为了适应社会经济发展的要求，自立门庭，改名为院本，自我革新。诸如剧本选取题材范围的扩大，乐调的改造，新曲的制作，以及声腔表演等，进行了一系列的改革。后来教坊色长魏、武、刘三人，又把各自擅长的技巧，汇集编辑，流行天下，都尊奉为传统。可见金院本是剧作家（书会才人）、乐曲作者和演员们共同努力之下的产物。试以元陶宗仪《辍耕录》记载的《院本名目》与宋周密《武林旧事》著录的《官本杂剧段数》比勘研究，便可了解金院本在发展过程中，由量变到质变孕育出北杂剧（一般称为元杂剧）。

王国维《宋元戏曲考》中列举大量资料，固已瞩目于此，但在第七章《古剧之结构》却模棱两可地说：

> 综上所述者观之，则唐代仅有歌舞剧及滑稽剧，至宋金二代而始有纯粹演故事之剧。故虽谓真正之戏剧，起于宋代，无不可也。然宋金演剧之结构，虽略如上，而其本则无一存。故当日已有代言体之戏曲否，已不可知。而论

真正之戏曲，不能不从元杂剧始也。[①]

1950年代初，任二北先生在成都著《唐戏弄》时，尝针对王氏此言风趣地说："要解决这难题，只有打开第二个敦煌石室。"任先生的话，不幸而言中。这正如刚从太空发现的星星，其实它本来就是存在着的，问题是如何才能够认识它。

又任先生说的"盘现主义"，[②]也是指王国维"无剧本便是无戏剧"的观点。不过其旨在不要落套于存在着某些缺陷和局限性的研究方法。

本篇系就多年金院本积稿中拣选出来的三个方面的内容：一、金杂剧自立门庭，改名为院本；二、金院本是最先使用北曲之剧种；三、幺末——北杂剧；用以说明宋、金杂剧和金院本嬗变为北杂剧三者之间的历程，证明北杂剧（一般称为元杂剧）确为金（宋）时代形成的戏曲。

一　金杂剧自立门庭，改名为院本

宋、金杂剧同出于一个源流，均名杂剧。至于金杂剧在什么年代自立门庭，及改名为院本的原因，向无专文探讨。据笔者考察，

---

① 王国维：《宋元戏曲考》七《古剧之结构》，《王国维遗书》第十五册，上海古籍书店1983年版，第49页。

② 任二北《唐代能有杂剧吗？》："研究古剧，首先不应存在'剧本主义'——认为无剧本便是无戏剧。……剧本主义另一面的表现是'盘现主义'——认为凡有剧本流传的，才承认它曾写剧本；古剧本凡未经流传的，就是古人未曾有那本戏，如此，是把清查文艺遗产，看做和旧日商店内盘查所有的货物一样：面对货架上的全部现货下总结，做计划，而不考虑现货以外，主人还会有过遗失，有过窖藏等等。"（《四川大学学报》1956年第2期，第22—23页。）

此为金世宗大定年间（大定元年至大定二十一年，1161—1181）事。

金朝于太宗天会四年（即宋徽宗靖康元年，1126），举兵攻下汴京，占领了北方。天会十三年（1135）金太宗死后，金熙宗、金海陵相继统治了二十余年。《金史》卷八《世宗本纪下》："盖自太祖以来，海内用兵，宁岁无几"，"海陵无道，赋役繁兴，盗贼满野，兵甲并起，万姓盼盼，国内骚然"。同书卷二十八《礼志一》："海陵狼顾"，"外而黩武，内而纵欲，其猷既失，奚敢议礼乐哉！"以上史料说明，在金熙宗和金海陵统治时期，由于政局不稳，社会动荡，生产受阻，经济停滞，自然谈不上文化的兴起。正隆六年（1161），金世宗即位，改元大定，从此结束了长期动荡不安的政治局面。《金史》卷八《世宗本纪下》："（世宗）即位五载，而南北讲好，与民休息"，"群臣守职，上下相安，家给人足"。世宗时，大批奴婢获得解放，农业、畜牧业和手工业的发展，促进了商业和城市的繁盛。金中都（燕京，今北京），皇城周长九里，外城周长三十五里。燕京三市，是"陆海百货，萃于其中"[①]的商业中心。其他经济发达的城市如真定（今河北正定）、河间（今河北河间）、怀州（今河南沁阳）、东平（今山东东平）、太原（今山西太原）等都是丝绵纺织兴盛之地，并有大批官营手工业作坊。河东南路平阳（今山西临汾）印刷的书籍，驰名天下。平阳即是文化中心。它如东京辽阳府（今辽宁辽阳）、南京开封府（今河南开封），均为商旅集中之处。磁州（今河北磁县）是瓷器烧造区。凡是农业、工商业发达的地方，各

①〔宋〕徐梦莘：《三朝北盟会编》卷二十《政宣上帙二十·起宣和七年正月二十日壬辰尽其日》，引许亢宗《宣和乙巳奉使（金国）行程录》，上海古籍出版社1987年版，第142页。宋徽宗宣和七年乙巳，即金太宗天会五年（1125）。

种伎艺和戏曲的演出，自然活跃。这时，各城市行院（戏班）应运兴起，颇为旺盛。它们冲州撞府，或远走农村，酬神赛社，演出频仍。原来老化之杂剧，已不适应时代。各行院为了满足观众的审美需求，从剧本的编写到舞台表演进行了一系列的改革。当时编写剧本的团体——书会，专门向行院提供演出的新编剧本（或行院演员自己编撰的剧本），叫做院本。表明它与旧的杂剧有区别。

朱权《太和正音谱·词林须知》谓："院本者，行院之本也。"[①]王国维进一步解释说："行院者，大抵金元人谓倡伎所居，其所演唱之本，即谓之院本云尔。"[②]王氏谓"行院"为倡伎所居，似不确切。案：行院有二义：一，行院谓同行、行帮、行会。此不属本题讨论范围，兹从略。二，行院指伶人、戏班、剧场。如戏文《错立身》第十四出：

> 外白：六儿，我如今在此闷倦，你与我去叫大行院来，做些院本解闷。[③]

同剧第十二出【天净沙】："我是宦门子弟，也做得您行院人家女婿。"[④]元夏伯和《青楼集》天然秀条："闺怨杂剧，为当时第一

---

①〔明〕朱权：《太和正音谱》，《中国古典戏曲论著集成》第三集，中国戏剧出版社1959年版，第53页。

② 王国维：《宋元戏曲考》六《金院本名目》，《王国维遗书》第十五册，上海古籍书店1983年版，第43页。

③〔宋〕古杭才人：《宦门子弟错立身》，钱南扬校注《永乐大典戏文三种校注》，中华书局1979年版，第254页。

④〔宋〕古杭才人：《宦门子弟错立身》，钱南扬校注《永乐大典戏文三种校注》，中华书局1979年版，第245页。

手。……始嫁行院王元俏。”[①] 此“行院”指伶人、演员。元高安道【哨遍】《嗓淡行院》套和无名氏【哨遍】《拘刷行院》套所说的“行院”，[②] 其内涵实包括伶人、戏班、剧场等。是院本乃伶人、戏班、剧场演唱之脚本。

前文说，金院本之兴起，乃金世宗大定年间之事，还有大批戏曲文物为佐证。如山西万荣县西景村东岳庙，有金大定二年（1162）所建戏剧舞台。[③] 山西垣曲县后窑，出土有大定三年（1163）墓葬砖雕戏剧画像。[④] 民国六年山西《洪洞县志》卷八《建置志》记载，

①〔元〕夏庭芝：《青楼集》，《中国古典戏曲论著集成》第二集，中国戏剧出版社 1959 年版，第 23 页。

② 隋树森编《全元散曲》，中华书局 1981 年版，下册，第 1109 页，第 1821 页。

③ 山西师范大学戏曲文物研究所编《宋金元戏曲文物图论》，图一六二《山西万荣西景村东岳庙戏台石碣（拓片）》，山西人民出版社 1987 年版，《图片部分》第 68 页；《图论部分》附录一《图片说明》：“西景村东岳庙戏台据说建于金大定二年（1162 年），毁于抗日战争时期。现存一石刻，镶嵌于台基下侧，刻文记载修建舞厅事。此刻石现藏万荣县博物馆。石高 32 厘米，长 95 厘米。”《图论部分》第 126 页。

丁明夷《山西中南部的宋元舞台》：“万荣县西景村东岳庙。按当地人记述，是金大定二年（1162 年）所建，庙原有舞台，抗日战争期间连同该庙全部毁于日寇。舞台台基原嵌一块小石碑，文曰：‘施缘功德主本老王二男王九，同发善心，于岱岳庙内舞厅基周遭压基台石，四面般载施功（工），众社人甘愿各人春安，夏泰，秋吉，冬祥。……石匠西胡村费卜……大元国至正十四年（1354 年）五月初三日撰。’这里所说的‘舞厅基周遭压基台石’，就是在舞台台基原有的基础上，砌按石条。这是又一个元代重修舞台的记载。”（《文物》1972 年第 4 期，第 51 页。）

④ 山西师范大学戏曲文物研究所编《宋金元戏曲文物图论》，图五〇《山西垣曲后窑金墓杂剧砖雕》，山西人民出版社 1987 年版，《图片部分》第 24 页；《图论部分》附录一《图片说明》：“出土于后窑村的金墓中，据云为金大定三年（1163 年）之遗物。雕砖共五块，分别雕刻五个乐舞人物，砖高 35 厘米，宽 23—24 厘米。原物现藏山西运城地区博物馆。”《图论部分》第 113 页。

尹壁村东岳庙有大定八年（1168）《重修露台碑》。[①]1973年至1979年，山西稷山县马村出土有大定二十一年（1181）段氏墓葬砖雕戏剧画像，[②]稷山县苗圃出土有金墓之砖雕戏台一座，台上有四个脚色正在演戏，[③]稷山县化峪镇出土有金墓五座，其2号墓、3号墓均

① 民国六年孙奂仑修、韩垌等纂《洪洞县志》卷八《建置志》："东岳庙二，……一在尹壁村东，岗峦回抱，古柏参天，游廊石柱，地极幽僻。有金大定八年（1168）《重修露台碑》、元中统二年《碑记》，作骈体文字，剥蚀特甚。"（台北成文出版社1968年版，第433—444页。）

②《中国大百科全书·戏曲、曲艺》彩图：《山西稷山马村金段氏墓群杂剧砖雕（3号墓、4号墓出土）》、《山西稷山马村金段氏墓群杂剧砖雕（5号墓、8号墓出土）》，中国大百科全书出版社1983年版，彩图插页第5页、第6页。

参阅《中国大百科全书·戏曲、曲艺》杨富斗《稷山马村金代段氏墓群杂剧砖雕》："金代戏曲文物。共有杂剧砖雕6组。发现于山西省稷山县马村段氏墓葬群1、2、3、4、5、8号6座仿木结构砖雕墓的南壁。……戏剧人物均为浮雕，现在原地保存完好。据6号墓金大定二十一年(1181)《段楫预修墓记》以及各墓的形制、装饰和出土的钱币等物判断，这批杂剧砖雕当为金代前期的遗物。这6组杂剧砖雕中，1、4、5号墓3组有乐队伴奏。杂剧演员，1、3、8号墓为5人，2、4、5号墓为4人。最高40厘米，最低30厘米。3、4、5、8号墓4组杂剧砖雕，以自左至右为序，3号墓第3人、4号墓第2人、5号墓第4人、8号墓第3人，皆软巾诨裹，穿长衫，束腰带，似皆为副净。其中5号墓的副净在打口哨，8号墓的副净双手向右打恭，头向左斜侧，都是很明显的滑稽表演。……3号墓第5人、4号墓第4人、5号墓第1人、8号墓第4人，皆作官员装束，戴直脚幞头，穿圆领宽袖长袍，腰束带，有的双手执笏，有的拱手胸前，一般认为是末泥。"（中国大百科全书出版社1983年版，第140—141页。）

参阅山西省考古研究所《山西稷山金墓发掘简报》，《文物》1983年第1期。

③《中国大百科全书·戏曲、曲艺》彩图：《山西稷山苗圃金墓杂剧砖雕》，中国大百科全书出版社1983年版，彩图插页第2页。

参阅《中国大百科全书·戏曲、曲艺》杨富斗《稷山苗圃金墓杂剧砖雕》："金代戏曲文物。是一组由4人构成的反映金代早期杂剧演出的珍贵实物资料。1978年发现，原砌于稷山县苗圃1号墓南壁上，与戏台共存。实务物现存稷山县博物馆。……这幅杂剧砖雕中4个人物，其右起第1人为末泥，第2人为副末，第3人为副净，第4人为装孤。"（中国大百科全书出版社1983年版，第141页。）

有砖雕戏剧人物；[①] 据考古工作者研究，稷山县苗圃、化峪镇金墓之墓室结构形制以及装饰内容，与马村段氏墓基本相同，定为同一时期之物。本文根据金世宗大定时期结束了长期动荡不安的政治局面，“南北讲好，与民休息，上下相安，家给人足” [②] 的历史事实，认为金院本之兴起，乃金世宗大定年间之事。上述大批大定年间的戏曲文物，便是铁证。

二　金院本是最先使用北曲的剧种

院本是北方的剧种。由于南北语音之殊异，原来宋杂剧所用的乐曲与腔调，自然难为北方人所接受。新生的院本，便积极从事于乐曲、声腔的改革，因而采用北曲。这时，北方的诸宫调便是北曲。院本作者并就新编的剧本，创作新曲。此外，对原来杂剧用的乐曲，以及唐宋以来之优美曲子，进行改造、处理，使之变成新曲，这些新曲，也就是北曲。由此说明，金院本是最先使用北曲之剧种。

①《中国大百科全书·戏曲、曲艺》彩图:《山西稷山化峪金墓杂剧砖雕(2号墓、3号墓出土)》，中国大百科全书出版社 1983 年版，彩图插页第 3 页。

参阅《中国大百科全书·戏曲、曲艺》杨富斗《稷山化峪金墓杂剧砖雕》:“金代戏曲文物。共 2 组，分别发现于山西省稷山县化峪镇西苹果园 2 号及 3 号金墓南壁。高浮雕，高 30—35 厘米。现原地保存。根据墓的形制及装饰，是 12 世纪中叶杂剧演出的珍贵实物资料。这两组杂剧砖雕均由 5 人组成，从人物装扮可以看出有末泥、副末、副净、装旦等脚色。2 号与 3 号墓的右边 3 人，十分相似。其最右 1 人皆戴直脚幞头，穿圆领宽袖长袍，双手执笏，系官员装扮，一般认为是末泥。”（中国大百科全书出版社 1983 年版，第 140 页。）

②《金史》卷八《世宗本纪下》:“赞曰:……即位五载,而南北讲好,与民休息。于是躬节俭，崇孝弟，信赏罚，重农桑，慎守令之选，严廉察之责，……孳孳为治，夜以继日，可谓得为君之道矣！当此之时，群臣守职，上下相安，家给人足，仓廪有余，刑部岁断死罪，或十七人，或二十人，号称‘小尧舜’，此其效验也。”

（一）院本作者创作的北曲

金代剧本，几乎已全部亡佚，其使用之曲牌，惜不能详。兹根据《辍耕录·院本名目》中所标出的【净瓶儿】【双调·梅花酒】【憨郭郎】等曲牌，并参考金元时文献，考证出其为院本作者创制之北曲。

1. 净瓶儿

《院本名目·冲撞引首》有《净瓶儿》一本。① 其剧情内容，系叙述一位少女的故事。净瓶，比喻俊俏的少女。儿，语尾，无义。元乔吉【双调·水仙子】《花篱儿》曲："净瓶儿般手撚着沉吟，……是个画出来的观音。"②《四部丛刊》影明刊本《雍熙乐府》卷九《南吕》【一枝花】《美貌》："春色近粉墙，墙里佳人笑。……描不就天然俏。俏形容，尘世少。少一枝杨柳静水银瓶，瓶对比观音更好。"③《月明和尚度柳翠杂剧》楔子：

（老旦扮观音领小末扮善才上诗云）吾乃南海洛伽山观世音菩萨。……且说我那净瓶内杨柳枝叶上偶污微尘，罚往人世，打一道轮回。在杭州抱鉴营街积妓墙下，化作风尘匪妓，名为柳翠。④

是《净瓶儿》院本中的主人公是一个俊俏的少女，或某一种气质的妓女。院本作者并为剧本制作新曲，即以剧名为曲牌名。于此

①〔元〕陶宗仪：《南村辍耕录》卷二十五《院本名目·冲撞引首》，中华书局1959年版，第311页。

② 隋树森编《全元散曲》，中华书局1981年版，上册，第615页。

③〔明〕郭勋辑《雍熙乐府》卷九，《续修四库全书》第1740册影明嘉靖刊本，上海古籍出版社1995年版，第664页。

④〔元〕李寿卿：《月明和尚度柳翠杂剧》，〔明〕臧晋叔编《元曲选》，中华书局1979年版，第1335页。

并知【净瓶儿】曲得名之由来。北曲【净瓶儿】属【大石调】,见《中原音韵》。[①]

2. 双调梅花酒

《院本名目·诸杂院爨》有《水酒梅花爨》一本。[②]内容搬演卖梅花酒事。宋吴自牧《梦粱录》卷十六《茶肆》:“今杭城茶肆亦如之，插四时花，挂名人画，装点店面。四时卖奇茶异汤，冬月添卖七宝擂茶，馓子葱茶，或卖盐豉汤。暑天添卖雪泡梅花酒，或缩脾饮暑药之属。向绍兴年间，卖梅花酒之肆，以鼓乐吹【梅花引曲破】卖之。”[③]北曲有【双调·梅花酒】，当即院本制作之曲。[④]

3. 憨郭郎

《院本名目·冲撞引首》有《憨郭郎》一本。[⑤]其主脚即唐五代傀儡戏中所表演之郭郎。唐段安节《乐府杂录》序《傀儡子》:“其引歌舞有郭郎者，发正秃，善优笑，闾里呼为郭郎，凡戏场必在俳儿之首也。”[⑥]唐王梵志诗:“造化成为我，如人弄郭郎(秃)。魂魄似绳子，形骸若柳木。掣取细腰肢，抽牵动眉目。”[⑦]宋杨大年《傀

①〔元〕周德清:《中原音韵》卷下《大石调二十一章》,《中国古典戏曲论著集成》第一集，中国戏剧出版社1959年版，第225页。

②〔元〕陶宗仪:《南村辍耕录》卷二十五《院本名目·诸杂院爨》，中华书局1959年版，第310页。

③〔宋〕吴自牧:《梦粱录》卷十六《茶肆》，浙江人民出版社1980年版，第140页。

④〔元〕周德清:《中原音韵》卷下《双调一百章》,《中国古典戏曲论著集成》第一集，中国戏剧出版社1959年版，第228页。

⑤〔元〕陶宗仪:《南村辍耕录》卷二十五《院本名目·冲撞引首》，中华书局1959年版，第310页。

⑥〔唐〕段安节:《乐府杂录》，中华书局1985年版，第40页。

⑦〔唐〕王梵志著，项楚校注《王梵志诗校注》，上海古籍出版社1991年版，第291页。

儡诗》:“鲍老当年笑郭郎,笑他舞袖太琅珰。若教鲍老当筵舞,转更琅珰舞袖长。”[①] 吴潜【秋夜雨】《依韵戏赋傀儡》:“谁知鲍老从旁笑,更郭郎、摇手消薄。”[②] 柳永《乐章集》有【仙吕调·郭郎儿近拍】词调。[③] 周密《武林旧事》卷二《舞队·大小全棚傀儡》,有《大憨儿》节目。[④] 据以上数据证明,院本《憨郭郎》剧情内容,即表演傀儡戏中滑稽可笑的憨郭郎。院本作者又为剧本创制新曲,即以剧名名其曲牌。【憨郭郎】属【大石调】,见《中原音韵》。[⑤]

此外,院本还创制有【双雁儿】【归塞北】【货郎儿】等曲,并列表如次。

院本创作北曲表

院本名称	剧本类别	宫调和曲牌名	参考书目
净瓶儿	冲撞引首	大石调净瓶儿	《中原音韵》卷下 《乐府共三百三十五章》、 《辍耕录》卷二十七 《杂剧曲名》

①〔宋〕陈师道:《后山先生集》卷二十八《诗话一》,第3叶a面,民国吴兴张钧衡《适园丛书》第九集刊本。

② 唐圭璋编《全宋词》,中华书局1965年版,第四册,第2768页。

③ 唐圭璋编《全宋词》,中华书局1965年版,第一册,第47页。

④〔宋〕周密:《武林旧事》,西湖书社1981年版,第33页。

⑤〔元〕周德清:《中原音韵》卷下《大石调二十一章》,《中国古典戏曲论著集成》第一集,中国戏剧出版社1959年版,第225页。

（续表）

院本名称	剧本类别	宫调和曲牌名	参考书目
憨郭郎	冲撞引首	大石调憨郭郎	《中原音韵》卷下 《乐府共三百三十五章》、 《辍耕录》卷二十七 《杂剧曲名》
双雁儿	冲撞引首	商调双雁儿	《中原音韵》卷下 《乐府共三百三十五章》、 《辍耕录》卷二十七 《杂剧曲名》
归塞北	拴搐艳段	大石调归塞北	《中原音韵》卷下 《乐府共三百三十五章》、 《辍耕录》卷二十七 《杂剧曲名》
石榴花诗	拴搐艳段	中吕调石榴花	《董西厢》卷六、 《中原音韵》卷下 《乐府共三百三十五章》
水酒 梅花爨	诸杂院爨	双调梅花酒	《中原音韵》卷下 《乐府共三百三十五章》、 《辍耕录》卷二十七 《杂剧曲名》
货郎孤	诸杂大小 院本	正宫货郎儿	《中原音韵》卷下 《乐府共三百三十五章》

（续表）

院本名称	剧本类别	宫调和曲牌名	参考书目
玉环	诸杂砌	双调对玉环	《中原音韵》卷下 《乐府共三百三十五章》

院本采用民间舞蹈编成剧本并采用其曲牌表

院本名称	类别	宫调和曲牌名	参考书目
乔捉蛇	冲撞引首	中吕调乔捉蛇	《董西厢》卷二
斗鹌鹑	诸杂大小院本	越调斗鹌鹑	《董西厢》卷一、卷三、卷六、卷八
上小楼衮头子	诸杂院爨	中吕上小楼	《中原音韵》卷下 《乐府共三百三十五章》、 《辍耕录》卷二十七 《杂剧曲名》
山麻秸	冲撞引首	越调山麻秸	《董西厢》卷六

院本沿用宋杂剧戏曲和唐宋曲子嬗变为北曲表

院本名称	类别	宫调和曲牌名	参考书目
天下乐	冲撞引首	仙吕调天下乐	《董西厢》卷七
上坟伊州	和曲院本	大石调伊州衮	《董西厢》卷一、卷二、卷八
进奉伊州	诸杂大小院本	大石调伊州衮	《董西厢》卷一、卷二、卷八

（续表）

院本名称	类别	宫调和曲牌名	参考书目
酒楼伊州	诸杂院爨	大石调伊州衮	《董西厢》卷一、卷二、卷八
烧花新水	和曲院本	双调新水令	《中原音韵》卷下《乐府共三百三十五章》
病郑逍遥乐	和曲院本	商调逍遥乐	《中原音韵》卷下《乐府共三百三十五章》
四酸逍遥乐	和曲院本	商调逍遥乐	《中原音韵》卷下《乐府共三百三十五章》
捍鳳降黄龙	和曲院本	黄钟降黄龙衮	《中原音韵》卷下《乐府共三百三十五章》
列女降黄龙	和曲院本	黄钟降黄龙衮	《中原音韵》卷下《乐府共三百三十五章》
抹面长寿仙	诸杂院爨	般设调长寿仙衮	《董西厢》卷二、卷八
讳老长寿仙	诸杂院爨	般设调长寿仙衮	《董西厢》卷二、卷八
羹汤六幺	诸杂院爨	仙吕调六幺令	《董西厢》卷六
柳青娘	冲撞引首	中吕调柳青娘	《刘知远诸宫调》卷一
捣练子	冲撞引首	双调捣练子	《中原音韵》卷下《乐府共三百三十五章》
调笑令	冲撞引首	越调调笑令	《中原音韵》卷下《乐府共三百三十五章》

（续表）

院本名称	类别	宫调和曲牌名	参考书目
卖花声	诸杂大小院本	中吕卖花声	《中原音韵》卷下 《乐府共三百三十五章》
双声叠韵	诸杂大小院本	黄钟宫双声叠韵	《刘知远诸宫调》卷二
谒金门爨	诸杂院爨	中吕谒金门	《中原音韵》卷下 《乐府共三百三十五章》
变二郎爨	诸杂院爨	商调过曲二郎神	《宋元戏文辑佚》①
喜迁莺剁草鞋	诸杂院爨	黄钟调喜迁莺	《董西厢》卷二
衲袄	诸杂砌	黄钟红衲袄	《中原音韵》卷下 《乐府共三百三十五章》

上列各表确切证明，金院本使用不同宫调的北曲，至少已达三十多个。这是仅就院本名目标出之使用的曲牌统计来的。我们知道，有些院本名目并未标明曲牌，如《诸杂大小院本》之《两相宜》，《官本杂剧段数》（以下省称《官本》）作《两相宜万年芳》。《院公狗儿》，《官本》作《三登乐院公狗儿》。《迓鼓二郎》，《官本》作《迓鼓二郎熙州》。《义养娘》，《官本》作《义养延寿乐》。《偌卖旦》，《官本》

① 钱南扬：《宋元戏文辑佚·李婉复落娼》，上海古典文学出版社1956年版，第72页；《乐昌公主破镜重圆》，第224页。两剧【商调过曲】【二郎神】曲末，钱南扬注文均引《汇纂元谱南曲九宫正始》原注云："元传奇"。又，杨讷【商调】【二郎神】《怨别》【二郎神么篇】："记伊家幸短，枉着人烦烦恼恼。怏怏归来入绣幕，想薄情镇日魂消。乍离别难弃舍，萦惹的恹恹瘦却。"（隋树森编《全元散曲》，中华书局1981年版，下册，第1611页。）押韵字上声"恼"、平声"消"、入派去声"却"通押，的是北曲。

作《偌卖旦长寿仙》。这些院本通将使用的曲牌名省去。类似情形，就无法考察了。

（二）金代北曲中的“承安体”“风流体”

金章宗时（1189—1208），北曲极为兴盛。并形成不同的风格，有“承安体”和“风流体”之称。

1.“承安体”

金朝后期的两位皇帝，金世宗和金章宗都通晓音律。《金史》卷三十九《乐志上·本朝乐曲》载：“世宗大定九年十一月庚申，皇太子生日，上宴于东宫，命奏新声，谓大臣曰：‘朕制此曲，名《君臣乐》。’”元芝庵著《唱论》,列金章宗为帝王“知音”者之一。[①]上有好者,下必有甚焉,《院本名目·诸杂院爨》中的《金皇圣德》《皇家万岁》《四海民和》《清朝无事》《丰稔太平》等剧目，当是元好问《甲午除夕》诗称颂的“神功圣德三千牍,大定明昌五十年”[②]中的作品。大定（1161—1189），金世宗年号，明昌（1190—1196），金章宗年号。由是可了解到，在金代出现谀颂统治者的戏曲，且渐形成了风气。如《董西厢》卷一“引辞”说：

> 吾皇德化，喜遇太平多暇，干戈倒载闲兵甲。这世为人，白甚不欢洽？[③]

①〔元〕陶宗仪《南村辍耕录》卷二十七《燕南芝庵先生唱论》:“帝王知音者五人:唐玄宗、后唐庄宗、南唐后主、宋徽宗、金章宗。”

②〔金〕元好问著，〔清〕施国祁注《元遗山诗集笺注》，人民文学出版社 1958 年版，第 396 页。

③〔金〕董解元著，凌景埏校注《董解元西厢记》，人民文学出版社 1980 年版，第 1 页。

而“引辞”又说今是“一笑人间今古，圣朝难遇”[①]的太平盛世。这和《金皇圣德》《四海民和》等院本的旨趣，可说是沆瀣一气。这些庆赏祝贺的戏曲，必有悠扬的声律，优美的声腔，才能收到它应有的效果。因此，院本作者竞制新曲，致使北曲之体，盛极一时，并形成不同的风格。

人们称金章宗承安（1196—1200）时期的作品为“承安体”。元袁桷（1266—1327）《清容居士集》卷四十八《题金承安乐府》：

> 幼岁见老乐工歌梨园，音曲若不相属，而均数无少间断，犹累累贯珠之遗意也。承安老人所补歌曲，按其音节无少异，此殆以文为戏者。黄豫章尝评小山乐府为狭邪之鼓吹，豪士之大雅。风流日远，惜不得共论承平王孙故态，为之慨然。[②]

明朱权《太和正音谱》卷上《乐府体式》“新定乐府十五家”称：“承安体，华观伟丽，过于泆乐。承安，金章宗正朔。”[③]足见“承安体”曾被元明人称道一时。近人任中敏《散曲概论》卷二《内容》：“承安体，包含庆赏祝贺，与及时行乐等作。”[④]“承安体”中所言之泆乐情形，前引《董西厢》“引辞”，以窥见一斑。另外，从北杂剧中还可得其仿佛。如王实甫《丽春堂》第一折描述金章宗右丞相乐善等泆乐情形：

> 老夫完颜女真人氏，小字乐善，……官拜右丞相。……

---

①〔金〕董解元著，凌景埏校注《董解元西厢记》，人民文学出版社 1980 年版，第 2 页。

②〔元〕袁桷：《清容居士集》，商务印书馆民国二十五年版，第 12 册，第 819 页。

③〔明〕朱权：《太和正音谱》，《中国古典戏曲论著集成》第三集，中国戏剧出版社 1959 年版，第 13 页。

④ 任中敏：《散曲概论》卷二，中华书局 1931 年版，第 19 页。

今日五月端午，蕤宾节令，奉圣人命，都着俺文武官员御园中赴射柳会。……（唱）

【仙吕点绛唇】破虏平戎，灭辽取宋，中原统。建四十里金镛，率万国来朝贡。

【混江龙】端的是走轮飞鞚，车如流水马如龙。绮罗香里，箫鼓声中。

盛世黎民歌岁稔，太平圣主庆年丰。[①]

同剧第四折：

【太平令】歌金缕清音嘹亮，品鸾箫余韵悠扬。大筵会公卿宰相，早先声把烟尘扫荡。从今后，四方、八荒、万邦，齐仰贺当今皇上。[②]

王国维《曲录》根据此剧【太平令】曲“从今后，四方、八荒、万邦”云云，指出：“以颂祷金皇作结。则此剧之作尚在金世，实父亦由金入元者矣。”[③]

2. “风流体”

风流体是金人最早创造的北曲。元周德清《中原音韵》卷下《乐府共三百三十五章》条云：“作乐府，切忌有伤于音律。且如女真‘风流体’等乐章，皆以女真人音声歌之，虽字有舛讹，不伤于

①〔元〕王实甫：《四丞相高会丽春堂杂剧》，〔明〕臧晋叔编《元曲选》，中华书局 1979 年版，第 900 页。

②〔元〕王实甫：《四丞相高会丽春堂杂剧》，〔明〕臧晋叔编《元曲选》，中华书局 1979 年版，第 913 页。

③ 王国维：《曲录》卷二《杂剧部上》，《王国维遗书》第十六册，上海古籍书店 1983 年版，第 2 页。

音律者，不为害也。”[1]同书同条列有【风流体】曲牌名，属于【双调】，或即其遗响。任中敏《散曲概论》卷二《内容》附《散曲俳体二十五种》列有“风流体”，谓之是“专门嘲笑风流，警戒漂荡子弟者”之作。[2]

（三）金代北曲中的杂体

金章宗时，北曲作者风起云涌，盛况空前。在谐音定律方面，逐渐形成一定的基础理论。修辞方面，作者争奇斗异，所以出现各种杂体。计有“歇贴韵”“回且语”“诗头曲尾”“双声叠韵”等。同时，院本作者以游戏方式出之，编成戏曲。兹逐一分述如次。

1. 歇贴韵

《院本名目·冲撞引首》类有《歇贴韵》一本。[3]“歇”的含义，与宋大曲中之“歇拍”的“歇”，宋词调中煞尾之“歇拍”近似。“歇”，停歇，犹现在乐曲中之休止符。“贴”，补贴。宋元戏文脚色中有“贴旦”，徐渭《南词叙录》谓：“贴，旦之外贴一旦也。”[4]“贴”即补充之意。所以，“歇贴韵”，即句中补充休止之用韵。其来源甚古。《诗·秦风·权舆》：“于嗟乎不承权舆。”此“乎”字即句中韵。又汉谣谚：“解

---

①〔元〕周德清：《中原音韵》卷下，《中国古典戏曲论著集成》第一集，中国戏剧出版社1959年版，第231页。

② 任中敏：《散曲概论》卷二，中华书局1931年版，第28页。

③〔元〕陶宗仪：《南村辍耕录》卷二十五《院本名目·冲撞引首》，中华书局1959年版，第310页。

④〔明〕徐渭：《南词叙录》，《中国古典戏曲论著集成》第三集，中国戏剧出版社1959年版，第245页。

经不穷戴侍中。”[①] 此“穷”字即句中韵。金院本《歇贴韵》剧本已佚，其体制可于元人曲中求之。如元汤式【醉太平】《约游春友不至效张鸣善句里用韵》：

芳尘滚滚，香雾氲氲。东风何地不精神。流莺也唤人。柳屯云护城闉两岸黄金嫩，杏酣春映山村万树胭脂喷，草铺茵绕湖滨一片绿绒新。不闲游是蠢。[②]

曲中五、六、七三句，鼎足对中之“云”“闉”即句中韵，与“嫩”协。“春”“村”属句中韵，与“喷”协。“茵”“滨”属句中韵，与“新”协。

“歇贴韵”，元人称为六字三韵。周德清《中原音韵》卷下《作词十法·造语·六字三韵语》：

前辈《周公摄政传奇》【太平令】云：“口来豁开两腮。”《西厢记》【麻郎么】云：“忽听一声猛惊”“本宫始终不同”。……皆二字一韵。[③]

明沈德符《顾曲杂言·西厢》：

元人周德清评《西厢》云：六字中三用韵，如“玉宇无尘”内“忽听一声猛惊”，及“玉骢娇马”内“自古相女配夫”，此皆三韵为难。予谓：“古”“女”仄声，“夫”字平声，未为奇也。不如“云敛晴空”内“本宫始终不同”，俱平声，乃佳耳。然此类凡元人皆能之，不独《西厢》为然。

---

① 《后汉书》卷一百九《儒林列传·戴凭传》：“京师为之语曰：‘解经不穷戴侍中。’”

② 隋树森编《全元散曲》，中华书局1981年版，下册，第1596页。

③〔元〕周德清：《中原音韵》卷下，《中国古典戏曲论著集成》第一集，中国戏剧出版社1959年版，第233页。

如春景时曲云“柳绵满天舞旋”,冬景云“臂中紧封守宫”,又云“醉烘玉容微红”,重会时曲云“女郎两相对当”,私情时曲云“玉娘粉妆生香”,(郑德辉)《㑳梅香》杂剧云“不妨莫慌我当”,(乔吉)《两世姻缘》云“怎么性大便杀”,《歌舞丽春堂》云:“四方八荒万邦”,俱六字三韵,稳贴圆美。[①]

是元明人皆称赏之。

2. 回且语

《院本名目·冲撞引首》类有《回且语》一本。[②]“回”,回倒,颠倒。“回且语”,即颠倒反复地说,后来称反复体。任中敏《散曲概论》卷二附《散曲俳体二十五种》:“八、反复体。每句中之字面,颠倒重复,反复言之。”[③]并举元无名氏【双调·水仙子】为例:

恨重叠,重叠恨,恨绵绵,恨满晚妆楼。愁积聚,积聚愁。愁切切,愁斟碧玉瓯。懒梳妆,梳妆懒,懒设设,懒爇黄金兽。泪珠弹,弹珠泪,泪汪汪,汪汪不住流。病身躯,身躯病,病恹恹,病在我心头。花见我,我见花,花应憔瘦。月对咱,咱对月,月更害羞。与天说,说与天,天也还愁。[④]

马致远《汉宫秋》第三折亦有此体:

(驾唱)

①〔明〕沈德符:《顾曲杂言》,《中国古典戏曲论著集成》第四集,中国戏剧出版社1959年版,第201—202页。

②〔元〕陶宗仪:《南村辍耕录》卷二十五《院本名目·冲撞引首》,中华书局1959年版,第311页。

③ 任中敏:《散曲概论》卷二,中华书局1931年版,第24页。

④ 隋树森编《全元散曲》录作刘庭信曲,中华书局1981年版,下册,第1434页。

【梅花酒】……他、他、他伤心辞汉主，我、我、我携手上河梁。他部从入穷荒，我銮舆返咸阳。返咸阳，过宫墙。过宫墙，绕回廊。绕回廊，近椒房。近椒房，月昏黄。月昏黄，夜生凉。夜生凉，泣寒螀。泣寒螀，绿纱窗。绿纱窗，不思量。

【收江南】呀，不思量，除是铁心肠。铁心肠也愁泪滴千行。[①]

此又似前一例之变体也。

3. 诗头曲尾

《院本名目·打略拴搐》类有《诗头曲尾》一本。[②]诗头曲尾，金代作曲方法之一。诗头，诗的开头，谓诗的首句要警策。曲尾，谓北曲的煞尾句子，音节既要响亮，又要含意不尽，所谓言有尽而意无穷也。《中原音韵》卷下《作词十法·造语·末句》云：

(末句)诗头曲尾是也。如得好句，其句意尽，可为末句。前辈已有“某调末句是平煞，某调末句是上煞，某调末句是去煞”。照依后项用之。夫平仄者，平者平声，仄者上、去声也。后云“上”者，必要上。“去者”，必要去。……[③]

明李开先《词谑》卷四《词尾》：

(词尾)世称“诗头曲尾”，又称“豹尾”，必须急并响亮，

①〔元〕马致远：《破幽梦孤雁汉宫秋杂剧》，〔明〕臧晋叔编《元曲选》，中华书局1979年版，第10页。

②〔元〕陶宗仪：《南村辍耕录》卷二十五《院本名目·打略拴搐》，中华书局1959年版，第313页。

③〔元〕周德清：《中原音韵》卷下，《中国古典戏曲论著集成》第一集，中国戏剧出版社1959年版，第237页。

含有余不尽之意。……六朝人称谢朓工于发端，如“大江流日夜，客心悲未央”，杨升庵称其“雄压千古”。又谓：“……杜子美‘将军胆气雄，臂悬两角弓’，孟浩然‘八月湖水平，涵虚混太清’，可并谢作。”……诗人多而好句尚少，词尾不尤为难事耶？据所见……录之。

刘廷信【南吕·尾】：“几回好梦添凄楚，无奈秋声忒狠毒：一声风，一声雨，一声钟，一声鼓；风声催，雨声促，角声哀，鼓声助；一声听，一声数，一声愁，一声哭。投至得风声宁，雨声住，角声停，鼓声足，一声钟撞我一口长吁，泪点儿多如窗外雨。”

……

《陈琳抱妆盒》【尾】：“跳出这九重危困连环寨，走出这十面埋伏大会垓。蛇蝎般心肠忒毒害，他将小储君提将起来，望着花斑石殿阶，他正是拾的孩儿落的摔。”①

任中敏《散曲概论》卷二《作法·诗头曲尾》一节，论之甚详，不具引。

4. 双声叠韵

《院本名目·诸杂院爨》类有《双声叠韵》剧本一种。② 惜剧本全佚。仅从《中原音韵》卷下《作词十法·造语·双声叠韵语》，得其仿佛：

如“故国观光君未归”是也。夫乐府贵在音律浏亮，

①〔明〕李开先：《词谑》，《中国古典戏曲论著集成》第三集，中国戏剧出版社1959年版，第356—357页。

②〔元〕陶宗仪：《南村辍耕录》卷二十五《院本名目》，中华书局1959年版，第309页。

何乃反入艰难之乡？此体不可无，亦不可专意作而歌之，

但可拘（勾）肆中白念耳。[①]

据此,知金元戏曲及念白,都有运用双声叠韵的。不知院本《双声叠韵》是何种方式？【双声叠韵】又为北曲曲牌名,属【中吕调】,见《董西厢》。

上述北曲中的“歇贴韵”“回且语”“诗头曲尾”“双声叠韵”等杂体，皆创自金代北曲作者。元人竞相仿效，乃发扬光大。学者未详考察，认为皆始于元人，幸而《院本名目》中保存其项目，特标而出之，以免数典忘祖之谓云。

下面略谈金院本中的南曲。

（四）金院本制作的南曲

以往有学者怀疑《官本》中的《李勉负心》《相如文君》《王宗道休妻》等是南戏，但因提不出证据而取消其意见。据管见所及，院本作者确有制作南曲，还有采用唐宋曲子演变为南曲。是院本中的一部份脚本，可能是用南曲唱的。附此俟考。

金院本制作的南曲表

院本名称	类别	宫调和曲牌名	参考书目
十五郎	诸杂院爨	南吕过曲十五郎	《宋元戏文辑佚》[②]

①〔元〕周德清:《中原音韵》卷下,《中国古典戏曲论著集成》第一集，中国戏剧出版社1959年版，第233页。

② 钱南扬:《宋元戏文辑佚·孟月梅写恨锦香亭》,上海古典文学出版社1956年版,第76页。

（续表）

院本名称	类别	宫调和曲牌名	参考书目
调刘衮	诸杂院爨	南吕过曲刘衮	《宋元戏文辑佚》①
马明王	诸杂大小院本	南吕过曲马明王	《宦门子弟错立身》第十二出
烧香法曲	和曲院本	烧夜香	《琵琶记》第二十一出

金院本采用唐宋曲子演变为南曲者表

院本名称	类别	宫调和曲牌名	参考书目
春从天上来	上皇院本	仙吕过曲春从天上来	《南戏新证》②
单兜望梅花	诸杂院爨	商调过曲望梅花	《张协状元》第三十九出
四国来朝	诸杂大小院本	越调四国朝	《宦门子弟错立身》第十二出
海棠春	诸杂大小院本	双调引子海棠春	《南戏新证》③

① 钱南扬:《宋元戏文辑佚·王祥卧冰》，上海古典文学出版社1956年版，第29页。

② 刘念兹:《南戏新证》第十章《南戏的曲牌及其遗存情况》，中华书局1986年版，第267页。

③ 刘念兹:《南戏新证》第十章《南戏的曲牌及其遗存情况》，中华书局1986年版，第268页。

（续表）

院本名称	类别	宫调和曲牌名	参考书目
似娘儿	诸杂大小院本	仙侣引子似娘儿	《南戏新证》①
击梧桐	诸杂大小院本	商调过曲击梧桐	《南戏新证》②
河转迓鼓	诸杂院爨	仙吕慢词河传	《南戏新证》③
集贤宾打三教	诸杂院爨	商调慢词集贤宾、 商调过曲集贤宾	《南戏新证》④
少年游	拴搐艳段	大石引子少年游	《南戏新证》⑤

三　幺末——北杂剧的产生

（一）教坊色长魏、武、刘三人“鼎新编辑”的院本

12世纪是中国戏曲史上不平凡的时代。在南宋王朝的光宗绍

① 刘念兹：《南戏新证》第十章《南戏的曲牌及其遗存情况》，中华书局1986年版，第267页。

② 刘念兹：《南戏新证》第十章《南戏的曲牌及其遗存情况》，中华书局1986年版，第273页。

③ 刘念兹：《南戏新证》第十章《南戏的曲牌及其遗存情况》，中华书局1986年版，第267页。

④ 刘念兹：《南戏新证》第十章《南戏的曲牌及其遗存情况》，中华书局1986年版，第273页。

⑤ 刘念兹：《南戏新证》第十章《南戏的曲牌及其遗存情况》，中华书局1986年版，第267页。

熙年间（1190—1194），产生了南戏。徐渭《南词叙录》说：

南戏始于宋光宗朝，永嘉人所作《赵贞女》《王魁》二种实首之。[①]

在金人统治下的北方，为金章宗明昌（1190—1196）、承安（1196—1200）时代，北曲兴盛。钟嗣成《录鬼簿》卷上说：

董解元，金章宗时人。以其创始，故列诸首。[②]

北曲并非董解元始创，说它兴盛于金章宗时，则是事实。前文已详论述，兹不再赘。这一时期，南北两地都产生了新的戏曲品种，也不是偶然的巧合，确有它的条件和因素。因为在此以前的金世宗时代，宋金两国构和，维持了四十多年的休战状态。南北两地的人民，都能安居乐业。朝廷有道，物阜民康，这是戏曲事业兴起的重要因素。到了金章宗承安年间，北曲兴盛极，并形成风格，有“承安体”之称。同时又创造出各种杂体，戏曲事业日新月异。继而教坊色长魏、武、刘三人，对院本进行改革。《辍耕录》卷二十五《院本名目》条说：

院本……教坊色长魏、武、刘三人鼎新编辑。魏长于念诵，武长于筋斗，刘长于科汎，至今乐人皆宗之。[③]

夏伯和《青楼集志》亦载此事，[④]唯“科汎”作“科泛”，或又

---

①〔明〕徐渭：《南词叙录》，《中国古典戏曲论著集成》第三集，中国戏剧出版社 1959 年版，第 239 页。

②〔元〕钟嗣成：《录鬼簿》，《中国古典戏曲论著集成》第二集，中国戏剧出版社 1959 年版，第 103 页。

③〔元〕陶宗仪：《南村辍耕录》，中华书局 1959 年版，第 306 页。

④〔元〕夏庭芝：《青楼集》卷首，《中国古典戏曲论著集成》第二集，中国戏剧出版社 1959 年版，第 7 页。

写作“科范”。此处“科泛”,谓刘色长将己所擅长之舞台表演艺术,加以总结,用文字编写入院本,作为动作、表情、舞台效果等的舞台提示。魏、武、刘三人中,刘的才艺较高,而又全面。据《录鬼簿》记载,他的两个女婿,红字李二、花李郎,都是名演员而兼剧作家。①在魏、武、刘三人“鼎新编辑”院本的同时,产生了新的戏曲——幺末。

幺末一词,②是和刘耍和的名字联系在一起出现的。元初杜仁杰【耍孩儿】《庄家不识构栏》【六煞】:

> 见一个人……说道:前截儿院本《调风月》,背后么末敷演刘耍和。③

“么末敷演刘耍和”,当是名演员刘耍和敷演幺末,或敷演刘耍和编写的幺末脚本。作者为了趁韵,因用倒装法。幺末一词,最早即见于元初杜仁杰此曲。

曲文中将“院本”和“幺末”对举,又把幺末作为压台戏放在最后演出,以招徕观众。

笔者发现杂剧、院本、幺末这三种戏曲的别称。今逐录于下。

《墨娥小录》卷十四《行院声嗽·伎艺》:

---

① 曹寅刊本元钟嗣成《录鬼簿》卷上:“红字李二,京兆人。教坊刘耍和婿。……李郎,刘耍和婿。”(《中国古典戏曲论著集成》第二集,中国戏剧出版社1959年版,第113—114页。)

天一阁藏明抄本元钟嗣成《录鬼簿》卷上:“花李郎,刘耍和婿……刘耍和赘为婿卿,花李郎、风月才纯。”(《续修四库全书》第1759册影印,上海古籍出版社1995年版,第155页。)

② 幺末,又作么末。么,同幺,幺字的俗体字。南宋毛晃增注、毛居正重修《增修互注礼部韵略》卷二《三萧》“幺”:“俗作么。”《四部丛刊初编》景乌程蒋氏密韵楼藏元刊本《朝野新声太平乐府》卷九杜善夫【耍孩儿】《庄家不识构栏》、明隆庆五年辛未吴继聚好堂刻本佚名《墨娥小录》卷十四《市语声嗽·伎艺》等,均作“么末”。

③ 隋树森编《全元散曲》,中华书局1981年版,上册,第31页。

杂（剧）：朗末；院本：嵯末；……佐惕：么末。[①]

兹逐一考释如次。

1. 杂剧：朗末

杂剧，别称朗末。朗，大。《墨娥小录》卷十四《行院声嗽·通用》："大：朗兜，朗。"[②]末，正末，末泥。北杂剧的主演脚色。《墨娥小录》卷十四《行院声嗽·伎艺》条说："勾栏看杂剧，圈里睃末。"[③]元高安道【哨遍】《嗓淡行院》套【二煞】："嵯顶老，撇朗兜。"[④]嵯，小。顶老，歌妓，女艺人。此谓小艺人装大脚色。

《永乐大典戏文三种》之《错立身》第十二出：

（末）……我孩儿要招个做杂剧的。

（生唱）

【金蕉叶】子这撇末区老赚，我学那刘耍和行踪步迹。[⑤]

案：撇末，撇，表演；末，北杂剧主唱脚色。因借为北杂剧的代称。《雍熙乐府》卷十一【双调·新水令】《评音律精熟》【鸳鸯煞】："撇

---

①〔明〕佚名：《墨娥小录》卷十四，明隆庆五年辛未吴继聚好堂刻本，第8叶b面，中国书店1959年影印。

②〔明〕佚名：《墨娥小录》卷十四，明隆庆五年辛未吴继聚好堂刻本，第9叶b面，中国书店1959年影印。

③〔明〕佚名：《墨娥小录》卷十四，明隆庆五年辛未吴继聚好堂刻本，第8叶b面，中国书店1959年影印。

④ 隋树森编《全元散曲》，中华书局1981年版，下册，第1111页。

⑤〔宋〕古杭才人：《宦门子弟错立身》，钱南扬校注《永乐大典戏文三种校注》，中华书局1979年版，第243—244页。钱南扬注云："子，与'则'同，犹云'只'。详《(诗词曲）语辞汇释》'子一'。撇末，撇犹云装，……故装末叫撇末。赚，当与'唱赚'之'赚'同义，……当指做，不指唱。"（第249页。）案：区，身躯。老，语尾词，无义。

朗末戏场中，名显在鸿门占芳景。”[①] 明朱有燉《悟真如》杂剧【仙侣】【赚尾】：“把性理会融，将真言唪诵，不强如向勾栏撇朗末闹烘烘。”[②] 又《悟真如》杂剧【中吕】【耍孩儿】：“便休去排场上土抹灰搽，做女的撇末中再莫心留恋。”[③] 朱有燉《桃源景》杂剧【赏花时】：“你道我撇末的场中无对手。”[④] “撇末”“撇朗末”，义皆同上。

据上引资料证明，朗末，北杂剧主脚，又借代为杂剧。

2. 院本：嗟末

嗟末，小末。《墨娥小录》卷十四《行院声嗽·通用》：“小：嗟答俫。”[⑤]《墨娥小录》卷十四《行院声嗽·人物》：“小妮子：嗟姑。”[⑥] 嗟末，又是净的别称。《墨娥小录》卷十四《行院声嗽·人物》：“净：嗟末。”[⑦] 净，副净，院本主演脚色。元陶宗仪《辍耕录》卷二十五《院本名目》：“院本则五人，一曰副净，古谓之参军。”[⑧]《水浒全传》第八十二回《梁山泊分金大买市，宋公明全伙受招安》：“第四个净

---

①〔明〕郭勋辑《雍熙乐府》卷十一，《续修四库全书》第1741册影明嘉靖刊本，上海古籍出版社1995年版，第47页。

②〔明〕朱有燉：《新编李妙清花里悟真如》，赵晓红整理《朱有燉集》，齐鲁书社2014年版，第129页。

③〔明〕朱有燉：《新编李妙清花里悟真如》，赵晓红整理《朱有燉集》，齐鲁书社2014年版，第140页。

④〔明〕朱有燉：《新编美姻缘风月桃源景》，赵晓红整理《朱有燉集》，齐鲁书社2014年版，第179页。

⑤〔明〕佚名：《墨娥小录》卷十四，明隆庆五年辛未吴继聚好堂刻本，第9叶b面，中国书店1959年影印。

⑥〔明〕佚名：《墨娥小录》卷十四，明隆庆五年辛未吴继聚好堂刻本，第6叶a面，中国书店1959年影印。

⑦〔明〕佚名：《墨娥小录》卷十四，明隆庆五年辛未吴继聚好堂刻本，第6叶a面，中国书店1959年影印。

⑧〔元〕陶宗仪：《南村辍耕录》，中华书局1959年版，第306页。

色的，语言动众，颜色繁过，依院本填腔调曲，按格范打诨发科。”①汤式【哨遍】《新建勾栏教坊求赞》【二煞】：“副净色腆嚣庞，张怪脸，发乔科。”②明朱有燉《宣平巷刘金儿复落娼》杂剧【玄鹤鸣】贴旦云：“我在宣平巷勾栏中，第一个副净色，我那发科打诨，强如众人。”③无名氏《洞玄升仙》杂剧头折【寄生草】女道童云：“骗口张舌，学院本，做副净。”④是嗟末，院本中的主脚，又借代为院本。

3. 佐惕：幺末

佐惕，幺末的市语，其本义未详。幺末，即幺麽院本。元无名氏《汉钟离度脱蓝采和杂剧》第四折正末（蓝采和）唱【七弟兄】：

我着他笑嘻嘻将衣服花帽全新置。旧么麽院本我须知，论同场本事我般般会。⑤

这是伶人蓝采和去学道修行，脱离了舞台生涯30年之后，又重返舞台，参加演戏，向同行夸耀自己，不但能够“做杂剧，扮兴亡贪是非”，而且表示“旧么麽院本我须知”。蓝采和指出的“么麽院本”，已经是旧玩艺，可见其时已是北杂剧的兴盛时代。

末、麽同音异写，金元戏曲中习见。元末贾仲明在《录鬼簿续编》吊元代剧作家补曲中，再三将幺末作为北杂剧的代称。如《高文秀》云：“除汉卿一个，将前贤疏驳，比诸公么末极多。”《扬显之》：

① 施耐庵、罗贯中：《水浒全传》，上海人民出版社1975年版，下册，第1027页。

② 隋树森编《全元散曲》，中华书局1981年版，下册，第1496页。

③〔明〕朱有燉：《宣平巷刘金儿复落娼》，赵晓红整理《朱有燉集》，齐鲁书社2014年版，第318页。

④〔明〕无名氏：《边洞玄慕道升仙》，《孤本元明杂剧》第四册，中国戏剧出版社1958年版，《洞玄升仙》第4叶a面。

⑤ 隋树森编《元曲选外编》，中华书局1959年版，第980页。

“么末中补缺加新令，皆号为、‘扬补丁’。有传奇乐府新声。”《王伯成》:“伯成涿鹿俊丰标,么末文词善解嘲。”《侯正卿》:“《燕子楼》、么末全赢。”《石君宝》:“共吴昌龄，么末相齐。”《花李郎》:“乐府词章性,传奇么末情,考兴在大德元贞。”[①]《辍耕录》卷二十五《院本名目》内列有“院幺”一门,院幺即幺麽院本的省称。由是而知，么末是由幺麽院本衍变为北杂剧的过渡名称。陶宗仪《辍耕录》卷二十五《院本名目》说:“金有院本、杂剧、诸宫调。院本、杂剧，其实一也。国朝院本、杂剧，始厘而二之。”[②] 这里说明（幺麽）院本即北杂剧。

（二）幺末——北杂剧

学者们都认为么（幺）末即院幺。案院幺二字，即从“么末院本”摄取而来。《辍耕录》卷二十五《院本名目·院幺》所载之剧目，如《风流婿》《庆七夕》《海棠轩》《红梨花》等，正是北杂剧大量吸取传奇或民间故事为题材的起步。又《院本名目·院幺》剧目如《女状元春桃记》《王子端卷帘记》等用“记”作标题，以及《玎珰天赐暗姻缘》用七言诗句格式作标题，并为北杂剧所沿用。此种剧目标题格式，即创自院幺（幺末）也。

又从出土文物看幺末——北杂剧的演出风格。在未讨论这个问题之前，先根据出土文物讨论一下金朝中叶的院本演出风格。如1973至1979年，山西稷山县马村出土金世宗大定元年（1161）至

① 〔元〕钟嗣成:《录鬼簿》,《续修四库全书》第1759册影天一阁藏明抄本，上海古籍出版社1995年版，第145页，第146页，第147页，第149页，第151页，第155页。

② 〔元〕陶宗仪:《南村辍耕录》，中华书局1959年版，第306页。

大定二十一年（1181）段氏墓群3号墓、4号墓、8号墓等院本演出砖雕画像，凡居中间显著位置的主演脚色，都是身材短小、软巾诨裹，忸怩作态，插科打诨的副净。其中扮演披袍秉笏之官员，一般认为是末泥色，乃院本中之配脚，均居从属的位置。①再如1973年至1979年稷山县化峪镇出土同一时期金墓2号墓、3号墓的院本演出砖雕画像，②和稷山县苗圃出土同一时期金墓的院本演出砖雕画像，③也都是副净占正中突出地位，末泥居次。

现在再来看金朝后期舞台戏曲的演出风格。如1959年山西侯马出土金卫绍王大安二年（1210）董玘坚墓戏台演出砖雕，5个脚色正在演出，其中站立于戏台正中的主脚为红袍秉笏官员，他目光右视，神态自若。这个脚色，就是《太和正音谱·词林须知》所说的："正末：当场男子，谓之末。……俗谓之末泥。"④鼻梁上涂白粉的副

---

①《中国大百科全书·戏曲、曲艺》彩图：《山西稷山马村金段氏墓群杂剧砖雕（3号墓、4号墓出土）》、《山西稷山马村金段氏墓群杂剧砖雕（5号墓、8号墓出土）》，中国大百科全书出版社1983年版，彩图插页第5页、第6页。

参阅山西省考古研究所《山西稷山金墓发掘简报》，《文物》1983年第1期。

②《中国大百科全书·戏曲、曲艺》彩图：《山西稷山化峪金墓杂剧砖雕（2号墓、3号墓出土）》，中国大百科全书出版社1983年版，彩图插页第3页。

参阅山西省考古研究所《山西稷山金墓发掘简报》，《文物》1983年第1期。

③《中国大百科全书·戏曲、曲艺》彩图：《山西稷山苗圃金墓杂剧砖雕》，中国大百科全书出版社1983年版，彩图插页第2页。

④ 参阅山西省考古研究所《山西稷山金墓发掘简报》，《文物》1983年第1期。

〔明〕朱权：《太和正音谱》，《中国古典戏曲论著集成》第三集，中国戏剧出版社1959年版，第53页。"俗谓之末泥"，"谓"，《中国古代戏曲论著集成》本据影写洪武间刻本作"为"，校勘记第二〇〇条："'为'字，《啸余谱》本作：'谓'。"（第211页）案上下文，作"谓"是，意思确切，文从字顺，故从之。作"为"，意思模糊，扞格难通，故不从。

净，成为配脚，退于右角之边沿。[1]这是金朝后期幺末——北杂剧的演出风格。又如山西芮城出土元世祖中统元年（1260）潘德冲墓石棺戏阴线刻画像，也是披袍执简之末泥为主脚，副净为配脚。[2]这是元初北杂剧的演出风格，与金末大安二年（1210）幺末为主的演出风格，完全相同。下至泰定元年（1324）山西洪洞县广胜寺明应王殿内“大行散乐忠都秀在此作场”元杂剧壁画，也是末泥忠都秀扮演的红袍秉笏官员站立于戏台正中。[3]

（三）北杂剧兴起的年代

幺末——北杂剧的体制，及演出风格，上文中已略见其端倪。至于幺末——北杂剧的产生时间，迄今还是个谜。前文说过，幺末一词，最早见于杜仁杰【耍孩儿】《庄家不识构栏》套曲。[4]读其书，

---

①《中国大百科全书·戏曲、曲艺》彩图：《山西侯马金董氏墓戏台模型》，中国大百科全书出版社 1983 年版，彩图插页第 57 页。

参阅《中国大百科全书·戏曲、曲艺》刘念兹《侯马董氏金墓戏俑》：“金代戏曲文物。1959 年出土。墓在山西省侯马市西郊。据墓地买地券砖文字记载，为金大安二年 (1210) 董玘坚墓。墓为砖砌仿木结构建筑。墓室后壁上部，有砖制舞台一座。舞台上排列着 5 个彩绘砖俑，均作表演状，面部有化妆。……正中一人，头戴黑色展翅幞头，身穿宽袖圆领红袍，腰间系带，足登皂靴，双手执笏斜贴于左胸，身体微向前倾，目光右视，神态自若，是一个饰演官员的‘装孤’脚色。……左起第 5 人……脸部以白粉抹鼻呈三角形，用墨粗粗地在眼睛上从上到下勾了一笔，作为眉毛的夸张处理……右手食指及大拇指置口中，其余三指贴面颊，作吹口哨状，表情滑稽，是一个‘副净’的脚色。”（中国大百科全书出版社 1983 年版，第 120 页。）

参阅山西省文管会侯马工作站《侯马金代董氏墓介绍》，《文物》1959 年第 6 期。

② 山西省文物管理委员会、考古研究所：《山西芮城永乐宫旧址宋德方、潘德冲和“吕祖”墓发掘简报》，图版玖《潘德冲墓石椁前壁上的雕刻（上）及细部（下）》，《考古》1960 年第 8 期。

③《中国大百科全书·戏曲、曲艺》彩图：《山西洪洞明应王殿元杂剧壁画　1324 年》，中国大百科全书出版社 1983 年版，彩图插页第 8 页。

④ 隋树森编《全元散曲》，中华书局 1981 年版，上册，第 31—32 页。

应知其人。杜仁杰乃金之遗民。[①] 顾嗣立《元诗选》三集卷一《杜仁杰》小传："仁杰字仲梁，先称善夫，济南长清人。金正大中，尝偕麻革信之、张澄仲经隐内乡（今河南内乡西北）山中，以诗篇倡和，名声相埒。元至元中，屡征不起。"[②] 仁杰《病中忆坦夫兄》诗，有"共脱壬辰乱，他乡见愈亲"之句。[③] 壬辰，为金哀宗天兴元年（1232）。壬辰乱，指蒙古窝阔台带兵伐金事。《元史》卷二《太宗本纪》："二年（1230）庚寅……秋七月，帝自将南伐，皇弟拖雷、皇侄蒙哥率师从。……三年辛卯……冬十月乙卯，帝围河中。十二月己未，拔之。四年（1232）壬辰春正月……拖雷及金师战于钧州（今河南禹县）之三峰，大败之……遂下商、虢、嵩、汝、陕、洛、许、郑、陈、亳、颍、寿、睢、永等州。三月，命速不台等围南京（今河南开封）。"窝阔台伐金南京路（含今河南省大部分地区）时，仁杰隐内乡（今河南内乡西北）山中读书，遂从延津（今河南延津西北）北渡黄河逃难。其《延津待渡寄仲温参议》诗："一望河平一慨然，战尘如雾水如天。"[④] 表达出对蒙古侵略军的愤慨。金亡后，仁杰屡征不出。其《读前史偶书》诗云：

---

①〔元〕朱经《青楼集序》："我皇元初并海宇，而金之遗民若杜散人、白兰谷、关已斋辈，皆不屑仕进。"（《青楼集》，《中国古典戏曲论著集成》第二集，中国戏剧出版社 1959 年版，第 15 页。）《录鬼簿》卷上"前辈已死名公有乐府行于世者"："杜善夫散人。"（《中国古典戏曲论著集成》第二集，中国戏剧出版社 1959 年版，第 103 页。）

②〔清〕顾嗣立编《元诗选》三集卷一，康熙五十九年秀野草堂刻本，《善夫先生集》第 1 叶 a 面。

③〔清〕顾嗣立编《元诗选》三集卷一，康熙五十九年秀野草堂刻本，《善夫先生集》第 2 叶 a 面。

④〔清〕顾嗣立编《元诗选》三集卷一，康熙五十九年秀野草堂刻本，《善夫先生集》第 3 叶 b 面。

杨彪不着鹿皮冠，元亮还书甲子年。此去乱离何日定，向来名节几人全。中原消息苍茫外，故里山河涕泪边。六国帝秦天暂醉，鲁连休死海东壖。[①]

诗中旨意，仁杰是以金遗民自居。又《至日》诗云："但甘终垄亩，待聘岂前贤。"[②]这是他"屡征不起"的自白。

了解杜仁杰的身世之后，再来讨论他写作《庄家不识构栏》套曲的年代。曲文开头说："风调雨顺民安乐。"又说："桑蚕五谷十分收，官司无甚差科。"[③]这些话显然是是对金朝统治者的歌颂。仁杰【集贤宾 北】《七夕》套【四门子北】又云："士庶每安，烽燧又息，顾吾皇万岁。"[④]"吾皇"，也是指金朝统治者。

曲文说："要了二百钱放过咱。"这是金朝交钞（纸币）贬值的具体反映。《金史》卷四十八《食货志三・钱币》载："至（章宗）泰和二年（1202）……国虚民贫，经用不足，专以交钞愚百姓，而法又不常，世宗之业衰焉。……七年（1207）正月，敕所在官毋得支出大钞。……时民以货币屡变，往往怨嗟，聚语于市。"又载泰和七年七月敕："民间之交易，典质一贯以上，并用交钞，毋得用钱。"可见交钞之贬值程度，所以看戏要破费二百钱。

曲文又云："官司无甚差科。"差科指差役和赋税。金代差科本

① 〔清〕顾嗣立编《元诗选》三集卷一，康熙五十九年秀野草堂刻本，《善夫先生集》第3叶b面。

② 〔清〕顾嗣立编《元诗选》三集卷一，康熙五十九年秀野草堂刻本，《善夫先生集》第2叶b面。

③ 〔元〕杜仁杰:【耍孩儿】《庄家不识构栏》，隋树森编《全元散曲》，中华书局1981年版，上册，第31页。

④ 隋树森编《全元散曲》，中华书局1981年版，上册，第35页。

来较辽宋为轻。[①] 据此推知，此曲当作于金哀宗正大二三年（1225—1226）之间，时蒙古成吉思汗用兵远征西域后，又攻西夏，无暇近顾，[②] 金朝得以苟安。故曲中有“无差科”“民安乐”之句。时善夫约二十六七岁。[③]

由上所述可知：幺末——北杂剧的兴起，当在金哀宗正大（1224—1231）之前，金章宗泰和（1201—1208）之末。由此再往下推30年，金朝方灭亡（1234）。由此证实，北杂剧的确产生于金朝。它和当时南宋王朝统治区域的戏文在不同的空间里分道扬镳。下至元成宗元贞（1295—1297）、大德（1297—1307）时关汉卿和元贞书会中人参与杂剧的编写，则又是70余年以后的事。[④]

根据上引文献资料，充分证明北杂剧产生于金朝，应正名为金（宋）北杂剧，才符合历史事实。

---

①《金史》卷二《太祖本纪》：“诏除辽法，省税赋。”卷四十七《食货志》：“（太宗）天会元年，敕有司轻徭赋，劝稼穑。”卷三《太宗本纪》：“诏曰：昔辽人分士庶之族，赋役皆有等差，其悉均之。”卷一百五《范拱传》：“拱以减税为请，宗弼从之，减旧三分之一，民始苏息。”卷七《世宗本纪中》大定十七年（1177）：“上谓宰臣曰：‘朕常恐重敛以困吾民，自今诸路差科之烦细者，亦具以闻。’”

② 1227年，成吉思汗并死于灭西夏之役。参阅《元史》卷一《太祖本纪》二十年至二十二年（1225—1227）。

③ 参阅吴晓铃《杜仁杰生卒新考》：“金章宗完颜璟泰和元年辛酉（1201），杜仁杰约生于此年。”《河北师范学院学报》1989年第2期；《吴晓铃集》第5卷，河北教育出版社2006年版，第11页。

④〔元〕钟嗣成《录鬼簿》卷上李时中条：“元贞书会：李时中，马致远、花李郎、红字公四高贤，合捻《黄粱梦》。”又，贾仲明《书录鬼簿后》：“钟君所编《录鬼簿》，载其前辈玉京书会燕赵才人、四方名公士夫，编撰当代时行传奇、乐章、隐语、比词源诸公卿大夫士，自金之解元董先生，并元初汉卿关已斋叟已下，前后凡百五十一人，编集于簿。”（《续修四库全书》第1759册影天一阁藏明抄本，上海古籍出版社1995年版，第152页，第142页。）

后记

今天，当我收到陈骥先生发来江西教育出版社付排的《宋杂剧金院本新证》校样，不觉双目潸然。排版之美，则令人心怡。

从 1993 年我父亲魏尧西老师本书完稿，到今天已经有 28 年的光阴。

1950 年代初，我父亲研究宋金音乐文艺，颇从任二北先生(1897—1991) 游，时任二北先生在川大，正从事《唐戏弄》之著述。我父亲之从事宋金戏剧史之研究，是与任二北先生的影响分不开的。任二北先生并介绍我父亲与上海胡忌先生（1931—2005）通信，深得切磋之乐。胡忌先生在《宋金杂剧考》多次再版中，一再说到我父亲，并未因为忌讳我父亲落难而删去其姓名。

1978 年，父亲重新开始宋金戏剧史研究。不久，应聘为《邛崃县志·文物志》主编。后来，由黄稚荃先生（1908—1993）推荐，应聘为巴蜀书社特约编辑。1987 年，由刘知渐教授（1914—1998）推荐，应聘为重庆师范学院《元代文学词典》编纂人员。这些工作机会，使父亲获取文献资源具备了越来越便利的条件。

1993年，本书全稿完成。1994年，经卫复华先生(1924—)安排，由大邑县图书馆出版油印本30本。1980年代初卫复华先生任大邑县政协副主席时，大邑县政协与有关部门反复协调，我父亲始获昭雪，落实入册退休。卫复华先生是我父亲的挚友，也是成就斐然的学者，在《法音》《中国道教》《宗教学研究》《四川文物》《成都文物》等学术刊物发表过一系列论文。

谨对上述所有的前辈表示衷心的敬意和至深的感谢!

今年2021年，由陈骥先生推荐，江西教育出版社慨然答应出版《宋杂剧金院本新证》，令我回想起自己亲身经历所感受到的江西人的淳朴热情。为陈宝箴死因真相案之研究，2011年4月9日，我由新建县文联主席陶江先生带领和陈骥先生陪同，赴江西南昌市新建县望城镇青山村，考察陈宝箴西山崝庐庐墓遗址，受到当地干部和父老乡亲的热情接待，采访满座耆老，获得珍贵的口传资料。11日，我和陈骥先生、程思先生由陈宝箴墓守墓人朱作保之孙、哲坎之子丙己先生带路，到达青山村西南方向深山密林中之陈宝箴夫妇遗骨改葬地祭奠，其地属于石埠乡，位于范洞村以东。为永王璘暨李白冤案之研究，2011年4月9日下午至10日，我赴南昌市南昌县广福镇板湖村之永木黎村，考察唐永王璘墓、《黎氏族谱》，得到黎村众乡亲、小朋友们和祠堂保管人黎辅刚医生的热情接待和帮助，获得珍贵的实地资料、口传资料和文献资料。当晚黎村人留我晚餐，还开车带我返回南昌，早已是万家灯火。江西人的淳朴热情，我中心藏之，何能忘之。如今我父亲的书由江西教育出版社出版，更加深我对江西人的感激之情。

谨对江西教育出版社表示衷心的敬意和至深的感谢!

今天与陈骥先生晤面谈话，始知道江西教育出版社乃是煌煌大出版社，不禁为之欢喜赞叹，衷心祝愿江西教育出版社欣欣向荣、蒸蒸日上。

邓小军

2021 年 10 月 13 日
记于首都师范大学寓所

本书即将出版，还有几句话应当说。

今年疫情再起，严重影响社会经济的情况下，江西教育出版社慨然出版本书。谨对江西教育出版社表示至深的感谢。

本书的策划编辑和责任编辑之一，是江西教育出版社学术出版中心主任陈骥先生，没有陈骥先生的重视和努力，本书出版就无从说起。谨对陈骥先生表示至深的感谢。

本书另一位责任编辑江西教育出版社学术出版中心王成龙君，为本书编辑工作付出了非常辛勤的努力，本书引用古代文献的脚注就有上千条，王成龙君校订工作一丝不苟，提出了许多宝贵意见，使本书改正误差，期于完善，体现出极高的敬业精神和专业水准。谨对王成龙君表示至深的感谢。

本书外审专家，审阅本书，心细如发，提出了若干宝贵意见，为本书改正误差，期于完善，作出了宝贵贡献。谨对本书外审专家表示至深的感谢。

2022 年 5 月 6 日补记